Un désir trouble

MEGAN HART

Un désir trouble

éditions Harlequin

Titre original :
SWITCH

Traduction française de LAURA PALMER

Spicy® est une marque déposée par le groupe Harlequin

Photo de couverture
Dos et main : © ILONA WELLMAN / TREVILLION

83-85, boulevard Vincent-Auriol, 75646 PARIS CEDEX 13.
www.harlequin.fr
ISBN 978-2-2802-1955-6 – ISSN 1958-0223

A mes partenaires critiques, en qui j'ai toute confiance — ils se reconnaîtront.

A ma famille, pour son soutien et son amour.

A mes lecteurs — mon succès, c'est vous. Merci.

Je n'écris jamais sans musique. Mes remerciements vont aussi aux artistes et aux musiciens qui me permettent de m'asseoir jour après jour devant mon ordinateur et d'imaginer des mondes, et les gens qui y vivent. Merci de soutenir leur travail en ne les téléchargeant pas illégalement.

Don Mclean, Empty Chairs*; Joaquin Phoenix & Reese Witherspoon,* It Aint't Me, Babe*; Joshua Radin,* Closer*; Justin King,* Same Mistakes*; Lifehouse,* Whatever It Takes*; Meredith Brooks,* What Would Happen*; Rufus Wainwright,* Hallelujah*; Sara Bareilles,* Gravity*; Schuyler Fisk,* Lying To You*; She Wants Revenge,* These Things*; Tim Curry,* S.O.S.

Chapitre 1

Parfois, on se retourne.

Il sortait, moi j'entrais. Nous passâmes l'un près de l'autre, navires se croisant sans se voir, comme des centaines de gens se croisent chaque jour. Ça ne prit qu'un instant, à peine le temps d'apercevoir des cheveux bruns et épais, et des yeux sombres, en un éclair. Un instant pendant lequel je notai machinalement ses vêtements, un pantalon kaki et un T-shirt noir à manches longues, puis sa grande taille et la largeur de ses épaules. Et cela suffit, ces minuscules secondes, pour que je le remarque, *vraiment*. Je pivotai sur mes petits talons aiguilles et le suivis du regard jusqu'à ce que la porte de *La Souris verte* se soit refermée derrière moi.

— Tu veux que je t'attende ?

— Pourquoi ? fis-je en me retournant vers Kira, qui m'avait devancée.

— Pour que tu rattrapes le type qui vient de te taper dans l'œil, dit-elle avec un sourire en coin en le désignant, alors que je l'avais déjà perdu de vue.

Kira et moi, on se connaissait depuis la classe de seconde. A l'époque, nous avions toutes deux le béguin pour Todd Browning, un garçon de terminale, ce qui nous avait rapprochées. En ce temps-là, nous avions beaucoup de choses en commun : une coiffure impossible, un goût vestimentaire déplorable et une tendance à forcer sur l'eye-liner noir. Nous étions amies, alors, mais à présent je ne savais pas trop ce que nous étions l'une pour l'autre.

— N'exagère pas, je l'ai à peine remarqué !

— Si tu le dis…

Kira flânait dans la boutique et elle se dirigea vers une étagère remplie de bibelots que je n'aurais jamais eu l'idée d'acheter. Elle en prit un, qui représentait une grenouille avec un cœur à ses pieds. Sur le cœur, l'inscription « maman » brillait de mille feux.

— Et ça ?

— Très kitsch, mais non, je ne crois pas. Pourtant, ça m'amuserait de lui offrir ça, dis-je en me tournant vers une étagère chargée de clowns en porcelaine.

— Oh oui, elle détesterait vraiment ça. Je parie que tu n'es pas capable de le lui offrir ! fit Kira en riant.

Je ris à mon tour. J'essayais de trouver un cadeau d'anniversaire pour la femme de mon père. Elle paraissait plus jeune que son âge et, chaque année, elle prétendait célébrer son « vingt-neuvième anniversaire », avec le même petit sourire entendu, mais sans oublier de réclamer son dû. Je savais bien que rien de ce que j'aurais pu acheter n'aurait pu l'impressionner et, malgré tout, j'étais déterminée à trouver l'objet parfait.

— Si ce n'était pas si cher, j'y songerais peut-être. Après tout, elle collectionne ces trucs en porcelaine de Limoges, alors qui sait ? Ça lui plairait peut-être de recevoir un clown en céramique, dis-je en passant le doigt sur le parapluie d'une de ces horreurs figée en plein numéro d'équilibriste.

— Ouais…, commença Kira.

Elle et Stella s'étaient rencontrées quelques fois et aucune des deux n'avait fait grande impression à l'autre.

— Bon, poursuivit-elle, je vais jeter un coup d'œil aux magazines.

Je marmonnai une réponse quelconque et continuai mes recherches. Miriam Levy, la propriétaire de *La Souris verte*, vendait tout un tas d'objets décoratifs dans sa boutique, mais ce n'était pas pour eux que j'étais venue. J'aurais pu aller n'importe où pour trouver un cadeau pour Stella. Pour sûr, elle aurait été ravie de recevoir un bon d'achat de chez Neiman Marcus, même si elle l'aurait été beaucoup moins en découvrant la somme que je pouvais me permettre de dépenser. Mais non, je n'étais pas venue dans la boutique de Miriam pour les clowns en porcelaine, ni même parce qu'elle se trouvait à seulement quelques mètres de Riverview Manor, où je vivais.

Non, j'étais venue dans la boutique de Miriam pour son papier.

On y trouvait des parchemins, des cartes découpées à la main, des carnets, des papiers délicats aussi fins que de la soie, du papier à lettres spécialement conçu pour les stylos à plume, ainsi que des bristols épais et robustes, capables d'endurer toutes les tortures. Il y avait des papiers de toutes les couleurs et de toutes les tailles, tous uniques et parfaits pour écrire de lettres d'amour, de rupture, de condoléances ou des poèmes. Et il n'y avait aucun papier blanc ordinaire à l'horizon. Miriam n'aurait jamais proposé d'article aussi simple.

En matière de papier à lettres, j'étais plutôt fétichiste. Je collectionnais les papiers, les stylos, les cartes illustrées. Si on me lâchait dans une papeterie, je pouvais y passer des heures et dépenser plus d'argent que la plupart des femmes pour des chaussures. J'adorais l'odeur de l'encre de qualité sur un beau papier. J'aimais la sensation d'une épaisse carte en lin entre mes doigts. Et, par-dessus tout, j'adorais regarder une page blanche sur laquelle on s'apprêtait à écrire. Dans ces moments-là, juste avant de poser le stylo sur le papier, tout pouvait arriver.

Ce qui me plaisait surtout à *La Souris verte*, c'était que Miriam vendait le papier aussi bien à la feuille qu'en paquet ou par ramette. Ma collection comprenait du papier filigrané en lin, certains papiers faits à la main à base de fleurs, des cartes à motifs découpés à la main. J'avais des stylos de toutes les couleurs et de toutes sortes et, si la plupart n'étaient pas très chers, tous avaient quelque chose — que ce soit l'encre ou la couleur — qui m'avait plu. Cela faisait des années que je collectionnais les papiers et les stylos, je les trouvais chez des antiquaires, sur des marchés aux puces, ou encore dans des boutiques d'occasion. En découvrant *La Souris verte*, j'avais eu l'impression de trouver mon nirvana personnel.

Chaque fois que j'achetais une plume ou un papier, c'était avec l'intention de l'utiliser pour quelque chose qui en vaudrait la peine. A la manière de ces lettres d'amour calligraphiées avec des pleins et des déliés, entourées d'un ruban pourpre et scellées de cire écarlate. J'aimais les articles que j'achetais, mais je m'en servais rarement. Même les lettres d'amour anonymes avaient besoin d'un destinataire… et je n'avais pas d'amant.

Et puis, qui se donnait encore la peine d'écrire ? Les téléphones portables, les messageries instantanées et internet avaient rendu les lettres obsolètes, ou presque. Pourtant, les lettres manuscrites avaient une intensité qu'elles seules possédaient, une profondeur. Quelque chose de personnel, de brûlant. Quelque chose de plus qu'une liste de courses griffonnée à la hâte ou qu'une signature au bas d'une carte préécrite. Quelque chose que je n'écrirais sans doute jamais, pensai-je en caressant du bout des doigts le bord soyeux d'un papier à lettres gaufré de style victorien.

— Salut Paige, comment ça va ? me lança Ari, le petit-fils de Miriam en déposant des paquets sur le sol, derrière le comptoir.

— Ari, mon chéri, dit Miriam en apparaissant dans l'embrasure de la porte qui se trouvait derrière le comptoir. J'ai une autre livraison pour toi. Et tout de suite, ajouta-t-elle en l'observant par-dessus ses lunettes demi-lune. Ne mets pas des heures comme la dernière fois.

Il leva les yeux au ciel mais prit l'enveloppe et embrassa sa grand-mère sur la joue.

— Oui, bubbe.

— Merci, mon petit, dit-elle en le regardant partir avec un sourire affectueux aux lèvres, avant de se tourner vers moi. A nous maintenant. Que puis-je faire pour vous aujourd'hui ?

Sa tenue était impeccable, comme à son habitude, aucune mèche folle ne dépassait de son chignon, et son rouge à lèvres était posé à la perfection. Miriam était une vraie grande dame, elle avait au moins soixante-dix ans, mais elle possédait un style dont peu de femmes pouvaient se vanter, quel que soit leur âge.

— Je cherche un cadeau pour la femme de mon père.

— Ah, fit Miriam avec un petit sourire de connivence. Je suis sûre que vous parviendrez à trouver le cadeau parfait. Mais si vous avez besoin d'aide, dites-le-moi.

— Merci.

J'étais venue assez souvent pour qu'elle sache que j'aimais flâner et fureter dans les différents rayons.

De fait, je passai plus de vingt minutes à toucher et à examiner les nouveaux arrivages de beaux papiers à lettres et de stylos de luxe qui n'étaient pas dans mes moyens — même si j'en avais terriblement envie — , jusqu'à ce que Kira finisse par me rejoindre dans l'arrière-salle.

— Alors, Indiana Jones, qu'est-ce que tu cherches ? L'Arche perdue ?

— Je le saurai quand je le verrai, dis-je en lui lançant un regard légèrement agacé.

Kira leva les yeux au ciel.

— Allons au centre commercial. Tu sais bien que, quoi que tu lui offres, cela sera complètement égal à Stella.

— Mais à moi ça ne m'est pas égal.

Je ne pouvais pas expliquer à quel point il était important pour moi de… non pas d'impressionner Stella, car jamais je n'aurais pu l'impressionner, mais de ne pas la décevoir. De ne pas lui donner raison à mon sujet. C'était tout ce qui m'importait. Ne pas lui donner raison.

— Tu es si têtue par moments.

— On appelle ça de la détermination, murmurai-je en passant une dernière fois en revue les objets présentés sur l'étagère face à moi.

— On appelle ça être « têtue comme une mule » et refuser de l'admettre. Je t'attends dehors.

Je levai à peine les yeux vers elle. Je savais que Kira, qui ne parvenait jamais à se concentrer pendant très longtemps, ne serait pas la compagne idéale pour cette mission, mais cela faisait déjà trop longtemps que je remettais l'achat du cadeau de Stella. Je n'avais pas beaucoup vu Kira depuis que j'avais quitté notre ville natale pour venir m'installer à Harrisburg. A vrai dire, je ne l'avais pas beaucoup vue avant non plus. Quand elle m'avait appelée pour me demander si je voulais qu'on se voie, je n'avais pas trouvé de raison valable de refuser sans passer pour une mégère. Pour l'heure, je savais qu'elle ne serait pas mécontente de fumer une cigarette ou deux à l'extérieur, alors je poursuivis ma recherche, déterminée à trouver l'objet parfait.

Au fil des années, je m'étais aperçue que ce n'était pas nécessairement le cadeau en soi qui gagnait l'approbation de Stella, mais quelque chose de moins tangible encore que son prix. Mon père lui offrait tout ce qu'elle désirait, et ce qu'il ne lui offrait pas, elle se l'achetait elle-même, alors acheter quelque chose dont elle avait envie ou besoin était tout simplement impossible. Gretchen et Steve, les enfants que mon père avait eus avec sa première femme, Tara, avaient choisi la voie de la facilité. Chaque année, leurs enfants lui faisaient un cadeau du type « carte peinte avec les doigts ». Et les deux garçons de Stella étaient encore trop jeunes pour se soucier de l'anniversaire de leur mère. Mes demi-frères et ma demi-sœur s'en sortaient donc plutôt bien tandis qu'on attendait davantage de moi.

Enfin, je suppose qu'on finit toujours par gagner quelque chose à être soumis à un certain niveau d'exigence.

Et, à présent, je cherchais désespérément le cadeau qui correspondrait à ce que je cherchais. Non que la femme de mon père soit si terrible, loin de là. Elle n'avait juste jamais fait d'effort particulier pour m'intégrer à la famille, comme elle l'avait fait avec Gretchen et Steven, et je n'avais jamais eu la même importance à ses yeux que ses fils, Jeremy et Tyler. Mais mes demi-frères et ma demi-sœur avaient tous vécu avec mon père. Cela n'avait jamais été mon cas.

Ce fut à cet instant que je le vis. Le cadeau parfait. Je pris la boîte sur l'étagère et soulevai le couvercle. A l'intérieur, dans un écrin de papier de soie d'un bleu intense, se trouvaient de petites cartes bleu pâle. Dans l'angle supérieur droit de chacune d'elles figurait un S entouré d'étoiles, légèrement brillantes. Les enveloppes comportaient le même dessin étoilé et leur papier était incrusté de fils d'argent, ce qui leur donnait un aspect un peu scintillant. Dans la boîte, il y avait aussi un stylo. Je le sortis, il était trop léger à mon goût et il était décoré d'un minuscule gland à son extrémité, ce qui lui donnait un aspect ordinaire. Mais ce n'était pas pour moi. C'était le stylo parfait pour une main manucurée écrivant des cartes de remerciements sur lesquelles tous les i étaient surmontés de petits cœurs. C'était le stylo parfait pour Stella.

— Ah, vous avez trouvé quelque chose, dit Miriam en prenant la boîte et en enlevant le prix avec délicatesse. C'est très joli, je suis sûre qu'elle va l'adorer.

— Je l'espère.

Moi aussi je pensais que cela lui plairait, mais je ne voulais pas me porter la poisse.

Miriam me sourit en glissant la boîte dans un joli sac et en y ajoutant un ruban, offert par la maison.

— Vous savez toujours exactement ce dont les gens ont besoin, n'est-ce pas ?

Je lui souris.

— Oh, je n'en suis pas si sûre.

— Si, vous le savez très bien, dit-elle avec fermeté. Je connais mes clients, vous savez. Je suis attentive. Ils sont nombreux à venir ici à la recherche de quelque chose, sans jamais le trouver. Vous, vous trouvez toujours.

— Ce qui ne veut pas dire que je fasse le bon choix, lui dis-je en payant.

Miriam me jeta un petit regard par-dessus ses lunettes.

— Vraiment ?

Je ne répondis pas. Comment savoir si ce qu'on fait est ce qu'il convient de faire ? Tant qu'il n'est pas trop tard pour changer les choses, du moins.

— Parfois, Paige, on pense réellement savoir ce dont quelqu'un a besoin. Mais…, continua-t-elle avec un soupir en me montrant un très beau papier à lettres dans une boîte au couvercle transparent, il arrive qu'on découvre qu'on s'était trompé. J'avais mis cette boîte de côté pour un de mes clients habituels, mais finalement cela ne lui a pas plu.

— C'est dommage, je suis sûre que cela plaira à quelqu'un.

Je n'étais pas surprise que ce papier n'ait pas plu à un homme. Un papier gaufré avec une bordure ornée de fleurs dorées, cela semblait un peu trop féminin pour un homme.

Le regard de Miriam s'éclaircit.

— Vous, peut-être ?

Je reposai le papier à fleurs et mis les mains dans mes poches, jetant un œil alentour dans le magasin.

— Non, ce n'est pas vraiment mon style.

Elle rit et rangea la boîte. Elle portait un vernis à ongles écarlate assorti à son rouge à lèvres. Si seulement, à son âge, je pouvais être ne serait-ce que moitié moins élégante qu'elle. A vrai dire, j'aurais aimé avoir la moitié de son élégance dès à présent !

— Et maintenant, reprit-elle, pourquoi ne trouveriez-vous pas quelque chose pour vous ? J'ai de nouveaux carnets, avec une couverture en daim et des pages aux bordures dorées, et une attache en forme de ruban. Venez voir, ajouta-t-elle d'une voix enjôleuse.

Je poussai un soupir tout en riant, amusée par sa détermination.

— Vous êtes sans pitié ! Vous savez qu'il vous suffit de me montrer les choses pour que je… Oh !

— C'est joli, n'est-ce pas ?

— Oui.

Je ne regardais pas les carnets, mais une boîte rouge laquée sur laquelle était gravée une libellule d'une finesse extraordinaire.

— Qu'est-ce que c'est ?

Je caressai le couvercle lisse et je l'ouvris. A l'intérieur, sur un tissu de satin noir, trônait un petit récipient en terre, un petit pot d'encre rouge et une sélection de pinceaux de bois.

— Oh, c'est un coffret de calligraphie chinoise, dit Miriam en faisant le tour du comptoir, mais celui-ci est spécial, il comporte du papier et des plumes, et pas seulement des pinceaux et de l'encre.

Soulevant la partie supérieure du coffret, elle me montra une liasse de papier entourée d'un ruban pourpre et un ensemble de plumes en cuivre présentées dans une bourse de satin rouge.

— C'est magnifique, dis-je en m'éloignant du coffret, alors que je mourais d'envie de toucher les plumes, l'encre et le papier.

— C'est exactement ce qu'il vous faut, n'est-ce pas ? dit Miriam en retournant derrière son comptoir. C'est parfait pour vous.

Je regardai le prix et je fermai le couvercle avec fermeté.

— Oui. Mais pas aujourd'hui.

— Non ? fit Miriam d'un air désapprobateur. Comment se fait-il que vous sachiez si bien ce dont tout le monde a besoin, sauf vous ? C'est vraiment dommage, Paige. Vous devriez l'acheter.

Pour ce prix, je pouvais payer ma facture de téléphone portable. Je secouai la tête et levai les yeux vers Miriam.

— Pourquoi semblez-vous si convaincue que je sache ce dont le monde a besoin ?

Miriam piocha dans un paquet de bonbons à la menthe et en porta un à ses lèvres. Elle le suça pendant quelques instants avant de répondre.

— Vous êtes une bonne cliente. Je vous ai vue acheter des cadeaux, et parfois des choses pour vous-même. J'aime penser que je connais les gens, ce dont ils ont besoin et ce qu'ils aiment. Pourquoi croyez-vous que j'aie de telles atrocités sur mes étagères ? Parce que c'est ce que les gens veulent.

Je suivis son regard vers les clowns en porcelaine.

— Ce n'est pas parce qu'on a envie de quelque chose qu'on doit forcément se le procurer, répliquai-je.

— Ce n'est pas parce que vous avez envie de quelque chose que vous devez vous refuser le plaisir de l'avoir, dit Miriam d'une voix sereine. Offrez-vous ce coffret. Vous le méritez.

— Mais je n'ai rien à écrire avec !

— Des lettres à un petit ami, suggéra-t-elle.

— Je n'ai pas de petit ami, dis-je en secouant la tête. Désolée, Miriam, je ne peux pas pour l'instant. Peut-être une autre fois.

Elle soupira.

— Très bien… Refusez-vous le plaisir de quelque chose de très beau. Vous croyez que c'est de cela dont vous avez besoin ?

— Je crois que je dois payer mes factures avant d'acheter des articles de luxe, voilà ce que je pense.

— Ah, voilà qui est sage, dit-elle en inclinant la tête. Pratique, pas très romantique. C'est tout à fait vous.

— Vous pouvez dire cela en vous appuyant sur le type de papier que j'achète ? dis-je d'un air malicieux.

Miriam haussa les épaules, et je n'eus pas de mal à deviner le genre de jeune femme qu'elle avait dû être. Têtue, élégante et très belle.

— Je peux vous dire cela en me fiant au genre de papier que vous n'achetez pas. Quand vous serez une vieille dame, vous aurez acquis une certaine sagesse, vous aussi.

— Je l'espère, dis-je en riant.

— J'espère que vous reviendrez et que vous achèterez ce coffret. Il est fait pour vous, Paige.

— Je vous promets d'y réfléchir. Qu'en dites-vous ? Satisfaite ?

— Si vous achetez ce papier, me dit Miriam, je vous garantis que vous trouverez quelque chose à écrire qui vaille la peine.

Chapitre 2

Et si nous commencions ?
Ceci est votre première liste.
Vous suivrez chaque instruction à la lettre. Aucune marge d'erreur ne sera tolérée. Tout échec sera sanctionné par une révocation.
En récompense, vous obtiendrez mon attention et mon autorité.
Vous écrirez une liste de dix adjectifs. Cinq défauts. Cinq qualités.
Transmettez-la sans délai à l'adresse indiquée ci-dessous.

L'enveloppe carrée que je tenais avait des bords d'une grande finesse, ce qui était le signe d'un papier très cher. Le rabat était dépourvu de colle, comme pour les enveloppes de réponse à une invitation. Je tournai la carte couleur crème dans tous les sens. Cela ressemblait à du papier en lin de qualité supérieure, lui aussi très cher. Je passai le doigt sur un des bords, légèrement plus rugueux que les autres. Peut-être s'agissait-il de cartes découpées à la main ? Elle n'était pas assez épaisse pour une carte de correspondance, mais trop pour pouvoir passer dans une imprimante.

Je portai l'enveloppe à mon visage et inspirai profondément. Le papier, lisse et poreux à la fois, était imprégné d'un léger parfum musqué. J'étais incapable d'identifier le parfum, qui se mêlait à l'odeur de l'encre de qualité et à celle du papier neuf.

Je passai le doigt sur les lettres noires et rondes. Je ne reconnaissais pas l'écriture et la lettre ne portait aucune signature. Chaque mot avait été écrit avec soin et chaque lettre semblait dessinée avec précision, contrairement à l'écriture de la plupart des gens. Celle-ci avait été tracée d'une main experte et précise. Anonyme.

La carte indiquait une boîte postale d'un des bureaux de poste du quartier, et rien de plus. Depuis que j'avais emménagé à Riverview Manor cinq mois plus tôt, j'avais reçu quelques prospectus, des appels à dons de la part d'organismes de charité, destinés aux anciens locataires, et beaucoup trop de factures. Je n'avais pas reçu le moindre courrier personnel.

Je retournai la carte une nouvelle fois, attentive au doux murmure du papier contre ma peau. Elle ne portait ni nom ni adresse. Juste un numéro, griffonné d'une main leste. Je le regardai attentivement et vis ce que, dans ma précipitation, je n'avais pas remarqué auparavant.

114

Voilà qui expliquait bien des choses. Ce mot ne m'était pas adressé. L'encre avait légèrement coulé, transformant le 1 en possible 4, si on n'y prêtait pas attention. Quelqu'un l'avait glissé dans ma boîte aux lettres, 414, par erreur.

Au moins, ce n'était pas une invitation à un mariage ou à une fête organisée à l'occasion de la naissance d'un bébé envoyée par des « amis » que je n'avais pas vus depuis plusieurs années. En général, je ne sautais pas de joie à l'idée de figurer au nombre des destinataires d'un courrier destiné à rassembler des gens sous prétexte qu'ils avaient, un jour, suivi les mêmes cours de math.

— Qu'est-ce que c'est ?

Kira m'avait rejointe, et avec elle l'odeur de la cigarette qu'elle venait de fumer, et elle regardait par-dessus mon épaule.

Je ne sais pas pourquoi je n'eus pas envie de lui montrer la carte, mais je la remis dans l'enveloppe, trouvai la bonne boîte aux lettres et l'y glissai. Je ne pus toutefois m'empêcher de jeter aussitôt un coup d'œil à travers la fente de la boîte et vis la carte, frêle et seule au milieu de sa prison de métal.

— Rien. Ce n'était pas pour moi.

— Allez, viens, ma cocotte, on monte. José, Jack et Jim doivent nous attendre là-haut pour une partouze, dit-elle en me montrant un sac contenant des bouteilles.

Toute femme devrait avoir une amie dévergondée. Le genre d'amie qui nous donne bonne conscience. Parce que quelle que soit la quantité d'alcool qu'elle aura bue la veille, quel que soit le nombre de types qui l'auront pelotée dans une soirée, quelle que soit la longueur de sa jupe, cette amie sera toujours… pire que nous.

Kira et moi étions cette amie l'une pour l'autre, à tour de rôle. Je n'en étais pas fière, mais je ne pouvais pas non plus prétendre le contraire.

— Il n'est même pas 8 heures. Il ne se passera rien d'excitant avant au moins 11 heures.

— C'est bien pour cela que j'ai apporté de l'alcool, dit-elle en inspectant l'entrée de l'immeuble, visiblement impressionnée. Ouah, sympa !

Je l'imitai et admirai le hall autour de moi, comme je le faisais toujours en entrant dans l'immeuble, même si je connaissais par cœur presque chacun des carreaux sur le sol.

— Merci. Allez, viens, on va prendre l'ascenseur.

Elle fut sans doute tout aussi impressionnée par mon appartement, mais elle n'en dit rien. Elle en explora chaque recoin, ouvrant les portes des placards, jusqu'à l'armoire à pharmacie, et, quand nous fûmes sur le point de manger les sandwichs que nous avions achetés pour le dîner, elle insista pour mettre les petits plats dans les grands. Sur ma vieille table de cuisine, elle posa de vraies assiettes au lieu d'assiettes en carton. Mais elle ne me dit pas que l'appartement était bien.

C'était presque comme avant, on mangea entre deux fous rires en regardant une émission de téléréalité. J'avais oublié à quel point Kira pouvait être drôle. Cela faisait longtemps que je n'avais pas ri au point d'en avoir mal au ventre, et je fus soudain ravie de l'avoir invitée. Il y avait quelque chose de très agréable à être avec quelqu'un qui connaissait tous nos défauts et nous appréciait malgré tout… ou du moins ne nous en aimait pas moins pour autant.

Elle avait un nouveau petit ami. Tony quelque chose, son nom ne m'évoquait rien de familier. Kira n'avait jamais fait allusion à lui dans les textos ou les e-mails qu'elle m'envoyait de temps à autre, mais, à la façon dont elle glissa son nom dans la conversation, je devinai qu'elle avait envie d'en parler.

— Depuis combien de temps tu sors avec lui ?

Tout en parlant, je servis un verre de tequila et l'observai un instant, pas vraiment sûre d'avoir envie de boire. A une certaine période, j'étais capable de descendre un verre après l'autre sans peur des conséquences, mais c'était un temps révolu : de fait, cela faisait un moment que je n'avais pas eu l'occasion de boire.

Finalement, je poussai le verre vers Kira, qui le descendit d'un trait.

— Ça a commencé juste après ton départ, dit-elle. Ça fait un moment.

Pas tant que ça, vu que cela ne faisait pas très longtemps que j'étais partie, mais je savais bien que, pour Kira, toute durée supérieure à trois mois était une sorte de record.

— C'est super.

Elle fit une moue.

— En tout cas, il est plutôt doué au lit et il m'offre pas mal de trucs. Et il a une bagnole géniale. Il a un boulot. Bref, c'est pas un mec naze.

— Il a l'air sympa.

J'avais un niveau d'exigence un peu plus élevé, en tout cas à ce stade de ma vie, mais la description qu'elle venait de me faire m'avait fait sourire.

Kira se leva pour m'aider.

— Ouais, je suppose. C'est un mec bien.

Cette fois, elle me semblait plus convaincante, pensai-je en l'observant. Les temps changeaient, et les gens aussi.

Lorsque vint le moment de nous préparer à sortir, Kira me dévisagea avec une grimace, puis s'exclama :

— Tu ne vas quand même pas mettre ça ?

Je baissai les yeux sur mon jean taille basse. Je portais des bottes, et j'avais même mis un T-shirt moulant. Mes récentes heures de gym commençaient à payer. Je ne voyais pas ce qui clochait avec mon look.

Kira ouvrit la porte de ma penderie et commença à y fouiller.

— Tu n'as rien de… mieux ?

J'eus envie de lui dire que l'époque du lycée était lointaine et révoluc, mais, en jetant un coup d'œil à sa minijupe en jean, à son chemisier court et à son ventre dénudé, je compris que c'était une perte de temps et je me contentai de hausser les épaules.

— Je sais que tu as des fringues plus sexy que moi.

Kira sortit une pile de chemisiers et de jupes que je me rappelai avoir achetés, mais que je n'avais pas portés depuis très longtemps. Elle les jeta sur mon lit et étala assez de tenues pour m'habiller pour un mois entier.

Je m'emparai d'un haut à bretelles lavande, au tissu fin et soyeux, et d'une jupe noire en Stretch. Je les plaçai devant moi en m'observant devant le miroir en pied, mais je finis par les reposer sur le lit.

— Non, ça ira très bien comme ça. Je vais garder ce que je porte, c'est plus confortable.

Kira secoua la tête.

— Allez, Paige, fais un effort !

— Un effort ?

Je me regardai de nouveau. Mon jean me moulait les hanches et les fesses juste comme il fallait et mon T-shirt mettait en valeur mon ventre qui était désormais presque plat. Je pensais avoir une certaine allure.

— Un effort ? Qu'est-ce que tu veux dire exactement ?

— C'est juste que... tu sais..., fit Kira en prenant place près de moi, devant le miroir. Il faut que tu en montres un peu plus.

Je l'examinai. Même avec mes bottes à talons, j'étais plus petite qu'elle. Elle avait laissé pousser ses cheveux roux jusqu'au milieu du dos. Elle ne se faisait jamais bronzer, ce qui rendait son eye-liner noir encore plus noir et son rouge à lèvres encore plus rouge.

Je jetai un nouveau coup d'œil dans le miroir, observant mon visage de profil d'un côté, puis de l'autre. J'avais les cheveux blonds, et c'était ma couleur naturelle. Mes yeux étaient bleu foncé, presque bleu marine. Je ressemblais beaucoup à mon père, c'était peut-être pour cela qu'il n'avait jamais pris la peine de me renier.

— Je trouve que je suis très bien comme ça, dis-je, mais je perçus une pointe de nostalgie dans ma voix.

Mon budget vêtements passait dans des basiques de marque que j'achetais hors saison ou dans des solderies. Il m'avait fallu cinq ans pour me faire ma garde-robe, composée de vêtements bien coupés pour aller travailler, et de choses plus décontractées mais de très bonne qualité. Je les portais avec des chaussures hors de prix — elles n'étaient pas toujours dans mes moyens, mais je n'avais pas l'intention de trahir mes origines en mixant un sac de marque avec des chaussures bas de gamme.

J'observai une nouvelle fois mon reflet dans le miroir et j'imaginai le froissement du satin sur ma peau. Je m'imaginai le porter sans soutien-gorge, la sensation de mes seins nus contre le tissu, attirant le regard des hommes. De tous les hommes.

Je pris le haut à bretelles sur le lit et le mis de nouveau devant moi. Kira me fit un signe approbateur et, passant un bras autour de mon épaule, elle me dit :

— Allez, tu sais bien que tu en as envie !

J'en avais envie. J'avais envie de sortir et de me soûler, de danser et de me frotter contre une demi-douzaine de types. J'avais envie de sentir un corps ferme et sexy contre le mien et de lire le désir dans les yeux d'un inconnu.

J'avais envie de ne pas me soucier de donner tort ou raison à qui que ce soit me concernant.

Après une seconde d'hésitation, j'enfilai le haut à bretelles et je dégrafai mon soutien-gorge. Mes seins oscillèrent doucement sous le fin tissu et, en sentant la pointe de mes seins se durcir, je frissonnai.

— Je vais te chercher du maquillage, dit Kira.

Elle tira de son énorme sac des pots, des tubes, des pinceaux et des paillettes. J'adorais les paillettes, et cela faisait une éternité que je n'en avais pas mis. Mais elles n'avaient pas leur place dans ma nouvelle vie.

— Ça va aller, merci.

Je n'allais pas commencer à me maquiller comme elle, sans parler d'employer les mêmes pinceaux. Je lui fis signe de ranger tout ça et je me dirigeai vers la salle de bains, où je me mis à fouiller sous le lavabo.

J'en sortis ma propre boîte à maquillage. Des rouges à lèvres aux teintes roses et grenat, des ombres à paupières de toutes les couleurs, des tas de crayons eye-liner à moitié utilisés et quelques bouteilles d'eye-liner liquide. J'en secouai une, pensant qu'il avait dû sécher après toutes ces années, mais, lorsque je le débouchai, je constatai qu'il était encore onctueux.

Les différentes couleurs composèrent un masque sur mon visage. C'était toujours moi, mais en plus radieuse. Plus audacieuse. Plus tout. Il fut un temps où j'avais ce visage-là tous les jours.

Une fois maquillée, je me glissai dans une jupe noire près du corps, les jambes nues. J'allais avoir froid en me rendant du parking au bar mais, une fois à l'intérieur, j'aurais assez chaud lorsque je commencerais à danser. Dans mon placard, je trouvai une magnifique paire de chaussures à talons.

Kira était concentrée sur son téléphone portable, occupée à envoyer des S.M.S., mais, lorsqu'elle vit mes chaussures, elle en resta bouche bée.

— Oh, ouah ! Steve Madden !

— C'est la première paire que j'ai achetée, dis-je en caressant le cuir noir d'une souplesse évidente.

Elles arboraient des talons de dix centimètres. La plupart des hommes n'auraient pas su faire la différence avec des chaussures bon marché, mais ils y regardaient à deux fois quand je les portais. Parfois plus.

J'enfilai les chaussures, je me levai et fis quelques pas pour trouver mon équilibre. Ma mère m'avait appris à marcher avec des talons hauts. Enfant, je dévalisais sa penderie et je paradais dans la maison avec ses chaussures.

J'ajustai mon haut en satin et me tournai pour me regarder une dernière fois dans le miroir.

— Tu es prête ?

— Je suppose que oui, dit-elle d'un air maussade. Mais maintenant tu es resplendissante et moi j'ai l'air de rien.

— Tu es super-sexy, promis-je.

C'était à cela que servaient les amies, non ?

Je réussis à la convaincre, plus parce qu'elle avait envie de me croire que parce que j'avais fourni des efforts démesurés.

— O.K., allons nous soûler !

Je le vis de nouveau, l'homme aux cheveux bruns. Cette

fois, c'était lui qui entrait et moi qui sortais. Nous nous croisâmes, pas tellement comme deux navires, mais comme un navire passant, tandis que l'autre s'écrasait contre un iceberg. Je ne pouvais pas réellement être vexée de voir son regard glisser sur moi comme si j'avais été transparente. Il avait la tête baissée et il parlait, un téléphone portable collé à l'oreille, et cela semblait urgent. Toute son attention était mobilisée. Et ce n'était pas non plus sa faute si j'essayais de toutes mes forces de faire comme si je ne l'avais pas remarqué quand je butai contre l'encadrement de la porte, assez violemment pour que cela me laisse un bleu.

— J'admire ta discrétion, fit Kira avec un rire narquois, sans toutefois remarquer que c'était le même homme que la fois précédente. Je vois que tu tiens bien la tequila !

Je haussai les épaules sans répondre. J'avais senti sa chemise sur mon bras nu quand il était passé et, à ce simple contact, j'avais ressenti des frissons des pieds à la tête. Je perçus une foule de sensations en cascade naître au creux de mon ventre.

Il habitait dans mon immeuble.

Chapitre 3

Je n'aurais pas dû être si surprise. J'avais déjà croisé un bon nombre des locataires de Riverview Manor dans la boutique de Miriam, tout comme au café qui se trouvait au coin de la rue d'ailleurs, le Morning Star Mocha. Je les croisais au bureau de poste, dans le parking et aussi à l'épicerie. Harrisburg était une petite ville.

Malgré tout, je ne pouvais chasser le souvenir de ces yeux noirs, de ces épais cheveux bruns et du contact d'une manche de chemise sur ma peau nue. J'étais dans tous mes états. Rien d'étonnant à cela, cela faisait une éternité que je n'avais pas fait l'amour avec qui que ce soit, à part moi-même.

Pour ce qui était des endroits où sortir, nous avions le choix en ville, mais j'avais envie d'aller à La Pharmacie. Nous prîmes un taxi comme je ne voulais pas conduire après avoir bu. C'était une balade que je faisais à pied le dimanche après-midi en survêtement, mais cela aurait été beaucoup trop loin la nuit, avec des talons et une bonne dose d'alcool dans le sang !

L'endroit était plein à craquer… même pour un vendredi soir. Nous nous frayâmes un passage jusqu'au bar, Kira en tête. Elle s'arrêta brusquement et je butai contre elle. Quelqu'un se heurta à moi. Quelqu'un me toucha aussi les fesses, mais quand je me retournai pour voir de qui il s'agissait, m'apprêtant à lui administrer une gifle magistrale, je fus incapable de désigner un coupable parmi l'océan d'hommes susceptibles de m'avoir manqué de respect.

— Hé ! Jack ! cria Kira, et je tournai la tête.

Merde. Jack avait été le grand amour de Kira quand nous étions en terminale. Il était arrivé en cours d'année et elle avait comploté pendant des mois pour qu'il l'invite au bal du lycée, déterminée à coucher avec lui. Cela n'avait pas marché, du moins à ma connaissance. Tout ce que je savais, c'était qu'une fois, Kira avait rayé la voiture d'une de ses petites amies.

Kira ne savait pas que Jack et moi avions baisé comme des dingues pendant deux mois consécutifs, quelques années plus tôt. D'ailleurs, je ne pensais pas que nous y attachions encore la moindre importance, ni Jack ni moi. Mais cela n'aurait pas été indifférent à Kira, alors j'essayai de l'attirer à l'écart avant que la situation ne dégénère.

En plus, il n'était pas seul. La femme qui l'accompagnait tenait une bière à la main, qu'elle porta à ses lèvres en nous adressant un sourire. Je pris Kira par le bras et l'entraînai plus loin.

— Aïe ! fit-elle après que la foule s'était insinuée entre Jack et nous, nous empêchant de le voir. Mais pourquoi as-tu fait ça ?

— Ne va pas chercher les ennuis. Allons boire un coup.

— Je n'allais pas causer d'ennuis, dit-elle visiblement mécontente, rejetant ses cheveux en arrière, sans se soucier de les avoir envoyés dans le visage d'un type.

Qui avait l'air furieux. Hum. Ce n'était pas vraiment ainsi que j'avais envisagé de commencer la soirée.

— Il y a plein d'autres mecs par ici, Kira.

Elle se contenta de hausser les épaules et de croiser les bras.

— J'avais remarqué.

A La Pharmacie, il y avait toujours au moins trois mecs pour une fille, et tous étaient super-chauds, prêts à passer à l'action. Et, s'ils sortaient billet sur billet de leur portefeuille pour nous payer à boire, ça n'avait rien à voir avec la galanterie. Tout ce qui importait, c'était de baiser.

— Oh, regarde, dit Kira. Quand on parle d'ennuis…

Elle avait raison. En matière d'ennuis, je venais de décrocher le gros lot. Je me redressai du haut de mes chaussures sexy et je pris un air dégagé.

— Salut, Austin.

Une fois, Austin et moi avions baisé comme des bêtes. J'étais prête à parier qu'il en portait encore les marques. Moi, je les avais toujours.

— Paige.

Ses cheveux étaient plus longs, mais il avait toujours le même sourire, celui qui me donnait aussitôt envie d'écarter les cuisses. Il ne sembla pas surpris de me voir.

Il portait une chemise bleue à rayures et un jean délavé qui lui moulait les fesses et lui donnait une allure très sexy. Le genre de jean qui aurait dû être interdit aux hommes tels qu'Austin. Son pote, un type que je ne connaissais pas, portait une chemise presque identique, mais à rayures marron. Et il était beaucoup moins beau.

Derrière moi, Kira m'enfonça ses ongles dans le coude, mais je me dégageai de son emprise d'un geste brusque.

— Comment tu vas ?

— Bien, dit-il en se tournant vers Kira, avant de me dévisager de nouveau. Ça fait longtemps que je ne t'ai pas vue.

— Ça fait un moment que je ne suis pas retournée chez moi.

— Oui, je sais. Salut, Kira, j'ai réussi à venir jusqu'ici, dit-il à son attention.

Je sentis mon estomac se contracter. Je lançai un regard furieux en direction de Kira, mais elle se contenta de me regarder bêtement.

— Quoi ?

Elle lui avait dit que nous étions ici. En observant leurs visages, je vis tous les signes d'une évidente conspiration, et je me demandai comment il avait réussi à la convaincre. Je faillis partir sur-le-champ, mais la seule raison pour laquelle je ne le fis pas était qu'il me regardait moi, et pas elle.

Kira le remarqua, elle aussi et elle me lança un regard buté. Je ne pensais pas que Kira nous ait réunis uniquement pour assister à une dispute entre moi et Austin, mais, quoi qu'il en soit, je n'allais pas lui faire ce plaisir. Cette époque-là était révolue. Elle se ressaisit quand le copain d'Austin lui fit un sourire. Il n'était pas aussi mignon qu'Austin, mais, à dire vrai, qui l'était ? Qui l'avait jamais été ?

— Qu'est-ce que vous voulez boire ?

Austin avait déjà sorti son portefeuille pour payer. Je n'allais pas refuser un verre gratuit, même venant de lui.

— Une Margarita.

— Je vais prendre un Orgasme de l'au-delà, dit Kira en se penchant assez pour s'assurer qu'il puisse l'entendre, ses lèvres effleurant l'oreille d'Austin.

Il recula un peu, mais pas assez pour que Kira s'en rende compte. Mais moi si. Il nous présenta à son ami, Ethan, qui eut du mal à me faire un signe de tête tant il semblait hypnotisé par les seins de Kira. Mais, après tout, à quoi m'étais-je attendue ? A ce qu'il s'écrie : « Ah, voici la fameuse Paige ! » ?

— Alors, qu'est-ce que tu deviens ? me demanda Austin tandis que Kira et Ethan s'observaient du coin de l'œil.

— Je travaille chez Kelly Printing.

La dernière fois que nous nous étions parlé, j'étais encore en train de terminer le diplôme que j'avais commencé quand nous étions ensemble tout en gardant de temps à autre les enfants d'un couple aisé. Je ne lui demandai pas où il travaillait, ni ce qu'il faisait ici, à Harrisburg. Je ne voulais pas qu'il puisse penser que cela m'intéressait.

— Et ta mère ? demanda Austin en s'approchant de moi. Elle a toujours sa sandwicherie ? Cela fait un moment que je ne suis pas passé la voir au magasin.

Ma mère possédait une minuscule boutique qu'elle avait héritée de son père quand j'étais au lycée. J'avais passé des heures et des heures dans ce magasin, faisant les commissions au début, avant d'être promue à la confection des sandwichs, puis à la caisse. A présent, je l'aidais seulement lorsqu'elle avait une grosse commande à honorer ou qu'elle organisait une soirée privée.

— Oui, elle l'a toujours. Elle travaillait aussi chez Hershey, mais elle a été licenciée.

Austin hocha la tête.

— Je travaille pour McClaron et Fils.

Je n'avais aucune idée de qui étaient McClaron et Fils, mais le fait qu'il travaille pour quelqu'un d'autre que son père me surprit, ce qui me poussa à lui demander :

— Comment va ton père ?

Austin haussa les épaules, puis il fit une grimace. Et, comme je le connaissais presque aussi bien que moi-même, je remarquai son hésitation.

— Il était temps que je quitte ce boulot.

— Mais tu travailles toujours dans la construction ?

A cet instant, Kira s'immisça dans la conversation, attirant l'attention sur elle, et Austin se contenta de répondre que, oui, entre autres choses, il travaillait toujours dans ce secteur. Mais il ne s'étendit pas sur la question,

Intéressant. Austin avait travaillé dans l'entreprise de son père dès qu'il avait eu l'âge de tenir un marteau, tout comme j'avais travaillé dans le magasin de ma mère, pendant les vacances d'été et après les cours. Il avait toujours été plus ou moins question qu'il reprenne l'entreprise de son père à la retraite de celui-ci et qu'il devienne un associé à part entière quelque temps avant cela. J'aurais pensé qu'il l'était déjà.

— Et toi ? demanda Kira à Ethan.

Elle ne quittait pas Ethan des yeux. Pour une fille qui avait un petit ami, elle avait sans aucun doute l'air de s'intéresser à lui. Mais, après tout, Kira n'était qu'une de ces filles.

Vous savez… Les filles faciles.

— Je suis mécanicien, dit-il. Chez Hershey.

— Oh ! C'est un bon boulot ! fit Kira en s'insinuant entre Austin et Ethan.

— Oui, c'est un bon boulot, convint Ethan en détaillant chaque partie du corps de Kira.

C'était tellement facile. Ils avaient envie de nous séduire. Nous avions envie d'être séduites — pour quelques heures tout du moins. Nous étions deux filles en tenue sexy buvant un verre après l'autre et laissant la foule nous bousculer de plus en plus. Dans les bars, la distance de politesse n'était pas de rigueur. La musique rendait toute conversation impossible, à moins de se pencher pour crier dans l'oreille de son voisin. La foule impliquait qu'il était nécessaire de se battre pour préserver son espace vital, et le partager ne semblait pas si désagréable après quelques verres.

Quand je sentis la main d'Austin sur mes fesses, je ne réagis même pas. La sensation était agréable. Il avait la main chaude et ferme, à l'image de ses biceps. Il sentait bon. Drakkar Noir. Malgré moi et en dépit de tout ce qui s'était passé entre nous, je devais reconnaître qu'il m'avait manqué.

Austin me murmura à l'oreille :

— Tu veux danser ?

Nos corps s'étaient toujours accordés à la perfection, qu'il s'agisse de danser ou de coucher ensemble. J'étais prête pour les deux. Laissant Ethan et Kira, il me prit la main et il m'entraîna jusqu'au troisième étage, là où les morceaux de musique s'enchaînaient sans interruption et semblaient tous identiques. On trouva de la place au centre et on se mit à danser.

L'alcool m'avait rendue tendre et douce, mais la musique

ne l'était pas. J'avais envie de danser un slow. Austin avait envie de se déhancher de manière provocante. Nous trouvâmes un compromis en nous déhanchant l'un contre l'autre, mais, lorsqu'il essaya de me retourner pour se frotter contre mes fesses, je le repoussai avec un sourire.

— Tu n'as pas répondu à mes messages, dit Austin.

Il était facile de faire comme si je ne l'avais pas entendu à cause de la musique. Je souris en secouant la tête. Il me prit par le bras, là où je marquais facilement, et ses doigts se refermèrent sur moi.

Il s'approcha de moi et effleura mon cou avec ses lèvres.

— Tu m'as vraiment manqué.

Je me reculai légèrement, mais Austin me saisit le poignet, juste au moment où une lumière d'une violence incroyable inondait la piste de danse. Austin était toujours aussi beau. Et je ne devais sans doute pas ressembler à Frankenstein, parce qu'il dégagea une mèche de cheveux sur mon front en me regardant tendrement. Il sourit à mesure que les lumières baissaient et que la musique devenait de plus en plus rapide, comme les battements de mon cœur.

Ce fut différent quand il m'embrassa. Cela me sembla différent. Sa bouche s'entrouvrit et je le laissai s'insinuer dans la mienne. Sa langue me donna des frissons et il glissa ses doigts dans mes cheveux. Il ne les empoigna pas, mais mon corps se tendit sous l'effet du plaisir anticipé.

Austin se blottit contre mon oreille.

— Tu as toujours le même goût.

Heureusement, je me souvenais des raisons pour lesquelles nous avions rompu. Hélas, je me rappelais aussi toutes les raisons pour lesquelles nous avions été attirés l'un vers l'autre. Quand Austin fit glisser son doigt le long de mon bras, là où j'étais particulièrement sensible, pour le presser sur mon poignet, juste au niveau des battements de mon pouls, je sus que, sous ses doigts, ils étaient aussi rapides que ceux de mon cœur. Le temps n'avait rien changé à cela. Et peut-être que cela ne changerait jamais.

C'était sans doute très bien ainsi.

— Viens chez moi, dit Austin.

— C'est trop loin.

J'aurais pu parcourir quarante kilomètres en voiture et revenir ensuite pour coucher avec lui, ce n'était pas trop loin. C'était juste trop long.

— Paige, dit Austin avec un sourire démoniaque. J'ai emménagé à Lemoyne.

C'était juste de l'autre côté du fleuve, à quinze minutes, maximum, en conduisant vraiment lentement ou s'il y avait beaucoup de circulation.

Je sentis le sol s'effondrer sous mes chaussures à talons, mais Austin était là pour me rattraper. Les gens dansaient autour de nous, mais nous restâmes immobiles. Je plongeai mon regard dans ses yeux si bleus, plus bleus encore sous les lumières du stroboscope.

— Qu'est-ce qui t'a pris de déménager ? demandai-je d'une voix posée.

— J'ai changé de boulot, tu te souviens ?

J'essayai de me rappeler s'il m'avait dit où se trouvait McClaron et Fils, mais sans succès. Il me l'avait peut-être dit, pensai-je, et je m'en voulus de m'être mise en colère sans raison. Je dégageai mon bras de son emprise.

— Je dois aller jeter un œil sur Kira.

— Tout va bien. Elle est avec Ethan.

J'essayai de lui lancer un regard furieux, mais je n'avais jamais réussi à être furieuse contre lui. Il m'avait mille fois mise K.-O. d'un seul regard et, même si j'avais bien souvent essayé de le toiser avec dédain, ça n'avait jamais marché. Mes yeux glissaient toujours sur lui sans jamais s'y arrêter. Je me mordis les lèvres et relevai la tête.

— S'il te ressemble un tant soit peu, je ferais mieux de vérifier qu'elle va bien.

— Paige, dit-il en me prenant par le poignet, m'attirant tout contre lui. Si elle te ressemble un tant soit peu, elle s'en sortira très bien toute seule.

La nuit où tout s'était terminé entre nous, on avait baisé contre le mur de notre appartement vétuste, au troisième étage de Cumberland Street à Lebanon. Je me souvenais des lumières rouges et bleues d'une voiture de police se reflétant sur les murs au-dessus de nous. Il avait arraché ma culotte, il l'avait jetée dans un coin et il m'avait pilonnée contre le mur en tenant fermement mes fesses entre ses mains.

J'avais gardé des marques de cette dernière rencontre pendant plusieurs semaines, dans le haut du dos, là où était le clou qui, jadis, avait servi à accrocher un tableau. Dans le feu de l'action, je n'avais senti ni la douleur, ni le sang couler le long de mes omoplates. Je n'avais jamais retrouvé ma culotte non plus.

Cela s'était terminé, mais ce n'était pas fini. En vérité, après avoir bu quelques verres, il y avait peu de chances que je puisse résister à Austin, songeai-je en m'éloignant pour aller retrouver Kira. Pas si j'étais ivre, sobre non plus d'ailleurs. Pourquoi aurais-je emménagé aussi loin, autrement ?

Retrouvant Kira à l'étage inférieur, je lui fis part de mes pensées, et elle se mit aussitôt à secouer la tête d'un air incrédule, tout en jetant un coup d'œil par-dessus mon épaule en direction d'Austin qui la regardait sans doute. Et elle s'écria :

— Tu vas partir avec lui ? Mais tu m'avais dit que tu ne le laisserais plus jamais te baiser !

Je fis un effort surhumain pour la regarder et ne pas me retourner vers Austin.

— Je sais, mais c'était avant.

— Avant quoi ? demanda Kira, visiblement hors d'elle.

— Avant que tu décides qu'il serait très amusant de l'inviter à sortir avec nous. Ça fait des mois que je ne lui ai pas parlé. Mais maintenant il est là.

— Et il a l'air on ne peut plus baisable, dit Kira, sans se départir de son sourire méprisant. Tu sais, Paige, je le connais depuis aussi longtemps que toi, il a emménagé dans le coin et il voulait savoir où se trouvaient les endroits sympas pour sortir. Je lui ai dit que nous allions venir ici. Je ne pensais pas que tu allais rentrer avec lui. Je croyais que tu en avais fini avec lui.

— J'en ai fini avec lui !

Je regardai en direction d'Austin et je croisai son regard. Je me retournai aussitôt, les joues en feu et le cœur battant à tout rompre.

— Si tu le dis.

— Je vais te laisser mes clés, dis-je à Kira tandis qu'Austin semblait en pleine conversation avec Ethan.

— Merde, jamais de la vie ! Je vais demander à Tony de venir me chercher, dit Kira, chancelante.

Je tendis la main pour l'aider à reprendre son équilibre.

— Tu crois qu'il viendra te chercher ?

— Il viendra si je lui demande, dit Kira en se redressant, avant de rejeter ses cheveux en arrière.

— J'attendrai avec toi jusqu'à ce qu'il arrive.

— Tu n'as pas à faire ça, dit Kira, mettant un bras autour de mes épaules. Paige, n'oublie pas ce qui s'est passé.

Comme si je pouvais.

— Tout ira bien !

— Ne t'attire pas d'ennuis pour une histoire de cul, ajouta Kira, qui en savait assez long sur la question. Il t'a assez fait pleurer.

— Oui…, dis-je sans détourner les yeux quand le regard d'Austin croisa le mien. Mais il ne me fera plus pleurer, ajoutai-je.

— Il te fera toujours pleurer, dit Kira. Mais bon, vas-y. Il doit avoir une bite magique.

Me rappelant le nombre de fois où elle m'avait laissée en rade pour pouvoir rentrer avec un type qu'elle avait rencontré dans un bar, je ne me sentais pas aussi coupable qu'elle aurait voulu.

— Je vais attendre jusqu'à l'arrivée de Tony.

Je pouvais au moins faire ça.

Et puis, aller chez Austin était une chose, faire le trajet en voiture avec lui en était une autre. Je n'allais pas monter en voiture avec lui alors qu'il avait bu et je ne voulais pas non plus me retrouver coincée chez lui sans être sûre de pouvoir rentrer chez moi.

Il avait un sourire béat aux lèvres quand je le rejoignis, mais j'esquivai son baiser.

— Je dois attendre qu'on vienne chercher Kira. Je te retrouve là-bas.

Austin m'attira contre lui et enfouit son visage dans mon cou, murmurant à mon oreille :

— Viens avec moi…

— Non, fis-je en le repoussant doucement.

Si j'avais été un peu plus soûle, j'aurais cédé. Plus sobre, je serais rentrée seule chez moi.

— Je te retrouverai là-bas. Donne-moi l'adresse.

Peut-être les choses avaient-elles changé, après tout.

Austin m'embrassa encore, de façon plus appuyée cette fois, et je le laissai faire. Il savait comment s'y prendre, il savait où mettre ses mains, comment m'embrasser, comment me couper le souffle en se serrant contre moi. Je sentis la pointe de mes seins se tendre sous le fin tissu.

— Ne sois pas trop longue, dit-il en s'écartant doucement de moi, puis, me saisissant par le poignet, il ajouta : tu ne vas pas me faire faux bond ? Comme la dernière fois ?

Cette dernière fois, Kira ne m'avait pas rappelé que j'avais juré de ne jamais recoucher avec lui. Mais cela n'allait pas m'arrêter pour autant. Cette fois-là, j'avais appelé Austin peu après 2 heures du matin, et je lui avais dit que j'avais envie de passer le voir. Mais, après avoir raccroché, ma raison avait repris le dessus. Cela faisait des mois, avant que je n'emménage ici.

— Tu es encore en colère à cause de ça ?

— Je n'étais pas en colère. J'étais juste déçu. Mais si tu recommences, là ça me rendra dingue…, dit-il en penchant la tête pour m'embrasser, mais s'arrêtant juste avant, il ajouta : et déçu…

Il plongea ses yeux bleus dans les miens et, pendant quelques secondes, plus rien d'autre n'eut d'importance. Je sentis Kira juste derrière moi, mais je ne me retournai pas. Je fixai Austin.

— Tu ne le seras pas.

Il relâcha son emprise en me donnant un dernier baiser qui me fit frissonner. Je retrouvai Kira qui m'attendait près de la porte. Ne semblant pas remarquer la foule qui la bousculait, elle était restée sur place au lieu de m'attendre à l'extérieur. Je la pris par le bras et je l'entraînai sur le trottoir.

— Tu es sûre que ça va aller ?

L'air frais m'avait dégrisée, mais pas assez pour changer d'avis concernant mon rendez-vous avec Austin. Du moins pas pour l'instant.

— Oui, très bien, répondit-elle d'une voix hésitante.

Elle n'avait pas l'air d'aller très bien, elle semblait furieuse. Je jetai un coup d'œil dans la rue. Il y avait beaucoup de flics, et pas de taxi. Je n'avais tourné les yeux que quelques secondes, mais il n'en fallut pas plus pour que l'expression du visage de Kira ait changé. Elle semblait hors d'elle.

— Espèce de connard ! lança-t-elle en faisant quelques pas, avant de coincer son talon dans un trou, et de vaciller.

C'était Jack.

En soupirant, je partis à sa poursuite. Jack était avec la même femme qu'un peu plus tôt dans la soirée et il fit de son mieux pour ignorer Kira. Je le vis regarder la femme d'un air gêné, elle répondit d'un haussement d'épaules et ils se mirent à marcher.

— Hé ! Connard ! Arrête de me fuir !

— Allez, Kira. Laisse tomber, il n'en vaut pas la peine.

— Va te faire foutre, Jack !

Avec une grimace, Jack tira sa casquette de sa poche arrière et l'enfila, sans un regard pour Kira. Ce qui eut le don de la rendre folle.

Nous n'avions fait que quelques pas de plus sur le trottoir quand elle courut vers Jack et se jeta sur lui par-derrière.

Jack vacilla tandis qu'elle lui donnait des coups, bras et jambes partant dans tous les sens. En réalité, elle ne réussit pas à lui donner plus d'un coup ou deux, mais les spectateurs ne manquèrent pas sa performance de furie alcoolisée. Elle hurlait toutes sortes d'insultes — stupides et incohérentes pour la plupart.

Jack m'adressa un regard furieux, ce qui m'énerva au plus haut point. Ce n'était pas comme si j'avais dit à Kira qu'on avait couché ensemble. Je n'avais rien à voir là-dedans. Il la repoussa fermement, tout en l'empoignant par le bras pour l'empêcher de tomber. Elle essayait toujours de le frapper, manquant continuellement sa cible.

— Arrête ça, lui dit Jack en la secouant par le bras, avant de la relâcher.

Elle se jeta sur lui une dernière fois et elle réussit à faire tomber sa casquette. A cet instant, je regrettai de ne pas avoir suivi Austin et de ne pas avoir laissé Kira se donner en spectacle toute seule. C'était une scène à laquelle j'aurais préféré ne pas assister.

— J'espère que ton Prince Albert va s'arracher et que tu hurleras de douleur ! cria Kira.

— Kira, arrête, dis-je en la prenant par le bras.

Kira me laissa l'entraîner à l'écart, tout en continuant de hurler des insultes. Elle avait appris qu'il portait un Prince Albert par une de ses ex, me rappelai-je soudain. Lorsque nous arrivâmes au niveau du parking, la foule s'était dissipée et nous avions plus de chances de trouver un taxi. Je frottai mes bras nus en frissonnant, mais la colère de Kira lui tenait lieu de manteau et elle dansait sur le trottoir en agitant les bras et en marmonnant des insultes.

— Il n'en vaut pas la peine, répétai-je. Merde, Kira, qu'est-ce qui ne va pas ?

— C'est un sale con, dit-elle d'un ton maussade.

Son maquillage avait coulé et elle avait les cheveux en bataille. Elle avait grand besoin d'aller se coucher.

Merde ! Moi aussi j'avais envie de me coucher, et pas seule. Et, au lieu de cela, j'étais en train de faire la nounou tandis que Kira piquait une crise à propos d'un type dont elle avait été amoureuse des siècles plus tôt et avec lequel elle n'était jamais sortie.

Je ne fis rien pour la dissuader, même si je n'étais pas de son avis.

— Tu es soûle. Appelle Tony et rentre chez toi.

Elle fit la moue et croisa les bras.

— Oh, toi, tu t'en fous ! Tu vas baiser avec Austin ! Qu'est-ce que tu en as à faire si j'ai le cœur brisé ?

Je ne pus m'empêcher de rire et je sus aussitôt que c'était une erreur en voyant son air outragé.

— Mais non, tu n'as pas le cœur brisé ! Tu n'es même pas sortie avec lui. Et il ne porte plus de Prince Albert.

Elle me lança un regard furieux. Je compris tout à coup qu'elle était peut-être bien moins soûle qu'elle n'en avait l'air.

— Tu as baisé avec Jack ?

— C'était il y a une éternité.

— Tu as baisé avec Jack ? s'écria Kira en serrant les poings. Je pensais qu'on était amies !

— Kira, c'était il y a des années, et tu n'étais…

— Mais ça ne fait rien ! cria-t-elle, et je savais qu'elle avait raison. Tu savais ce que je ressentais pour lui ! Je l'aimais !

Pour ma part, je ne l'avais jamais aimé.

— Je suis désolée.

Kira sortit son téléphone de son sac avec rage et elle se mit à taper sur les touches avec ses ongles. Elle me tourna le dos. J'aurais dû considérer que j'avais de la chance qu'elle n'ait pas essayé de me frapper au visage, comme elle l'avait fait avec Jack. Mais la situation était déjà assez pénible, j'avais froid et je commençais à avoir la nausée.

— Je n'en ai rien à foutre que tu sois désolée, dit Kira, avant de répondre au téléphone : C'est moi. Viens me chercher. Ouais, je sais l'heure qu'il est. Je t'attendrai au café Chez Tom, dans la 2e Rue. C'est à Harrisburg, espèce d'idiot.

Elle raccrocha et elle descendit la rue sans se retourner.

— Kira !

Elle me fit un doigt d'honneur, sans même s'arrêter. Je n'allais pas lui courir après, pas avec mes talons de dix centimètres. Je fis néanmoins quelques pas en boitillant dans sa direction.

— Kira ! Allez, attends-moi.

— Tu es censée être mon amie, dit-elle sur un ton si froid et offusqué que ce fut pire qu'une insulte ou un coup. Merde, Paige, tu n'es pas obligée de le faire, juste parce que tu peux ! On n'est plus au lycée.

J'arrêtai d'essayer de la suivre.

— Non, sans blague ! Et interpeller un mec dans la rue alors qu'il est avec une autre fille, c'est pas le genre de trucs qu'on fait au lycée ?

— C'est différent !

— Et en quoi est-ce différent ?

— Tu savais ce que je ressentais pour Jack ! cria Kira.

On aurait encore plus attiré l'attention sur nous si cela n'avait pas été un vendredi soir, mais nous n'étions que deux filles de plus se disputant à propos d'un type après avoir bu. Si nous avions été au lycée, j'aurais crié à mon tour et je lui aurais peut-être même crêpé le chignon.

Mais comme nous venions de le faire remarquer très justement, nous n'étions plus au lycée.

J'essayai de ne pas crier mais, d'une voix qui me parut entrecoupée et aiguë, je lui répondis :

— J'ai dit que j'étais désolée. Tu n'étais pas avec lui. Vous n'êtes même jamais sortis ensemble. Et tu ne me parlais pas à cette époque.

Elle sembla fléchir pendant quelques instants, puis elle parut s'apprêter à dire quelque chose de réellement odieux, mais tout ce qu'elle réussit à proférer fut :

— Je m'en fous… Tu n'aurais pas dû.

Je ne fis pas remarquer le nombre de types qui m'avaient plu et avec lesquels Kira avait couché, ou essayé de coucher, ou avait prétendu qu'elle l'avait fait juste pour m'énerver. Je ne dis rien, je la dévisageai fixement, c'est tout, et elle finit par avoir la bonté de détourner les yeux. Et, au lieu d'ajouter quoi que ce soit, elle haussa les épaules.

Si on avait de la chance, les amis qu'on se faisait quand on avait seize ans le restaient pour le reste de notre vie. Si on était intelligent, on savait lorsqu'il était temps de les laisser partir. J'arrêtai de marcher. Je la regardai avancer en direction du café rempli d'ivrognes. Je la laissai entrer alors qu'elle avait bu et qu'elle avait besoin qu'on la raccompagne chez elle et que je n'étais pas sûre que la personne qu'elle avait appelée viendrait la chercher.

Voilà le genre d'amie que j'étais.

Chapitre 4

— Je suis vraiment content que tu sois venue, dit Austin en ouvrant la porte.

Je ne dis rien.

Il la referma derrière moi et j'entrai dans son salon. Je reconnus la chaise et le canapé. Ils m'avaient appartenu autrefois. La chaise était à lui, mais c'était moi qui avais acheté le canapé.

Il les avait gardés et cela n'avait pas d'importance.

— Tu veux boire quelque chose ?

Je me retournai et vis un jeune homme qui était devenu un homme.

— Non, je ne suis pas venue ici pour boire.

Austin sourit.

— Alors pourquoi es-tu venue ?

Le prenant par la ceinture, je l'attirai vers moi. Il ne fit que deux pas, sans vaciller, mais il me saisit par le bras. Je l'avais pris par surprise. Je levai les yeux vers son visage. Mais quand il se pencha pour m'embrasser, je tournai la tête.

— Laisse-moi deviner, me dit-il au creux de l'oreille, tu n'es pas venue ici pour m'embrasser ?

— Tu peux m'embrasser, dis-je en prenant sa main et en la posant sur mon sexe. Ici.

Savourant le contact de ses mains expertes sur moi, je savourai encore plus l'expression de son visage.

Puis son regard vacilla quelques instants, et son sourire s'estompa.

— Paige ?

— Nous savons l'un et l'autre pourquoi je suis venue, dis-je en refermant la main sur son poignet en accompagnant sa main sous ma jupe. Ne prétendons pas le contraire.

J'eus l'impression, pendant une seconde ou deux, qu'il allait me repousser. Je sentais la chaleur de sa main à travers ma culotte, mais le regard glacial qu'il me lança me refroidit. Soudain, je me rappelai pourquoi je l'avais quitté.

Il ne me laissa pas m'écarter de lui.

— Très bien. Je ne prétends pas le contraire, dit-il en glissant les doigts sous ma culotte.

Sentant les signes évidents de mon excitation, son regard vacilla de nouveau.

— Baise-moi, lui dis-je.

Il avait toujours été grand et fort mais, depuis notre rupture, il était passé de la carrure d'un rugbyman à celle d'un homme mince et musclé. Il avait peut-être arrêté de travailler dans la construction avec son père, mais quoi qu'il fasse, il avait un beau corps ferme.

Au début, je pensais qu'il ne m'embrasserait peut-être pas. Nous l'avions déjà fait, baiser sans nous embrasser sur la bouche. On avait baisé avec brutalité et violence. On avait baisé tendrement et avec douceur aussi.

Alors, quand Austin m'attira contre lui et posa ses lèvres sur les miennes, j'étais déjà prête à aller plus loin. Il m'embrassa avec douceur, puis il s'écarta de moi. Il me regarda dans les yeux.

— J'étais sûr que tu me ferais faux bond.

Je me raidis légèrement, je n'avais pas envie de parler, mais, alors que je m'apprêtais à répondre quand même, il m'ôta les mots de la bouche par un baiser et la sensation de ses mains sur mon corps. Je n'ai pas honte d'avouer que je frémis sous ses caresses si familières en dépit du temps écoulé. Nous nous embrassâmes longuement dans l'escalier, puis dans le couloir qui menait à sa chambre. Je l'embrassai les yeux fermés, lui faisant confiance pour me conduire sans que je trébuche. Nous nous embrassâmes comme nous l'avions toujours fait, mais il y avait quelque chose de différent. Nous nous arrêtâmes à la porte de sa chambre, le souffle court. Je ne me souvenais pas depuis quand quelqu'un m'avait regardée avec ces yeux-là.

Quand il me souleva, j'eus l'impression que mon corps était en plume, mais, quand il me reposa, je sus que j'étais faite de chair et de sang.

C'était un nouveau lit, de nouveaux draps, mais je reconnus une odeur familière d'assouplissant et je sentis mon cœur se serrer. Au même instant, sa bouche but mon souffle.

Je portais des vêtements qu'il aurait pu déchirer, je m'en fichais, mais il ne déchira rien. S'agenouillant entre mes jambes, il me regarda droit dans les yeux, puis il frôla mon ventre du bout des doigts et je tressaillis.

Quand il sourit, j'oubliai presque comment j'avais pu ne plus l'aimer, mais je fis un effort pour m'en souvenir. Il ne se passerait rien de plus que ce que j'avais décidé. J'écartai un peu les cuisses et remontai lentement ma jupe.

Austin glissa une main dans mon décolleté et il promena ses doigts sur mes seins. Il m'examina comme s'il ne m'avait jamais vue auparavant, comme s'il ne connaissait pas déjà chaque centimètre de mon corps par cœur.

J'aimais la sensation de ses yeux sur moi.

Quand son regard croisa le mien, on sourit tous les deux, ce qui fut un soulagement. Pendant un instant, j'eus peur qu'un malaise naisse entre nous, dû à un accès de sentimentalisme ou de colère. On avait couché ensemble quelques fois après s'être quittés, et cela n'avait pas toujours été une bonne idée.

Ce n'était sans doute pas une bonne idée maintenant non plus, mais je sentis ses mains remonter sur mes cuisses, un doigt dans ma culotte, et je cessai de m'inquiéter. Je me cambrai et fermai les yeux, savourant l'instant. Il glissa un doigt sur mon point sensible, un autre sur ma fente. C'est à cet instant qu'il arrêta.

Je levai les yeux vers lui.

— Austin ?

Je vis sa belle bouche s'entrouvrir, mais il n'en sortit qu'un souffle lorsqu'il insinua son doigt en moi. Je poussai un petit gémissement lorsqu'il commença à me caresser du bout des doigts.

— Tu aimes ça ?

— Oui, lui dis-je. J'aime ça.

Il faisait des petits mouvements de va-et-vient en moi, tout en continuant à me caresser. Ses yeux quittèrent mon visage pour s'attarder sur les mouvements qu'il faisait avec ses mains et j'en fus soulagée. Je n'avais pas envie de le regarder en train de me regarder.

Il s'interrompit, quelques secondes seulement, le temps d'enlever sa chemise d'un geste rapide. J'en profitai pour ouvrir la fermeture Eclair de ma jupe et il m'aida pour cela aussi. Quelques instants plus tard, j'étais nue sur son lit.

— Enlève ton pantalon, dis-je en le fixant droit dans les yeux.

Nous n'avions jamais beaucoup parlé pendant l'amour. Et, à présent, nous récitions pratiquement le dictionnaire. Je jouai avec mes tétons pour l'exciter pendant qu'il déboutonnait son pantalon. Il ne portait pas de caleçon, comme je m'y étais attendue, mais un boxer moulant.

— Joli boxer, lui dis-je.

Je vis le petit sourire satisfait que je connaissais bien se dessiner sur son visage. Il ôta son boxer et il s'agenouilla de nouveau, le sexe légèrement en érection.

— Merci.

— Tu l'as mis juste pour moi ? demandai-je en me relevant sur mes coudes pour l'observer.

Austin haussa les épaules.

— Qu'est-ce que ça changerait ?

Ce n'était pas la réponse imbécile à laquelle je m'étais attendue, et je n'eus donc rien à lui répondre.

— Paige, dit-il en me caressant encore et encore.

Je fus comme hypnotisée.

— Ecarte les cuisses, dit-il.

Je le fis, parce que je voulais le sentir entre mes jambes. Je pensais qu'il allait continuer de me caresser, mais il approcha son visage entre mes cuisses et je sentis son souffle sur moi.

Je poussai un petit cri quand il m'embrassa là, mais je l'étouffai avec ma main. Quand il me lécha, j'eus le souffle coupé. Cela faisait longtemps qu'un homme ne m'avait pas léchée… depuis la dernière fois où j'avais couché avec lui en fait.

Ses lèvres jouaient avec mon point sensible tandis qu'il introduisait un doigt en moi, puis un autre. Fort, mais pas trop fort. Il trouva mon point G et je me contractai autour de ses doigts. Le plaisir me laissa sans voix.

J'avançai les hanches, comme pour lui intimer de ne surtout pas arrêter, et il me baisa avec sa bouche et avec ses mains jusqu'à ce que je me mette à trembler. Je le regardai, blotti entre mes jambes, mais, quand il s'interrompit pour me regarder à son tour, je frémis davantage encore.

— Attends, ne jouis pas tout de suite.

La voix d'Austin était devenue incroyablement plus grave au fil des années. Et maintenant elle semblait l'être davantage encore. Je sentis de nouveau son souffle sur mon sexe si sensible et ses lèvres me mirent au supplice.

Il remonta vers moi et ses mains se refermèrent sur mes poignets, qu'il immobilisa au-dessus de ma tête. J'agrippai les barreaux du lit et plongeai mon regard dans le sien. Je n'étais plus la fille qu'il avait invitée au bal du lycée, et je n'étais plus non plus celle qu'il avait épousée. J'étais une femme différente à présent. Mais je gardai malgré tout les mains serrées autour des barreaux tout en le regardant tandis qu'il cherchait un préservatif dans sa table de nuit.

Quand il fut de nouveau au-dessus de moi, guidant son sexe, tout mon corps vibra. Je fermai les yeux quand je le sentis entrer en moi. Quand il commença à bouger, je bougeai en même temps que lui. C'était facile, je n'avais pas oublié.

Il me baisa lentement, puis plus vite. Il prit appui sur ses mains pour pouvoir venir plus profondément en moi. J'aimai la sauvagerie avec laquelle il allait et venait en moi et je serrai les barreaux du lit. Ses yeux ne quittèrent jamais les miens, pas même quand il glissa une main entre nous pour me caresser en même temps qu'il me prenait.

— Maintenant, dit-il entre deux gémissements, viens.

Je n'avais pas attendu sa permission, mais mon corps lui obéit néanmoins.

— Prononce mon nom, murmura-t-il à mon oreille. Dis-le, Paige, ajouta-t-il.

Je fus happée par un violent orgasme et je fis ce qu'il voulait, je prononçai son nom, sans savoir s'il avait pu le distinguer de mes gémissements. Au même instant, je lâchai les barreaux du lit et j'enfonçai mes ongles dans le dos d'Austin à l'instant où je fus assaillie par un second orgasme, aussi fort que le précédent. Peut-être même plus fort, et je l'entendis crier lorsqu'il jouit à son tour.

Austin fut secoué de spasmes. Il glissa les bras sous moi et me serra dans ses bras. Et il resta ainsi pendant un moment qui me sembla très long.

Au bout de quelques minutes, je dus dégager mes jambes nouées autour de sa taille pour soulager mes crampes naissantes, mais je laissai mes bras enroulés autour de lui. Son poids sur moi était plus rassurant que pesant. Quand il finit par basculer sur le côté, il laissa un bras et une jambe sur moi.

Je pensai qu'il allait s'endormir.

Mais il ne s'endormit pas. Il me caressa doucement.

— Paige…

— Oui, dis-je après une seconde.

— Je pensais que ça te plaisait de faire l'amour de façon un peu brutale, dit-il, une main posée sur mon sexe, me caressant doucement.

Je n'avais rien contre les câlins après l'amour, ni contre quoi que ce soit qui puisse entraîner un éventuel deuxième round, mais, quand Austin commença à me caresser, je posai une main sur la sienne pour l'interrompre.

— C'est pour ça que tu l'as fait ?

Il ne me regarda pas. Je sentis son souffle chaud sur mon épaule, où il déposa un petit baiser. Du bout des doigts, il commença à caresser mon bouton. Je venais de jouir deux fois et je n'étais pas prête à jouir une troisième fois, du moins le pensai-je. Mais, à mesure qu'il continuait, je sentis de nouveau l'excitation monter en moi.

— C'est pour ça ? demandai-je dans un souffle. Austin ?

— Paige… Mais bien sûr, fit-il d'une voix agacée.

Je posai de nouveau ma main sur la sienne, même si ce qu'il me faisait commençait à me faire de l'effet.

— Regarde-moi.

Il n'obéit pas. Je n'avais pas remarqué les cernes sous ses yeux avant. A peine bleutés, ils le faisaient paraître un peu plus âgé. Mais, après tout, il l'était. Nous l'étions tous les deux.

— Je pensais que tu aimais faire l'amour brutalement, c'est tout.

— Est-ce que j'ai eu l'air de ne pas aimer ça ?

Je ne voulais pas justifier mes orgasmes. Je ne voulais pas qu'il ait fait quelque chose pour mon plaisir qu'il n'aurait pas fait pour le sien.

Je me dégageai de son étreinte, je me levai et rassemblai mes vêtements. J'appelai la compagnie de taxis pour pouvoir rentrer chez moi. Austin m'observa, sans tirer le drap sur lui et sans chercher à se rhabiller. Quand je le regardai, son expression était devenue indéfinissable.

— Pourquoi es-tu venue ici ? demanda-t-il d'une voix qui résonna dans le silence de la pièce.

J'enfilai ma culotte et je remis ma jupe.

— Juste pour baiser ? ajouta-t-il.

— Oui, Austin, lui dis-je. Que crois-tu que je voulais d'autre ?

— Rien, dit-il en se tournant pour attraper la télécommande sur la table de nuit, tandis que j'en profitai pour lorgner ses fesses en douce et le haut de ses cuisses, ce qui me donna envie de le mordiller. Oublie ça, ajouta-t-il.

— Tu n'es quand même pas en colère contre moi ? demandai-je en ajustant ma jupe et en me recoiffant d'un geste. Franchement ? insistai-je.

— Non.

L'air buté, Austin resta le regard rivé à l'écran de télévision. Il zappait d'une chaîne à l'autre avec une rage évidente.

— Parce que je vais te dire une chose, si tu dois me faire une scène chaque fois que je viendrai pour baiser, je ne vais pas prendre la peine de revenir, dis-je en enfilant mes chaussures. Ça, c'est de l'histoire ancienne !

A présent, il me dévisageait d'un air médusé.

— Pardon ?

— C'est de l'histoire ancienne, dis-je aussi clairement que possible. C'est fini. Terminé.

Il haussa les épaules, un petit sourire narquois au coin des lèvres, et il se tourna vers la télévision.

Austin était le seul homme dont j'aie vraiment été mordue. C'était sans doute pour cela que nous nous étions tant disputés et que nous avions aussi tant, et si bien, baisé.

— Si tu le dis.

— Austin, dis-je en attendant qu'il me regarde. Ne me fais pas regretter ce qu'il vient de se passer, O.K. ? Tu sais très bien ce qu'il en est.

Il haussa les épaules de nouveau, mais, cette fois, il ne souriait plus du tout. Il appuyait toujours sur la télécommande avec frénésie. J'hésitai un instant à l'embrasser avant de partir, je fis même quelques pas vers le lit, mais, quand il se tourna pour me regarder, je m'arrêtai net.

— Je trouverai le chemin de la sortie. Ne bouge pas, reste couché, dis-je alors qu'il ne semblait pas franchement sur le point de se lever.

J'étais déjà sortie de l'appartement et j'avais descendu quelques marches quand j'entendis sa voix.

— Tu ne peux pas partir comme ça !

Je marquai un temps d'arrêt, la main sur la rampe. Je pensai à une demi-douzaine de répliques, mais aucune ne franchit le seuil de ma bouche. En bas des escaliers, la rampe me laissa une écharde dans la main et je jurai entre mes dents en l'ôtant. Cela m'apprendrait, pensai-je en mon for intérieur en sortant de l'immeuble pour rejoindre la rue, où un taxi m'attendait.

Chapitre 5

Le petit jour se levait quand je rentrai enfin chez moi. Je payai le taxi en faisant mine de ne pas remarquer la façon dont il me reluqua les cuisses quand je sortis de la voiture. Je n'avais pas envie de regretter d'avoir couché avec Austin, même si j'avais dit que je ne le ferais pas. Faire l'amour avec lui avait été trop bon, aussi bon que cela pouvait l'être avec quelqu'un qui nous connaît déjà, mais j'avais commencé une nouvelle vie, avec un nouveau boulot et un nouvel appartement dans une nouvelle ville. Et je voulais aussi prendre de nouvelles habitudes. Et Austin n'en faisait pas partie.

J'avais envie d'un homme qui avait fait des études. Un homme avec une carrière et non un boulot. Un homme qui avait sa propre voiture, qui payait ses factures en temps et en heure et qui portait des vêtements assortis. Un homme et un vrai, pas quelqu'un qui fumait et buvait et trompait, ni un homme qui accumulait les dettes et sortait en douce la nuit sans laisser de mot. Ni un homme qui esquintait ma voiture parce qu'il n'en avait pas une à lui.

Je voulais un homme, pas un gamin déguisé en homme.

Tu es injuste avec moi, m'avait souvent reproché Austin. *Je ne suis pas comme ces types.*

Ces types. Les hommes avec lesquels ma mère était sortie. Ou du moins la plupart d'entre eux. Et j'avais toujours attendu qu'Austin devienne un de ces hommes. Mais peut-être avait-il raison, peut-être que j'avais été injuste, mais il avait fait sa part de trucs pas cool, même en sachant que cela allait me faire souffrir. Après tout, j'avais fait la même chose.

Mes talons résonnèrent sur le marbre tandis que je passais devant la réception, déserte à cette heure-là. J'avais été seule dans l'ascenseur une bonne dizaine de fois lorsque je portais des tenues d'enfer. Mais ce soir, parce que je savais que j'avais l'air ravagé d'une fille qui s'était fait baiser toute la nuit, une main s'insinua entre les portes juste avant qu'elles ne se referment, et je dus le partager.

— Merci, fit l'homme que j'avais déjà croisé. Je suis trop fatigué pour prendre les escaliers.

Il entra avec indolence, les yeux mi-clos, et il se mit dans l'angle opposé, au fond, et juste derrière moi. Il poussa un soupir, qui se transforma en bâillement, qui fut contagieux et je mis la main devant la bouche. Il m'observa avec un petit sourire. Consciente du fait que mon rouge à lèvres et mon mascara avaient sûrement coulé, je lui souris en retour. Puis, nous nous tournâmes face à la porte, mais je sentis ses yeux sur moi. D'un rapide regard en coin, je vis qu'il me regardait. Contrairement à la fois précédente, cette fois, il n'était pas trop distrait pour me remarquer. Quand je tournai à peine la tête, il fixait les numéros blancs qui indiquaient la progression de l'ascenseur.

Je dus me mordre les lèvres pour ne pas sourire. Il me baisait littéralement avec les yeux. Qui n'aurait pas trouvé ça flatteur ?

J'eus l'impression que l'ascenseur mettait un temps infini à atteindre le premier étage. Il passa près de moi sans me toucher, mais j'eus la chair de poule, comme s'il l'avait fait. Quand il sortit de la cabine, je laissai échapper le souffle que j'avais retenu jusque-là. Cela faisait deux fois que je le voyais. Trois fois ? Le sortilège semblait commencer à opérer car, cette fois, il m'avait regardée.

— Tu m'as manqué.

Je suis déjà en train de me jeter dans les bras d'Austin lorsqu'il prononce ces mots. Une semaine loin de lui, cela a été trop long. Ses parents me l'ont enlevé pour se rendre à un enterrement familial. A dix-neuf ans, il a largement l'âge de rester seul, mais ils ont insisté pour qu'il les accompagne afin de rendre les derniers hommages aux membres de la famille. Ils n'ont sans doute pas eu envie qu'on s'envoie en l'air dans toutes les pièces de la maison pendant qu'ils ne sont pas là, mais je ne peux pas leur en vouloir pour ça : c'est sans doute ce que nous aurions fait. Je n'ai pas voulu les accompagner, même s'ils m'ont invitée — je n'aurais pas été à l'aise —, mais la semaine m'a semblé une éternité alors que je n'attendais qu'une chose : passer des heures et des heures à embrasser Austin.

Les bras autour de moi, il me serre fort, et ses bras descendent le long de mon dos pour agripper mes fesses. Personne ne nous regarde et, si c'était le cas, cela me serait égal. Je suis tellement contente qu'il soit rentré que cela vaut la peine de courir le risque de nous faire surprendre par ses parents tandis qu'il a les mains sur mes fesses. Je sens son sexe frôler mon ventre.

Je lui ai vraiment manqué.

— Je t'ai rapporté quelque chose.

— Qu'est-ce que c'est ?

Je suis sur le point de tendre la main, m'attendant à recevoir une babiole ou un T-shirt. Quelque chose qu'il a sans doute acheté dans un magasin de souvenir sur une autoroute de Pennsylvanie.

Austin me tend une petite boîte avec un couvercle. A l'intérieur, il y a du beau papier à lettres. J'en prends une page et l'observe à la lumière. Le papier est doux sous mes doigts et il est orné d'un discret motif à fleurs. Je jette un coup d'œil vers Austin.

Comment a-t-il pu savoir ?

— Ça m'a fait penser à toi, dit Austin en haussant les épaules, comme si cela l'embarrassait de l'avouer. Tu aimes ce genre de truc.

C'est vrai. J'aime les blocs-notes, les cartes de correspondance et le beau papier à lettres. J'ai toujours aimé ça, mais c'est la première fois que quelqu'un le remarque et m'offre quelque chose d'aussi beau.

— Je l'adore.

— Quand est-ce que ta mère rentre à la maison ?

Ma mère a des horaires étranges à l'usine Hershey depuis qu'elle est enceinte. Comme c'est l'été, son frère Lane, qui est étudiant, est à la maison et il s'occupe du magasin, dans lequel j'ai moi aussi fait mon quota d'heures. Je ne la vois pas beaucoup en ce moment. Je ne sais pas si elle m'évite, mais je sais que j'essaie de ne pas être dans ses jambes. Il ne reste plus qu'un mois avant son accouchement, et je n'arrive pas à imaginer ce qui va se passer à ce moment-là.

— Tard, dis-je en me blottissant contre lui, glissant mon genou entre les siens, ma joue au creux de son épaule, tout près de son cœur.

— Super, dit Austin, un grand sourire aux lèvres.

L'appartement n'est pas assez grand pour que notre course-poursuite dure bien longtemps, mais nous réussissons malgré tout à être en sueur tandis que j'échappe à son étreinte et me cache derrière le rocking-chair de bois. Ce n'est pas que je n'ai pas envie qu'il m'attrape. C'est juste plus amusant de faire semblant de vouloir lui échapper.

Quand il m'attrape, il pose sa bouche sur la mienne et je

sens sa langue me fouiller. Je suis déjà très excitée. Excitée par lui. Il glisse sa main directement entre mes jambes, sans perdre de temps et il caresse mon sexe à travers le mince tissu en coton de mon short.

Le rocking-chair, mis en mouvement par notre lutte feinte, me tape sur les fesses pendant que nous nous embrassons. Je l'attrape pour l'arrêter, je me dégage de l'étreinte d'Austin et j'ôte mon short. Je porte la minuscule culotte de mon maillot de bain qui lui plaît tant, mais je l'enlève aussi.

Je relève mon T-shirt au-dessus de mes seins nus et je m'installe sur le rocking-chair. J'écarte les jambes. Il me fixe, le visage tendu et les yeux brillants. Il reste immobile.

Il m'a déjà léchée, mais je ne lui ai jamais demandé de le faire. Ça a toujours fini par arriver, c'est tout. Mais je n'ai pas arrêté de penser à ça au cours de la semaine écoulée, à sa bouche et à ses doigts me caressant jusqu'à ce que je jouisse. Toutes les nuits depuis son départ, je me suis couchée dans mon lit, les yeux grands ouverts dans le noir, imaginant qu'il était là, avec moi. J'imaginais que mes doigts étaient sa langue, jouant avec mon point sensible ou s'insinuant en moi, mais ce n'était jamais pareil.

Mon amie Kira me dit que son petit ami ne veut pas la lécher. Jamais. Il n'a rien contre la fellation, mais lui refuse de le lui faire. Moi, je romprais si un type voulait que je le suce et refusait de me rendre la pareille, mais Kira dit qu'elle l'aime. Je crois qu'elle ne sait pas ce que c'est que l'amour.

Les amis d'Austin, les mecs de l'équipe de football et ceux avec lesquels il travaille dans l'entreprise de construction de son père, diraient probablement eux aussi qu'ils ne lèchent pas leur copine. Je me demande combien disent la vérité. Je me demande si Austin leur parle de moi, si les hommes parlent de leur vie sexuelle de façon aussi détaillée que je le fais avec mes amies. Je me demande s'il admet qu'il me fait jouir avec son visage entre mes cuisses, ou s'il le nie.

— Austin, dis-je d'une voix lente et grave, presque étrangère.

Son regard s'allume. Je fais glisser mes mains à l'intérieur de mes cuisses et je les écarte un peu plus, pour m'offrir à sa vue.

— J'ai envie de ta bouche.

Il s'est déjà mis à genoux avant même que j'aie terminé ma phrase. Mon pouls s'accélère quand je sens sa bouche chaude et humide sur ma peau. Quand sa langue caresse mon point sensible, je m'agrippe aux accoudoirs, je rejette la tête en arrière et je me cambre. C'est tellement bon que c'en est presque douloureux. Le rocking-chair me fait balancer vers sa bouche, encore et encore, tandis qu'il me lèche et m'embrasse. Lorsqu'il glisse un doigt en moi, je jouis très fort et je crie d'une voix étranglée.

Je baisse les yeux vers lui. Il sourit et semble fier de lui. Je lui caresse les cheveux et j'ai envie de lui dire combien je l'aime, mais quelque chose dans son regard me rend soudainement timide. J'ai envie de refermer les cuisses, mais son visage repose sur ma jambe et je ne peux le faire sans le repousser.

— Quoi ? dis-je sans pouvoir masquer la légère inquiétude qui perce dans ma voix. Qu'est-ce que tu regardes ?

— Toi, dit-il en déposant un baiser sur ma cuisse.

Je le fais rouler par terre sur le dos et je m'assois à califourchon sur lui, je défais sa ceinture et je descends son pantalon. Son sexe, une fois libéré, se dresse devant moi. Je le prends dans ma main et je commence à le caresser. Puis, je me penche pour le goûter.

— Putain, Paige…, lâche-t-il dans un tressaillement, empoignant mes cheveux en bataille.

— Quoi ?

J'ai envie de le prendre en moi, mais nous n'avons pas de préservatif à portée de main et je ne veux pas le faire sans.

— Personne…

Légèrement perturbée, je m'assois sur mes talons et je le serre un peu plus fort.

— Personne quoi ?

Qu'a-t-il bien pu faire pendant qu'il était parti ?

— Personne ne fait ça comme toi, dit Austin.

Il pense que c'est un compliment, mais je me fige aussitôt. Relâchant mon étreinte, j'attrape mon short et ma culotte — je n'ai pas envie que ma mère la retrouve par terre au milieu de la pièce. Puis je dis :

— Personne… comme qui par exemple ?

— Hein ? fait-il en relevant la tête, mais, quand il voit mon expression, il s'assoit. Que se passe-t-il ?

Je sens ma gorge se serrer et je ravale mes larmes.

— Personne ne fait quoi comme moi ? Personne ne te suce comme moi ? Par qui d'autre te fais-tu sucer, Austin ?

— Personne, dit-il, prenant sans doute conscience de ce qu'il vient de dire, parce qu'il se lève en sursaut pour s'élancer à ma poursuite le long du petit couloir qui mène à ma chambre. Ce n'est pas ce que j'ai voulu dire, bébé.

— Ne m'appelle pas bébé, dis-je en saisissant le peignoir suspendu derrière la porte, car je n'ai pas envie de m'habiller pendant qu'on se dispute.

Je sens ses mains sur mes épaules, me tournant doucement vers lui.

— Je voulais juste dire que les autres mecs me disent que leur petite amie ne fait pas les trucs que toi tu fais.

Je suppose que cela répond à ma question concernant le fait qu'ils parlent ou non de sexe. Je ne souris pas, je reste impassible. Austin dégage mes cheveux de mon visage.

— C'est tout ce que j'ai voulu dire. Que personne… que tu es vraiment exceptionnelle.

— Exceptionnelle en pipes ? je demande, l'air vexé, même si, intérieurement, je suis bien contente qu'il pense ça.

— Et en d'autres choses.

Il m'entraîne vers le lit et je le laisse faire jusqu'à ce que nous soyons allongés sur le couvre-lit que ma grand-mère a fait pour moi.

Austin me caresse et m'embrasse. Quand sa main retrouve mon sexe, je sais que je suis encore mouillée. Je sens ses doigts contre moi, son souffle chaud sur ma nuque. Il presse son pouce sur mon bouton et ses doigts vont et viennent en moi. Il pose ses lèvres sur mes tétons et il les lèche doucement et, même si j'ai joui peu de temps auparavant, je sens de nouveau l'excitation monter en moi.

— Tu m'as manqué, dit-il.

— Vraiment ?

Il hoche la tête. Maintenant, cela me semble stupide de m'être mise en colère contre lui, ou de me demander s'il m'a trompée pendant son absence. Je sais que c'est arrivé une fois ou deux lorsque nous étions au lycée. Et puis merde, moi aussi je l'ai trompé, surtout si on compte les fois où il pensait qu'on sortait ensemble et moi pas, et vice versa. Mais pas depuis qu'on a eu nos diplômes, qu'on travaille à plein-temps et que notre relation est, elle aussi, à plein-temps.

Il cherche à tâtons les préservatifs que je garde dans une boîte dans ma table de nuit et il en enfile un. Je pourrais l'aider, mais j'ai envie de le regarder. Il le déroule sur son sexe en se mordillant la lèvre. Puis, il vient au-dessus de moi. Et en moi.

Je gémis, je ne peux m'en empêcher. J'adore ça, faire l'amour. Son poids sur moi. Sa queue est si dure en moi que parfois, quand il me prend, ça me fait mal, mais j'aime ça aussi. Il a les bras musclés à force de porter des trucs lourds et je m'y agrippe pendant qu'il fait des va-et-vient en moi.

Je soulève mon bassin pour aller à sa rencontre et son ventre se frotte contre mon clitoris à chaque mouvement. Je suis terrassée par un orgasme foudroyant. Je jouis une nouvelle fois quand Austin commence à bouger en moi plus vite et plus fort, et je sais que lui aussi jouit.

Cela ne se produit pas souvent qu'on jouisse ainsi, ensemble, alors ça a quelque chose d'un peu magique qui me laisse somnolente et tendre après. Il me prend dans ses bras et nous restons enlacés sur mon lit. Je sens son souffle dans mes cheveux.

— Paige, dit Austin. J'ai quelque chose d'important à te demander.

Et ensuite nous sommes sur l'océan, dans un bateau qui est en train de couler.

Lorsque la mer noire et froide m'engloutit, la sonnerie stridente du réveil résonna à mon oreille. Je respirai profondément, même si j'étais censée être sous l'eau. D'un coup de pied, je sentis les vagues autour de mes jambes, qui se transformèrent bientôt en draps autour de mes chevilles tandis que j'ouvrais les yeux, cherchant le téléphone dans l'obscurité.

— Quoi ?

A cette heure, on ne pouvait pas non plus s'attendre à ce que je sois polie.

— Paige ?

Je clignai des yeux, voulant éviter de voir l'heure qu'il était. Il était trop tôt pour se lever, merde.

— Arty. Que se passe-t-il ? Où est maman ?

— Maman dort encore. Et Leo est parti travailler, ajouta-t-il bien que je n'aie rien demandé. J'ai faim.

— Prépare-toi un bol de céréales, dis-je en réprimant un bâillement, sentant poindre la gueule de bois, ce qui ne serait pas arrivé si j'avais pu dormir quelques heures de plus.

— Y en a pas.

— Pas de Cheerios ? Pas de pétales de blé aux raisins ?

Mon petit frère, le seul avec qui j'aie jamais vécu, émit un petit bruit familier en signe de dégoût.

— J'aime pas ces céréales-là.

— Alors c'est que tu ne dois pas avoir si faim que ça, dis-je en pensant que j'avais faim moi aussi, mais que je n'allais pas sortir de mon lit aux aurores pour me faire une tartine grillée. Arty, il est trop tôt pour m'appeler. Je te l'ai déjà dit, non ?

— Tu ne peux pas venir me faire des crêpes. S'il te plaît.

Sa petite voix semblait très lointaine. Je l'imaginai dans son pyjama Spiderman, balançant ses pieds nus parce que ses petites jambes ne touchaient pas le sol.

— Je ne vis plus là-bas, bonhomme. Je t'ai dit que je ne pourrais pas venir chaque fois que tu m'appellerais.

Il y eut un silence.

— Mais tu me manques, dit-il d'une toute petite voix.

Je soupirai.

— Toi aussi tu me manques, bonhomme. Et si je venais bientôt pour t'emmener au cinéma ?

— Quand ?

A presque sept ans, le gamin savait lire depuis plus de trois ans, et il savait lire l'heure, ce qui ne manquait pas de me déconcerter. Il n'y avait pas grand-chose qui lui échappait.

— Aujourd'hui ?

— Non, pas aujourd'hui. Peut-être dans la semaine.

— Quand ? Quand ?

Je n'avais pas les idées claires et je lançai un jour au hasard.

— Mercredi ?

— Samedi. Dimanche. Lundi. Mardi. Mercredi. Ça fait une semaine !

Il sembla si consterné que je ne pus m'empêcher de rire, ce qui me fit mal à la tête.

— Non, pas tout à fait, ça fait cinq jours.

— C'est trop long ! fit-il d'une voix assez stridente pour me perforer les tympans.

— Tu as gym le mardi soir et lundi soir j'ai un rendez-vous. Désolée, bonhomme, tu vas devoir attendre jusqu'à mercredi. En plus, dis-je pour le motiver, le nouveau *Power Heroes* sort mercredi. Que dis-tu de ça ?

— O.K., dit-il d'une voix plus résignée que convaincue. Mais j'ai faim maintenant, Paige.

— Prends des céréales. Ou une barre dans le tiroir.

— Maman dit que je n'ai pas le droit de manger de barres avant mon petit déjeuner.

— N'y a-t-il pas de barres aux céréales dans le tiroir ?

Je réprimai un autre bâillement. Si je ne me rendormais pas dans les minutes qui suivaient, j'allais être de mauvaise humeur pour le reste de la journée.

— Oui… !

Même Arthur savait où je voulais en venir, mais, à l'entendre, ça semblait trop beau pour être vrai.

— Manges-en une. C'est des céréales, non ?

— Je peux dire à maman que tu as dit que je pouvais ?

— Bien sûr.

Cela ne serait pas la première fois qu'elle me reprocherait d'avoir donné au gamin la permission de faire quelque chose qu'elle lui avait défendu. D'un autre côté, elle m'avait permis d'aller à l'école avec des mules roses à talons à l'âge de douze ans et c'était elle aussi qui m'avait acheté une boîte de préservatifs quand j'avais quinze ans. Pourtant, elle n'était pas le même genre de mère pour Arthur qu'elle l'avait été pour moi.

— Maintenant, laisse-moi me recoucher, O.K. ?

— O.K., au revoir, Paige.

— Au revoir.

— Je t'aime, dit mon petit frère avant que j'aie le temps de raccrocher.

Ce n'était pas la première fois qu'il le disait, mais soudain le souvenir de l'odeur qu'il avait quand il était bébé afflua en moi et j'ouvris grands les yeux. Je me rappelai la douceur de ses cheveux de bébé sur mes lèvres quand je l'embrassais sur la tête, et combien il me semblait lourd quand je le portais. Je me souvenais que j'aimais le tenir dans mes bras pendant des heures en regardant des émissions idiotes à la télé, juste parce qu'il était petit et mignon. Et parce qu'il m'aimait.

— Je t'aime aussi, bonhomme. A mercredi.

Cette fois, il ne dit pas au revoir de nouveau, il se contenta de raccrocher. Je reposai le téléphone et j'enfouis mon visage dans l'oreiller, mais je ne parvins pas à retrouver le sommeil.

Je soupirai et jetai un coup d'œil au réveil. Il était presque 8 heures, et j'étais allée me coucher à quelle heure ? Juste avant 6 heures du matin ? Ce gosse me le paierait un jour, peut-être quand il sera ado et qu'il aura envie de dormir tard le matin… je le réveillerai !

Hélas, je n'étais pas près de prendre ma revanche et j'étais tout à fait réveillée à présent. Je m'étirai et m'assis sur le lit, m'attendant à sentir une migraine effroyable, mais, en dehors de la faim qui me tenaillait, cela allait. Du moins jusqu'à ce que j'entende mon téléphone portable sonner faiblement au fond de mon sac qui se trouvait par terre, sous une pile de vêtements. Je le trouvai sous mes chaussures Steve Madden.

Cinq appels manqués.

Cinq ? Merde. Je vérifiai les numéros. J'avais également des messages dans ma boîte vocale, mais, tant que je ne l'avais pas interrogée, je ne savais pas combien. Kira m'avait appelée vers 4 heures du matin sans laisser de message. Cela pouvait être bon ou mauvais signe, c'était selon. Il y avait un appel de ma mère que j'avais oublié d'effacer. Les trois autres étaient des appels d'Austin.

Et merde.

Trois messages de lui, à une demi-heure d'intervalle chaque fois. Les deux premiers étaient brefs, il se demandait à quelle heure j'allais arriver chez lui. Le troisième appel avait été passé à 6 h 15 du matin, j'étais déjà allée me coucher.

— Ecoute, je sais que je me suis mal conduit envers toi par le passé…

Puis, il y eut un silence d'une dizaine de secondes, ponctué par sa respiration.

— Je suis désolé… Je… Je me suis conduit comme un con, et j'en suis désolé. Appelle-moi, O.K. ? S'il te plaît, ajouta-t-il après un nouveau silence.

Existe-t-il quoi que ce soit de plus pathétique et excitant à la fois qu'un homme implorant ?

Je ne pus me résoudre à effacer ce message. Peut-être que j'aurai envie de l'écouter encore quelques dizaines de fois. J'aurais bien aimé voir cette déclaration « *Désolé, j'ai agi comme un con. Austin Miller* » brodée sur un torchon et m'essuyer les mains avec.

Je n'effaçai pas le message, mais je ne le rappelai pas non plus. Au lieu de cela, je me levai et je me traînai jusqu'aux toilettes où je restai un temps interminable, avant de me laver les dents et de m'attacher les cheveux à la diable.

J'avais envie de retourner me coucher, mais je savais bien que cela aurait été une perte de temps. Mon estomac gargouillait et je glissai les deux dernières tranches de pain dans mon grille-pain. Il était plus que temps que j'aille faire des courses, mais, vu l'état de mes finances, j'allais sans doute devoir passer une semaine de plus à manger du thon en soldes et des nouilles asiatiques plutôt que des steaks et du homard. Au moins, sur ce plan-là il n'y avait rien de nouveau. J'avais grandi en pensant que les pâtes au fromage râpé étaient un plat gastronomique.

Pendant que mon pain était en train de griller, je passai en revue une pile de prospectus que j'avais rapportés de ma boîte aux lettres la nuit précédente. Je mis de côté quelques catalogues adressés au précédent locataire et je repensai au mot que j'avais reçu la veille, au beau papier et aux mots écrits avec délicatesse. Que disait-il de faire ? De dresser une liste de défauts et de qualités ? J'y réfléchis en mangeant ma tartine de pain sec car je n'avais ni beurre ni confiture.

Vous écrirez une liste de dix adjectifs. Cinq défauts. Cinq qualités. Transmettez-la sans délai…

Je sortis un carnet de notes jaune d'un tiroir de la cuisine et un crayon à la pointe émoussée par l'écriture de trop nombreuses listes. Des listes de tâches ménagères pour la plupart ou des listes de courses. Je ne l'avais jamais employé pour énumérer mes défauts et mes qualités.

Je réfléchis en tapotant le crayon sur mes lèvres.

Fière
Têtue
Indépendante
Intelligente
Curieuse
Résolue
Consciencieuse.

C'était tout. La liste me semblait incomplète, mais rien d'autre ne me venait à l'esprit. Voilà qui était fait pour la liste de dix adjectifs, pensai-je en rangeant le papier et le crayon.

Et la réelle question étant, qu'est-ce que j'avais écrit ? Une liste de défauts ou de qualités ? Ne pouvaient-ils pas se confondre parfois ?

Je fixai de nouveau le bloc-notes sur la table. Le mot m'avait fait réfléchir à moi-même, alors qu'il ne m'était même pas destiné.

J'espérais que la personne à qui il était adressé s'en était mieux sortie.

Chapitre 6

Je terminai mes courses juste avant midi. Je n'avais que deux petits sacs, juste assez pour tenir jusqu'à la paie. Mais j'avais gardé quelques dollars dans mon portefeuille, et ce dans un but précis. Je n'avais pas besoin d'un grand café crème avec un gâteau à la cannelle bien collant, mais j'en avais envie.

Au Morningstar Mocha, juste en face de Riverview Manor, on voyait affluer tous ceux qui étaient venus chercher leur shoot de caféine. Quelques joggeurs emmitouflés pour se protéger du froid remplissaient des gobelets à emporter là où se trouvaient les sachets de sucre, les pots de lait et de crème.

Et dans le coin, mon coin, le siège que je prenais parce qu'il était situé à la plus petite table et que j'y étais en général seule, était assis mon compagnon d'ascenseur, M. Mystère.

Etait-ce un hasard objectif ? Ou le destin ? Il n'était d'ailleurs pas le seul visage familier des lieux. Parmi les clients, je reconnus un ou deux habitués du Mocha, et bien sûr je connaissais la fille qui était derrière le comptoir. Elle s'appelait Brandy, et il était difficile de la rater. Elle passait son temps à ruminer son chewing-gum.

Je fis un effort délibéré pour ne pas le regarder lorsque je commandai mon café et ma pâtisserie, mais il était toujours là lorsqu'on me servit. Il portait une chemise blanche à manches longues par-dessus un T-shirt noir et un jean délavé qui lui allait vraiment bien. Ses cheveux donnaient l'impression qu'il s'était juste coiffé d'un geste de la main ou qu'il sortait de son lit. Il avait une grande tasse devant lui, encore fumante, et une assiette qui contenait des restes de bagel avec du saumon fumé et du fromage à tartiner. Il regardait par la fenêtre qui donnait sur la rue, déserte en dehors de quelques voitures qui passaient lentement. Devant lui, il avait un carnet de notes au papier blanc, et non jaune, et un gros stylo. A ses pieds, comme un chien fidèle, reposait un sac en cuir vieilli.

Le soleil vif de fin d'hiver filtrait à travers la vitre et illuminait son visage. J'avais envie de ne pas le quitter des yeux et de boire en m'imprégnant de la grâce de ses traits fins, de sa beauté désinvolte. Je scrutai sa bouche, ses lèvres qu'il mordait dans un effort de concentration, son front qui se plissait. La façon dont sa main s'enroulait autour du stylo qui caressait le papier.

Heureusement pour moi, il regardait toujours par la fenêtre, gribouillant d'un air absent, quand un sportif en jogging bariolé me heurta violemment et renversa mon café sur un couple en face à moi, qui semblait sortir d'une nuit blanche.

Le sportif fit preuve de beaucoup de gentillesse, et m'apporta un autre café et une pâtisserie pour remplacer la mienne, qui trempait dans ma boisson renversée. Il le fit de manière un peu ostentatoire, mais c'était toujours mieux que de ne pas le faire, et, pendant tout le temps que ça prit, je n'osai pas tourner la tête vers l'homme qui se trouvait près de la fenêtre.

Quand je finis par lever les yeux vers lui, ma nouvelle tasse me brûlait la main et ma vue était trouble car je commençais à être en manque de sucre. Je ne voulais pas avaler ma pâtisserie en une bouchée, mais la grignoter du bout des lèvres n'aurait pas été assez rapide pour calmer mon estomac.

Il jeta un coup d'œil dans ma direction juste au moment

où je léchais le sucre étalé autour de mes lèvres. Il sourit. Je reposai ma tasse et je lui souris à mon tour.

Je crus qu'il allait me dire bonjour mais, sans mes chaussures à talons, je n'eus droit qu'à un sourire. Peut-être qu'il ne me reconnaissait pas. Ou, de façon plus probable, il s'en fichait.

Il se leva, il avait déjà rangé son bloc et son stylo dans son sac et avait débarrassé la table de ses détritus. Il enfila une chemise au tissu écossais qui était sur le dos de sa chaise et que je n'avais pas remarquée, et il glissa la bandoulière de son sac en cuir sur son épaule. Il sortit du café sans même un regard pour moi, ce qui me permit de ne pas le quitter des yeux sans avoir peur de me faire surprendre.

Il avait laissé une feuille de papier froissé sur le sol, entre sa chaise et la fenêtre. Je jetai un rapide coup d'œil dans le café désormais désert pour voir si quelqu'un allait me remarquer et j'abandonnai mon siège pour aller m'asseoir sur celui qu'il venait de quitter. J'eus l'impression de sentir sa chaleur sur la chaise, même si c'était sans doute impossible. Je savais que je n'aurais pas dû ramasser le papier, ni le défroisser devant moi. Et je savais que je n'aurais pas dû le lire.

Mais c'est ce que je fis.

Je ne découvris pas les secrets de l'univers. Je n'appris même pas quel était son nom. Il avait surtout griffonné et gribouillé, et s'il y avait bien quelques bouts de phrases, c'était incompréhensible pour moi. Ça me déçut, mais à quoi m'étais-je attendue ? A une autobiographie écrite à la main retraçant son éducation, sa carrière et son dossier médical ?

Je terminai mon petit déjeuner en pliant le papier encore et encore, jusqu'à ce qu'il ne forme qu'un minuscule carré dans ma main, comme un secret jalousement gardé. Mais cela ne me regardait pas. Je n'avais aucun droit de le garder. Il pesait comme une poignée de plomb dans ma main, et pourtant je ne pouvais me résoudre à le jeter dans la corbeille.

Je partis mais, en arrivant à Riverview Manor, jc regrettai

de ne pas avoir pris le temps de prendre un autre café. Ça m'aurait évité une rencontre que je ne tenais pas à faire. Dans mon immeuble, il y avait bien un gardien qui réceptionnait les colis et s'occupait d'éventuels problèmes, mais son rôle n'était pas d'empêcher qui que ce soit de pénétrer à l'intérieur de l'immeuble. C'était dommage.

Une part de moi-même ne fut pas surprise, en arrivant dans le couloir, de voir Austin m'attendant devant ma porte. Une autre part de moi eut envie de faire demi-tour et de partir en courant. Au lieu de cela, je relevai la tête, regrettant de ne pas avoir pris la peine de me maquiller, même si Austin m'avait déjà vue dans des états bien pires que celui-là.

— Que fais-tu ici ? demandai-je en me penchant pour poser mes sacs et sortir mes clés de mon sac.

Quand je me relevai, Austin avait les yeux posés sur mon visage, et non sur mes fesses. Cette fois, je fus réellement surprise.

— Tu n'as pas répondu à mes appels.

Je glissai la clé dans la serrure, mais je ne la tournai pas tout de suite.

— Je voulais savoir ce que tu fais ici, devant ma porte.

— J'ai appelé ta mère.

Je tournai la clé dans la serrure et ouvris la porte, mais je n'entrai pas. Je me tournai vers lui. Mon exaspération devait se lire sur mon visage car il leva aussitôt les mains, comme si j'avais eu l'intention de le frapper.

— Ma mère t'a dit où je vivais ?

— Ta mère m'a toujours bien aimé.

Je poussai un long soupir et j'entrai. Je laissai la porte ouverte derrière moi, mais par simple politesse. Il me suivit et la referma derrière lui en douceur, sans la claquer.

Je posai mes sacs dans la cuisine et ôtai mes chaussures. Austin me regarda et resta debout, ne semblant pas vouloir s'asseoir. Il observa l'appartement avec intérêt, puis il mit ses mains dans ses poches en se balançant d'une jambe sur l'autre pendant que je prenais le temps de déballer mes courses.

— Je peux m'asseoir ? finit-il par demander quand il sembla évident que je n'allais pas le lui proposer.

— As-tu besoin de le demander ?

Je continuai de lui tourner le dos tandis que je me lavais les mains avec attention. Quand je me retournai pour lui faire face, il était toujours debout. On se dévisagea pendant quelques instants et je finis par hocher la tête. Il s'assit comme il l'avait toujours fait, les jambes étendues, prenant autant de place que possible.

Je pris mon temps pour nettoyer la cuisine, essuyant le plan de travail et nettoyant l'évier avec soin. Je vidai même la poubelle et allai jeter le sac dans le vide-ordures qui se trouvait au bout du couloir. Je m'attendis à ce qu'Austin perde patience ou soit irrité, mais, quand je revins, il avait trouvé un roman de Robert Heinlein sur une pile de livres et de magazines et il était en train de le feuilleter.

— Il n'y a pas d'images, lui dis-je en entrant.

Austin posa le livre sur la table basse.

— C'est chouette.

Il n'avait pas mordu à l'hameçon, alors qu'il réagissait normalement à ce genre de provocation.

— Le livre ?

— La table basse, dit-il, d'une voix toujours calme.

— Elle appartenait à Stella.

Austin hocha la tête, comme si cela avait un sens.

— Heureusement que je n'ai pas mis les pieds dessus !

Il me fallut au moins cinq secondes pour comprendre qu'il essayait de me charrier, mais sans me faire enrager. Je savais comment réagir lorsqu'il essayait de me séduire ou de m'énerver. Mais je ne savais pas comment je devais prendre cela.

— Tu me manques, dit Austin.

Les mots étaient difficiles à entendre, non parce qu'il avait parlé à voix basse ou peu clairement, mais parce que je ne voulais pas lui manquer.

Je m'assis en face de lui. On sentait parfois les ressorts du canapé, même si je l'avais recouvert d'un tissu épais. Je grimaçai en essayant de trouver une place confortable.

— Tu me manques vraiment, dit-il, comme si ma grimace avait répondu à sa déclaration.

— Austin…, fis-je, incapable d'articuler la moindre parole.

Il haussa les épaules. J'étais tombée amoureuse de lui à cause de ses beaux discours. A cette époque, cela n'avait pas d'importance s'il s'exprimait davantage avec ses mains qu'avec sa bouche. Nous étions tous deux jeunes et idiots.

— Tu es belle, Paige. Et ton appartement aussi est beau.

— Merci.

Avant, ses cheveux étaient tellement blondis par le soleil qu'ils étaient presque blancs, et il les portait si courts qu'on voyait son cuir chevelu. J'aimais passer la main dans ses cheveux. Maintenant, ils retombaient sur ses oreilles et sur son front et ils avaient la couleur des blés, prêts à être cueillis. Son regard qui scrutait mon visage me fit penser que, lui aussi, attendait d'être cueilli.

Je dus faire un effort sur moi-même. La nuit précédente, je l'avais laissé mettre sa langue dans ma bouche et ses mains partout sur moi. Il aurait été si facile de le prendre par la main et de l'entraîner dans ma chambre.

— Tu ne me manques pas, Austin. Hier soir, c'était une erreur.

— Paige, ne dis pas ça. On s'est toujours bien entendu, non ?

— Mais nous ne sommes plus ensemble depuis un certain temps, dis-je d'une voix moins posée que je l'aurais voulu.

— Mais ce n'est pas qu'une histoire de sexe entre nous, dit Austin en se penchant vers moi. Ce n'est pas pour ça que tu me manques. Pour ça, je n'ai aucun mal à trouver d'autres filles.

— Je n'en doute pas, dis-je en me levant, les bras croisés sur ma poitrine.

Il se leva à son tour.

— Ce n'est pas ce que je voulais dire.

Il n'allait pas s'incliner. Ni sur la chaise, ni sur le lit, ni sur le sujet en question.

— Peu importe ce que tu voulais dire. Je pense que tu devrais partir.

— Tu n'as pas changé, Paige, dit-il en secouant la tête. Tu es toujours aussi dure. Tu ne me laisses jamais la moindre chance.

— Tu n'as pas besoin de moi, Austin. Tu n'as pas besoin qu'on te laisse une chance. D'ailleurs, tu n'as aucun mal à trouver des filles pour baiser. Ecoute, Austin, dis-je quand j'eus l'impression qu'il allait prendre la parole, on ne peut pas continuer à faire ça.

— Et pourquoi pas ?

Je l'observai lentement jusqu'à ce que je ne puisse plus réprimer mon soupir.

— Tu sais pourquoi. Parce que coucher ensemble ne résout pas tous les problèmes. Et nous avions beaucoup de problèmes.

Il croisa les bras, l'air furieux. Je ne mentionnai pas les nombreuses fois où nous nous étions disputés à propos de l'argent, de la religion et de la monogamie. Je ne lui rappelai pas les nuits où il était sorti pour boire quelques bières avec des amis et où il était rentré avec une odeur de parfum et de culpabilité, ni que le plus important n'était pas qu'il ait ou non couché avec quelqu'un d'autre, mais qu'il ait préféré passer la nuit avec ses amis plutôt qu'avec moi. Je ne mentionnai pas non plus les fois où j'avais dit que j'étudiais pour mes examens alors que j'étais ailleurs, avec quelqu'un d'autre.

— Je veux juste que tu sois heureux, Austin.

Je le pensais vraiment.

Il me regarda, plus durement cette fois.

— Tu veux que je sois heureux pour pouvoir te sentir mieux avec toi-même, c'est tout. Pour ne pas te sentir trop mal à propos de ce qui est arrivé.

Je fus piquée au vif par les accents de vérité de ce qu'il venait de dire.

— Je crois que tu devrais partir.

Mais il ne partit pas. Il s'approcha de moi et il posa ses mains sur mes coudes, m'obligeant à décroiser les bras. Soit pour le repousser, soit pour le laisser se blottir contre moi. Je posai les mains sur son torse, mais je ne le poussai pas. Je sentis la fermeté de ses muscles sous son T-shirt. Puis, il se pencha vers moi, et je ne m'écartai pas de lui. S'il m'avait embrassée, j'aurais été perdue. Mais, s'il pensait me connaître, il prouva qu'il avait tort, une fois de plus. Il ne m'embrassa pas. Au lieu de cela, il parla.

— Je suis ton mari.

Je le repoussai d'un geste sûr. Ses mains glissèrent de mes coudes, pour se retrouver autour de mes poignets. Je reculai, les mains toujours contre son torse, l'empêchant de me suivre, à moins que lui aussi ne me repousse. Pendant une seconde, j'eus l'impression qu'il envisageait cette possibilité, mais il n'en fit rien.

— J'ai un dossier entier de papiers qui attestent du contraire, lui dis-je.

— O.K., peut-être pas officiellement. Mais tu ne peux pas me dire…

— Je peux te dire tout ce que tu veux, tant que c'est vrai, assenai-je.

— Est-ce que tu peux me dire qu'il est vrai que je ne te manque pas. Même pas un petit peu ?

— Ce qui me manque, c'est de coucher avec toi, dis-je d'une voix monocorde. Pour le reste, ça ne me manque pas tant que ça.

Austin me sourit.

— C'est un début, non ? Je t'appellerai.

— Je ne te répondrai pas.

— Je te rappellerai.

Et il partit. J'attendis qu'il ait refermé la porte derrière lui avant de céder au besoin irrépressible de pousser un long soupir.

Je le connaissais depuis le jardin d'enfants. Austin. Sur les photos de classe de l'école élémentaire, sa bouille couverte de taches de rousseur se trouvait presque toujours juste derrière moi. Sur l'une d'elles, nous sommes l'un à côté de l'autre, nos sourires montrant la même dent manquante.

Au lycée, nous n'avions rien en commun. Austin était un athlète. J'étais une punk gothique avec de multiples piercings et une libellule tatouée dans le dos. A l'université, nous avions quelques cours en commun, et nous allions en général déjeuner en même temps. Je savais qui il était à cause de ses prouesses sur le terrain de football. S'il me connaissait, c'était sans doute parce que je faisais partie des filles que tous les garçons connaissaient, ou peut-être parce que nous étions dans la même école depuis que nous avions cinq ans. Nous ne nous disions pas bonjour quand nous nous croisions dans les couloirs, mais il n'avait jamais été désagréable avec moi, comme certains garçons savaient l'être. Austin ne m'avait jamais injuriée, il ne m'avait jamais fait de propositions indécentes non plus.

A l'automne de notre année de terminale, Austin fut blessé par un tas de mecs gonflés de testostérone et de rage. On gagna le match annuel du lycée, mais au lieu d'être au volant de la Chrissy Fischer décapotable de son père, Austin voyagea à bord de l'ambulance du centre médical Hershey.

Il se rétablit, rien de miraculeux à ça. Son corps, ses os cassés et sa peau tuméfiée guérirent. Personne ne lui avait dit qu'il ne pourrait plus jouer au football. Mais Austin arrêta simplement de jouer.

Il ne joua plus au basket non plus et, au printemps, il ne joua pas non plus au base-ball. Et à ce stade, ses chances d'intégrer une autre école que l'université publique s'étaient envolées, ainsi que les bourses qui lui étaient offertes jusque-là. Et s'il avait jamais regretté de ne pas avoir intégré la prestigieuse université de Penn State, il ne m'en avait jamais rien dit.

Et, à cette époque, il me l'aurait dit. A partir de la fin de la terminale, Austin me disait tout.

Nous étions un drôle de couple, mais personne ne nous fuyait pour autant. Je n'avais jamais entendu de messes basses dans les couloirs sur mon passage, aucune pom-pom girl n'avait essayé de me crêper le chignon, et aucun des athlètes fils à papa n'avait essayé de le convaincre qu'il serait mieux sans moi. On n'était pas allés au bal du lycée, mais c'était uniquement parce qu'on préférait rester à la maison pour regarder un film porno soft.

Quand j'avais annoncé à ma mère qu'on allait se marier, elle m'avait prise dans ses bras et elle avait pleuré, son gros ventre contre le mien. Elle était enceinte d'Arthur à ce moment-là. Si elle avait soupçonné que je voulais épouser Austin autant pour pouvoir quitter la maison que par passion, elle n'en avait rien dit.

Quand nous l'avions annoncé à ses parents, son père n'avait rien dit et sa mère avait aussitôt scruté mon ventre. Elle ne m'avait pas demandé si j'étais enceinte et elle avait dû être surprise, au fil des mois qui avaient suivi notre mariage, de ne pas voir mon ventre s'arrondir. Mais quoi qu'elle ait pu penser de la perspective de m'avoir pour belle-fille, celle d'être la grand-mère d'un enfant bâtard avait dû être pire.

J'avais acheté ma robe de mariée d'occasion et Austin avait porté un des costumes de son père que nous avions apporté au pressing. Sur les photos, mes cheveux noirs en brosse me donnaient l'air pâle, voire blême. Fatigué. Et même effrayé.

En vérité, j'étais heureuse.

Nous l'étions tous les deux, j'ose espérer. Au moins au

début. Austin avait commencé à travailler dans l'entreprise de construction de son père et j'avais continué à travailler au magasin de ma mère. Depuis la mort de mon grand-père, le magasin lui appartenait et, après la naissance d'Arty, elle n'avait plus le temps d'y passer autant de temps, alors je gérais la boutique.

Nous étions heureux.

Et, ensuite, nous ne l'étions plus.

Chapitre 7

Quand j'étais plus jeune, à la perspective du dîner du dimanche soir chez mon père, j'étais si excitée, ou si stressée, que je vomissais. Jamais chez mon père — même lorsque j'étais petite, je savais que Stella n'aurait pas apprécié qu'un enfant vomisse chez elle. Maintenant, je ne vomissais plus, mais je n'avais jamais réussi à me rendre chez eux sans avoir l'estomac noué.

J'avalai un comprimé antiacide, assise dans ma voiture pas assez chère pour les impressionner qui était garée dans leur allée en demi-cercle en béton armé. C'était la quatrième maison que mon père habitait depuis les dix-sept dernières années passées avec sa deuxième famille. Avant cela, il avait vécu dans un imposant manoir géorgien avec sa première famille. Jamais il n'avait vécu avec ma mère.

Les études qui portent sur l'ordre des naissances prétendent qu'une différence de six ans et plus entre frères et sœurs influent sur les traits de personnalité des enfants concernés et en font des enfants uniques. C'est sans doute pour cela, bien que j'aie quatre demi-frères, une demi-sœur et un oncle qui est plus un frère pour moi, que je suis fille unique.

La porte s'ouvrit et Jeremy et Tyler sortirent en courant. Eux aussi ressemblaient beaucoup à mon père. Nous ressemblions plus à des frères et sœurs que nous ne l'étions en réalité. J'avais quatorze ans lorsque Jeremy était né, et seize à la naissance de Tyler. Ils étaient plus comme des neveux ou des cousins que comme des frères pour moi. Je n'étais pas sûre de ce qu'ils pensaient de moi, je savais juste qu'ils étaient toujours contents de me voir et, en dehors du fait qu'ils étaient pourris gâtés et qu'ils auraient mérité des fessées de temps à autre, j'étais en général contente de les voir, moi aussi.

— Salut, Paige.

Maintenant âgé de douze ans, Jeremy ne courait plus dans mes jambes quand il me voyait. Il se contentait de me faire un petit signe de la main.

Tyler, à dix ans, était presque aussi grand que moi, mais il me prit dans ses bras malgré tout.

— Paige, viens, on va jouer au Pictionary. Mamie et papi sont déjà là, et Poppa et mémé aussi.

— Et je vois que Gretchen et Steve sont là aussi, dis-je en désignant les deux monospaces qui appartenaient aux enfants que mon père avait eus de son premier mariage.

— Tout le monde est là, dit Jeremy d'une voix aigrelette.

Je l'observai, vaguement surprise. Il avait toujours été un enfant joyeux, aujourd'hui, il avait une mine renfrognée.

Je me penchai à l'intérieur de ma voiture pour attraper le cadeau, et je la fermai à clé. Il était peu probable que quelqu'un essaie de la voler dans l'allée, mais c'était une habitude.

— Allez, viens. Allons-y.

Je passai un bras autour du cou de Tyler et je l'écoutai me raconter toutes sortes d'histoires à propos de son école, du foot, du nouveau jeu qu'il avait trouvé sous le sapin de Noël. Le Père Noël ne l'avait jamais déçu. J'avais arrêté d'essayer de ne plus être jalouse de ça, même si je ne croyais plus au Père Noël.

Une fois à l'intérieur, Jeremy alla s'installer sur une chaise, dans un coin, et resta assis, les bras croisés, en faisant la tête. Tyler m'abandonna pour rassembler des stylos pour le jeu. Ils me laissèrent la tâche proche du supplice qui consistait à me montrer gentille avec les parents de Stella.

Comme leur fille, ils n'étaient pas foncièrement méchants et ils n'avaient jamais rien fait pour être cruels. Je n'étais pas Cendrillon non plus. Et je comprenais maintenant qu'il n'avait pas dû être facile pour eux de trouver une place dans leur cœur pour les enfants de leur nouveau gendre.

Cela semblait plus facile pour eux depuis que j'étais adulte, même si c'était plus difficile pour moi. Quand j'étais enfant, l'idée ne m'était jamais venue à l'esprit qu'ils pouvaient ne pas m'aimer. Maintenant, j'étais sûre qu'ils ne m'aimaient pas.

— Salut, Paige, dit George, le grand-père, également connu sous le nom de Poppa. C'est vraiment gentil à toi d'être venue.

Ses intentions n'étaient pas mauvaises, mais, en entendant l'insinuation tacite contenue dans leur surprise, je me mordis la langue pour ne pas hurler.

Tout comme Stella, je n'avais aucune chance de les impressionner. Mais je n'avais pas envie de leur donner raison. Alors, au lieu de hurler, je souris.

— Comment allez-vous ?

Je ne pouvais pas l'appeler George, M. Smith semblait absurde, et jamais je ne l'aurais appelé Poppa.

Je lui avais posé la question par politesse, mais il me donna une réponse détaillée. Pendant quinze minutes. Et je l'écoutai, en acquiesçant aux moments appropriés, comme si cela m'intéressait. Je ne connaissais pas la moitié des gens dont il me parlait, mais il fit comme si je les connaissais. Il ne me demanda pas comment j'allais, ce qui était très bien, car ainsi je n'avais pas à répondre.

La partie de Pictionary commença enfin. Le mari de Gretchen, Peter, s'excusa de ne pas pouvoir jouer car il devait s'occuper d'Hunter, leur fils de trois ans. Steve et sa femme qui était enceinte jusqu'aux yeux, Kelly, jouèrent, tout comme mon père et Stella, ainsi que tous les grands-parents et Tyler. Et moi. Jeremy avait disparu. Nous nous divisâmes en deux équipes, les garçons contre les filles.

— Je ne joue pas, dis-je lorsque, après avoir compté les deux équipes, on remarqua qu'il y avait un joueur de trop dans l'équipe des filles.

— Oh, Paige, tu es sûre ? protesta Stella, mais pas trop.

Elle aimait bien les nombres pairs et les comptes justes.

— Bien sûr, ça n'est pas un problème. Je vais aller jeter un coup d'œil sur le dîner si vous voulez.

O.K., peut-être m'étais-je attribué le rôle de Cendrillon. Juste un peu. Mais ce fut un soulagement d'aller dans la cuisine et de préparer des plateaux de bâtonnets de légumes avec des sauces, de fromage et de biscuits salés. Il y avait aussi des petits pains au fromage assortis au plateau. Stella adorait organiser des fêtes.

Je trouvai d'autres plateaux dans le réfrigérateur du garage et je les apportai dans la cuisine pour les disposer sur la table qui faisait office de buffet. Je fis sursauter Jeremy en revenant et il se retourna à toute vitesse, une canette de soda à la main.

Je posai le plateau de viande sur la table et Jeremy et moi nous nous dévisageâmes sans bouger. On entendait les rires fuser depuis le salon.

— Tu n'es pas censé boire ça avant le dîner, dis-je calmement.

Il ne l'avait pas encore décapsulée.

— Je sais, dit-il la tête haute.

— Je ne vais pas te dénoncer, petit.

Puis, je me retournai vers la table pour ôter le film plastique qui se trouvait sur les plateaux et pour soigner la présentation.

— Ne m'appelle pas petit, dit-il.

Je m'attendis à ce qu'il parte en douce avec le trésor qu'il venait de chiper, mais il ne le fit pas. Quand je me retournai, il était toujours en train de jouer avec la canette, la faisant passer d'une main à l'autre.

— Est-ce qu'il y a quelque chose qui ne va pas ? demandai-je en passant devant lui pour attraper les assiettes en plastique fantaisie et les serviettes assorties.

— Non, dit Jeremy en haussant les épaules, avant de disparaître.

Après cela, la fête commença vraiment.

Ce fut plus facile pour moi une fois qu'il y eut plus de gens sur place. Les amis de Stella me connaissaient, bien sûr, mais ils se gardèrent de me parler, évitant ainsi la gêne de ne savoir comment s'adresser à la fille illégitime du mari de leur amie. Les amis de mon père me connaissaient eux aussi, mais ils n'avaient pas ce genre d'inhibition, peut-être parce que je les connaissais depuis plus longtemps, ou qu'ils n'avaient pas vraiment de conflit de loyauté. De plus, certains d'entre eux n'aimaient pas beaucoup Stella.

Quant aux autres enfants de mon père, je les voyais très peu souvent. Gretchen, Steve et moi n'avions jamais été proches, même si ce n'était pas ma mère qui avait éloigné mon père d'eux. Et leurs conjoints ne savaient trop comment se comporter avec moi, il était donc plus simple de nous montrer polis sans chercher à nous connaître. Leurs enfants étaient mes neveux et nièces, mais je ne pensais pas qu'ils me considéraient réellement comme leur tante.

— Paige DeMarco, comment vas-tu, bon Dieu !

Denny était un des plus vieux amis de mon père. C'était un de ses potes avec lesquels il allait pêcher et boire des coups et ils se connaissaient depuis le lycée. Il avait aussi connu ma mère.

— Salut, Denny, ça faisait longtemps qu'on ne s'était pas vus.

— Oui, tu es une citadine maintenant. Comment ça va ? demanda Denny en passant un bras autour de mon épaule.

— Super.

Ce n'était pas tout à fait un mensonge. Ma vie, dans l'ensemble, allait plutôt bien.

— Oui ?

Il termina son verre de thé glacé. Sans doute regrettait-il qu'il n'y ait pas de bière, mais Stella ne servait pas d'alcool. Je ne pouvais pas lui donner tout à fait tort. L'alcool donnait toujours lieu à une autre sorte de fête.

— Où habites-tu ? Ton père m'a dit que tu vivais près du fleuve, c'est ça ?

— Je suis à Riverview Manor.

Je ne pus m'empêcher de ressentir une certaine fierté en entendant le sifflet d'admiration de Denny.

— Chouette coin ! Et ton boulot ? Tu ne travailles plus avec ta mère, si ?

Denny fit la grimace en constatant que son verre était vide, mais il ne fit pas un geste pour se resservir.

— Qu'est-ce qu'elle devient ? Elle est toujours avec le même type ?

C'était le genre de questions que mon père ne posait jamais. Il n'en ressentait pas le besoin. Il ne l'avait jamais dit, mais je le savais.

— Leo ? Oui, ils sont toujours ensemble.

— Et le gosse, quel âge a-t-il maintenant ?

— Arty a sept ans, dis-je tout en prenant conscience que le temps avait vite passé.

— Dis bonjour à ta mère de ma part, O.K. ?

— Oui, bien sûr.

Nous discutâmes un moment après ça, puis la fête devint plus bruyante. Stella régnait sur ses invités comme une reine, même si elle prétendait avoir encore vingt-neuf ans. Quand le moment d'ouvrir les cadeaux arriva, j'envisageai un instant de m'esquiver, mais je me forçai à rester.

Stella s'assit sur le grand rocking-chair du salon, ses cadeaux disposés à ses pieds, sa meilleure amie près d'elle, prête à noter chaque présent, ainsi que le nom de la personne qui l'avait offert. Stella ouvrit les enveloppes renfermant des bons d'achat, des paquets contenant des sels de bains et des chèques cadeaux pour des soins dans divers spas. Il y eut aussi des pulls, des chaussons, un peignoir de soie que quelqu'un avait rapporté d'un voyage en Chine. Elle poussa des oh ! et des ah ! pour chaque cadeau, au moment qui convenait.

Le temps qu'elle arrive à mon cadeau, j'avais l'estomac noué et je ressentis le besoin d'avaler de nouveaux comprimés.

Il est idiot de s'accrocher au passé, mais nous le faisons tous. J'avais presque dix ans la première année où j'avais été invitée à l'anniversaire de Stella pour la première fois. La peinture était à peine sèche dans leur nouvelle maison. Gretchen et Steven vivaient une semaine avec leur mère et une semaine avec mon père et Stella. Moi, bien sûr, je vivais avec ma mère à plein-temps et je voyais mon père de temps en temps pendant le week-end ou les vacances, ce qui n'avait commencé que lorsqu'il avait quitté sa première femme.

J'avais moi-même choisi le cadeau de Stella cette année-là et je l'avais payé avec mes économies. Je lui avais acheté un haut de soie rouge bordé de dentelle. C'était le genre de haut que ma mère aurait adoré et qu'elle aurait porté souvent, et elle n'avait rien dit quand elle m'avait aidé à l'emballer dans du joli papier.

J'avais été si fière de ce cadeau. J'étais sûre que Stella — qui n'était pas aussi jolie que ma mère mais qui se donnait du mal — l'aurait porté aussitôt après avoir ouvert le paquet. Puis, elle m'aurait souri, mon père aurait souri et nous aurions tous été heureux.

Au lieu de cela, elle avait ouvert la boîte et elle avait sorti le haut. Son regard s'était aussitôt dirigé vers mon père, mais les hommes ne connaissent rien à la mode en dehors de ce qu'ils aiment et ce qu'ils n'aiment pas. Elle ne l'avait pas essayé. Elle avait touché le tissu rouge satiné, jeté un coup d'œil à la marque, puis elle avait remis le haut dans la boîte et elle avait prononcé un merci si peu sincère que même une enfant de neuf ans s'en était rendu compte. Je ne l'avais jamais vue le porter, mais je l'avais retrouvé dans le garage, quelques années plus tard, dans une boîte de chiffons avec lesquels mon père nettoyait la voiture.

Je n'avais plus neuf ans. Je n'étais même plus une adolescente trop maquillée qui portait une jupe trop courte. J'avais appris à m'habiller et à parler, mais une part de moi serait toujours la fille de ma mère, du moins dans les yeux de Stella.

— Oh, Paige, quel gentil cadeau, dit Stella en soulevant le couvercle de la boîte de papier à lettres et en sortant le stylo. C'est très joli, merci.

Je soupirai en silence.

— Je vous en prie.

— Où trouves-tu de si jolies choses ? fit Stella, avant de se tourner vers son audience. Paige trouve toujours de si jolies choses.

C'était terminé. Elle avait dit merci et il m'avait semblé qu'elle était sincère. C'était tout.

Malgré tout, je réussis à partir discrètement avant la fin de la fête. Mon père me surprit près de la porte et il insista pour me serrer dans ses bras.

— Merci d'être venue.

J'étais sûre qu'il le pensait vraiment, lui aussi.

Je ne pensais pas qu'il existait qui que ce soit qui n'ait pas une relation compliquée avec ses parents, alors je ne prétendais pas être spéciale. Compte tenu des circonstances de ma naissance, j'avais de la chance d'avoir une relation, quelle qu'elle soit, avec mon père. Dans l'ensemble, cette relation était sincère. Sauf, bien sûr, quand la sincérité était trop douloureuse.

— Bien sûr, que je suis venue, lui dis-je.

— Je suis content que tu sois venue, dit mon père. Comment est ton nouvel appartement ?

— Super, dis-je en essayant de me dégager de son étreinte. C'est très bien.

— Et le nouveau travail ?

Le travail que j'avais depuis presque six mois ne me semblait plus si nouveau.

— Super. J'aime beaucoup mon patron.

— Parfait. Tu travailles dans l'Union Deposit Road, c'est ça ?

— Dans Progress Road, lui dis-je.

— Ah, d'accord. Eh bien, peut-être que je ferai un saut un jour et que je t'emmènerai déjeuner, qu'en dis-tu ?

— Bien sûr, papa, dis-je en souriant, sans y croire vraiment. Appelle-moi.

Il m'embrassa sur la joue et me serra dans ses bras une nouvelle fois, se lançant dans une grande démonstration de relation père-fille. C'était gentil, dans le sens où nous savions tous les deux que c'était superficiel, mais cela n'avait pas d'importance.

A l'instant où j'entrai dans ma voiture et refermai la portière derrière moi, je sentis toute la tension accumulée se relâcher. Je poussai un long soupir de soulagement et je sentis que j'avais été si tendue que j'allais sans doute avoir des courbatures le lendemain. Je commençais déjà à avoir mal de tête.

En même temps, je venais de survivre à un autre grand événement familial sans que rien ne soit allé de travers.

Chapitre 8

Certains considèrent le corps comme un temple. En tant que tel, il doit recevoir des soins appropriés. Ainsi, il pourra servir à ce pour quoi il est fait.
A partir de demain, vous mangerez du porridge pour le petit déjeuner. Sucrez-le comme bon vous semble.
Aujourd'hui, vous réduirez votre consommation de café de trois tasses. Vous les remplacerez par de l'eau.
Aujourd'hui, vous prolongerez votre séance de sport de quinze minutes.
Aujourd'hui, vous ferez un effort sur votre consommation de cigarettes. Vous ne fumerez qu'une cigarette toutes les deux heures. Vous ne ferez rien d'autre pendant que vous la fumerez. Vous vous concentrerez sur mes instructions. Vous penserez au mot discipline chaque fois que vous allumerez une cigarette.
Enfin, vous enregistrerez vos efforts dans votre journal et vous décrirez vos pensées et ce que vous ressentez en détail, particulièrement vos pensées liées au sens que le mot « discipline » a pour vous.

— Vous ferez cela en mémoire de moi, et allez en paix pour m'aimer et me servir, murmurai-je, sur un ton moqueur.

Le second mot s'était insinué dans une pile de factures et de prospectus, et il avait glissé dans ma main, comme s'il m'était destiné. Je n'avais pas eu l'intention de l'ouvrir mais, dès que j'avais eu le papier doux et fin de l'enveloppe entre les doigts et que j'avais vu qu'elle n'était pas cachetée, cela avait été trop tentant. Après tout, elle avait été mise dans ma boîte aux lettres, non ? Et, même si le numéro indiqué sur l'enveloppe était 114 et non 414 et que je savais bien qu'elle ne m'était pas adressée, je l'avais lue malgré tout.

Je ne savais toujours pas de quoi il retournait, ni ce que cela pouvait bien signifier. Je scrutai attentivement la carte, mais je ne pouvais en déchiffrer le sens.

Peut-être que cela n'en avait aucun. Peut-être s'agissait-il d'un nouveau régime un peu dingue ou d'une nouvelle méthode de développement personnel. J'avais entendu parler d'une nouvelle méthode où les membres avaient recours à des mentors. C'était un genre de programme en douze étapes destiné aux accros à la nourriture et dépendre de quelqu'un était censé les aider. Ce fut le seul scénario qui me vint à l'esprit, mais quelque chose clochait avec ma théorie.

Je pris la carte une nouvelle fois, la scrutant de plus près à la recherche d'éventuels indices. Je caressai le papier. Comme le précédent, un des côtés était plus rugueux que les autres, comme si on avait coupé une grande feuille pour obtenir plusieurs cartes. Aucune signature, et elle avait été adressée deux fois de suite à la mauvaise personne.

Je tenais toujours la carte comme s'il s'était agi de quelque chose de précieux. J'en caressai l'épais papier et l'observai avec attention.

Discipline… ?

Je ne comprenais toujours pas. Je remis la carte dans son enveloppe, me retenant de respirer l'encre. Je n'étais pas la seule à me trouver devant les boîtes aux lettres et je ne voulais pas attirer l'attention sur moi. Je trouvai la boîte 114 et je l'examinai attentivement. Les chiffres en cuivre étaient joliment patinés, mais ils n'étaient pas abîmés. Il était difficile de confondre un 1 et un 4 ou inversement, même si l'encre des chiffres qui étaient sur l'enveloppe avait un peu coulé.

— Excusez-moi, dit la femme qui se trouvait à côté de moi avec un sourire qui laissait transparaître un certain agacement. Je voudrais accéder à ma boîte.

— Oh, désolée.

Je refermai l'enveloppe et la glissai rapidement dans la boîte 114, me demandant si, par hasard, cela pouvait être la sienne.

Elle employa sa clé pour ouvrir une autre boîte et en sortit une épaisse liasse de courrier. Puis, elle se pencha pour regarder par la vitre du bureau qui se trouvait derrière les boîtes, mais le préposé au courrier semblait absent. Elle referma sa boîte et elle passa son courrier en revue avec une moue écœurée.

— Rien n'arrive jamais en temps et en heure.

Elle ne s'était pas adressée directement à moi, mais je hochai la tête malgré tout.

— J'aimerais bien que mes factures n'arrivent pas.

Elle se retourna et m'examina des pieds à la tête, grimaçant un autre sourire forcé. Son regard s'arrêta sur mon manteau, de la même coupe et couleur que le sien mais pas aussi beau, sur mes jambes gainées de bas couleur chair, et enfin sur mes chaussures. Elles semblèrent être la seule chose que je portais dignes de son approbation, mais elle fronça les sourcils, articula un petit rire forcé, puis elle mit son courrier dans son sac Kate Spade et s'éloigna, chaussée d'escarpins assortis au sac.

Garce !

Oh, je savais très bien ce que le mot discipline signifiait à mes yeux. La discipline était ce qui m'empêchait de lui donner un coup de pied où je pensais avec mes chaussures qui passaient à peine l'inspection. C'était ce qui me faisait lever la tête, le sourire aux lèvres, au lieu de pleurer de honte.

C'était la discipline, à moins que ce ne soit de la fierté. Ou de l'obstination. Quoi que ce soit, j'en avais à revendre.

J'attendis qu'elle soit partie avant de traverser le hall et de pousser la porte d'entrée. A l'extérieur, le temps gris et nuageux était au diapason de mon humeur et le vent m'apporta une odeur de cigarette. Machinalement, je regardai autour de moi, me demandant si j'allais voir quelqu'un méditer sur la question de la discipline.

— Ari, dis-je, surprise. Bonjour.

Le petit-fils de Miriam écrasa son mégot dans le bac rempli de sable.

— Salut, Paige.

— Je ne savais pas que tu habitais ici.

— Non, je n'habite pas ici, je viens juste de livrer quelque chose pour ma grand-mère, vous savez…

Je ne savais pas, mais je hochai la tête.

— Dis-lui bonjour de ma part.

— Pourquoi ne passez-vous pas lui dire bonjour en personne ? dit-il d'un air malicieux.

— O.K., je passerai, répondis-je, amusée. Bonne journée.

— Vous aussi.

Je traversai la cour qui menait au parking et, quand je me retournai, Ari regardait toujours dans ma direction. J'en retirai une certaine fierté et cela me mit de bonne humeur pendant tout le trajet jusqu'à mon travail.

J'étais loin d'être en retard mais, une fois arrivée, je constatai que mon patron avait déjà déposé une pile de dossiers sur mon bureau. Cela aurait pu être pire. Il aurait pu m'attendre devant mon bureau, un pot de café vide à la main. Il le faisait parfois, alors que je savais qu'il était aussi capable que moi de faire du café. Peut-être même plus d'ailleurs, vu qu'il en faisait une consommation démesurée et que je me limitais à une ou deux tasses par jour.

Voyant le gobelet vide de chez Starbucks dans la corbeille, je sus qu'il avait déjà bu sa première dose de la journée. J'étais donc tranquille pour quelques instants. Je pouvais classer et ranger les dossiers sans l'avoir sur le dos. Je décidai cependant de préparer le café, juste au cas où. Cela faisait un moment maintenant que je pouvais prévoir tous les faits et gestes de mon patron.

Mais aujourd'hui n'était pas un de ces jours-là.

— Paige, j'ai besoin que vous vous occupiez de ces dossiers, O.K. ?

Je me tournai vers lui après avoir rempli la machine à café d'eau.

— D'accord, Paul, bien sûr.

— Bien, fit Paul en ajustant sa cravate tout en me regardant faire le café.

Je n'avais pas encore compris si Paul tournait autour de moi parce qu'il s'attendait à ce que je me plante ou si c'était ce qu'il espérait. Quoi qu'il en soit, cela ne me dérangeait pas comme cela pouvait déranger certaines assistantes. Brenda, par exemple, aimait se vanter du fait que sa patronne, Rhonda, passait le plus clair de son temps à voyager et qu'elle avait rarement affaire à elle. Elle aimait aussi clamer à qui voulait l'entendre qu'elle travaillait chez Kelly Printing depuis plus longtemps que Jenny, une nouvelle recrue de Rhonda. Alors, pourquoi aurait-elle dû lui rendre des comptes alors qu'elle pouvait faire le travail plus vite et bien mieux par elle-même ?

Je n'avais jamais dit à Brenda que je trouvais la supervision constante de Paul plus rassurante qu'agaçante. Après tout, s'il ne me laissait pas la moindre autonomie vis-à-vis des décisions à prendre, je ne pouvais pas être tenue pour responsable si quelque chose allait de travers. Même lorsque Paul voyageait, il ne partait jamais sans me laisser une pile de notes et de listes… des listes ?

Je repensai aux cartes que j'avais reçues. Cela faisait deux maintenant. Deux cartes adressées par erreur comportant des instructions à la fois explicites et mystérieuses, du moins pour moi. Je me rappelai encore de la sensation du papier lisse sous mes doigts, et, à cet instant, je regrettai de ne pas avoir pris le temps de respirer l'encre.

Après avoir terminé de préparer le café, je me tournai vers Paul.

— Autre chose ?

— Non, pas pour l'instant, merci.

Il sourit et disparut de nouveau dans son sanctuaire, me laissant au joyeux gargouillis de la machine à café et à ma pile de dossiers.

Voici ce que je savais à propos de Paul Johnson, mon patron. Il avait une femme jolie et rondelette qui s'appelait Melissa et qui oubliait parfois d'aller chercher ses vêtements au pressing. Deux fils adolescents, trop occupés à faire du sport ou ce genre d'activité pour s'attirer des ennuis. Je le savais parce que j'avais vu leur photo et qu'il m'était arrivé d'entendre des conversations téléphoniques. Il avait un frère plus âgé avec qui il jouait au golf quelques fois par an, mais pas assez pour devenir réellement doué. Je le savais parce qu'il m'avait demandé de faire une réservation pour lui dans un des parcours de golf de la région et d'appeler son frère pour confirmer la date. Sa demande dépassait un peu le cadre de mes obligations professionnelles, mais je l'avais fait malgré tout. Je savais également que Paul avait quarante-sept ans, qu'il avait eu son M.B.A. à Wharton, qu'il allait à la messe le dimanche avec sa famille et qu'il conduisait une Mercedes noire, mais qui n'était pas toute neuve.

C'était ce que je savais de lui.

Et voici ce que je pensais de Paul Johnson, mon patron. Ce n'était pas un tyran. Il était méticuleux, voilà tout. Il attendait de lui-même le même niveau de perfection qu'il attendait de son assistante, et c'était une chose que j'appréciais. Il pouvait être drôle, c'était rare mais en général inattendu. Il consacrait toute son attention à ses projets et ne ménageait pas ses efforts car cela le peinait de ne pas faire son maximum. Je le comprenais et, ça aussi, je l'appréciais.

Je travaillais pour lui depuis presque six mois. Il m'avait dit de l'appeler Paul, et non M. Johnson, mais nous n'étions pas amis pour autant. Et c'était très bien ainsi, je ne voulais pas que mon patron soit mon copain.

Même si parfois j'avais l'impression de ne rien faire d'autre que le café et classer des dossiers, mon travail comportait pourtant certaines responsabilités. J'avais des documents à corriger et à envoyer, des factures à établir et des rendez-vous à prendre. Je faisais tout cela pour que Paul ait la liberté de faire ce qu'il faisait — quoi que ce soit — toute la journée dans son bureau grand luxe. Si on me l'avait demandé, j'aurais été incapable de dire, exactement, ce qu'il faisait. Je ne détestais pas mon boulot, je ne l'adorais pas non plus, mais c'était franchement mieux que de travailler au magasin de sandwichs ou d'être une jeune fille au pair, ce que j'avais fait pendant que je cherchais un emploi pour mettre à profit le diplôme d'administration commerciale que je venais juste de décrocher. J'étais simplement contente de ne plus avoir préparer des sandwichs à la chaîne ou à torcher des gamins.

Il y avait un autre avantage à avoir un patron qui avait besoin que tout soit parfait. Il était prêt à faire ce qu'il fallait pour s'assurer qu'il obtiendrait ce qu'il voulait, qu'il s'agisse de me laisser un e-mail de trois pages pour expliquer le travail de la semaine ou de consacrer cinq bonnes minutes à m'expliquer en détail ce qu'il voulait pour le déjeuner. De plus, s'il m'envoyait dehors pour lui chercher quelque chose à manger, en général, il m'offrait mon déjeuner.

Aujourd'hui, c'était un sandwich au bœuf fumé avec pain de seigle que je devais aller chercher chez Mme Deli. Avec moutarde et sans mayonnaise. Pas de tomates, pas d'oignons. Salade à part. Une salade de pommes de terre et un thé glacé très grand format avec sucre, et surtout pas de faux sucre, qu'il appelait le cancer en sachet.

Je rencontrai Brenda dans le couloir en revenant. Elle jeta un coup d'œil vers le sac de chez Mme Deli et elle huma l'air ambiant avec avidité. Elle tenait une petite boîte de salade vendue dans l'immeuble. J'en avais acheté une fois, quand j'avais oublié mon déjeuner et que j'avais si faim que j'étais prête à manger n'importe quoi.

— Quel bol tu as, Paige, lança Brenda. J'aimerais bien que ma patronne m'envoie à l'extérieur pour le déjeuner. Je donnerais n'importe quoi pour sortir d'ici pendant une heure !

Officiellement, nous disposions d'une heure pour le déjeuner, mais comme nos bureaux étaient situés dans un centre d'affaires qui se trouvait à la périphérie de la ville, le temps de prendre la voiture pour aller dans un endroit décent pour le déjeuner, il restait à peine le temps de manger et de rentrer. Rhonda n'était peut-être pas sur le dos de Brenda, mais elle était très à cheval sur les horaires. Rien n'était jamais parfait.

— Laisse-moi déposer ça dans le bureau de Paul et je reviens.

Brenda lorgna tristement sur le déjeuner qu'elle tenait à la main.

— Oui, entendu. Mais il ne me reste plus que quarante minutes.

— Je me dépêche.

La porte du bureau de Paul était à peine entrouverte et je frappai à l'encadrement. J'entendis un bruit sourd et j'ouvris la porte. Il était assis à son bureau, rivé à son ordinateur où défilait l'économiseur d'écran. Depuis combien de temps avait-il ce regard dans le vide ?

— Paul ?

— Paige, entrez, dit-il, joignant le geste à la parole en pivotant sur son fauteuil.

En faisant attention à ne pas renverser quoi que ce soit, je sortis son déjeuner du sac. J'eus la sensation d'accomplir un rituel. Paul installa son sandwich, sa salade de pommes de terre, sa boisson, sa fourchette en plastique et sa serviette sur son sous-main, puis il leva les yeux vers moi.

— Merci, Paige.

C'était la première fois depuis que je travaillais pour lui qu'il n'avait pas vérifié si le sandwich avait été préparé comme il l'avait demandé et qu'il n'avait pas non plus goûté le thé glacé pour s'assurer que je ne lui avais pas rapporté une boisson édulcorée par erreur.

— Avez-vous encore besoin de moi ?

Il secoua la tête.

— Non, allez manger votre déjeuner. J'aurai besoin de vous à 1 heure et quart cela dit. J'ai cette téléconférence dont je vous avais parlé.

— Bien sûr, aucun problème.

Prenant mon propre sandwich, je partis en direction de la salle de déjeuner pour rejoindre Brenda.

Comme aucun des clients ne la voyait, la salle de déjeuner avait eu des jours meilleurs. Les distributeurs automatiques étaient neufs, mais les tables et les chaises avaient l'air d'avoir été récupérées dans les poubelles plus d'une fois. Ma chaise craqua de façon inquiétante quand je m'assis dessus, mais elle résista, puis je déballai mon sandwich à toute vitesse car j'avais l'estomac qui gargouillait.

— Qu'est-ce que c'est que ce temps ! fit Brenda en donnant un coup de fourchette dans sa salade. Je me demande si cet hiver finira jamais.

— Et dans trois mois tout le monde se plaindra qu'il fait trop chaud.

Elle me dévisagea, légèrement interloquée.

— Oui, je suppose que tu as raison, mais j'aimerais bien qu'il fasse un peu plus chaud. On est presque en mars, bon sang. J'espère au moins qu'on n'aura pas de tempête de neige, comme en 1993.

Dans d'autres circonstances, nous n'aurions jamais été amies. Ce n'était pas que je ne l'aimais pas, mais nous n'avions pas grand-chose en commun. Brenda était plus âgée que ma mère et avait des jumelles qui étaient à l'université. Elle avait aussi un mari, dont elle parlait toujours en disant « mon petit chou » et dont je n'avais encore jamais entendu le nom. Je l'imaginais bien s'appeler Fred cela dit, je ne savais pas pourquoi…

— On a eu très peu de neige pour l'instant. Je suis sûre qu'on aura beau temps.

— Je ne sais pas comment tu fais pour le supporter, très franchement, dit Brenda qui avait terminé sa salade et lorgnait à présent sur l'autre moitié de mon sandwich.

— Quoi ? L'absence de neige ?

Elle se mit à rire, puis elle baissa le ton de sa voix en jetant un regard conspirateur dans la pièce vide.

— Mon Dieu, non ! Je parlais de Paul. Je ne sais pas comment tu peux supporter de travailler avec lui.

— Il n'est pas si terrible, Brenda, je t'assure.

Elle se leva pour prendre un en-cas dans le distributeur automatique.

— On en reparlera dans un mois.

— Que va-t-il se passer dans un mois ? demandai-je.

— Paul n'a jamais réussi à garder une assistante plus de six mois, à tout casser.

— Je suis là depuis presque six mois.

— Ouais…, fit Brenda, à qui cela n'avait visiblement pas échappé. Tu ne vas quand même pas me dire que tu n'as pas remarqué qu'il est… un peu spécial.

L'époque où une bonne secrétaire était loyale envers son patron quoi qu'il advienne était apparemment révolue. Malgré tout, je ne m'empressai pas de me ranger à son avis.

— Non, je t'assure qu'il n'est pas si terrible. En plus, il ne se met pas à hurler dès que les choses ne sont pas faites exactement comme il le souhaite.

— Encore heureux ! fit Brenda, indignée. Tu es son assistante, pas son esclave.

J'émis péniblement un petit rire étranglé.

— Les esclaves ne sont pas payés.

— Souviens-toi juste de cette conversation dans un mois, quand tu viendras te plaindre qu'il est devenu impossible. Ça finit toujours comme ça, dit Brenda. Il en est déjà à sa septième assistante depuis qu'il est dans le service.

— Elles démissionnent toutes ?

— Non, il en a viré quelques-unes. Et ce fut une chance pour elles, si tu veux mon avis.

Je regardai ma montre. Plus que cinq minutes pour me réveiller de ma léthargie post déjeuner et retourner dans mon bureau. J'avais le temps de manger un snack sucré ou de boire un café. Finalement, je choisis de boire un deuxième coca.

— Pourquoi ont-elles eu de la chance ? demandai-je posément, non parce que la réponse m'intéressait, mais plutôt pour faire la conversation.

— Celles qui ont démissionné ont eu à supporter pas mal de choses, c'est tout. J'ai même entendu que sa dernière assistante en avait eu tellement assez qu'elle avait préféré aller travailler dans une épicerie.

— Elle devait en avoir assez en effet ! dis-je en m'étirant.

Tandis que je commençais à me lever, je sentis une douleur derrière la cuisse.

Brenda sursauta au cri que je poussai.

— Qu'y a-t-il ?

Je jetai un coup d'œil par-dessus mon épaule, la jambe étendue derrière moi comme si j'avais été une danseuse sur le point de réaliser une figure complexe. Ma jupe s'arrêtait juste au-dessus du genou, mais tout ce que je vis, c'était que j'avais filé mes bas.

— Je me suis accrochée à quelque chose.

— C'est la chaise, dit Brenda. Elle est pleine d'échardes.

Je frottai l'endroit en question qui me brûlait toujours, juste derrière le genou.

— Je n'arrive pas à voir si j'ai une écharde sous la peau ou non.

— Désolée, il faut que je file. Est-ce que ça va aller ? demanda Brenda en jetant sa boîte en plastique dans la poubelle.

— Oui, bien sûr.

J'avais ressenti quelque chose qui ressemblait à une piqûre de guêpe, mais la douleur était plus sourde maintenant. J'étais surtout agacée d'avoir filé mes bas.

Dans les toilettes, j'essayai de regarder dans le grand miroir, mais je ne voyais toujours rien. Je passai le doigt là où j'avais mal, mais je ne sentis rien de particulier. Et je n'avais pas le temps de continuer mes investigations, alors j'ôtai mes bas filés et je retournai dans mon bureau.

— Juste à l'heure, dit Paul sur le pas de la porte qui séparait son bureau du mien. Je commençais à penser que vous ne seriez pas là à temps.

Je lui lançai un regard perçant.

— Je suis très rarement en retard, Paul.

— Oui, je le sais, dit-il en baissant les yeux vers sa montre. Allons-y, il est l'heure.

Je décidai de ne plus penser à la mise en garde de Brenda. C'était le meilleur boulot que j'avais jamais eu et, même si j'espérai en avoir un qui serait mieux par la suite, je n'étais pas pressée de perdre celui-là.

Ma tâche durant la téléconférence consistait à prendre des notes. C'était de notoriété publique, l'écriture de Paul était illisible et il tapait avec deux doigts. J'avais pris mon ordinateur portable car Paul était peut-être lent lorsqu'il s'agissait de taper sur son clavier, mais il parlait très vite et il n'y avait qu'avec mon clavier que je pouvais le suivre.

Je ne comprenais pas la moitié de ce dont ils parlaient. Il était question de marges bénéficiaires, de bilan, de prévisions à long terme. J'étais inculte, et cela ne me posait aucun problème. Je n'avais pas besoin de comprendre de quoi ils parlaient pour prendre des notes. En fait, moins j'en savais, mieux c'était, car je pouvais laisser mon esprit vagabonder tandis que mes doigts s'activaient sur le clavier.

Quelques années plus tôt, j'aurais été obligée de prendre les notes en sténo. Le clavier était bien plus pratique. J'avais appris la sténo à l'école, une de ces choses qu'on trouvait encore nécessaire d'enseigner, même si plus personne ne l'employait. Les cliquètements de mes ongles sur le clavier ne remplaçaient pas à mon sens le bruit sensuel de la mine du crayon glissant sur le papier, mais c'était bien plus rapide, et avoir la possibilité de copier le document sur mon ordinateur pour le retravailler était nettement mieux que d'être obligée de le retaper intégralement.

L'appel se termina brusquement, du moins c'était ce qu'il me sembla. Je jetai un coup d'œil aux dernières phrases et je vis qu'en fait j'avais tapé leurs adieux sans même m'en rendre compte.

Paul poussa un soupir et s'appuya sur le dossier de son fauteuil.

— Voilà, c'est terminé. Merci, Paige.

Brenda pouvait dire ce qu'elle voulait, Paul était peut-être spécial, mais il était aussi très poli.

— Je vous en prie.

J'étais restée assise les deux pieds campés sur le sol et l'ordinateur portable sur les genoux. En me relevant, la douleur causée par mon écharde invisible resurgit de façon si intense que je laissai échapper un petit cri. Le clavier tomba sur l'épaisse moquette dans un bruit sourd et je me penchai aussitôt pour le ramasser, espérant ne pas l'avoir endommagé.

Paul avait déjà fait le tour de son bureau.

— Paige, est-ce que ça va ?

— Oui, c'est juste… Je me suis juste accroché la jambe sur quelque chose tout à l'heure. Je crois que ça doit être une écharde.

Le clavier n'était pas abîmé, Dieu merci. Je le reposai sur la table de conférence qui se trouvait dans le prolongement du bureau de Paul. Je sentis quelque chose de chaud couler sur ma jambe et je baissai les yeux. C'était du sang.

— Non, ça ne va pas, vous saignez. Restez là, ne bougez pas.

La moquette du bureau était beige pâle, et il n'avait sûrement pas envie que j'y laisse une tache, alors je fis ce qu'il m'avait demandé pendant les trente secondes qu'il lui fallut pour attraper une poignée de mouchoirs sur son bureau.

Il aurait dû me donner les mouchoirs pour que je puisse soigner ma propre blessure. Pourquoi n'ai-je pas protesté quand Paul m'a demandé de poser les mains sur le bureau ? Ou quand il s'est agenouillé sur cette belle moquette beige et qu'il a passé le mouchoir sur ma cheville, en remontant jusqu'à mon genou ?

Je n'ai rien dit parce que aucun son n'est sorti de ma bouche. Je n'ai pas bougé parce que mes doigts ont refusé de faire autre chose que de s'agripper à la surface polie du bureau. J'y vis mon reflet, ma bouche entrouverte sous l'effet de la surprise, mon air interdit. Mais je ne bougeai pas et je ne dis rien.

— Voilà, dit Paul tout bas.

A travers le mouchoir, je sentis la chaleur de ses doigts appuyer sur ma peau qui frissonnait à présent.

— Je la vois. Ne bougez pas, Paige. Il y a une pince à épiler dans la trousse de secours, je vais la chercher.

J'avais posé mes mains assez loin au milieu de la table pour que je sois obligée de me pencher juste un peu. Je ne voulais pas savoir de quoi j'avais l'air, ma jupe se relevant au-dessus de mes cuisses nues et mon visage en feu.

— Elle est de taille, dit Paul quelques instants plus tard. Ne bougez pas.

Je me mordis la lèvre pour éviter de crier quand je sentis le contact du métal froid de la pince à épiler. Je sentis la main de Paul s'enrouler autour de mon genou pour l'empêcher de bouger pendant qu'il examinait ma peau avec soin, avant d'ôter l'objet de ma souffrance.

Je sentis l'écharde se libérer de l'emprise de ma chair, et un filet de sang couler le long de ma jambe. Je fermai les yeux pour ne pas voir mon propre visage dans le reflet, comme le faisaient sans doute parfois les amants, mais je ne l'avais jamais fait.

La douceur du tissu en papier remonta encore le long de ma jambe tandis que Paul essuyait le sang. J'entendis un froissement de papier et je sentis les doigts de Paul lissant quelque chose sur ma jambe. Un pansement. Puis, il passa son doigt sur ce point particulièrement sensible derrière mon genou, de façon si furtive que je me demandai si je n'avais pas rêvé.

— Voilà. C'est terminé.

Je me retournai. Paul s'était déjà éloigné de moi. Dans une main, il tenait la pince à épiler. Dans l'autre, les pansements.

— Merci.

Je le vis rougir soudainement.

— Aucun problème.

Avant qu'il ait le temps d'ajouter quoi que ce soit, je saisis le clavier et sortis de son bureau.

Plus tard, dans mon lit, je m'endormirais en pensant à deux choses. La première serait la douceur de la carte écrite sur un papier de qualité et la liste d'une très belle écriture.

Et la deuxième serait la sensation des doigts de Paul au creux de mon genou.

Chapitre 9

Mon rendez-vous du lundi soir avec ma gynéco se passa aussi bien que possible pour une épreuve où j'avais les jambes en l'air et les fesses exposées au monde entier. J'avais perdu du poids depuis la dernière fois que j'étais allée chez le médecin, ce qui était une bonne chose, et j'appris que je n'avais plus droit aux mêmes honoraires réduits qu'avant, lorsque mes revenus étaient inférieurs, mais cela n'avait pas d'importance. J'avais une mutuelle à présent.

— J'aimerais bien pouvoir perdre cinq kilos, dit l'infirmière en lisant mon dossier. Mais j'aime trop manger.

— Moi aussi. C'est juste une question de… volonté.

Discipline fut le premier mot qui m'était venu spontanément à l'esprit… Je n'arrivais pas à oublier les cartes glissées dans ma boîte aux lettres.

— Oui, c'est aussi valable pour tout le reste, n'est-ce pas ?

Bien sûr. On n'allait pas très loin dans l'existence si on essayait d'en faire l'économie. Mais je n'ajoutai rien, je me contentai de régler et de sortir.

Ce qui ne m'empêcha pas d'y penser.

Discipline.

J'y repensai sur le chemin du retour, dans l'ascenseur en

me rendant à mon appartement, où je me changeai et enfilai un pantalon de yoga noir et un T-shirt blanc. Puis, je mis des baskets qui m'avaient coûté encore plus cher que mes escarpins Madden, qui étaient pourtant les chaussures les plus chères que je m'étais jamais offertes. J'avais découvert que je pouvais supporter d'avoir mal aux pieds pour être à la pointe de la mode, mais pas pour faire du sport.

Discipline.

Aujourd'hui, vous prolongerez votre séance de sport de quinze minutes.

Je pris une barre de céréales dans un de mes tiroirs et l'engloutis aussitôt tout en décapsulant une canette de Coca light que je vidai en quelques gorgées, avant de remplir une bouteille d'eau au robinet et d'y ajouter des glaçons. J'avais peut-être des chaussures de créateur, mais mon eau était on ne peut plus basique.

Je pris les escaliers pour allonger un peu ma séance de sport, riant de moi-même d'obéir à un ordre destiné à quelqu'un d'autre, et mes pas résonnèrent sur les marches métalliques tandis que je les descendais deux par deux jusqu'au sous-sol. J'ouvris en grand la porte qui était elle aussi en métal, et elle claqua contre le mur. Riverview Manor avait une belle salle de gym, même si elle était un peu vieillotte, pourtant elle était souvent déserte. Sans doute n'était-elle pas assez branchée. Mais, cette fois, il y avait quelqu'un sur le vélo elliptique. Un homme. Il leva la tête, mais il ne parla pas entre deux inspirations-expirations.

C'était lui.

Bien sûr. Pourquoi ne devrais-je pas suer et faire des efforts près de l'homme, ce très bel homme, que je rencontrais à tous les coins de rue ? Je bus une gorgée d'eau pour me donner un peu de courage et sautai sur le tapis roulant.

Après cinq minutes, j'avais les jambes en coton et je lui jetai un petit coup d'œil. Ses lèvres s'étaient serrées en une courbe fine et régulière, signe de sa détermination. La sueur mouillait son T-shirt mais, loin d'être dégoûtée par un tel spectacle, j'en fus troublée. Un type en pleine séance de sport a quelque chose de vraiment sexy.

Il leva les yeux vers moi, juste au moment où sa machine émettait un bip signalant la fin de l'exercice, mais il appuya sur le bouton pour continuer plus longtemps. Maintenant, tout était clair. Liés par la sueur et l'effort, nous faisions de l'exercice sur des machines voisines et nous nous forcions à continuer alors que nous avions envie d'arrêter. En tout cas, moi j'en avais envie. Mais c'était devenu une question de fierté, j'allais devoir continuer à souffler en gémissant jusqu'au bout du programme de cinquante minutes, même si je mourais d'envie de descendre du tapis roulant.

Le fait que ce type ait le corps d'un dieu et qu'il ait fait une courte pause pour enlever sa chemise ne fut pas désagréable. Pas désagréable du tout. Chaque fois que je voyais saillir ses abdos ou ses pectoraux, je me demandais quel serait le goût de sa sueur si je promenais ma langue sur son ventre et autour de son nombril. Comment pouvais-je avoir de telles pensées dans un lieu prétendument aussi sain ?

Mais, même si je mourais d'envie d'attraper M. Mystère et de le chevaucher avec ardeur, faire l'amour avec un inconnu n'était pas dans mes projets. Et encore moins avec quelqu'un qui vivait dans mon immeuble. Les types parlaient. Même à notre époque, où les femmes étaient supposées faire ce qu'elles voulaient de façon aussi libérée que les hommes, les mecs continuaient de parler. Et je n'avais pas l'intention de me faire une réputation dans mon nouveau quartier.

Au lieu de cela, je continuai à suer en réprimant un gémissement qui aurait trahi les douleurs que je ressentais dans les cuisses. Je levai les yeux vers la vieille télé branchée en continu dans la salle de gym, et qui, à cette heure tardive, diffusait des clips en boucle. Sur l'écran, des femmes magnifiques aux seins de stars du porno se trémoussaient sur des draps de satin rouge sur un morceau de hip-hop.

Furtivement, j'observai mon beau voisin pour voir s'il avait une réaction quelconque à la scène pseudo-sexuelle qui se déroulait sous ses yeux. Evidemment, je ne découvris rien. A quoi m'étais-je attendue ? A le surprendre en pleine érection ? C'était idiot.

Qui aurait pu être excité au milieu d'une séance de sport ?

Sa machine sonna de nouveau pour indiquer la fin de son exercice, et, cette fois, il ralentit,saisit sa serviette et s'essuya le visage en descendant du vélo. Il prit sa bouteille d'eau et but avec avidité. Quand il se pencha pour s'étirer en touchant le bout de ses pieds, je ne pus réprimer un gémissement. Ce type avait vraiment les fesses les plus sexy de la terre.

Il leva les yeux vers moi avec un petit sourire, comme s'il avait lu dans mes pensées coupables. J'espérai que non. Enfin, si. Au fond de moi, j'espérais que si.

— Est-ce que ça va ?

—... Oui...

En réalité, j'étais à deux doigts de me liquéfier après avoir largement dépassé mes limites. Ma machine sonna une minute plus tard, à la fin de mon programme. Je m'essuyai le visage et but de l'eau, moi aussi, mais je ne me risquai à aucune sorte d'étirement. Je crois que j'aurais perdu connaissance.

Il était allé à la machine qui servait à soulever des poids, mais il n'avait pas encore commencé. Au lieu de cela, il me fit signe.

— Venez ici. Essayez ça.

— Oh, je ne crois pas, dis-je en secouant la tête même si mes pieds suivirent l'appel des sirènes de son corps musclé.

— Vous ne pouvez pas faire que du cardio, dit-il. Vous devez faire un peu de poids aussi, pour vous tonifier.

Un instant, je faillis me sentir insultée, mais il fallait

regarder les choses en face : quand Adonis critiquait votre corps, il savait probablement de quoi il parlait.

— O.K.

— Asseyez-vous.

Je fis ce qu'il me demandait. Il ajusta quelque chose à l'arrière et il fit descendre la barre pour que je puisse attraper les poignées. Face à nous, le mur recouvert de miroirs reflétait son image, debout derrière moi, tandis qu'il m'expliquait comment tirer sur les poignées pour soulever les poids.

Les pieds coincés sous le banc rembourré et les mains dans les poignées, j'étais emprisonnée. Il mit ses mains sur les miennes les premières fois pour m'habituer au rythme. Je n'avais pas trop de difficulté à faire travailler mes bras, tandis que mes jambes tremblaient encore après ma longue session sur le tapis roulant.

— C'est bien, me dit mon nouvel entraîneur sexy.

Je crus d'abord, comme le suggérait son ton, qu'il allait peut-être me donner une petite tape sur la tête pour m'encourager, mais, au lieu de cela, il lâcha mes mains et posa les siennes de chaque côté de mon buste. Ses doigts s'enroulèrent autour de mes côtes, juste sous mes seins. Je repris mon souffle et, au début, je ne bougeai pas.

— Continuez.

Dans le miroir, son regard rencontra le mien.

— Vous sentez vos abdos travailler, aussi ? ajouta-t-il.

Je ne sentais rien d'autre que ses doigts monter très lentement. Mes tétons s'érigèrent sous mon soutien-gorge de sport, sous mon T-shirt en coton très fin trempé de sueur. Entre mes cuisses, je sentais des vibrations régulières, chaque fois que je soulevais les poids. Je ne voyais pas son corps derrière le mien, mais je sentais sa chaleur. Je ne sentais pas son sexe dur dans mon dos mais, soudain, ce fut la seule chose à laquelle j'étais capable de penser.

— Plus fort, me murmura à l'oreille l'homme qui était

l'objet de tous mes fantasmes en glissant une main sur mon ventre. Sentez votre corps qui travaille.

Oh, mon Dieu. Mon esprit me disait qu'il n'était pas en train de me draguer. Mon corps, en revanche, vibrait de toutes parts et j'avais de plus en plus envie de lui sauter dessus.

Au lieu de cela, je me mordis les lèvres et il me fit un sourire d'encouragement. Son odeur, un mélange de parfum et de sueur, était enivrante. Pourtant, mon désir ne se lisait pas sur mon visage. Le miroir ne reflétait qu'une fille en sueur à l'air boudeur portant un T-shirt trempé de sueur, et dont les cheveux lui collaient au visage. J'avais du mal à croire qu'il ne soit pas dégoûté. Ou peut-être l'était-il. Il me lâcha et recula de quelques pas avec un air d'approbation.

— Ajoutez cet exercice à votre programme, dit-il. Vous verrez des résultats d'ici deux semaines. Je vous le promets.

La claque ! Il ne me draguait pas. Il essayait juste d'être gentil et de m'aider à me débarrasser des quelques centimètres qu'on ne voyait jamais sur les filles qui se pavanaient dans les clips vidéo. C'était un athlète avec un cœur en or qui essayait d'être sympa avec l'intello de service. Dommage qu'il ne sache pas que je n'avais jamais brillé au cours de mes études.

— Merci, dis-je en buvant encore un peu d'eau en m'essuyant le visage avec ma serviette.

Il s'essuya le torse et je m'efforçai de ne pas le regarder.

— Vous n'avez pas vraiment l'air d'avoir besoin de perdre du poids, mais c'est toujours bien de compléter la cardio par des exercices avec les poids. Cela vous aidera à vous muscler.

— O.K., merci.

— A bientôt, dit M. Mystère en souriant, révélant de jolies fossettes.

Il enfila son débardeur et je le fixai, comme hypnotisée. Ensuite, il prit sa serviette et se dirigea vers la sortie. J'attendis qu'il soit parti avant de le suivre, pas seulement parce que j'avais envie de reluquer ses fesses, mais aussi parce que j'avais besoin de me rafraîchir… surtout les idées.

J'avais mal aux mollets, j'avais aussi mal aux fesses. Et j'allais sans doute pouvoir ajouter les bras à cette liste après les exercices que je venais de faire.

Je n'aurais pas cru que je puisse être encore excitée après avoir monté les étages à pied jusqu'au septième étage, mais, une fois sous ma douche, tout ce à quoi je fus capable de penser, c'était ses mains sur moi. Les mains d'Austin, les mains de l'inconnu… cela n'avait pas d'importance, tant que ce n'étaient pas mes mains.

Je me lavai rapidement, me fis un gommage et me rasai les jambes, même s'il était hautement improbable que qui que ce soit les touche, vu que j'avais rejeté Austin, et que M. Mystère m'avait à peine pelotée. Quand je sortis de la douche, j'étais encore tout excitée sous l'effet des pensées qui m'avaient traversée.

Je m'essuyai avec une serviette très douce et, une fois dans ma chambre, je m'en débarrassai et restai debout devant mon lit. Le lit solitaire. C'était un grand lit et, même si je ne l'avais jamais partagé avec qui que ce soit, je dormais toujours du même côté. Certaines habitudes étaient plus difficiles à perdre que d'autres. Je repliai le dessus-de-lit, révélant les draps blancs qui m'avaient coûté bien trop cher. Cela m'avait semblé une bonne idée sur le moment, de dépenser de l'argent pour acheter de très beaux draps pour mon nouvel appartement. Je l'avais regretté ensuite, quand j'avais été à court d'argent pour faire les courses, mais c'était ainsi.

Derrière la fenêtre, il n'y avait qu'un fin voilage, mais je ne m'inquiétais pas trop d'être vue. Le parking aérien, de l'autre côté de la rue, était le seul bâtiment assez haut pour que quiconque puisse me voir, et mon appartement était un peu trop éloigné pour qu'on se donne cette peine. Malgré tout, à la pensée que quelqu'un aurait pu m'observer, je couvris mes seins avec mes mains pendant un instant.

Puis, je les pris dans mes mains, sentant leur poids familier. J'avais commencé à avoir des seins vers l'âge de treize ans, mais ils n'avaient grossi que plus tard, au lycée. Cependant, je ne me rappelai pas mon corps dépourvu de courbes. Je me rappelai avoir été plus mince, mais jamais d'avoir eu de petits seins.

Sous mes doigts, mes tétons étaient toujours érigés. J'avais envie de sentir la bouche d'un homme sur mes seins, mais je dus me contenter de me lécher les doigts et de les effleurer. Je laissai échapper un soupir et j'aperçus mon reflet dans le miroir, comme un fantôme, une ombre.

« Je te regardais. » Ses yeux noirs brillent et, sur ses lèvres, un sourire se dessine, auquel je ne peux m'empêcher de répondre. Il s'approche de moi et je sens son odeur, chaude et épicée, si masculine.

Il me tend la main et je la prends. Ses doigts longs et forts entrelacent les miens si fermement que je ne peux lui échapper. Mais je n'en ai pas envie. J'ai envie qu'il m'attire contre lui. J'ai envie qu'il mette son autre main sur mes fesses et qu'il me serre contre son sexe. J'ai envie de sentir ses lèvres dans mon cou, ses dents au creux de mon épaule.

Il me lèche d'un petit coup de langue et mes tétons durcissent. Il les voit à travers le fin tissu de mon chemisier et ce spectacle lui arrache un petit gémissement.

Je me serre contre lui et il m'embrasse. Un baiser profond. Il me plaque contre le mur et, d'une main, il immobilise mes bras au-dessus de ma tête. Lorsqu'il glisse son autre main entre mes cuisses, sous ma jupe, il se rend compte que je suis mouillée et prête. Il sourit de nouveau.

Avant même que je comprenne ce qu'il fait, il me retourne.

Il me pousse. Sur le lit, il appuie ma joue contre l'oreiller. Je sens comme un courant d'air sur les fesses quand il relève ma jupe. Il me palpe les fesses, peut-être pour les jauger ou simplement pour les caresser. Je ne sais pas. Je m'en fous. Je tends mon cul vers lui.

Il me bande les yeux. Je ferme les yeux sous le tissu sombre. Il m'attache les mains et mon excitation est telle que je commence à avoir du mal à respirer.

Ce n'est pas que je ne peux pas bouger si je le veux vraiment. Je suis à la merci de ses moindres caprices. Je ne serais pas forcée de me débattre, ni de lutter contre lui si je voulais me libérer. Je peux le faire si je veux, il ne m'a pas attachée si fermement.

C'est juste que je ne veux pas.

Son sexe est long et épais. Il me remplit complètement. Il m'écarte de l'intérieur.

Je n'ai rien à faire. Il prend le contrôle, il impose le rythme et c'est parfait ainsi. Je n'ai pas à lui donner la moindre indication. Il sait. A chaque va-et-vient, le plaisir est plus intense, jusqu'à ce qu'il m'arrache des cris.

Je suis submergée par de multiples vagues de plaisir. Je m'y perds. Je me contorsionne sur son sexe tandis qu'il me donne des claques sur les fesses, deux fois. Cela ne me fait pas assez mal pour m'empêcher de jouir sur son sexe et sur ma main.

Ce n'était pas le seul fantasme que j'avais. Mais ce qui le différenciait des autres, c'était que l'homme n'était ni un acteur ni un inconnu. C'était M. Mystère et, même si c'était ma propre main qui m'avait caressée, c'était son visage qui m'avait fait jouir.

Et, la tête emplie de visons de lui, je m'endormis.

Chapitre 10

Le lendemain matin, je me réveillai avec une envie de porridge.

C'était le pouvoir de la suggestion, me dis-je en versant du lait sur la préparation pour porridge que j'avais trouvée au fond de mon placard, oubliée en faveur de sodas light et de nourriture industrielle. Voilà tout. Mais, quand le bon goût du sirop d'érable commença à fondre sur ma langue, je sus que ça n'était pas tout.

C'était juste un ordre.

Mangez du porridge pour le petit déjeuner. Sucrez-le comme bon vous semble.

Simple et direct.

Cela avait réglé la question de ce que j'allais manger pour le petit déjeuner, un problème auquel j'étais confrontée chaque matin tandis que je me dépêchais de me préparer et que je passais de précieuses minutes à scruter l'intérieur de mon réfrigérateur sans grand enthousiasme. Cette fois, je n'avais pas à me demander ce que j'allais manger, ni à perdre mon temps. *Mangez du porridge pour le petit déjeuner,* avait dit la liste, et c'est ce que je fis.

Je mangeais du porridge tous les matins quand j'étais

gamine. Et parfois même pour le dîner. Ma mère l'achetait en gros sur le marché, dans des grands pots. Ce n'était pas celui qu'on trouvait dans une boîte chic décorée du portrait de Benjamin Franklin ou de je ne sais qui. C'était le genre qu'il fallait faire cuire longtemps. C'était drôle que j'aie pu oublier à quel point le porridge pouvait être simple, rassasiant et savoureux avant d'avoir reçu ce mot.

Quand je partais travailler, le courrier était presque toujours distribué ou sur le point de l'être mais, la plupart du temps, j'attendais le soir pour le prendre car je n'avais pas envie de me mêler aux gens rassemblés devant les boîtes aux lettres.

Ce matin-là, pourtant, je me faufilai parmi eux et pris mon courrier, le cœur battant tandis que je passais en revue les prospectus et les factures. J'avais reçu une carte de mon dentiste, me rappelant que je devais aller le voir.

Et un nouveau mot.

Aujourd'hui, vous aurez conscience de votre force et de votre beauté.

Waow !

Je refermai la carte, la remis dans l'enveloppe et la glissai dans la fente de la boîte 114. Puis je l'observai à travers la surface vitrée.

Comment un ordre aussi simple avait-il pu me bouleverser à ce point ?

Paul voyageait souvent, il n'était donc pas inhabituel que je reste quelques jours ou même une semaine sans le voir. Mais, les jours où il était au bureau, il ne manquait jamais de venir me saluer quand il m'entendait arriver ou, si j'arrivais avant lui, il s'arrêtait toujours devant mon bureau pour me dire bonjour. Mais pas ce jour-là. Je l'entendis marmonner au téléphone à travers la porte close, mais il ne sortit pas.

Cependant, il avait laissé quelque chose pour moi sur mon bureau.

Une liste.

Elle ne me disait pas d'être forte ni d'avoir conscience de ma beauté, mais je ne pus m'empêcher d'y penser en lisant les différentes tâches qu'il m'avait dressées. Rien qui sorte de l'ordinaire. En dehors de ma réaction.

Je n'aurais jamais été jusqu'à dire que nous étions proches, mais nous avions toujours eu une relation cordiale. Mais, le jour où il avait ôté l'écharde de ma jambe, la température de notre relation était sans doute montée d'un cran. Peut-être trop pour Paul manifestement, car il croisa à peine mon regard quand il sortit de son bureau à 11 heures, son manteau et sa serviette à la main. Je me redressai derrière mon bureau.

Forte et belle.

— Je serai parti jusqu'à 4 heures environ.

Il n'avait pas besoin de ma permission, bien entendu, alors je ne répondis pas. Et lui n'ajouta rien non plus.

Il ne m'avait pas regardée, et, entre nous, la tension était palpable.

Cela eut le don de m'agacer.

Je ne lui avais pas demandé de soigner ma blessure. Je ne l'avais pas forcé à me toucher ! Et je n'allais pas non plus le poursuivre pour harcèlement sexuel ou ce genre de chose.

Pour finir, il marmonna, le regard fuyant :

— Au revoir.

— Au revoir, Paul.

Je vis son visage s'empourprer, même de là où j'étais assise. Ensuite, il partit sans un mot — ce qui m'agaça aussi.

Je n'étais pas devenue secrétaire de direction parce que j'en rêvais depuis ma plus tendre enfance. J'étais devenue secrétaire de direction parce que j'avais suivi les études commerciales les moins chères et les plus rapides pour obtenir un emploi dont le salaire me permettrait de partir de chez ma mère et de commencer une nouvelle vie.

Je n'avais jamais eu l'intention de rester à ce niveau pour le restant de mes jours. J'avais choisi cet emploi chez Kelly Printing à cause du programme de formation qu'ils réservaient à leurs employés. Je devais travailler dans l'entreprise pendant un an avant de pouvoir commencer à prendre des cours du soir pour obtenir un M.B.A., dont le coût serait partiellement remboursé par l'entreprise si je réussissais à l'obtenir. Et j'allais faire en sorte de l'obtenir. Je n'étais pas une assistante de direction parce que je ne voulais pas être autre chose. Juste parce que je n'avais pas eu les moyens de faire autre chose. Et jusqu'à ce jour, je n'avais jamais regretté de faire ce que je faisais, ni d'être au premier échelon d'une échelle qui en comportait beaucoup d'autres.

La liste qu'il m'avait laissée n'avait pas été écrite avec une encre de qualité, ni sur du papier couleur crème, elle avait juste été gribouillée au dos d'une feuille déjà imprimée et l'écriture était si difficile à déchiffrer qu'à première vue, on avait l'impression de devoir percer à jour un code secret. La liste n'avait rien de particulier mais, malgré tout, c'était une liste et je la fixai pendant un long moment.

Ce morceau de papier et ces quelques phrases eurent le mérite de diviser ma journée en plusieurs parties. Ils lui donnèrent un sens, un cheminement à suivre. Je n'avais pas besoin que Paul me donne ça, j'étais tout à fait capable de définir les priorités pour mener à bien les tâches de ma journée, pourtant, le simple fait de lire ses instructions me donnait la sensation du devoir accompli avant même d'avoir fait quoi que ce soit.

Il fut surpris de me trouver encore au bureau, me sembla-t-il, quand il rentra juste après l'heure à laquelle j'aurais dû partir. Je n'avais pas traîné, mais la liste était très longue et elle comportait certaines tâches pour lesquelles je n'avais pas été formée. J'étais parvenue à les faire cependant. J'avais sauvegardé les fichiers et les e-mails que j'avais envoyés et j'étais en train d'éteindre mon ordinateur quand il disparut dans son bureau.

Je pris mon temps pour réunir mes affaires et, un instant plus tard, Paul réapparut sur le seuil de la porte. Il n'avait pas dénoué sa cravate, ni ôté sa veste de costume et il semblait fatigué.

— Paige, je ne pensais pas que vous seriez encore là, dit-il en fuyant mon regard de façon si flagrante que je n'aurais pas pu ne pas le remarquer. J'ai reçu la copie de tous les dossiers que vous avez envoyés, ajouta-t-il.

J'aurais pu faire comme si de rien n'était, faire comme s'il n'y avait rien de bizarre entre nous. Peut-être aurais-je dû, mais son attitude me restait en travers de la gorge.

— Est-ce que tout va bien ? J'ai bien fait tout ce que vous m'aviez demandé ?

Il hocha la tête, mais, quand il se mit à parler, sa voix sonna faux et il évita de me regarder.

— Je suis très content de votre travail.

Je pensai à ce que Brenda avait dit, que les filles ne restaient jamais longtemps. J'avais besoin de ce boulot, et j'aurais été dans de sales draps si j'avais été obligée de le quitter. Je pouvais certainement trouver un nouveau poste si je le voulais, mais cela ne se produirait que quand je le déciderais. Et non quand M. Johnson décréterait de faire de ma vie un cauchemar pour me pousser à démissionner.

Mais il y avait autre chose derrière tout cela. La force et la beauté. Les qualités et les défauts. Les listes. J'avais les mains liées, les yeux bandés, et on me disait ce que je devais faire sans que j'aie à me poser de question.

Je levai les yeux vers lui, et, cette fois, je captai son regard, mais il détourna vite la tête.

— Merci, dit-il.

Puis il retourna dans son bureau et en referma la porte derrière lui.

Les mots qui m'étaient parvenus par erreur écrits à l'encre fine sur un beau papier crème ne ressemblaient en rien à ceux de Paul. Alors pourquoi étaient-ils devenus si inexplicablement liés ?

Kira m'appela sur mon téléphone portable alors que j'étais au volant, sur le chemin du retour. Notre conversation ne dura pas trop longtemps, et même si elle ne remarqua peut-être pas une certaine tension entre nous, moi si. Cela faisait longtemps que nous n'étions plus meilleures amies, mais comme un grand nombre de mes vieilles habitudes, Kira était une de celles avec lesquelles il était difficile de rompre.

Son appel me fit oublier Paul et les listes, mais il me fit repenser à Austin. Je n'étais pas sûre que ce soit un progrès. Elle ne s'excusa pas de l'avoir invité à nous rejoindre à La Pharmacie, mais elle ne mentionna pas Jack non plus. Un prêté pour un rendu, en quelque sorte.

Je la laissai parler sans répit, même si je n'avais pas grand-chose à ajouter. Elle ne s'en aperçut pas, ou du moins elle fit comme si elle n'avait rien remarqué et elle finit par raccrocher avant que j'aie eu le temps de lui dire que j'avais toujours son sac à main. Cela ne m'étonna pas. Kira avait toujours été négligente avec ses affaires, indépendamment de sa situation financière.

Dans ma ville natale, quand je voulais conduire un moment pour me vider la tête, il y avait plein de routes de campagne serpentant entre des champs de maïs, des prés avec des vaches et des bois. Je pouvais ouvrir les vitres, laisser mes cheveux voler à l'air libre avec la radio à fond en chantant à tue-tête. Je pouvais me perdre sur le ruban d'asphalte et faire s'arrêter le temps.

Pas ici. J'aurais pu trouver une route de campagne si j'avais vraiment cherché, mais cela m'aurait demandé plus d'efforts que cela n'en valait la peine. Au lieu de cela, je roulai au pas dans un cadre urbain avec les vitres remontées et les portes fermées à clé. Harrisburg n'était pas une grande ville, mais il fallait être idiot pour penser que la criminalité y était nulle.

La chanson passa à la radio juste au moment où je me garai sur le parking de mon immeuble. Je venais de tomber sur une radio locale qui passait un remix de *Purple Haze* de Jimmy Hendrix par les Cure. C'était un vieux morceau, qu'on n'entendait généralement pas sur les stations locales. Un morceau que je connaissais très bien.

Qui me transporta dans le passé.

— Salut les filles, vous êtes là pour voir de beaux mecs, je suppose ?

Le type derrière le bar nous fait un clin d'œil de connivence, comme s'il avait déjà vu des filles dans notre genre.

— C'est un enterrement de vie de jeune fille ?

Non ! C'est même le contraire d'un enterrement de vie de jeune fille, on pourrait appeler ça une divorce-party. Je viens juste de signer les papiers pour dissoudre mon mariage avec Austin. Pour la première fois depuis l'âge de dix-sept ans, je suis célibataire.

J'ai de bonnes amies et c'est un réconfort. Kira n'a pas pu venir ce soir, mais il y a Nat, Misty, Vicky et Tori. Laurie et Anna ont pu venir, elles aussi. C'était mon idée de venir admirer des garçons qui dansent dans un bar de strip-tease, mais elles ont toutes sauté sur l'occasion dès que je l'ai suggéré.

Le videur nous fait signe de le suivre, nous passons devant la scène, où deux filles se trémoussent autour d'une barre, en équilibre sur leurs vertigineuses chaussures de salope. Il n'y a encore personne, mais il y a de la place pour au moins deux cents hommes en chaleur. Nous suivons le videur dans une autre salle, au fond, et nous rions toutes comme des folles, tant nous sommes nerveuses.

Ce n'est pas ce à quoi je m'attendais. J'avais déjà vu les Chippendale, mais là, c'est… différent. Nous sommes dans une petite salle peinte entièrement en noir avec une petite scène au centre, où s'élève une unique barre argentée jusqu'au plafond. Il y a deux ou trois petites tables et un canapé. Je n'ai pas envie de m'asseoir juste devant la scène. Il n'y a pas de musique. Il n'y a personne.

Jusqu'à ce que le rideau qui se trouve au fond de la scène ne s'ouvre et qu'en sorte un jeune mec qui a à peu près mon âge. Il a une épaisse chevelure blonde, merde, comme Austin et il est taillé à peu près comme lui. Mais je fais comme si de rien n'était, comme si je m'en fichais.

Il n'est pas seul. Il y a un autre type avec lui. La musique démarre sur un rythme soutenu et les garçons, vêtus de pantalons noirs, de chemises blanches et de cravates commencent à danser.

Nom de Dieu !

Je jette un coup d'œil du côté de Nat, qui ouvre grand les yeux. Tori, elle, affiche un large sourire. Quant à Laurie, elle a mis les mains devant ses yeux, mais elle regarde entre ses doigts.

Ils dansent.

Je n'ai jamais rien vu de tel. Je m'étais attendue à une sorte de chorégraphie, à des costumes ringards. Mais pas à ça.

C'est fou.

Le plus grand, un mec brun, enlève sa chemise blanche, puis sa casquette, en faisant tomber ses cheveux d'un côté avec un sourire ravageur, tandis qu'il dénoue lentement sa cravate. Le blond est déjà au milieu de l'assistance, qui s'est remplie de femmes riant et sifflant. Il y a aussi quelques hommes silencieux. Le brun, quant à lui, fait un demi-tour et envoie sa cravate directement sur moi.

Je le connais.

C'est Jack, ce type dont Kira était complètement dingue. Il est un peu plus grand à présent, ses cheveux sont plus longs et… non ! Il se dirige vers moi avec une expression qui indique clairement qu'il m'a reconnue. Il défait les boutons de sa chemise, avant de l'ouvrir, révélant un torse et un ventre d'une minceur irréprochable.

Il arbore un piercing sur un de ses tétons et un bras couvert de tatouages. Il tourne la tête vers moi et me décoche un sourire qui me fait l'effet d'une décharge électrique. J'aurais voulu prétendre le contraire, mais je suis incapable de masquer mes émotions. Il est impossible qu'il ne le voie pas.

D'autres garçons arrivent sur la scène, les billets pleuvent de toutes parts, mais tout ce que je vois, c'est ce type. Celui qui danse devant moi de manière provocante, qui enlève sa chemise, défait sa ceinture et fait glisser son pantalon sur ses hanches. J'ai envie de me cacher le visage, de peur qu'il porte un string, mais il connaît le pouvoir de l'attente, et il remonte son pantalon.

Il a un très beau corps, qui ne ressemble pas à celui d'Austin, mais il est mince et ferme. Lorsqu'il pose les mains sur le dossier du canapé sur lequel je suis assise, je me sens envahie par une vague de chaleur. Son visage est près de mon oreille quand il chante au gré de la musique des paroles que je n'oublierai jamais.

Quand il glisse un genou entre mes cuisses, je les écarte pour lui. Il frotte son corps contre le mien, mais vite, sans s'attarder. Puis il se retourne. Il ondule devant moi en jouant avec la ceinture de son pantalon.

D'autres femmes crient :

— Enlève-le !

Je le fixe, incapable de faire quoi que ce soit d'autre. Le morceau de musique finit et un autre commence, et je suis sûre qu'il a terminé. Il va ramasser les quelques billets tendus et il va retourner en coulisses.

Mais il fait autre chose. Il se met à genoux et glisse sur le sol jusqu'à se retrouver à mes pieds. A cet instant, j'ai l'impression que le temps s'est arrêté.

Je suis incapable de respirer, incapable de bouger. Je ne peux détacher mes yeux du spectacle qu'il m'offre, à genoux sur le sol, le regard plongé dans le mien. Je n'ai jamais eu autant envie de quelque chose : je ne pense qu'à glisser mes doigts dans ses cheveux noirs et l'attirer à moi.

La seconde suivante, il se relève et il se trémousse devant une femme qui lui tend un billet de cinq dollars. L'instant est passé, mais pas l'impression qu'il me laisse.

Plus tard, après la fermeture du club, je baise avec Jack sur le siège arrière de sa voiture pendant qu'il me murmure des mots crus à l'oreille. Par la suite, on baise beaucoup ensemble, mais cela ne dure pas très longtemps.

Il ne se met plus jamais à genoux devant moi.

Les petits coups frappés à la vitre de ma voiture me firent sursauter à tel point que je me cognai le bras contre la portière. J'éteignis aussitôt la radio, le cœur battant, et je me tournai vers la vitre, m'attendant à voir une arme braquée sur moi.

Le regard de l'homme qui se trouvait derrière la vitre me fit presque autant d'effet. C'était mon voisin, mon compagnon de sport, M. Mystère. L'air soucieux, il se pencha plus près.

— Est-ce que ça va ?

J'attendis qu'il ait reculé d'un pas pour ouvrir la portière.

— Oui, ça va. J'étais juste… en train de rêvasser.

— Vous étiez en train de décompresser ? Ça m'arrive aussi de temps en temps. Désolé de vous avoir fait peur.

Je commençais à peine à retrouver mon souffle, mais j'avais

encore les nerfs à vif. Ce type ne ressemblait en rien à Jack, en dehors de ses cheveux bruns.

— Ce n'est pas grave. Ça n'est sans doute pas très malin de rester assise dans ma voiture sur le parking.

Son sourire dévoila ses fossettes si sexy.

— Non, probablement pas. On ne sait jamais qui pourrait vous voir.

Etonnant de constater à quel point ce qui aurait dû être une mise en garde résonna à mes oreilles comme une tentation. Il sembla sur le point d'ajouter quelque chose, mais il se contenta de sourire. En me faisant un signe de la main, il s'éloigna et entra dans une voiture qui se trouvait un peu plus loin. Elle était plus récente que la mienne, et je reconnus le modèle. C'était une voiture hybride, bleu foncé. Tiens donc… ainsi, en plus d'être très sexy, mon beau voisin se préoccupait de protéger l'environnement.

Je lui fis signe à mon tour, et il démarra. Pendant quelques secondes, le souvenir du visage de Jack se mêla à celui de mon homme mystère. Cela me fit frémir et j'effaçai cette pensée de mon esprit. Mes frasques avec Jack ne dataient pas d'hier et elles appartenaient à une autre époque. J'étais quelqu'un de différent alors.

Ou du moins je le pensais.

Chapitre 11

Alors que je l'avais vérifiée le matin, je ne pus résister à l'envie de passer voir ma boîte aux lettres en rentrant ce soir-là. Je m'attendais à ce qu'elle soit vide, et, au premier coup d'œil, ce fut ce qu'il me sembla. Puis, une ombre mince attira mon attention et je sentis mon souffle s'accélérer. Il y avait quelque chose dans ma boîte aux lettres.

C'était sans doute un prospectus de l'association des locataires, ils adoraient envoyer toutes sortes de tracts. Sauf qu'en général, ils les imprimaient sur des demi-feuilles de papier bon marché — et pas sur le genre de papier épais et luxueux comme celui qui se trouvait dans ma boîte.

Je pris la carte, qui ne m'était toujours pas adressée, et je regardai autour de moi, avec une soudaine méfiance. Je n'avais jamais aimé les surprises.

Il y avait d'autres locataires dans le hall d'entrée et devant l'ascenseur, mais personne ne faisait attention à moi. Si quelqu'un était en train d'épier mes gestes, ce quelqu'un était d'une discrétion extrême.

Et pourquoi m'épierait-on ? J'avais transmis les autres mots à leur destinataire légitime. Et il y avait toutes les chances pour que la personne qui les mettait dans la mauvaise boîte ne sache même pas que ses listes transitaient par une autre boîte. Pourtant, il y avait quelque chose qui ne tournait pas rond. Qui continuerait à faire invariablement la même erreur ?

A moins que ce ne soit pas une erreur ?

Mais je ne voyais pas pourquoi quelqu'un m'enverrait des instructions sexy. Je regardai de nouveau autour de moi, puis je tournai et retournai la carte entre mes mains. D'un coup d'œil, je scrutai l'intérieur de la boîte 114. De ce que je pouvais voir, il n'y avait rien que des magazines et des lettres.

J'approchai la carte de la boîte 114.

Je ne la lirais pas. Je ne devais pas la lire. Je n'oserais pas la lire.

Sauf que je ne pus m'en empêcher. J'avais soif et c'était de l'eau fraîche, j'avais faim et c'était un morceau de pain.

Je jetai un bref coup d'œil de tous les côtés, et quand je fus certaine que personne ne m'observait, je glissai la carte dans mon sac puis me précipitai vers l'ascenseur. Comme une voleuse.

Arrivée devant chez moi, j'entendis le téléphone sonner de l'autre côté de la porte, et le temps que je l'ouvre, le répondeur s'était déjà mis en marche.

— Paige, c'est maman. Appelle-moi…

— Salut, maman, fis-je en décrochant.

Le mot, que je n'avais pas encore ouvert, ni lu, me brûlait les doigts.

— Tu filtres tes appels ? fit-elle sur un ton amusé.

Je pris une lente inspiration, comme hypnotisée par les chiffres inscrits sur l'enveloppe.

— Non, je ne filtre pas mes appels. Je viens juste d'arriver.

Cela sembla attirer son attention.

— Oh ? Tu étais sortie ?

— Oui, maman, dis-je. C'est pour ça que je viens de rentrer.

— Où étais-tu ?

— Je n'avais pas de rendez-vous galant, si c'est ce que tu espérais, dis-je pour la taquiner.

— Dommage pour toi.

— Si tu le dis. Que se passe-t-il ?

Je plaçai le mot au centre de la table de la cuisine, pour pouvoir l'observer. Je tournai autour, à moitié concentrée sur la conversation avec ma mère, j'étais si distraite par ce nouveau mot que j'avais même oublié d'être en colère après elle.

— Ai-je besoin d'une raison spéciale pour appeler ma fille préférée ?

Ma mère avait presque toujours été comme une tante ou comme une grande sœur, plutôt qu'une mère. Elle n'avait que dix-neuf ans quand je suis née, à peu près le même âge que j'avais quand elle a eu Arthur. Je ne veux pas dire qu'elle n'a pas fait de son mieux. Je veux juste dire que, maintenant que j'ai une vingtaine d'années et elle une quarantaine, notre différence d'âge semble encore moins importante que quand j'étais adolescente et qu'elle était la seule maman que je connaissais qui écoutait la même musique que moi.

— A priori, non, mais tu m'appelles rarement sans raison. En général, tu m'envoies plutôt un mail.

En tout cas, c'était ce qu'elle faisait depuis que j'avais déménagé « si loin » et que m'appeler impliquait désormais un appel longue distance.

— Eh bien, je ne suis plus obligée de faire ça, dit-elle en étouffant un petit rire. Devine d'où je t'appelle ?

— Paris ?

— Non, Paige, dit ma mère comme si j'avais été sérieuse. Je suis dans ma voiture ! Je vais au centre commercial.

— Tu téléphones en conduisant ? Maman, tu sais que c'est dangereux. Et en plus, tu risques une contravention ! Tu ferais mieux de raccrocher.

D'autant que, même quand ma mère n'était pas au téléphone, sa conduite laissait déjà à désirer.

— Mais tu ne comprends pas, Paige. Je t'appelle depuis mon propre téléphone portable !

C'était donc ça, sa grande nouvelle…

— Félicitations ! Bienvenue dans le nouveau millénaire.

Elle ne prêta pas attention à mon sarcasme.

— C'est Leo qui me l'a offert. Il est adorable, non ?

De tous les petits amis de ma mère, Leo était sans doute son meilleur choix. Peut-être parce qu'il était plus âgé, mais, entre sa bedaine de buveur de bière et sa longue barbe, il était sans conteste le motard le plus fruste avec lequel ma mère soit sortie. Il allait encore travailler en Harley et il arborait des tatouages aux couleurs passées sur les deux bras, mais il était plus décontracté que certains des types plus jeunes avec lesquels elle était sortie.

— C'est gentil de sa part, dis-je.

— Et puis, maintenant, je peux t'appeler tout le temps ! Et je peux aussi t'envoyer des messages, si jamais j'arrive à comprendrc comment faire.

— Quelle chance !

Je fouillai dans le tiroir de la cuisine à la recherche d'un stylo et je marquai un temps d'arrêt en sortant mon bloc-notes. Ma brève liste de qualités et de défauts venait de me sauter aux yeux, et j'en oubliai de parler.

— Paige ?

— Quel est ton numéro ? demandai-je en mettant la liste de côté, m'apprêtant à le noter.

— Aucune idée ! fit-elle, avant d'ajouter : Au fait… Devine sur qui je suis tombée l'autre jour.

— Je ne sais pas.

— La mère d'Austin.

Je ne croyais pas au hasard.

— Oh ?

Ce fut tout ce que je réussis à dire.

— Elle m'a dit de te dire bonjour.

— Ah oui ?

D'après ce que je savais, quand son fils et moi nous étions séparés, Mme Miller n'avait pas été mécontente d'être débarrassée de moi.

— Ne fais pas cette tête, Paige.

— Tu ne sais pas du tout quelle tête je fais.

— Je suis ta mère, et je n'ai pas besoin de te voir pour savoir que tu fais la grimace. Tu vas avoir des rides si tu continues.

— A mon âge ?

— Et devine ce qu'elle m'a dit ?

J'attendis patiemment qu'elle se décide à me dire ce qu'elle savait.

— Elle m'a dit qu'il avait déménagé là-bas. Où tu es.

Au moins, ça m'avait sorti de l'esprit le fameux mot posé sur la table devant moi.

— Harrisburg n'est pas un pays étranger, tu sais. Ça n'est qu'à quarante minutes de Lebanon, dis-je en essayant de faire preuve de repartie, mais sans grand succès.

Cela ne fit pas rire ma mère. Dans son quartier, « partir » impliquait généralement aller faire des courses dans un magasin, alors quarante minutes, c'était une éternité. J'étais partie. Mais, quoi qu'il en soit, j'étais déjà au courant pour Austin.

Harrisburg était chez moi. Pas chez lui. Il n'avait pas sa place ici. Il aurait dû rester à Lebanon, là où vivait sa famille et où il avait toujours vécu. Il aurait dû rester là-bas, là où chaque rue lui faisait penser à moi et où il regrettait amèrement de m'avoir perdue.

— Lemoyne, dit-elle comme si je n'avais rien dit. Sa mère m'a dit qu'il avait trouvé un nouveau travail dans une grande entreprise de chauffage et de climatisation. Il ne travaille plus avec son père.

— Tant mieux pour lui.

— Je suis sûre que je pourrais avoir son numéro si tu veux.

— J'ai son numéro.

Elle resta silencieuse car, pour autant qu'elle sache, Austin et moi ne nous étions pas parlé depuis le jour où j'étais partie de notre appartement.

— Très bien, comme tu voudras. Je pensais que tu aurais aimé le savoir, c'est tout. Il a une bonne situation.

— Oui, c'est une question de point de vue.

Cette fois, son silence dura plus longtemps.

— Depuis quand es-tu devenue aussi snob ?

Je poussai un soupir.

— Je ne suis pas snob. J'essaie juste… d'évoluer, c'est tout.

Je n'aurais vraiment pas pu mieux exprimer les choses, et il n'y avait pas de façon de les dire sans l'offenser. Ma mère avait tout ce que je n'avais jamais voulu. La plupart des parents veulent que leurs enfants fassent mieux qu'eux, et je savais que ma mère n'était en rien différente. Mais on se sentait toujours blessé quand on comprenait que ce qu'on avait donné à quelqu'un n'était pas suffisant.

— J'ai juste pensé que peut-être…

— Quoi ?

Ma mère s'éclaircit la gorge et je me raidis. Généralement, c'était le signe qu'elle avait fait quelque chose susceptible de me mettre en colère, et qu'elle le savait, même si elle allait prétendre le contraire.

— J'ai juste pensé que tu pourrais peut-être le revoir, ou qu'il pourrait avoir envie de te contacter.

— Me harceler, tu veux dire ?

Comment avais-je pu oublier que c'était elle qui lui avait donné mon adresse ? De nouveau en colère, je fis les cent pas dans mon salon, puis autour de ma table de cuisine, avant d'aller dans ma chambre, où je m'immobilisai pour arrêter de tourner en rond.

— Comment as-tu pu lui dire où j'habitais, maman ? Tu savais que je ne voulais pas le voir !

— Tu sais, Paige, il fut un temps où tu me reprochais de l'éloigner de toi.

— Mais c'était il y a une éternité !

— Je suis désolée, dit ma mère avec froideur. Il a appelé et il m'a demandé si je pouvais lui dire où tu vivais. Je ne pensais pas que cela te dérangerait. Tu m'as toi-même dit que tu avais son numéro.

— Maman…, fis-je en prenant une lente inspiration pour essayer de calmer la colère que je sentais monter en moi. Si je voulais qu'il sache où j'habite, je lui aurais envoyé une carte.

— Je suis désolée, Paige.

Elle semblait sincère, mais je la connaissais assez pour savoir qu'elle était désolée que je sois en colère, et non parce qu'elle pensait avoir tort.

— Je dois y aller, ajouta-t-elle. Je suis arrivée au centre commercial.

— Très bien.

— Tu sais, dit-elle tout à coup, ça ne te tuerait pas de revenir à la maison une fois de temps en temps. Tu manques à Arty, et à moi aussi.

Je savais que ce n'était même pas la peine que je leur propose de venir, eux, me rendre visite. Même le fait de les retrouver à mi-chemin aurait été trop peu familier pour elle. Mais ce n'était pas comme si je n'allais jamais les voir.

— Tu te souviens que je viens demain soir, et que j'emmène Arty au cinéma ? dis-je alors.

— Tu pourrais venir vendredi et passer le week-end avec nous.

Elle savait peut-être à quoi mon visage ressemblait sans le voir, mais je doute qu'elle ait eu conscience du frisson d'épouvante dont je fus saisie à cette pensée.

— Je ne peux pas, je suis occupée.

Elle n'insista pas.

— O.K., très bien.

Nous nous ressemblions tant que parfois cela en était inquiétant. Ce qui était une des raisons pour lesquelles j'avais déménagé.

Après avoir raccroché, je me déshabillai et me dirigeai vers la salle de bains. Si seulement je pouvais me laver des relents de cette conversation aussi facilement que la mousse disparaissait dans le siphon de la douche. Lorsque j'étais enfant, j'avais grandi dans des logements sociaux, dans des caravanes en location et dans des maisons délabrées dont les propriétaires semblaient plus intéressés par la façon dont ma mère cuisinait que par quoi que ce soit d'autre la concernant. Il n'y avait jamais eu assez de rien, et plus précisément jamais assez d'eau chaude pour prendre sa douche.

Dans le meilleur des cas, il m'était parfois arrivé de prendre une douche tard le soir, quand personne d'autre n'avait besoin de la salle de bains, que la machine à laver ne tournait pas et qu'on ne faisait pas la vaisselle. Dans le pire des cas, la douche devenait pour moi un refuge, me permettant d'échapper aux cris et aux portes qui claquaient, frissonnant sous l'eau devenue glaciale bien avant d'être prête à en sortir.

J'avais travaillé dur et fait beaucoup de sacrifices pour pouvoir habiter dans un des plus petits appartements des immeubles neufs les plus en vue d'Harrisburg. L'eau chaude à profusion était peut-être hors de prix, mais je m'en fichais. J'en profitais dès que je le pouvais.

Le temps de sortir et d'enfiler un pantalon de sport en polaire et un T-shirt qui était déjà usé quand je l'avais emprunté à Austin avant notre séparation, je me sentis mieux. Je me préparai un sandwich et un verre de lait frais que je posai sur la table. Le mot était toujours là.

Il glissa dans ma main comme s'il avait été découpé à la mesure de mes doigts. Les mêmes lettres noires caressaient le papier avec la même encre noire et cette fois, comme personne ne pouvait me voir, je le portai à mon visage et le respirai longuement.

L'encre fraîche, de qualité, ne sent comme rien d'autre au monde. Je fermai les yeux et respirai de nouveau. Le papier avait toujours cette odeur légèrement musquée d'un parfum que je ne connaissais pas. Je m'assis pour l'observer de plus près. Les chiffres qui figuraient au verso étaient tracés à l'encre épaisse. Il n'y avait ni enveloppe, ni nom, ni cachet de la poste qui aurait pu indiquer d'où il avait été expédié. Il n'y avait même pas une trace de doigt qui aurait pu me renseigner sur la taille de la main qui avait écrit le mot. L'écriture pleine d'élégance ne donnait aucun indice concernant le sexe de la personne qui l'avait tracée.

Sans timbre ni enveloppe, il n'avait pu avoir été expédié par la poste, ce qui voulait dire que quelqu'un l'avait glissé dans la boîte. La mauvaise boîte une fois encore. On avait pris le temps d'écrire le numéro au verso, mais sans prêter attention au numéro qui figurait sur ma boîte. Ce mot ne m'était pas destiné et je n'aurais pas dû le lire. Si je ne l'avais pas fait, tout aurait été différent.

Si seulement j'avais fait ce qu'il convenait de faire.

Chapitre 12

Vous prendrez votre plus beau papier et votre plus belle encre.
Vous rédigerez de façon détaillée votre expérience la plus érotique. Cela peut être une expérience vécue ou un fantasme, mais vous devrez écrire sans ratures ni fautes d'orthographe, de votre plus belle écriture.
Vous me remettrez cette lettre jeudi au plus tard.

Figuraient à la suite les coordonnées du même bureau de poste que la fois précédente.

Je relus le mot et, me sentant rougir, je le repliai et le reposai sur la table. Je n'aurais pas dû le lire. Il ne m'était pas destiné.

Je le repris pourtant, et, en relisant chaque mot tracé par cette main fluide et magnifique qui ne révélait rien de son origine, ce fut comme si on avait touché une corde sensible en moi. Le plus beau papier et la plus belle encre. Je pouvais déjà sentir mes doigts s'incurver autour du stylo, imaginer les mots se dessiner sous la plume tandis que je couchais mes secrets sur le papier. Du papier couleur crème, sans lignes, avec des contours dorés. C'était le papier parfait pour écrire quelque chose d'aussi intime et explicite que ce qui était demandé. Je n'en avais que deux feuilles.

Je refermai la carte avec soin et la remis dans l'enveloppe, la refermant aussi tendrement que si j'avais remonté la couverture sur un amant, au milieu de la nuit. Je la poussai loin de moi, sur la table, et je la fixai, les mains jointes. Le mystère de qui envoyait ces mots, ces listes, avait été éclipsé par une énigme plus fascinante encore : la question du pourquoi.

J'allai me servir un verre d'eau du robinet, mais, même si je le bus d'un trait, cela n'apaisa pas la chaleur qui était en train de monter dans ma gorge et sur mes joues. Je m'adossai au bar, fixant encore le mot posé sur la table. Il ne semblait pas accusateur.

Il avait plutôt les allures d'une invitation.

Parmi une très très longue liste d'expériences sexuelles, laquelle pourrait être la plus érotique ? Ce n'était pas la première fois que j'avais sucé un mec, ni la première fois où j'avais joui sous une autre main que la mienne. Ce n'était pas non plus la première fois où j'avais baisé. Toutes ces expériences avaient été mémorables. J'avais eu de nombreuses aventures sexuelles, et elles avaient souvent été très bien, parfois moins. Il y avait une longue liste d'expériences sur lesquelles j'aurais pu écrire, mais laquelle valait la peine d'être couchée sur mon plus beau papier ? Avec ma plus belle encre ?

Je m'occupai en nettoyant ma cuisine qui n'en avait pas besoin, mais je fus incapable de m'ôter la liste de l'esprit. Les premiers mots avaient consisté en de simples listes d'instructions, bien qu'énigmatiques. *Mangez du porridge. Faites de l'exercice. Pensez à votre beauté.* Cela avait été une sorte de jeu et ces suggestions s'étaient immiscées dans mon esprit et m'avaient amenée à faire des choix que j'aurais sans doute faits, même sans cela. Mais cette fois… il y avait quelque chose de différent. Ce qui m'avait d'abord semblé innocent avait pris un tour légèrement plus obscur.

Et aussi beaucoup plus érotique.

*
* *

Tard dans la nuit.

La seule lumière émane de l'écran bleu de la télévision, dans un coin de la pièce. On a baissé le son car il n'est pas aussi important d'entendre ce qui se dit que de regarder ce qui se passe. J'ai déjà vu ce film par bribes, mais c'est la première fois que je le vois en entier.

Attiré par les images, il lève la tête et il interrompt son baiser, sa main s'attarde sur mon ventre, arrêtant sa progression vers mes seins.

— Ce film est vraiment très chaud, murmure-t-il.

D'un geste, je tourne son visage vers moi et je prends sa bouche pour qu'il reste concentré sur moi, plutôt que sur le film. J'entrouvre mes lèvres et mes jambes, et je l'attire sur moi. Tout contre moi. Je lui ouvre mon cœur aussi, mais je ne lui ai pas dit que je l'aimais. Ces mots sont réservés aux photos du bal du lycée et aux bagues de luxe.

Nous ne partageons pas ça, lui et moi. On partage le siège arrière de sa voiture, ou l'espace sous les gradins après les cours. On partage les sièges du dernier rang au cinéma, le sous-sol de la maison de ses parents et ce canapé.

Mais quand j'entends cette chanson, celle que ma mère passe en boucle sur les vieilles cassettes qui datent de sa jeunesse, je relève la tête. Je sais pourquoi elle aime cette chanson, elle était fan de Duran Duran dans sa jeunesse. Mais, jusqu'à cet instant, je ne savais pas que la chanson était tirée de ce film.

La femme sur l'écran se mord le doigt. Elle regarde un film, mais on ne voit pas les images qui défilent devant elle. On ne voit qu'elle. Elle se caresse, les cuisses écartées, la tête penchée en arrière, en extase, et elle se fait jouir.

Il me regarde la regarder. Il a la main posée sur mes seins, sur mon cœur. Je sens mon cœur s'emballer, mais je respire lentement, pour qu'il ne s'en aperçoive pas.

— Tu le fais ?

Je me tourne vers lui.

— Quoi ?

Il désigne l'écran. Une autre scène est apparue, mais je sais à quoi il fait allusion.

— Ça. Tu le fais ?

— Tu veux savoir si je me caresse ?

Je me redresse, prenant appui sur le bras du canapé usé que ses parents ont relégué au sous-sol. Un chat avait fait ses griffes dessus, un chien s'y était oublié. On avait baisé au moins mille fois sur ses coussins décolorés, ou peut-être seulement dix fois. Il se cale dans le canapé, la chemise ouverte. C'est moi qui l'ai déboutonnée. La ceinture de son caleçon dépasse de son jean. Sous le jean, il bande depuis un moment déjà.

Je commence déjà à le connaître, mais pas encore autant que je finirai par le connaître. Lui ne me connaît pas très bien et jamais il ne me connaîtra mieux. Mais, à cet instant, il y a quelque chose de différent, une sorte de réserve tandis qu'il se passe la main dans les cheveux avec un drôle de petit sourire.

— Ben, oui.

— Et toi ?

J'ai parlé d'une voix un peu brusque, sur la défensive. Je tire sur le bas de mon pull et je croise les bras sur mon ventre.

Il rit doucement. Cela fait des années que je le connais, depuis l'école primaire. Je l'ai vu devenir un homme. Quand il rit, c'est vraiment un homme, avec une voix grave et basse. Une voix un peu âpre.

— Eh bien, oui, dit-il. Tous les mecs le font.

— Mais tu ne penses pas que toutes les filles le font ?

— Je ne te demande pas ce que font toutes les filles. Juste toi.

Il sait comment manœuvrer avec moi. Et, parce que j'ai envie de croire que je suis la seule dans ses pensées, je réponds à sa question avec sincérité. Quelques années plus tard, nous mentirons tous les deux.

— Oui, je le fais.

Il s'éclaircit la gorge.

— Vraiment ? Je veux dire… Tu te…

— Je me masturbe ? Je me branle ? Je me doigte ?

Je suppose que j'essaie de le choquer. De le faire rougir. Mais il n'est pas du genre à rougir.

— Tu appelles ça comme ça ?

— Et toi, tu appelles ça comment ?

Nous chuchotons, même si ses parents se trouvent deux étages au-dessus de nous et que nous n'avons pas pris la peine de parler à voix basse jusque-là. Il s'approche de moi et moi de lui. Il a une odeur d'eau de Cologne et aussi une légère odeur d'assouplissant. Sa mère fait sa lessive pour lui, contrairement à moi.

— Se branler, je suppose, répond-il.

— Moi, je ne lui donne pas de nom, je le fais, c'est tout.

— Souvent ?

Je ris, puis je regarde le film, pour me donner une contenance. Le couple à l'écran est en train de s'envoyer en l'air tout en se déshabillant avec frénésie.

— Chaque fois que j'en ai envie !

Il se met à rire.

— Et tu en as souvent envie ?

Je n'ai pas envie de lui parler des nuits que j'ai passées avec d'autres garçons qui n'ont su éteindre le feu après avoir enflammé mes sens. Je ne veux pas non plus lui parler des livres dont des adultes ont masqué la couverture, et que j'ai pris en douce sur la plus haute étagère de la bibliothèque des voisins qui me payaient pour garder leurs enfants pendant qu'ils allaient jouer au bowling. J'avais appris plus de choses sur le sexe dans ces livres que je n'en avais appris avec un garçon. Jusqu'à ce que je rencontre Austin en tout cas.

— Et maintenant, tu en as envie ? demande-t-il quand il est devenu évident que je ne vais pas répondre.

— Tu veux savoir si j'ai envie de jouir maintenant ?

J'ai senti ses mains sur moi, son sexe en moi, sa bouche sur la mienne et sur mon corps. J'ai joui pas mal de fois avec lui. Mais pas chaque fois.

— Tu veux bien ? demande-t-il. Pendant que je te regarderai ?

Je ne sais pas quoi lui répondre. Tout ce que je sais, c'est que j'ai envie de lui donner tout ce qu'il demande, et aussi certaines choses qu'il ne demande pas. Je dis oui d'un hochement de tête.

Il s'adosse sur le bras opposé du canapé. Je ne suis même pas sûre qu'il pourra me voir à la lueur de l'écran de télé en noir et blanc. Je ne suis pas sûre d'avoir envie qu'il me voie sans que je sois protégée par cette douce pénombre.

Je ne l'ai jamais fait devant quelqu'un et, au début, je ne sais pas comment commencer. Seule dans ma chambre, j'aurais fermé la porte à clé et mis une musique douce dans le noir. Je serais nue, ou je ne porterais qu'un T-shirt et une culotte. Alors que, maintenant, je dois me frayer un chemin à travers mon pull, mon jean, ma culotte et mon soutien-gorge. Alors je commence à me caresser les seins à travers la laine, non parce que j'ai l'habitude de me caresser les seins quand je me masturbe, mais parce que je me dis que c'est ce qu'il attend de moi, et que cela me permettra de gagner du temps pour trouver le courage d'aller jusqu'au bout et de faire ce qu'il me demande.

Son petit bruit de gorge me convainc que j'ai fait le bon choix. Mes mains me semblent petites sur mes seins, comparées aux siennes. Je ne me rappelle pas la dernière fois que je me suis caressée ainsi, en les prenant dans mes mains, en les effleurant pour en ériger les pointes. Mon pull est trop épais, alors je l'enlève.

De nouveau, il émet un petit bruit et je me mords la lèvre. Du bout des doigts, j'effleure les pointes de mes seins à travers la dentelle et le satin de mon plus beau soutien-gorge, celui que j'ai acheté chez Victoria's Secret avec l'argent que j'ai gagné en faisant du baby-sitting. Celui que je porte à chaque rendez-vous amoureux. Sous sa dentelle onéreuse et ses balconnets pigeonnants, mes tétons se sont érigés et sont devenus presque douloureux.

Mes paumes glissent sur le tissu soyeux et, quand mes pouces passent sur mes pointes durcies, je me mords de nouveau les lèvres.

Je ferme les yeux parce qu'il est plus facile de faire ce qu'il me demande si je ne le regarde pas me regarder. Et cela me plonge dans l'obscurité à laquelle je suis habituée quand je fais cela. Je sens ma peau sous mes doigts, plus douce encore que le luxueux tissu.

Et je m'évade.

De ce sous-sol qui a toujours senti un peu le chien, même si le chien est mort depuis des années. De lui, l'homme enfant qui m'observe. Et même de l'écran de télé posté dans un coin de la pièce et du film qui a provoqué ce que je suis en train de faire.

Je m'évade vers ce lieu où tout est agréable et où je ne pense à rien d'autre que la caresse de mes doigts sur moi. Mes mains descendent sur mon ventre, qui ne sera jamais assez plat quel que soit le nombre d'abdos que je puisse faire ou de déjeuners que je peux sauter. Le bouton en métal de mon jean n'est ni froid ni chaud, il est à la température de ma peau.

Je ne l'ouvre pas tout de suite. Je glisse ma main sur le devant de mon jean, et ma culotte est déjà trempée depuis une heure, le temps que nous avons passé sur ce canapé. Parfois, même si jamais je n'oserais lui dire, je suis mouillée avant même qu'il ne m'embrasse. Parfois, quand je suis sous la douche et que je me prépare à le retrouver, je fais ce que je suis en train de faire maintenant avec mes mains, je les promène partout sur mon corps en imaginant que ce sont les siennes. Parfois, pendant toute la durée de notre rendez-vous — que ce soit une séance de cinéma, un dîner, un bowling ou quoi que ce soit d'autre — à ne penser qu'à cela, à l'attendre. A attendre d'être sur le canapé ou sur le siège arrière de sa voiture. A attendre ses mains et sa bouche sur la mienne, son sexe en moi.

Je laisse échapper un soupir quand mes doigts trouvent le petit renflement à travers ma culotte. Je me sers de mon majeur, le doigt pour baiser, comme l'appelle Austin. C'est celui qu'il glisse en moi avant d'y glisser son sexe, mais, quand il me caresse le clitoris ou quand je suis sur lui, il utilise son pouce. Je n'étais pas vierge quand j'ai couché avec lui pour la première fois, mais je n'ai pas envie de penser à qui lui a appris à faire ça.

Je jouis toujours plus vite seule qu'avec quelqu'un. Là, je suis tout près. Une autre petite pression du bout du doigt me fait frémir. Je me cambre et je soulève un peu mes hanches.

Mais je ne parviens pas à bouger comme je veux, alors je déboutonne mon jean et je descends lentement la fermeture. Puis, peu à peu, je descends mon jean sur mes hanches et mes cuisses. Austin se laisse glisser jusqu'à mes genoux et il tend la main pour m'aider à l'enlever.

Dans ma plus belle lingerie, je me laisse aller en arrière et je m'abandonne à son regard. Je promène mes mains sur toutes les courbes de mon corps. Quoi qu'on en dise, les hommes aiment les courbes.

Il déboutonne son jean sans me quitter des yeux. Quelques instants plus tard, son sexe est dressé dans sa main, et il se caresse lentement, toujours en me regardant. Je l'ai déjà vu le faire, se caresser pour bander ou se branler négligemment, mais je ne l'ai jamais vu se faire jouir comme ça. Il a toujours joui dans ma bouche, dans ma main ou en moi.

— Enlève ta culotte, murmure-t-il d'une voix entrecoupée par le désir.

Je ne me souviens pas qu'il me l'ait déjà demandé. Je le fais et je ne pense à rien d'autre qu'à ma main entre mes cuisses et aux mouvements de son sexe. Mes doigts glissent sur mon sexe mouillé. Je glisse deux doigts en moi, accordant mes gestes au même rythme que lui. C'est comme si mes doigts étaient son sexe et sa main ma chatte. Nous gémissons au même instant.

Je suis terriblement excitée. Tandis que je me caresse, j'ai envie de me cambrer et de me déhancher. J'ai envie d'être pénétrée par quelque chose de dur. J'ai envie de le chevaucher en frottant mon sexe sur son ventre musclé.

J'ai envie de jouir.

Mes mains vont plus vite entre mes cuisses. Mon autre main trouve mes tétons érigés que je pince au même rythme que mes doigts vont et viennent en moi. J'écarte davantage encore les cuisses et je renverse la tête en arrière.

Je sens le canapé bouger lorsqu'il s'approche de moi. Il est à genoux, une main sur son sexe, l'autre sur ma hanche.

J'arrête de me caresser, pensant qu'il va prendre le contrôle, qu'il va venir sur moi et en moi. Tout mon corps n'est plus qu'attente. J'ai envie qu'il me baise. Mais pas lui.

— N'arrête pas, Paige, dit-il. Je veux te regarder.

Je glisse de nouveau ma main entre mes cuisses et je recommence à me caresser, encore plus lentement cette fois, même si lui va de plus en plus vite. J'ai envie de faire durer le plaisir, de le faire monter doucement.

Je sens ma respiration s'accélérer, au rythme des ondulations de mes hanches. Je suis si près que je pourrais jouir juste en y pensant. J'effectue une petite pression, du bout des doigts, juste assez.

Tout mon corps se tend sous la violence du spasme. Je suis submergée par un cri intense, que je ne peux retenir.

— Oh… Paige ! crie Austin à son tour.

Il se répand sur mes seins et sur mon ventre et il s'étend contre moi. Il se penche vers moi pour m'embrasser. J'aime son goût salé.

— Tu es tellement belle, me dit Austin en m'embrassant encore.

C'est la première fois qu'il me le dit et je le crois. Plus tard, je ne le croirai plus.

J'avais les doigts engourdis d'avoir tenu le stylo trop longtemps. Je n'avais pas repensé à cette nuit-là depuis une éternité. D'autres souvenirs avaient pris le pas. De moins beaux souvenirs, qui m'avaient fait oublier qu'un jour, j'avais été jeune et amoureuse.

— Discipline, dis-je à haute voix.

Je ne fumais pas, mais je me sentis envahie par l'odeur et le goût du tabac.

Que m'arrivait-il ?

Je cédai à l'envie de m'allonger sur mon canapé, je remontai le plaid sur moi et je fermai les yeux.

Je ne suis pas prude. Quand les autres enfants regardaient *Aladin*, ma mère faisait les trois-huit et elle me laissait seule à la maison de 10 heures et demie du soir jusqu'à 8 heures du matin. Elle pensait que je dormais quand elle partait. Il était vrai que j'étais couchée, mais jamais je ne lui avais dit à quel point j'étais anxieuse quand elle partait, ni combien il était difficile pour moi de dormir en sachant que j'allais être seule dans la maison toute la nuit. Je descendais au rez-de-chaussée et je me consolais en restant pendant des heures devant les chaînes câblées. J'ai vu beaucoup de choses que je n'aurais probablement pas dû voir, mais j'ai aussi beaucoup appris.

C'était un peu comme ces mots. Ces ordres. Ce qui m'avait semblé assez inoffensif au début ne pouvait plus passer pour quelque chose d'innocent maintenant.

Les listes avaient été précises, détaillées. Et, à présent, elles étaient explicites.

Quel genre de femme voudrait que quelqu'un lui dise comment passer sa journée ? Quel genre de femme avait besoin que quelqu'un d'autre lui dise d'être belle, d'être forte ? Quel genre de femme avait envie que quelqu'un d'autre régente sa vie ?

Je glissai ma main entre mes cuisses, sur ma culotte mouillée et je sentis mon bouton frémir.

Quel genre de femme ?

Je pensais le savoir.

Chapitre 13

Voici une histoire que le temps a rendue humoristique, mais qui n'était pas drôle au moment où elle s'est produite. J'avais dix-neuf ans quand ma mère a eu Arthur, ce qui veut dire que, quand elle est tombée enceinte, j'avais dix-huit ans. J'étais en dernière année au lycée et je couchais à qui mieux mieux avec Austin.

Ma mère avait toujours parlé ouvertement de sexe avec moi et elle m'avait toujours dit que je devais me protéger. Trop ouvertement à mon goût, vu que ma vie sexuelle était l'avant-dernier sujet que j'avais envie d'aborder avec elle, le dernier étant la sienne. Austin n'était pas le premier garçon avec lequel je batifolais. Il n'était même pas le premier avec lequel je couchais, même si les premières fois où j'avais fait l'amour avaient été si quelconques et sans importance que je les avais presque oubliées. Cela faisait déjà deux ans que je prenais la pilule, mais je lui faisais aussi mettre des préservatifs. Etre une enfant illégitime donnait à tout jamais la peur de tomber enceinte. Jamais je ne finirais comme ma mère.

C'est pourquoi, le jour où le préservatif avait éclaté, je ne m'étais pas trop inquiétée, en tout cas jusqu'à ce que j'aie du retard. Et je n'avais pas même une légère crampe pour annoncer l'arrivée de mes règles. J'avais compté les jours où nous avions fait l'amour, ce qui avait été assez facile étant donné que c'était quasiment chaque fois qu'on se voyait, c'est-à-dire presque tous les jours.

Je n'avais pas dit à Austin ce que je craignais. Je n'en avais parlé à personne. J'étais allée au drugstore à l'autre bout de la ville et j'avais acheté le premier test de grossesse que j'avais trouvé. J'étais rentrée chez moi et, après avoir lu les instructions quatre fois, j'avais uriné sur le petit bâton et je l'avais scruté, morte de trouille, en attendant de voir apparaître les petits traits. Un ou deux ? Sauvée ou fichue ?

Un trait.

Je n'avais pas été élevée dans la foi, mais je m'étais agenouillée devant les toilettes et j'avais adressé au ciel une prière de remerciement si fervente que j'étais sûre que n'importe quel Dieu qui m'aurait entendue m'aurait absoute de tous mes péchés passés. Puis, j'avais enveloppé le test dans du papier toilette et je l'avais enfoui au fond de la poubelle.

Le soir, j'étais rentrée de mes cours et la maison était vide, ma mère était au travail, comme à l'accoutumée. Et, comme d'habitude, je m'apprêtais à évacuer mes devoirs et le ménage en un temps record, pour pouvoir passer autant de temps que possible avec Austin avant le retour de ma mère. Sauf que, quand j'étais entrée dans la salle de bains pour la nettoyer, mon cœur s'était arrêté. Littéralement. J'avais senti le monde basculer autour de moi et j'avais dû m'agripper au lavabo pour ne pas tomber.

Là, sur le rebord en faïence, se trouvait un test de grossesse. De la même marque que celui que j'avais utilisé le matin même. Mais sur celui-là il y avait deux traits. Le résultat était positif.

Cette fois, quand je m'étais agenouillée, cela n'avait pas été pour prier. J'avais pris ma tête entre mes mains tremblantes en essayant de respirer.

Après un long moment, j'avais réussi à reprendre mes

esprits et je m'étais relevée, les yeux encore fixés sur le test. Est-ce que je n'avais pas attendu assez longtemps pour obtenir le résultat ? Avait-il viré positif après coup, alors que j'étais partie au lycée, sûre de ne pas être en cloque ?

Avais-je été enceinte toute la journée sans le savoir ?

En temps normal, je n'aurais jamais mis les mains dans une poubelle sans gants, mais ce fut pourtant ce que j'avais fait ce jour-là. Fouillant entre les mouchoirs et les Coton-Tige usagés, j'avais trouvé la boîte que j'avais enveloppée avec autant de soin que le test lui-même, mais, avant même de l'ouvrir pour vérifier sur la notice s'il était possible qu'un test tourne au positif plus de trois minutes après avoir été utilisé, j'avais vu, toujours soigneusement emballé, le test que j'avais employé le matin même. Ce qui voulait dire, bien entendu, que celui qui se trouvait sur le lavabo n'était pas le mien.

J'avais remercié le ciel, une fois de plus, mais avec plus de ferveur encore. Même si, comme le test n'était pas le mien, cela voulait dire que c'était celui de ma mère. Je n'avais pas voulu penser à ça.

Tout en repensant à cet épisode, je me garai devant la maison de ma mère. Là où elle vivait avec Leo et Arty depuis ces trois dernières années, et non dans une des nombreuses maisons où elle m'avait élevée. C'était une maison en brique coincée entre deux autres maisons, située près de la voie ferrée. Elle n'avait rien de commun avec la maison de mon père. Pourtant, à l'intérieur, je fus accueillie par la bonne odeur de quelque chose qui cuisait dans le four, et non par l'odeur de bougies parfumées de luxe et, quand ma mère me serra dans ses bras, cela me sembla naturel et non forcé.

— Arty est en haut, en train de se préparer, dit-elle. Je lui ai dit de ne pas mettre son costume de Batman pour aller au cinéma, mais je crois qu'il ne m'a pas écoutée…

— Je m'en fiche s'il porte son costume de Batman.

Ma mère soupira en secouant la tête.

— Tu en es sûre ?

Il fut un temps où j'aurais été horrifiée à cette idée, mais la distance semblait m'avoir attendrie. Ou le temps, peut-être. Je haussai les épaules.

— Qu'est-ce que ça peut faire, si le gamin est heureux ?

Je ne pus déchiffrer l'expression que je vis sur le visage de ma mère et qui ne dura qu'une seconde, puis elle se retourna pour crier dans les escaliers :

— Arty, Paige est là !

— Où est Leo ?

Je l'avais toujours bien aimé, même s'il riait trop fort en regardant des émissions télé vraiment stupides et qu'il portait des T-shirts un peu trop voyants.

De nouveau, elle eut cette expression que je ne sus interpréter.

— Il n'est pas à la maison.

— Apparemment.

Elle ne me rendit pas mon sourire, mais, avant que j'aie le temps de lui demander si quelque chose n'allait pas, Arty bondit dans les escaliers.

— Salut !

Arty sauta devant moi et mit ses mains sur les hanches. Je vis la lueur de ses yeux noirs sous son masque. Manifestement, il n'avait aucune intention d'écouter notre mère.

— Je suis Batman !

— Je vois ça. Tu es prêt, Batman ?

Il se jeta à mon cou, nouant ses bras et ses jambes autour de moi.

— Super ! Vive Paige !

— Bon courage avec lui. Aujourd'hui, c'était l'anniversaire d'un de ses copains de classe et il a mangé pas mal de sucre.

— Quelle chance ! Mets un pull, le nain. Il risque de faire frais au cinéma.

Je le serrai fort dans mes bras à mon tour. Il sentait le

shampooing pour bébé et le bonbon. Je l'aimais assez pour supporter ses caprices, même quand il était boosté aux bonbons.

Ma mère essaya de me donner un billet de dix dollars pendant qu'Arty se débattait avec sa veste, mais je refusai de le prendre.

— Non, maman.

— C'est juste pour acheter du pop-corn.

— J'ai dit non.

J'étais plus grande qu'elle depuis que j'avais douze ans, mais en la regardant maintenant il me sembla étrange de voir le sommet de son crâne. Elle avait eu des cheveux blancs assez tôt, mais elle s'était toujours teint les cheveux. Là, elle aurait eu bien besoin de refaire les racines.

Je remarquai aussi des rides au coin de ses yeux. Ma mère ne m'avait jamais semblé vieille, sans doute parce qu'elle ne l'était pas, mais elle paraissait fatiguée. Son eye-liner n'était pas très régulier, comme si elle l'avait appliqué d'une main tremblante, ou qu'elle s'était frotté les yeux. C'était ce qu'elle faisait quand elle avait la migraine.

— Ça va, maman ?

— Très bien, ma chérie, dit-elle en me tendant le billet une nouvelle fois, même si je lui faisais signe que non de la main. Prends ça.

— Je t'ai dit non, maman.

Elle fronça les sourcils et, même si je ressemblais beaucoup à mon père, à cet instant, je me reconnus en elle.

— Paige, ne me dis pas que cet appartement de standing ne coûte pas les yeux de la tête.

— Maman, j'ai un bon travail, tu t'en souviens ? Tu n'as aucune raison de t'inquiéter. Et ça me fait plaisir d'emmener Arty au cinéma. Tout va bien.

Elle poussa un soupir et remit le billet dans la poche de son jean.

— Comme si tu allais me dire le contraire !

Elle n'avait pas tort. Je me contentai de sourire et de hausser les épaules. Elle secoua la tête et se pencha pour aider Arty à s'habiller et, vu la façon dont il sautait dans tous les sens, ce n'était pas une mince affaire. J'avançai pour l'aider et elle me laissa faire avec un soupir résigné qui ne lui ressemblait pas.

— On y va ! On y va ! On y va !

— Du calme ! dis-je, puis en lançant un regard inquiet à ma mère, j'ajoutai : Tu es sûre que ça va ?

— Je suis juste fatiguée, ma chérie. Amusez-vous bien. Je serai là à votre retour. Pas trop tard, ajouta-t-elle à l'intention d'Arty. Il y a école demain.

Arty, qui sautait toujours partout, me prit la main.

— On y vaaaaaa !

Comme moi, mon petit frère ressemblait à l'homme qui l'avait engendré. Pour ce qui était de son caractère, en revanche, il était le portrait craché de ma mère. Depuis le siège arrière, il jacassa pendant tout le trajet et pendant les dix minutes qu'il fallait pour arriver au centre commercial, je n'eus pas le temps de m'ennuyer. Quand j'étais plus jeune, il fallait aller jusqu'à Palmyra pour trouver un complexe multisalles, mais, à présent, Lebanon avait un grand cinéma qui pouvait rivaliser avec ceux d'Harrisburg. Sauf que c'était beaucoup moins cher — un des rares avantages de la ville où j'avais grandi — ce dont je me réjouis en prenant les places, une fois arrivés au cinéma.

A la moitié du film, je sentis mon téléphone portable vibrer contre ma cuisse. Discrètement, je le tirai de ma poche, et sentis aussitôt mon cœur faire un bond dans ma poitrine. Non seulement j'avais reconnu le numéro, mais en plus j'avais eu l'idée saugrenue d'attribuer une photo au numéro. Je mis une main devant l'écran lumineux pour lire le message.

Où es-tu ?

Je ne répondis pas et remis mon téléphone dans la poche de mon jean en essayant de ne plus y penser. Sauf que le film durait, encore et encore. Mon Dieu, jamais je n'aurais cru qu'une heure et demie puisse durer aussi longtemps… Arty, lui, fixait l'écran avec un air béat. Au moins, me dis-je, l'un de nous deux passait un bon moment.

Et puis arriva le moment où je n'y tins plus. Je cherchai à me convaincre que c'était la faute du dessin animé — s'il m'avait un tant soit peu amusée, jamais je n'aurais sorti mon téléphone. Jamais je n'aurais répondu au S.M.S. d'Austin.

Je suis au cinéma.

Sympa. C'est quoi le film ?

La réponse me parvint en quelques secondes. J'essayai de ne pas être trop excitée à l'idée qu'il avait attendu ma réponse.

Une histoire d'elfes et de fées. J'en ai un peu assez.

Tu es avec Arty ?

Cela me plaisait qu'il n'écrive pas en langage télégraphique.

Oui. Que fais-tu ?

Je pense à toi.

Sur l'écran, il y eut des couleurs violentes, accompagnées de grands bruits, mais ce ne fut pas la raison pour laquelle je sentis mon cœur s'emballer. Je jetai un coup d'œil à Arty ; la bouche pleine de pop-corn, il était entièrement monopolisé par ce qui se passait sur l'écran. Je regardai mon téléphone de nouveau. Mes doigts caressèrent les touches, mais je n'écrivis rien. Je n'avais pas envie de continuer ce petit jeu.

Ou peut-être que si.

Et que penses-tu à mon sujet ?

— Paige, murmura soudain Arty, il faut que j'aille aux toilettes !

— Maintenant ? Tu ne peux pas attendre cinq minutes ? Le film est presque terminé.

— D'accord.

Mais je vis bien qu'il se tortillait sur son siège. Ce qui n'était pas très étonnant, compte tenu de tout le soda qu'il avait bu.

— Tu es sûr que tu vas pouvoir tenir ?

La femme qui était devant nous nous lança un regard agacé. Etant donné que ses trois gamins s'étaient balancés sur leur siège et avaient parlé pendant toute la durée du film, je ne voyais pas trop ce qui lui donnait le droit de prendre cet air supérieur, mais je l'ignorai pour me concentrer sur mon petit frère.

— Oui, lâcha-t-il, les yeux scotchés à l'écran.

Je réprimai un sourire. Il allait faire pipi dans sa culotte, mais je savais ce que c'était que de manquer les meilleurs passages d'un film à cause d'un besoin urgent. Même si, en l'occurrence, je ne voyais pas comment, dans ce film, certains passages pouvaient être meilleurs que d'autres…

Mon téléphone vibra de nouveau, et je découvris sur l'écran :

Je pense à la merveilleuse odeur de tes cheveux.

Un jour, j'avais enfoncé une barrette dans la prise électrique. Qu'est-ce que je pourrais dire ? J'étais jeune et bête et cela m'avait semblé une bonne idée sur le moment. Tout comme ce flirt par S.M.S. interposés. Le message d'Austin m'envoya la même décharge électrique et je dus me mordre la langue pour retenir un petit cri.

La fin du film me sauva de moi-même. A toute hâte, j'entraînai Arty aux toilettes, puis nous retournâmes au parking, où il me prit la main.

— Paige, tu es la meilleure sœur du monde. Je t'aime !

— Moi aussi je t'aime, petit morveux, dis-je en lui ébouriffant les cheveux et en attachant sa ceinture de sécurité.

Après ça, mon téléphone resta silencieux et moi aussi. Arty parla assez pour nous deux sur le chemin du retour. Le temps d'arriver devant la maison de ma mère, il m'avait déjà retracé la totalité du film, y compris les dialogues, et je m'étonnai qu'il soit capable de me rapporter, mot à mot, huit minutes de dialogues alors qu'il était incapable de se rappeler son numéro de téléphone.

— Allez, rentre et prépare-toi à te mettre au lit, lui dis-je quand nous fûmes sous le porche de la maison. Pas d'histoire.

— O.K.

Il s'éclipsa dès que nous entrâmes à l'intérieur, avant même que ma mère ait eu le temps de sortir de la cuisine.

— Maintenant, en plus du sucre, il a sa dose de caféine, dis-je à ma mère en la voyant.

— Super, lança-t-elle, mais son rire me sembla forcé.

Mon téléphone vibra dans ma poche.

Ma mère me regarda étrangement quand elle vit que je ne répondais pas.

— Alors comme ça, je ne suis pas la seule à qui tu ne réponds pas ?

Je me rappelai alors que j'étais censée être en colère contre elle.

— C'est Austin.

Elle ne chercha même pas à cacher sa joie. Elle sortit une plaque de brownies du four et les fit glisser dans un plat.

— Je ne suis pas surprise, tu as été folle de ce garçon pendant si longtemps…

— Oui, j'étais folle, c'était bien là le problème d'ailleurs.

Elle se retourna pour me faire face.

— J'ai dit que j'étais désolée, O.K. ?

Je regardai les brownies, puis je levai les yeux vers elle.

— Qu'est-ce qui ne va pas ?

— Rien du tout. Pourquoi devrait-il y avoir quelque chose qui ne va pas ?

Elle fouilla dans le réfrigérateur à la recherche d'un bol qui semblait contenir de la sauce au caramel.

— Parce que tu fais de la pâtisserie quand tu es contrariée.

Elle me tendit le bol.

— Goûte ça. C'est pas trop sucré ?

— Je n'ai pas envie de goûter ça, maman.

— Tu fais attention à ta ligne ? demanda-t-elle en passant son doigt sur le bord, avant de goûter. Je crois que c'est trop sucré, ajouta-t-elle.

— Qu'est-ce qui ne va pas ? lui demandai-je plus calmement cette fois.

Et, cette fois, elle posa le bol pour me répondre.

— Leo est parti.

Ma mère avait connu un nombre incalculable d'hommes depuis ma naissance. Certains avaient été des petits amis, d'autres de brèves histoires. Rares furent ceux avec lesquels elle avait vécu, et Leo était celui avec lequel elle était restée le plus longtemps. Je ne m'attendais pas à être si surprise par son départ.

— Pourquoi ?

— C'est moi qui le lui ai demandé.

Au-dessus de nous, on entendit les pas d'Arty en train de courir.

— J'y vais, dis-je en levant les yeux vers le plafond.

— Merci, ma chérie.

A l'étage, je conduisis mon frère dans la salle de bains pour qu'il se lave les dents et je l'expédiai au lit. Je le bordai et le pris dans mes bras en l'embrassant une demi-douzaine de fois. Je le serrai contre moi. Maintenant, il sentait le popcorn et le petit garçon en sueur, il ne sentait plus le bonbon.

— Endors-toi maintenant, petit monstre.

Tout en bâillant, il protesta qu'il n'était pas fatigué, mais ses yeux se fermaient déjà quand je sortis de sa chambre. Je restai quelques instants dans le couloir et je fermai les yeux à mon tour. Je n'avais jamais vécu dans cette maison, mais elle avait la même odeur que tous les endroits où j'avais vécu avec ma mère. La poussière, les brownies au chocolat et l'odeur plus subtile du jamais-assez-bien.

Une fois descendue, mon téléphone vibra de nouveau dans ma poche et je tapai légèrement dessus pour étouffer le bruit, ce qui fit l'effet d'une mouche enfermée dans une bouteille. Ma mère avait glacé les brownies et elle en avait enveloppé la moitié dans du papier aluminium pour que je les emporte. Elle ne fit pas allusion à cet appel et je ne refusai pas la nourriture qu'elle me donna.

Elle me serra dans ses bras à mi-chemin entre la cuisine et la porte d'entrée, avec plus d'intensité que de coutume.

— Fais attention sur la route.

En général, je répliquais toujours en lui disant que j'avais l'intention de conduire de façon imprudente, mais ce soir-là je gardai mes sarcasmes pour moi. A mon tour, je la serrai fort dans mes bras. Elle n'avait pas eu besoin de pleurer pour que je sache qu'elle était bouleversée à propos de Leo. Les brownies m'en avaient dit bien plus long.

— Je t'appelle demain, O.K. ? lui dis-je en respirant ses cheveux, qui sentaient toujours le shampooing à la pomme.

Elle hocha la tête. Quand je m'éloignai, ses yeux brillaient, mais elle sourit.

— Entendu, ma chérie. Bonne nuit.

Elle resta sur le pas de la porte jusqu'à ce que j'aie démarré. Et, quand j'arrivai au passage à niveau, elle avait éteint la lumière du porche. La voiture fut secouée de cahots quand je traversai la voie ferrée, m'éloignant de la maison dans laquelle je n'avais jamais vécu.

Mon téléphone vibra de nouveau au moment où je me garai sur le parking de Riverview Manor. J'avais trois messages. Tous les trois d'Austin.

Comment était le film ?

Dis bonjour à ta mère pour moi.

Je ne pus m'empêcher de rire en lisant ce deuxième message. Il savait que ma mère l'avait toujours bien aimé. Bien plus que la sienne ne m'avait appréciée en tout cas.

Et, pour finir :

Appelle-moi quand tu seras rentrée.

Chapitre 14

Je n'avais pas appelé Austin en rentrant. Je ne l'avais pas non plus appelé le lendemain et, même si je me crispais chaque fois que mon téléphone sonnait, je finis par arrêter de m'inquiéter. Il ne m'appela pas non plus.

Les mots arrivaient plusieurs fois par semaine, mais jamais les jours où je m'y attendais. Seulement les jours où j'étais sûre d'être livrée à moi-même, sans instruction, ni liste, ni ordre. Je lus chacun d'eux, les gravant dans ma mémoire avant de les glisser dans la boîte 114, une boîte aux lettres qui m'était devenue aussi familière que la caresse d'un amant.

Accordez-vous votre dessert favori. Vous l'avez mérité.

J'avais choisi une part de gâteau au citron si décadent et riche que j'avais presque eu un orgasme en le dégustant.

Vous n'avez pas renvoyé votre texte en temps et en heure. Manifestement, la discipline n'a aucun sens pour vous. Arrêtez de me faire perdre mon temps.

Un beau corps mérite des vêtements appropriés. Achetez-vous une nouvelle tenue. Ne lésinez pas.

J'avais choisi un tailleur simple de couleur bleu marine,

assorti à la couleur de mes yeux, mais avec un liséré vert vif sur l'ourlet ainsi que sur les boutons de la veste. C'était la première tenue que j'achetais que je faisais retoucher pour qu'elle m'aille à la perfection. En la portant, je me sentais plus que professionnelle, je me sentais compétente.

Allez à la librairie. Regardez dans les allées où vous ne flânez pas en général. Trouvez un livre qui soit susceptible de vous plaire et achetez-le. Lisez-le. Prenez-y du plaisir.

J'avais choisi un livre sur l'histoire du cinéma, qui relatait des faits insolites pour l'essentiel, mais il comportait aussi des photos de stars de l'âge d'or du cinéma. J'aimais le glamour de cette époque et je m'imaginais dans la peau de femmes telles que Lana Turner.

Pendant des jours, les mots étaient arrivés dans ma boîte aux lettres, me disant quoi manger, comment m'habiller, à quelle heure aller me coucher et à quelle heure me lever. J'étais comme sous l'emprise d'un sortilège, sans savoir s'il allait me mener au nirvana ou à ma perte.

Tout ce que je savais, c'était que je ne voulais pas que cela s'arrête.

Aujourd'hui, je veux que vous sentiez votre peau nue sous les vêtements que vous avez achetés. Je veux que vous sentiez la rugosité du jean, la laine rêche et la douceur du satin sur vos fesses nues. A chacun de vos mouvements, vous penserez à moi et à la façon dont vous m'appartenez.

Des voix résonnèrent dans le hall et j'entendis un bip venant de l'ascenseur, mais personne ne vint me surprendre en train de lire ce que je n'avais pas eu l'intention de voler. Je glissai la carte dans la boîte. A mon retour, le soir même, elle aurait disparu et elle aurait été lue par la personne à qui elle était destinée.

Cette personne avait-elle autant de plaisir à les lire que moi ?

Les méritait-elle ? Appréciait-elle les petites récompenses comme celle de déguster un gâteau au chocolat pour avoir accompli les diverses tâches ? Se forçait-elle à faire une heure de gym en plus quand elle ne réussissait pas à suivre la liste à la lettre ?

Ou étais-je la seule à attendre les ordres avec impatience ?

Paul m'avait laissé une nouvelle liste. En plus des habituels « Faites une copie des dossiers » et « fixez des rendez-vous », il avait ajouté quelque chose d'intéressant. Le déjeuner. Il l'avait souligné deux fois. Pensait-il que je ne me rappellerais pas que je devais manger ?

« Passez une commande chez China King. »

Il avait indiqué ce que je devais commander et à quelle heure, pour être sûr que la commande serait livrée lorsqu'il rentrerait avec son client. Comme si je n'étais pas capable de faire ce calcul par moi-même.

« Commandez assez pour vous-même », avait-il ajouté. Au moins, il était généreux.

J'essayai de m'ôter de l'esprit la carte trouvée ce matin dans ma boîte aux lettres, mais j'étais plus concentrée sur le fait que j'étais nue sous ma jupe que sur ce que Paul me demandait de faire. Sa liste était plus longue cette fois, plus détaillée, et, même si j'appréciais les nouvelles responsabilités qu'il m'avait laissées, je n'avais pas fini lorsque le déjeuner fut livré. J'avais à peine eu le temps d'aller chercher le déjeuner à l'accueil et de le disposer sur la petite table de conférence qui se trouvait dans le bureau de Paul quand la responsable du marketing se présenta. Vivian Darcy. Je l'avais déjà vue auparavant, c'était une grande blonde aux longs cheveux lisses. Elle n'était pas mince, mais elle s'habillait comme si elle l'était et elle y parvenait avec succès. Ses chaussures étaient plus chères que mon loyer.

J'avais disposé mon propre déjeuner sur mon bureau, poulet et brocoli et, en venant chercher Vivian Darcy, Paul me dévisagea avec une légère insistance avant de fermer la porte de son bureau. Je les entendis rire à travers la porte. Quand la porte s'ouvrit de nouveau, j'avais fini mon repas et je m'apprêtais à terminer le classement que je n'avais pas eu le temps de faire avant le déjeuner.

— Paige, apportez-moi le jeu d'épreuves, dit Paul dans l'embrasure de la porte.

Il avait desserré sa cravate, ôté sa veste et remonté ses manches. Derrière lui, j'entendis de l'eau couler dans sa salle de bains privée.

Je hochai la tête, mais, quand il disparut dans son bureau, je sentis mon estomac se nouer. Je n'avais pas fini de photocopier le jeu d'épreuves. Je savais que je devais le faire, cela faisait partie des choses que je devais faire chaque semaine, mais cela ne figurait pas sur la liste de Paul. De plus, je ne voulais pas admettre que j'avais eu un moment d'inattention.

Prenant une grande inspiration, je frappai à sa porte.

— Paul ?

Ils levèrent tous deux les yeux vers moi. Elle avait rapproché sa chaise de celle de Paul et ils étaient penchés sur ce qui ressemblait à une feuille de calcul. Elle avait également ôté sa veste, ce qui rendait ses seins plus visibles sous son chemisier de soie.

— Je suis désolée, je n'ai pas terminé les copies du jeu d'épreuves. J'en ai pour quinze minutes, mais je vais le faire tout de suite.

J'avais déjà été humiliée dans ma vie, mais je ne m'étais pas attendue au regard qu'ils me lancèrent l'un et l'autre. Des regards différents, mais aucun n'était agréable. Celui de Vivian était glacial, elle semblait légèrement surprise mais pas trop, comme si elle ne s'était pas attendue à autre chose venant de quelqu'un comme moi. Son regard, je pouvais le supporter.

Mais Paul, quant à lui, eut l'air ébahi pendant un long moment. Puis il sembla déçu.

— On a besoin de ce jeu d'épreuves maintenant, Paige.

Il n'avait pas besoin de me dire que j'avais merdé. J'aurais préféré qu'il le fasse. J'aurais pu être en colère. Au lieu de cela, tout ce que je ressentais, c'était une immense culpabilité parce que je savais que je n'avais pas fait ce que j'étais supposée faire.

— Dix minutes, promis-je.

— Vous feriez mieux de vous dépêcher, dit Paul. Faites-le, un point c'est tout.

Je le fis en sept minutes, même si je trichai en mobilisant trois photocopieurs en même temps. Quand je leur tendis un jeu à chacun, correctement assemblé et agrafé, je ne m'attendais pas à une récompense.

Je n'en reçus pas. Pas même un sourire. Pas même un bref merci. Tous deux prirent les papiers et se penchèrent sur ce qu'ils faisaient sans m'adresser un seul regard, et je sortis du bureau de Paul sans faire de bruit, en disgrâce.

Heureusement, ma mauvaise humeur ne dura pas plus de dix minutes. Je travaillais pour un salaire, et non pour gagner l'approbation de mon patron, et je ne lui avais jamais donné de raison de se plaindre de mon travail, pas même pendant les premières semaines, alors que je ne savais pas vraiment ce que je faisais.

— Paige, je peux vous voir une minute ? dit Paul quand Vivian finit par partir, vers 5 heures moins le quart.

— Oui, bien sûr.

Il s'écarta pour me laisser entrer dans son bureau et il me fit signe de m'asseoir. Je m'assis.

Paul s'assit à son tour de l'autre côté de son bureau et il me contempla, les mains croisées.

— Je voulais m'assurer que vous alliez bien.

Ce n'était pas ce à quoi je m'étais attendue.

— Je vais très bien, je vous remercie.

— Vous n'êtes pas trop submergée par votre travail ?

J'eus un mauvais pressentiment sur la tournure que prenait la conversation.

— Non…

— Tant mieux, dit Paul avant de baisser les yeux sur ses mains étroitement serrées. Parce que je serais navré de devoir penser que vous n'êtes pas capable de faire face aux responsabilités de votre poste, Paige.

Une erreur en six mois, et il avait peur que je ne puisse pas faire face ? J'eus envie de me lever et de lui dire d'aller se faire voir. J'aurais pu, s'il avait eu un ton sarcastique ou condescendant, mais ce n'était pas le cas. Il semblait… prudent.

— Je suis désolée d'avoir oublié le jeu d'épreuves, Paul. Ça ne se reproduira pas.

Je savais que cela ne se reproduirait pas. J'allais peut-être oublier une douzaine d'autres choses, mais jamais plus je n'oublierais le fichu jeu d'épreuves.

Il ne me regardait toujours pas. D'une voix calme, mais pas douce, il me dit :

— Je l'espère.

Ce fut tout. Je regagnai mon bureau, avant de me préparer à partir. Mes doigts étaient devenus froids et raides et je dus retaper mon mot de passe trois fois avant de pouvoir éteindre mon ordinateur.

Vous vous masturberez sous la douche, mais vous ne vous autoriserez pas à jouir. Un orgasme est une récompense pour bonne conduite et vous ne l'avez pas mérité. Vous écrirez, sur votre plus beau papier et avec

votre plus belle encre, ce que vous avez ressenti en vous masturbant et quand vous avez arrêté, comment vous l'avez fait, et vous me ferez parvenir votre lettre demain après-midi au plus tard.
Aucune désobéissance ne sera tolérée.
C'est vous-même qui avez réclamé de la discipline.

Les doigts tremblants et les joues en feu, je passai devant les boîtes aux lettres sans vérifier si le mot que j'avais glissé dans la boîte 114 s'y trouvait toujours. J'avais obéi aux instructions du mot que j'avais trouvé la veille au soir. Je m'étais caressée sous la douche le matin même jusqu'à ce que mon souffle s'accélère, puis j'avais arrêté. Juste à temps. Je connaissais assez bien mon corps pour ne pas jouir trop vite. Mais je m'étais interrompue, parce que, contrairement au destinataire des mots, je connaissais la discipline.

J'avais aussi écrit la lettre, j'avais décrit comment je m'étais caressée, les doigts mouillés de salive, comment j'avais orienté le jet de la douche sur mon point sensible jusqu'à ce que mes jambes en tremblent et que mon souffle s'accélère. J'avais écrit que j'avais dû abaisser la température de l'eau pour éviter d'être prise d'un vertige en me caressant. J'avais utilisé le plus beau papier de ma collection, mon plus beau stylo et je m'étais tellement appliquée à dessiner chaque lettre que j'avais failli arriver en retard au bureau.

Je n'avais remis la lettre à personne, bien sûr, mais je n'avais pas pu me résoudre à m'en débarrasser. Je l'avais mise sur ma table de nuit, glissée entre les pages du livre sur l'histoire du cinéma.

Mon excitation était encore palpable entre mes cuisses quand je passai les vitesses dans ma voiture, en marchant et en m'asseyant à mon bureau.

Paul n'avait pas de rendez-vous à l'extérieur ce matin-là, mais il ne sortit pas de son bureau de toute la matinée. Pas même pour prendre un café. Qu'il se cache dans son bureau avec la porte fermée n'avait rien d'inhabituel, mais qu'il ne me demande pas au moins une tasse de café, cela l'était.

Deux semaines plus tôt, il ne me serait pas venu à l'idée qu'il puisse encore être en colère parce que j'avais commis une erreur avec un dossier la veille. Deux semaines plus tôt, je ne m'en serais pas souciée. A présent, je tendais l'oreille à l'affût de sa voix, les yeux rivés à mon écran, incapable de rien taper sur le clavier.

— Paige.

Paul se tenait sur le seuil de la porte, et j'étais si préoccupée que je ne l'avais pas entendu.

— Pouvez-vous venir, s'il vous plaît ?

Je hochai la tête, mais, en me levant, je fis maladroitement tomber une pile de dossiers et les papiers formèrent un tas informe sur mon bureau. Je voulus les rassembler, mais Paul m'interrompit.

— Maintenant, s'il vous plaît.

Je le suivis dans son bureau. Il ne me dit pas de m'asseoir, alors je restai debout. Je ne pus déchiffrer son expression, singulièrement neutre. Par-dessus son épaule, j'aperçus les chiffres rouges de son radio-réveil d'où émanait de la musique de jazz. Je repris mon souffle, les nerfs à fleur de peau.

— Je pense que nous avons besoin de trouver un terrain d'entente.

Je ne dis rien, de peur que ma voix ne me trahisse.

Paul s'éclaircit la gorge et il joignit ses mains sur le bureau. Il ne me regarda pas. Moi, je ne pouvais pas le quitter des yeux.

— Je sais que j'ai la réputation de quelqu'un… avec qui il est difficile de travailler.

— Je ne le pense pas.

Je sentais mon pouls battre à tout rompre le long de ma gorge, rendant ma voix plus grave.

Cette fois, il me regarda droit dans les yeux. Ses mains

sur le bureau étaient étroitement serrées, comme s'il avait eu envie de tenir autre chose, quelque chose de précieux, mais qu'il avait eu peur de le faire tomber. Je soutins son regard.

Sans rien dire, il dénoua ses mains et il poussa une feuille de papier dans ma direction sur le bureau. Ni l'un ni l'autre nous ne regardâmes le papier. Nous restâmes le regard fixé l'un sur l'autre.

Je ne le regardai pas quand il toucha le bout de mes doigts, ni quand je tirai le papier vers moi, ni quand je le pris dans ma main.

C'était la liste.

Revenue dans mon bureau, j'examinai la liste. Elle s'étalait sur la totalité de la page. Elle était si longue que cela en était insultant, si détaillée que j'en fus exaspérée. Il n'avait pas hurlé contre moi la veille, au lieu de cela, voilà ce qu'il avait fait, et c'était infiniment pire que s'il m'avait passé un savon.

Et, de façon inexplicable, c'était infiniment mieux.

Non seulement la feuille comportait les projets sur lesquels je devais travailler le jour même, mais elle contenait également des instructions détaillées portant sur des tâches que j'avais effectuées pendant des mois sans supervision. Il m'avait laissé des pauses pour manger et aller aux toilettes mais, en dehors de cela, chaque minute de la journée était répertoriée.

Au lycée, j'avais eu un professeur qui n'aimait pas les filles. Je ne veux pas dire qu'il était gay, mais que, pour une raison de nature misogyne, il pensait que les femmes étaient des créatures inférieures aux hommes. Compte tenu des garçons qui se trouvaient dans ma classe, j'avais pensé que ce professeur était un imbécile, mais, à seize ans, il n'y avait pas grand-chose à faire en dehors de passer ses examens. Il ne semblait pas impressionné par les bonnes notes obtenues au prix de nombreux efforts et j'avais dû travailler très dur pour toutes les bonnes notes que j'avais obtenues. J'ai déjà dit que je n'étais pas une tête. Pourtant, je n'étais pas une mauvaise élève et, lorsque j'avais eu une très bonne note à mon premier examen, ce professeur avait eu un sourire méprisant et il avait insinué que j'avais triché en copiant sur mon voisin, un garçon. Ce jour-là, j'avais appris une leçon très importante.

Même si on travaillait très dur, il y aurait toujours quelqu'un pour penser qu'on ne valait pas grand-chose.

Une partie de moi avait envie d'entrer dans le bureau de Paul en hurlant, de balancer la liste sur son bureau et de démissionner en criant au scandale, mais je savais que jamais je ne le ferais. J'avais besoin de mon travail. J'avais envie de continuer. Et j'étais prête à accepter des dizaines et des dizaines de listes stupides pour pouvoir le garder.

Alors, au lieu de cela, je fis ce que j'aurais dû faire quand j'étais au lycée avec ce crétin de Professeur qui pensait que les filles ne pouvaient pas faire mieux que les garçons.

Je travaillai d'arrache-pied. Et, ce jour-là, je pris cela comme un jeu, de terminer cette liste en effectuant chaque tâche qui y était répertoriée. Et au fil de la journée, tandis que je venais à bout d'un point après l'autre, l'agréable sensation du travail achevé me gagna peu à peu. Jusque-là, je n'avais jamais eu conscience de la quantité de choses que j'accomplissais en une journée.

Je n'avais jamais pensé à écrire tout ce que je faisais. En contemplant la liste à la fin de la journée, mon travail ne me sembla plus aussi monotone et abrutissant. J'avais réellement accompli quelque chose. Beaucoup de choses à vrai dire, et, quand j'apportai la liste dans le bureau de Paul après avoir coché chaque tâche et porté des annotations dans la marge, je ne cachai pas ma sensation de triomphe.

Mais, contrairement à mon professeur qui aurait probablement récusé mes efforts par un commentaire sournois, mon patron passa la liste en revue, cochant chaque tâche avec son stylo.

Puis, il leva les yeux vers moi. Jamais je n'avais remarqué

à quel point ses yeux étaient bleus auparavant. Il tenait le papier à deux mains.

— Merci, Paige. C'est du travail exemplaire.

— Merci, dis-je de bonne grâce.

Finalement, nous avions trouvé un terrain d'entente.

Chapitre 15

A travers la porte vitrée de ma boîte aux lettres, j'aperçus la fine bordure d'une carte pliée en deux.

Je la pris du bout des doigts, avec un soin infini pour ne pas froisser le papier. Tout ce que j'avais à faire était de me pencher un peu, et de la glisser dans la bonne boîte aux lettres. Mais, bien sûr, je la lus avant.

Vous avez échoué chaque fois que je vous ai assigné une tâche. Votre récompense et votre punition sont entre mes mains. Si vous n'êtes pas capable d'apprendre la discipline, ceci prendra fin.
Il vous reste une dernière chance.
Aujourd'hui, entre 17 heures et 18 heures, vous vous rendrez à la boutique Sensations. Une fois sur place, vous achèterez ce que vous trouverez de plus embarrassant. Vous le paierez avec votre carte de crédit, de sorte que le vendeur ne puisse ignorer votre nom. Vous engagerez la conversation avec le vendeur, pour qu'il n'ait aucune chance d'oublier votre visage.
Et, ce soir, vous vous servirez de ce que vous aurez acheté jusqu'à ce que vous arriviez à l'orgasme. Vous le ferez en sachant que ce n'est pas pour votre plaisir.

C'est pour mon plaisir.

Je dus prendre appui sur le mur, les yeux mi-clos après avoir glissé la carte dans la boîte. Le cuivre, froid sous mes doigts, ne calma en rien le feu qui me montait aux joues, ni le brasier entre mes cuisses.

Ce n'était pas moi qui avais échoué. Je n'avais pas été en retard pour écrire ma lettre sur la discipline. Je ne l'avais même pas écrite.

Ce mot ne m'était pas adressé.

Pourtant, il ne faisait aucun doute dans mon esprit que je ferais ce qu'on me demandait. J'avais couché mes fantasmes par écrit. J'avais lu chacun de ces mots. Je ne savais pas qui était supposé les trouver et les suivre, mais je savais que j'avais suivi chaque instruction à la lettre.

Rétrospectivement, je comprenais qu'il aurait été plus facile, et sans doute plus logique, de simplement me plaindre au responsable de l'immeuble et de lui expliquer que j'avais reçu du courrier qui ne m'était pas adressé. J'aurais aussi bien pu jeter ces mots. J'aurais pu frapper à la porte de l'appartement 114 et remettre les notes à son occupant en lui demandant de s'assurer que je ne les reçoive plus.

Je ne peux expliquer pourquoi je n'ai rien fait de tout ça, à part, tout simplement, parce que je ne le voulais pas.

J'étais partie de ma ville natale pour échapper à mon passé et à ma vie. J'avais trouvé un nouveau travail, un nouvel appartement et j'avais essayé de me faire de nouveaux amis. J'avais envie de devenir quelqu'un d'autre, mais je savais que jamais je ne serais quelqu'un d'autre.

Je serais toujours moi.

D'une façon ou d'une autre, la personne qui envoyait ces mots le savait.

C'étaient les pensées qui me traversèrent l'esprit quand que je sortis pour prendre l'air quelques instants. Aveuglée par les rayons du soleil, je fermai les yeux et, quand je les rouvris, M. Mystère m'observait. Il se tourna vers le bac rempli de sable pour y éteindre sa cigarette et, quand il vit que je le regardais, un sourire furtif se dessina sur ses lèvres.

— Je suis pris sur le fait. J'essaie d'arrêter, ajouta-t-il.

— Bonne chance.

J'étais un peu surprise de voir que quelqu'un qui semblait aussi calé en sport puisse fumer. Mais il ne fallait pas toujours se fier aux apparences, j'aurais dû le savoir.

— Eric, dit-il en me tendant la main.

— Paige, répondis-je allègrement.

Il se balança d'un pied sur l'autre dans des chaussures de marche usées. Ce jour-là, il portait un T-shirt AC/DC délavé sous une chemise écossaise à moitié boutonnée et ses cheveux mi-longs se décoiffaient au gré du vent. Il avait une barbe de trois jours et il semblait fatigué, mais ses mains étaient impeccables et il avait les dents d'un blanc éclatant. Le sac en cuir à ses pieds ne paraissait pas bon marché et sa montre non plus. Ce furent les quelques détails que je remarquai.

Il se mit à bâiller en s'étirant, le regard au loin, sur le soleil couchant au-dessus du fleuve. Puis, m'adressant un sourire de connivence, il me dit :

— J'espère que vous n'allez pas me dénoncer, au moins ?

Je ris.

— Votre secret sera bien gardé. Mais c'est bien que vous ayez décidé d'arrêter. Vous ne vous en porterez que mieux.

Il passa la main dans ses cheveux en bataille.

— Oui, je sais. J'ai commencé en fac, et je n'ai jamais réussi à arrêter.

— Je suis sûre que vous allez y arriver.

— J'essaie en tout cas. Je suis content d'avoir officiellement fait votre connaissance, Paige. On se reverra peut-être plus tard à la gym.

Etait-ce une promesse ?

— Sûrement. J'essaie d'y aller plusieurs fois par semaine, le soir en rentrant du boulot.

Il bâilla de nouveau, visiblement exténué.

— Oui, moi aussi, mais là je sors juste de douze heures de travail d'affilée et je suis claqué. Je vous y verrai peut-être plus tard, cela dit. On pourra faire quelques exercices.

— Entendu, dis-je d'une voix détachée alors que la seule pensée qu'Eric m'aide à faire mes exercices me mettait dans tous mes états.

Il fixa le bac de sable rempli de mégots, puis il sortit un paquet de cigarettes de sa poche.

— Il n'en reste qu'une. Je devrais la jeter, non ?

— Oui.

Mais j'étais sûre qu'il ne le ferait pas.

Je le regardai sortir la cigarette du paquet avec ses lèvres, froisser le paquet et le jeter. Il sortit une boîte d'allumettes et il se protégea du vent pour allumer sa cigarette. Il tira dessus et je ne pouvais détacher mon regard de ses lèvres.

Il leva les yeux vers moi, puis il se mit à rire.

— Oui, je sais, c'est une très mauvaise habitude ! C'est la dernière, vous êtes témoin, ensuite, terminé !

Je ne le regardais pas en signe de reproche, mais parce que sa bouche était incroyablement sexy et qu'elle me faisait beaucoup d'effet.

— Non… Enfin, c'est bien. Mais, ça ne me regarde pas.

Eric tira longuement sur sa cigarette, avant d'expirer lentement. Il porta son regard sur moi, puis sur sa cigarette.

— C'est ce qu'il y a de meilleur, selon moi. J'en suis convaincu. Avez-vous déjà continué de faire quelque chose en sachant que c'était mauvais pour vous, Paige ?

— Oh, oui, dis-je sans réfléchir. Plus d'une fois.

On se mit à rire en même temps, et son regard croisa le mien, un regard d'une telle intensité qu'il me fit frémir. Mais peut-être était-ce une impression due à mon imagination ou aux reflets du coucher de soleil. Il fut le premier à détourner les yeux.

— A plus tard, dit-il.

— Je l'espère.

Il me répondit par un large sourire.

Je passais devant le magasin Sensations chaque jour en allant travailler. Il était situé dans un immeuble quelconque, un peu en retrait de la rue principale. Il avait subi un incendie il y avait peu de temps, mais manifestement les cabines dans lesquelles les filles dansaient et où les clients regardaient des films avaient été épargnées par les flammes car le parking était loin d'être désert, et je vis un bon nombre d'hommes entrer et sortir pendant un quart d'heure avant de me décider à entrer à mon tour.

J'y étais déjà allée, cette nuit mémorable où un homme s'était agenouillé devant moi et quelques autres fois, mais seulement pour acheter des cadeaux humoristiques pour des enterrements de vie de jeune fille ou des anniversaires. Ces fois-là, je n'avais pas été embarrassée, soit riant avec mes amies ou feignant la nonchalance en comparant les tailles des godemichés moulés sur diverses stars du porno. Je n'aurais pas dû être gênée cette fois non plus, sauf que le mot avait indiqué que je devais l'être.

Je possédais un vibromasseur que j'utilisais rarement. J'avais de la lingerie sexy et coquine que je ne portais jamais. J'avais même, dans un recoin de mon appartement, un livre présentant toutes les positions du *Kama-sutra*, dans lequel j'avais corné les pages des positions que j'avais essayées.

Le vendeur qui se trouvait derrière le comptoir leva la tête lorsque j'entrai. Je m'étais attendue à tout sauf à un jeune type sexy, mignon et bien foutu.

A présent, j'étais réellement embarrassée.

— Bonjour, dit-il. Je peux vous aider à trouver quelque chose ?

Vous achèterez ce que vous trouverez de plus embarrassant. Vous vous servirez de ce que vous aurez acheté jusqu'à ce que vous arriviez à l'orgasme.

Aucun des sexes en plastique ou des menottes recouvertes de fourrure ne m'embarrassaient.

— Oui. Je cherche quelque chose de spécial.

Il avait un beau sourire. Et des putains de beaux yeux aussi.

— Quelque chose de spécial ? C'est pour un cadeau ? Une fête d'anniversaire ou un enterrement de vie de jeune fille peut-être ?

Au ton qu'il employait, j'eus l'impression qu'il faisait ça tous les jours. Probablement parce que c'était le cas.

— Non. C'est pour moi.

Il soutint mon regard, bien plus longtemps que nécessaire.

— O.K. Eh bien, peut-être que je peux vous aider à trouver ce que vous cherchez.

Je restai sans voix pendant quelques secondes, puis je repris mon souffle et je réussis à articuler :

— Ce serait super, merci.

Le rayon des culottes fendues et des soutiens-gorge à plumes bon marché se trouvait au fond du magasin. On était loin de la lingerie Victoria's Secret. Aucune de ces tenues ne semblait susceptible d'être portée plus d'une fois ou de résister au moindre lavage. Je les passai en revue malgré tout, en faisant tinter les cintres sur le portant métallique.

J'examinai un corset de piètre qualité avec des roses pour motif et le tissu me sembla si rêche au toucher que je n'osai imaginer la sensation qu'il pourrait produire sur mes seins.

Malgré tout, je le tins devant moi, et demandai au vendeur :

— Qu'en pensez-vous ?

Je m'attendais à ce qu'il me dise « Joli », ou peut-être même « Sexy ». Alors, quand il fit une moue d'un air peu convaincu, je sentis mon statut de jeune femme relativement séduisante s'effondrer.

— Pas pour vous, dit-il.

Je le reposai sur le portant et je croisai les bras. Je regrettai de ne pas avoir eu le temps de me changer et d'enfiler un jean et un T-shirt en sortant du bureau. J'aurais préféré porter autre chose que des talons de huit centimètres et une jupe au-dessus du genou. En fait, j'aurais voulu glisser les mains dans les poches de mon jean pour éviter qu'il ne me jauge. Je ne m'étais pas habillée dans l'intention de me mettre en valeur, mais maintenant il me donnait la sensation que, si tel avait été le cas, cela aurait été une perte de temps.

La séduction était une chose étrange. Un peu plus tôt, en parlant avec Eric, je n'avais pas douté un seul instant d'être la fille la plus sexy du coin et, maintenant, je me demandais presque si je n'aurais pas mieux fait d'entrer dans un couvent.

— Venez avec moi, dit-il en me faisant signe de le suivre.

Je faillis ne pas le faire. Le regard qu'il m'avait lancé avait failli me clouer sur place — jamais je n'avais été aussi embarrassée de ma vie. Et ce fut justement pour cela que je le suivis. Parce que j'étais embarrassée.

Il m'entraîna vers un rayon rempli de dessous scabreux et de godemichés gigantesques, et, tout en essayant de ne pas perdre de vue l'homme qui était devant moi, je ne pouvais m'empêcher de comparer les différentes tailles. En passant devant une porte qui donnait sur le bar où officiaient les strip-teaseuses, je jetai un coup d'œil à l'intérieur. Même s'il était encore tôt, les filles roulaient des hanches et se tortillaient déjà sur la petite scène.

— Vous voulez jeter un œil ? demanda-t-il.

De fait, j'avais regardé avec insistance et j'avais le visage en feu, même si je n'aurais pas su dire exactement pourquoi.

— Non, merci.

Son sourire donna une étrange lueur à son regard.

— Vous êtes sûre ?

— Oui, je suis sûre. Vous aviez quelque chose à me montrer ?

— O.K., entendu, dit-il en prenant une boîte qui se trouvait sur une étagère, face à lui.

Je reculai un peu, et regardai la boîte dans sa main, dubitative.

— Vous savez ce que c'est ?

— Non, fis-je en secouant la tête.

Il me fit signe de m'approcher pour voir la chose de plus près. J'attendais avec impatience qu'il ouvre la boîte, sans avoir la moindre idée de ce qu'elle pouvait renfermer. Quand je le vis en sortir une petite bouteille, je levai les yeux vers lui.

— C'est un très ancien secret venu de Chine, dit-il.

A en juger par le bouchon en plastique, le secret ne pouvait pas être si ancien que ça. Je ne réussis pas à lire les minuscules caractères qui figuraient sur la bouteille, mais je discernai le dessin d'un papillon, ce qui ne m'aida pas beaucoup.

— C'est un gel qui amplifie l'orgasme. Destiné aux femmes. Les filles l'adorent, dit-il à voix basse, comme s'il venait de me faire une confession.

— Qu'est-ce que ça fait ?

Il me tendit la boîte jusqu'à ce que je la prenne.

— Cela aide les femmes qui n'arrivent pas à jouir.

— Je…

Je n'avais rien à répondre à ça. J'essayai, mais les mots restèrent bloqués au fond de ma gorge et je sentis tout mon corps se raidir. Je tentai de lui rendre la boîte.

Il ne voulut pas la prendre.

— Vous m'avez dit que vous vouliez quelque chose pour vous-même. Vous n'allez pas me dire que vous voulez un ensemble de lingerie merdique.

— Mais je n'ai pas besoin de ça ! dis-je en lui tendant la boîte. C'est pour les femmes qui ont besoin d'aide !

Peut-être m'étais-je préparée à être embarrassée. Peut-être que j'avais fait germer dans mon esprit l'idée que je devais trouver un truc incroyable que je serais très gênée d'acheter. Les vibromasseurs de toutes sortes et pour tous les orifices ne m'avaient pas fait rougir, mais cette petite bouteille avait mis mes joues en feu.

Je levai les yeux vers lui.

— C'est destiné aux femmes qui ne parviennent pas à atteindre l'orgasme, c'est ça ?

Il haussa les épaules et ne sembla pas vouloir prendre la boîte que je lui tendais.

— C'est supposé aider.

— Est-ce que… J'ai l'air d'avoir besoin d'aide ? Est-ce que j'ai l'air d'avoir besoin de… ce truc ?

J'avais déjà été examinée de la tête aux pieds et disqualifiée par des femmes en un seul regard, mais je n'avais jamais été disséquée du regard par un homme. Les hommes ont toujours regardé les femmes. Ils trouvent des parties du corps qui leur plaisent et ils s'y attardent, parfois. Si rien n'accroche leur attention, ils détournent les yeux, mais en ce qui me concerne, ils auraient plutôt tendance à y regarder deux fois plutôt qu'une.

Ce type regarda, et il regarda encore. Il détailla chaque centimètre de mon anatomie, et il recommença. Quand il revint sur mon visage, il haussa les épaules une nouvelle fois.

— Chérie, une culotte fendue ne va pas te faire prendre ton pied. Ça, si.

Le « chérie » confirma mes doutes. Mais deviner qu'il n'aimait pas les filles ne me rassura que partiellement sur le fait qu'il pensait que j'avais l'air d'une femme qui n'arrivait pas à jouir.

— Très bien, dis-je entre mes dents. Je le prends.

A la caisse, il me dit que, le lundi soir, ils avaient des « garçons » pour le cas où je serais intéressée. Il glissa la boîte dans un sac en papier neutre et il inséra ma carte de crédit dans la machine, fixant mon nom comme s'il voulait le graver dans son esprit.

Je gardai la tête haute, même si je ne pus m'empêcher de trembler en signant le reçu. Après tout, j'étais venue là pour être embarrassée. Et j'avais été servie.

Une fois dans ma voiture, je pris une lente inspiration. Le sac en papier flétri par mes doigts humides de sueur fut immédiatement jeté sur le siège arrière. Tandis que j'étais à l'intérieur, la nuit avait commencé à tomber sur le parking et je fus soudain prise d'une soif irrépressible. Sensations se trouvait en retrait de la route, mais ce n'était pas le seul magasin dans ce quartier. Il y avait également une épicerie qui vendait des snacks, des boissons fraîches et de l'alcool.

J'ouvris la porte, ce qui déclencha un carillon, et mon attention fut aussitôt attirée par les réfrigérateurs qui se trouvaient au fond du magasin. Je laissai passer une femme qui sortait du magasin puis, la reconnaissant soudain, je l'appelai :

— Miriam ?

Elle se retourna et m'adressa un large sourire. C'était bien la propriétaire de *La Souris verte*, la papeterie où j'avais acheté le cadeau pour ma belle-mère.

— Bonjour, ma chère. Ça me fait plaisir de vous voir.

Je savais qu'elle avait une vie en dehors de son magasin, qu'elle vivait dans une maison et qu'elle conduisait une voiture. Et, apparemment, elle achetait aussi des boissons, des chewing-gums et des cigarettes. Malgré tout, la voir en dehors de son environnement habituel me déconcerta.

— Bonjour… Je ne m'attendais pas à vous rencontrer ici.

Elle sourit de nouveau et posa sa main sur mon bras.

— Bien sûr que non, ma chère. Comment auriez-vous pu vous y attendre ?

Je souris.

— Je ne sais pas.

— Vous viendrez bientôt à la boutique ? demanda-t-elle

en ajustant le foulard léopard qu'elle portait sur une veste rouge, qui me firent une nouvelle fois envier son style. Elle ajouta : J'ai reçu de très jolies choses. Et cette boîte que je vous ai montrée vous attend toujours.

Je songeai aussitôt à la boîte que je venais juste d'acheter et à ce que j'étais censée faire avec, et ma voix vacilla quand je lui répondis :

— Je passerai peut-être cette semaine.

— Très bien.

Et elle repartit. Elle marchait lentement, mais sans boiter ni s'aider d'une canne, en dépit de son âge.

Quand elle se fut éloignée, je retournai à l'intérieur du magasin et, en plus de ma bouteille d'eau, j'achetai également une bouteille de vin. J'avais un rendez-vous avec moi-même et une bouteille de *Cum-Ezee* censée me faire atteindre l'orgasme.

Chapitre 16

Pourquoi avais-je été aussi embarrassée ?

Nue et encore mouillée après ma douche, je me tenais devant mon lit et j'ouvris la boîte pour en sortir la bouteille de verre. Elle était assez lourde et le bouchon en caoutchouc me fit penser à un téton quand je le serrai entre mon pouce et mon index.

Je pinçai mon propre téton avec mes doigts humides de salive, ce qui me fit frémir. Les battements de mon cœur s'étaient déjà accélérés, pas tant à cause de ce que je faisais, mais plutôt par anticipation de ce que j'avais l'intention de faire. Je secouai la bouteille, mélangeant à l'intérieur un liquide qui semblait huileux. Je lus la liste des ingrédients, mais je ne trouvai rien d'inquiétant : de l'huile de chanvre, du ginseng, du gingembre. Uniquement des ingrédients naturels, pensai-je.

Mon visage s'enflamma de nouveau. Je n'avais pas de miroir en pied dans ma chambre, uniquement celui qui se trouvait au-dessus de ma commode. De là où je me trouvais, je ne voyais que mon buste. Je n'avais ni tête ni jambes, seul le haut de mes cuisses était visible. Je n'étais que parties sexuelles.

Seins, ventre, sexe.

Vous achèterez ce que vous trouverez de plus embarrassant. Vous vous servirez de ce que vous aurez acheté jusqu'à ce que vous arriviez à l'orgasme.

Pourquoi avais-je été embarrassée d'acheter cette bouteille à un homme qui n'aimait même pas les femmes et à qui, par conséquent, on ne pouvait pas reprocher de ne pas voir à quel point j'étais sexy ? Je secouai la bouteille une nouvelle fois, et j'ôtai le bouchon. Cela ressemblait à un compte-gouttes comme on en trouve dans les pharmacies, mais sans les marques qui indiquent la posologie. Je pressai le téton en caoutchouc tout en pinçant mon propre téton.

Dans le miroir, la femme fit de même. Le liquide brillant s'épancha goutte à goutte sur ma peau. Je l'étalai avec mon pouce et j'attendis. Le liquide resta brillant et une chaleur diffuse se propagea sur ma peau.

Pourquoi étais-je embarrassée qu'un inconnu puisse penser que j'étais incapable d'avoir un orgasme ? Je fis couler une autre goutte sur le bout de mon doigt et je l'étalai sur mes tétons. Cette fois, quand je les pinçai, mes doigts glissèrent sur ma peau. Mes tétons étaient érigés et chauds au contact de l'huile et de mes doigts.

Lubrifiés, mes doigts glissèrent sur mon bouton comme de la soie sur du satin. Je laissai échapper un soupir. Je me caressai de nouveau, décrivant de petits cercles du bout des doigts et j'attendis que la chaleur se propage. Je la sentis monter une ou deux secondes plus tard, de façon plus intense que sur mes tétons. Je me mordis la lèvre.

Il était difficile de dire si l'huile avait des vertus aphrodisiaques ou si l'effet produit était le fruit de mon esprit, mais, en définitive, quelle importance cela avait-il ? Je m'allongeai sur mon lit, les jambes écartées et les pieds appuyés sur ma tête de lit pour mieux ajuster le mouvement de mes hanches au rythme de ma main.

Je caressai mon point sensible lentement, comme j'aimais.

L'huile fut absorbée par ma peau, mais elle resta glissante et je ne fus pas obligée d'en rajouter. Je laissai mes doigts explorer les courbes de mon corps, les recoins doux et secrets qui me donnaient tant de plaisir.

Mon clitoris s'échauffa tandis que je me caressais, ce qui ne me surprit pas car l'excitation et la honte étaient inextricablement liées, en tout cas en ce qui me concernait. Je me léchai les lèvres. J'aurais voulu sentir la langue de quelqu'un d'autre dans ma bouche, la main de quelqu'un d'autre entre mes cuisses.

Pourquoi avais-je prêté autant d'attention à ce qu'un inconnu pensait de moi ?

Je poussai un petit gémissement et je fermai les yeux pour refouler mes pensées et me concentrer sur mes sensations. Il était plus facile de faire semblant, d'imaginer que je n'étais pas seule dans mon lit tout neuf, dans mes nouveaux draps qui n'avaient jamais connu d'autre corps que le mien.

Pourquoi voulais-je à ce point suivre les ordres d'un inconnu, et qui ne m'étaient même pas destinés ?

Je sentais l'huile couler dans tous les recoins de mon corps. J'aurais probablement pu jouir ainsi en une minute ou deux, mais je m'interrompis, songeant soudain que je m'étais vraiment beaucoup caressée ces derniers temps. Mais, à force de penser, je commençais à perdre le fil de mon orgasme.

A moins que je ne sois vraiment trop embarrassée ?

Elle n'est peut-être pas très intelligente, mais elle est assez jolie.

C'était ce qu'une des amies de Stella avait dit de moi, sans savoir que je l'avais entendue.

Je soupirai. Je n'avais aucune envie de penser à la femme de mon père et à ses amies tandis que j'essayais de jouir. Plus mon clitoris s'échauffait, et moins j'avais envie de terminer ce que j'avais commencé. Je cessai d'essayer.

Elle n'est peut-être pas très intelligente, mais elle est assez jolie. Exactement comme sa mère.

Et elles avaient ri, mais pas comme si elles avaient trouvé le sujet particulièrement drôle. Plutôt comme si elles étaient gênées. Enfant, je n'avais pas compris pourquoi exactement j'avais eu comme une boule dans l'estomac en apprenant que Stella pensait que je n'étais pas intelligente, même si j'étais aussi jolie que ma mère. Une fois adulte, j'avais compris pourquoi. Cela avait embarrassé Stella d'être forcée d'admettre qu'elle avait épousé un homme qui avait été si épris d'une fille facile qu'il l'avait mise enceinte et avait eu la compassion d'accepter l'enfant bâtard dans sa vie. Enfin, en quelque sorte.

Pour elles, je n'étais pas Paige. J'étais la progéniture d'une fille facile. Et, pensant à cela, je compris autre chose.

Je n'étais pas embarrassée parce qu'un type que je ne connaissais pas ou que je n'aimais pas, un gay en l'occurrence, n'avait pas envie de me sauter dessus. Non, ce qui avait été le plus embarrassant n'était pas qu'il n'ait pas envie de coucher avec moi, mais qu'il ait pensé que j'étais quelque chose que je n'étais pas.

Je pris la bouteille qui se trouvait sur la table de nuit et la lançai dans la poubelle, puis je ramenai mes jambes contre ma poitrine, un oreiller entre mes bras, comme un amant imaginaire.

Les mots avaient commencé à arriver plus fréquemment. Chaque matin, avant de partir travailler, et quelques fois en rentrant le soir, il y avait une nouvelle carte qui m'indiquait comment aborder ma journée. Parfois, la liste était courte et ne comprenait qu'une phrase ou deux.

Ecoutez votre station de radio préférée aujourd'hui. Chantez à voix haute.

Parfois, les instructions étaient plus longues. Plus exigeantes.

A 11 h 30 aujourd'hui, vous interromprez ce que vous serez en train de faire et vous vous concentrerez sur la chose qui, dans votre vie, vous apporte un réel bonheur. Pendant trente secondes, vous ne ferez rien d'autre que d'apprécier cette raison de vous réjouir.

J'avais passé toute la matinée à attendre que sonnent enfin 11 h 30, craignant à la fois d'oublier, et à la fois de céder à la provocation, quand l'heure serait venue, de refuser de suivre les instructions. Je les suivis, bien sûr, incapable de résister.

Si vous avez blessé quelqu'un au cours de votre vie, vous devez lui présenter des excuses sincères.

Concernant cette dernière instruction, cela avait été assez facile. Cela faisait des semaines que je n'avais pas vu Kira et j'étais convenue avec elle de la retrouver après le travail pour prendre un café à Hershey, à mi-chemin entre Harrisburg et Lebanon. Elle n'était pas franchement prête à me pardonner.

— Mais peux-tu m'en vouloir ? lui demandai-je tandis que nous dégustions de grands cafés crème. Je veux dire… C'est de Jack dont il est question.

— Oui, je sais, Jack qui saute sur tout ce qui bouge.

Je haussai les épaules.

— Je suis désolée. Mais, à cette époque-là, il n'était même pas question que vous sortiez ensemble.

Elle poussa un long soupir.

— Je sais. Je suppose que je suis juste furieuse que tu aies couché avec lui et pas moi. Mais ça n'est pas nouveau.

Ce n'était pas exactement ce à quoi je m'étais attendue.

— Que veux-tu dire ?

— C'est comme tous les autres types qui m'ont plu.

— Mais de quoi parles-tu ? demandai-je, interloquée.

Elle me lança un regard accusateur.

— Austin.

— Quel rapport avec Austin ?

Kira me dévisagea fixement, puis elle détourna les yeux.

Je ne pus m'empêcher de rire. Comment aurais-je pu faire autrement ?

— Tu as essayé de sortir avec Austin ? Et tu étais en colère contre moi parce que j'avais couché avec Jack ! Quelle hypocrite !

Elle me lança un regard furieux.

— Mais tu savais ce que je ressentais pour Jack ! C'était différent avec Austin.

— En quoi était-ce différent ?

Je terminai mon café et pris mon sac, m'apprêtant à partir, non parce que j'étais furieuse, mais parce que je ne voulais pas ressasser le passé.

— Tu l'avais quitté ! Tu ne l'aimais plus, lança Kira en prenant son sac à son tour, visiblement excédée. Peu importe, de toute façon, ajouta-t-elle.

— Tu t'es pris un râteau, c'est ça ?

Son expression fut une réponse suffisante.

— Et c'est pour ça que tu étais furieuse ? Ça n'était pas parce que j'avais couché avec Jack, mais parce que tu as essayé de sortir avec Austin et qu'il n'a pas voulu de toi.

— Il n'a pas voulu de moi parce qu'il était encore amoureux de toi, dit Kira.

Je n'étais pas obligée de répondre à ça.

— Et, après ça, tu as couché avec lui malgré tout.

— Kira… Je ne savais pas qu'Austin t'intéressait.

Mais elle ne pouvait pas l'avoir, pensai-je tout à coup, ce qui m'étonna moi-même. Austin était à moi.

— Peu importe, dit-elle en mettant son sac sur son épaule. On ne devrait pas laisser les mecs se mettre entre nous de toute façon.

Je ne lui dis pas que la raison pour laquelle je m'étais

excusée n'avait rien à voir avec notre amitié, qui avait déjà été mise à rude épreuve par le passé. Si je n'avais pas reçu le mot, je ne l'aurais peut-être jamais rappelée.

— Tu as raison, acquiesçai-je.

— Alors, que se passe-t-il entre vous ? Vous vous remettez ensemble ?

— Oh, mon Dieu, non !

Nous marchâmes jusqu'au parking où nous avions garé nos voitures respectives.

— Quoi qu'il en soit, je pense que Tony va m'offrir une bague, pour mon anniversaire. Je pensais qu'il allait me l'offrir pour Noël, mais…

Cela me sembla soudain insensé et invraisemblable que Kira puisse se marier.

— Tu veux l'épouser ?

Je ne l'avais même pas rencontré.

— Oui, je crois. Je ne rajeunis pas, tu sais.

C'était un tel cliché et, pourtant, cela lui correspondait si bien.

— Le mariage, ce n'est pas tout, Kira.

Je voulais la réconforter, mais elle me lança un autre regard perçant.

— C'est facile pour toi de dire ça, parce que tu y as renoncé.

— Non, ce n'est pas ce que je voulais dire. Je voulais juste dire que tu ne devrais pas avoir l'impression que quelque chose manque à ta vie. C'est tout.

— Pourtant, répliqua-t-elle, il manque quelque chose. Et puis, comme ça, tu pourrais être ma demoiselle d'honneur.

Me le proposerait-elle réellement d'être sa demoiselle d'honneur, si elle se mariait ? En même temps, est-ce que c'était vraiment important pour moi, qu'elle le fasse ou pas ?

Nous nous séparâmes après une brève accolade, et je roulai jusque chez moi, contente de ne pas être elle, contente de ne pas avoir la sensation qu'il me manquait quelque chose.

Mais il manquait quelque chose dans ma vie, et ces mots, ces listes m'apportaient quelque chose dont j'avais besoin. Il y en avait une qui m'attendait à mon retour. Mes doigts tremblèrent un peu en l'ouvrant. Que serait-ce, cette fois-ci ? Quel fantasme me demanderait-on de vivre ?

Demain, vous porterez une chemise bleue.

C'était tout.

Je fus agacée sur le moment, mais je me repris rapidement. Si quelqu'un m'observait, je ne voulais pas lui donner la satisfaction de voir ma déception.

Demain, vous porterez une chemise bleue.

— Demain, marmonnai-je entre mes dents en balançant avec rage la carte dans la boîte 114, je porterai un chemisier de la couleur qui me plaira !

Je refusai d'y penser en montant les quatre étages qui menaient à mon appartement, et plus tard, en les redescendant pour me rendre à la salle de gym. Je refusai de penser au mot et à la simple instruction d'une seule ligne tandis que je transpirais et que je jurais en regardant la télévision qui n'avait rien d'autre à montrer qu'un cortège de beautés aux seins plantureux et aux hanches étroites — le genre de filles qui avaient pour mission de donner aux autres filles l'irrémédiable sensation de leur infériorité. Je refusai d'y penser sous la douche en me savonnant, en appliquant un masque sur mes cheveux et en me rasant les jambes.

— Merde !

Mon cri résonna dans la chambre vide, alors que je me tenais devant ma penderie.

Je n'avais pas de chemisier bleu propre.

J'attachai mes cheveux avec une pince pour qu'ils soient ondulés une fois secs. J'allumai la télé, puis je l'éteignis. Je pris un livre, avant de le reposer.

— Merde.

J'étais allongée sur mon lit, les bras derrière la tête, les yeux fixés au plafond. Il était couvert de petits tourbillons blancs réguliers, avec, au centre, un médaillon en métal. L'ancien locataire avait emporté le lustre et le ventilateur en partant et, même si les personnes chargées de l'entretien de l'immeuble étaient supposées remplacer l'équipement d'origine, elles ne l'avaient jamais fait. Le métal réfléchissait la lumière de la lampe qui était sur ma table de nuit, ainsi que la fenêtre quand ma chambre était dans l'obscurité. Parfois, quand je me réveillais au milieu de la nuit, j'imaginais que l'œil lumineux de la lune était transporté dans ma chambre, et qu'il me regardait.

Quelqu'un d'autre me regardait-il ? Jouait-il une sorte de jeu ? Je me redressai dans mon lit et regardai autour de moi, puis dans ma penderie, où il y avait des chemisiers de toutes les couleurs, sauf bleu.

Alors je me levai de mon lit et fouillai dans mon panier de linge sale pour voir ce que je pouvais trouver. Le bleu n'était pas ma couleur favorite, je préférais porter des chemises blanches pour aller travailler. J'avais bien un chemisier bleu, mais en général je ne le portais pas au bureau. Il était un peu trop décolleté et un peu trop moulant aussi. Je le plaçai devant moi et observai mon reflet dans le miroir. Avec un pantalon noir habillé, cela pourrait sûrement aller, avec une veste par-dessus.

Et j'avais besoin de faire une lessive de toute façon, me dis-je tout en lançant des chaussettes, des culottes et des serviettes dans un panier pour pouvoir remplir une machine. Si je le faisais maintenant, je n'aurais pas à le faire plus tard dans la semaine. Et il n'y avait rien à la télé.

Oui, c'était une bonne excuse.

Il n'y avait rien à faire. J'étais accro à ces listes. Je ne savais pas pourquoi, mais c'était la réalité. Même si personne ne me regardait. Mais, si jamais quelqu'un le faisait, il saurait que je n'avais pas obéi.

Je porterais un chemisier bleu le lendemain.

Mais je devais d'abord le laver.

Chapitre 17

Riverview Manor possédait des machines à laver et des sèche-linge hyperperformants, mais ils étaient en nombre insuffisant. C'était une autre excentricité de ce soi-disant immeuble de standing. Certains des appartements étaient supposés avoir leur propre lave-linge et sèche-linge, ce qui expliquait pourquoi la laverie était plutôt mal pourvue. Peu importait. Quand j'y entrai avec mon panier de linge et que je trouvai la pièce vide au milieu des machines qui tournaient avec une douce odeur d'assouplissant, je me dis que j'avais de la chance.

J'allai m'asseoir sur une des chaises qui se trouvaient dans un coin, avec mon panier et le livre que j'avais apporté. Je laissai échapper un petit cri de surprise quand je vis tout à coup que je n'étais pas seule. L'homme qui était assis là avait la tête penchée et il portait un casque, il ne m'avait donc sans doute pas entendue crier, mais la façon dont j'avais sursauté avait dû attirer son attention parce qu'il leva la tête vers moi.

Eric.

Il me sourit en ôtant son casque. J'entendis une faible musique en bruit de fond, que j'aurais sans doute reconnue si mon attention n'avait pas été monopolisée par lui, et en particulier par ses yeux d'un brun profond.

— Salut, dit-il. Désolé, je vous ai fait peur ?

— Je ne vous avais pas vu derrière les machines, dis-je en posant mon panier et en portant la main à mon cœur qui battait la chamade.

— Oui, ce n'est pas très bien agencé, dit-il en déplaçant les papiers qu'il avait étalés sur la chaise à côté de la sienne. Quoi qu'il en soit, je suis désolé, ajouta-t-il, vous voulez vous asseoir ?

Je pris une chaise un peu plus loin de lui et je poussai mon panier sur le côté avec mon pied. Il me souriait toujours, alors je lui souris en retour.

— Merci.

— Je m'attendais à vous rencontrer ici, dit-il.

— Ici, là... On se rencontre partout, dis-je, avant d'ajouter : Est-ce que vous me suivez ?

A ma plus grande joie, je vis ses joues s'empourprer légèrement, à peine.

— Oui, c'est vrai, on pourrait avoir cette impression !

Je me penchai pour sortir du linge de mon panier, et je dis :

— Vous m'avez manqué à la gym ces derniers jours.

En levant les yeux vers lui, je perçus une étrange lueur dans son regard. De la culpabilité, peut-être. Mais qu'est-ce que ça pouvait lui faire si je comptais le nombre de ses séances de gym ou non ? Je n'en avais aucune idée. Il haussa les épaules et il passa une main dans ses cheveux en bataille.

J'enfournai quelques poignées de linge dans la machine la plus proche. J'avais conscience que mes culottes et mes soutiens-gorge se trouvaient au milieu de mes T-shirts et de mes chemisiers, mais je réussis à ne pas attirer son attention en rougissant. Pourtant, je surpris son regard.

Son sourire était aussi coulant que du miel et j'eus instantanément envie de lécher ses lèvres.

— Vraiment, je vous ai manqué ? Mince ! Je suis désolé.

On se regarda, comme si le temps avait été suspendu, baignés dans une odeur d'assouplissant et dans l'air chaud et humide.

— Vous me cherchiez… pour une raison particulière ? demanda-t-il.

Je sentis mes joues s'embraser et je répondis par un léger rire. Il rit à son tour, quelques instants plus tard, joignant sa voix à la mienne. Ses beaux yeux bruns brillaient de malice et révélaient un intérêt certain, qu'il ne cherchait pas à cacher.

— Oui, finis-je par avouer. Ce n'est pas pareil sans vous là-bas.

— Désolé. J'ai eu un boulot dingue.

Je glissai mes pièces dans la machine à laver puis je pressai sur le bouton.

— Que faites-vous, exactement ?

— Je suis médecin urgentiste, répondit Eric en s'adossant au dossier de sa chaise.

Ainsi, il était sexy, drôle et en plus il était médecin ! Ma mère aurait été si fière de moi.

— Et ça vous plaît ?

Il me regarda, légèrement surpris.

— Oui, je suis un peu débordé, mais c'est vraiment passionnant.

— Sauver des vies doit l'être sans aucun doute, mais cela doit aussi être très stressant.

— C'est vrai, répondit-il après une seconde ou deux de silence, tandis qu'un voile de tristesse passait devant ses yeux, l'espace d'un instant. Oui, c'est beaucoup de stress. Et vous, Paige, que faites-vous ?

Je le lui dis, sans pour autant avoir l'air d'avoir honte de ne pas être un médecin. Si Eric ne fut pas aussi impressionné par ma carrière que je le fus par la sienne, il n'en laissa rien paraître.

Nous poursuivîmes notre conversation, et le temps passa

sans que je m'en rende compte — ma machine était finie depuis longtemps et le sèche-linge venait de sonner, m'annonçant que le cycle que j'avais lancé était terminé. Je m'en approchai et commençai à sortir les affaires, tout en continuant à discuter de tout et de rien avec Eric.

— Je parie que cette couleur vous va à ravir, dit-il soudain en désignant le chemisier bleu que je venais de sortir du sèche-linge.

Troublée, je plaçai le vêtement devant moi.

— Vous croyez ?

— Oui, il est assorti à vos yeux.

Je suis rarement à court d'arguments, mais, cette fois, je dus reprendre mon souffle et je réussis à peine à dire :

— Merci.

Il se gratta la tête d'une main et il eut l'air tout à fait attachant.

— Est-ce que j'en ai trop fait ?

— Non, je mentirais si je disais que je n'aime pas les compliments.

Pour éviter de le regarder, je continuai de sortir mes affaires du sèche-linge.

— Et… Vous ne mentez pas ?

Par-dessus mon épaule, je lui répondis :

— Non, et vous ?

J'avais prononcé ces paroles à la légère, sur le même ton que le reste de notre conversation. Alors, comme il ne répondait pas, je me retournai pour lui faire face. Son expression me laissa sans voix.

— Je sais où c'était ! fit-il en claquant des doigts. Où je vous ai vue pour la première fois. Ce n'était pas à la gym.

Je retins mon souffle et mes mains se crispèrent sur le linge encore chaud. Je me mordis la lèvre, et finis quand même par dire :

— Non, c'était au café Mocha.

— Non, ce n'était pas au Mocha. On s'est déjà rencontrés

là-bas ? demanda-t-il, visiblement embarrassé. Je suis désolé, je vois tellement de gens, que parfois j'oublie où je les ai rencontrés. Mais, croyez-moi, je voudrais vraiment me rappeler vous y avoir vue.

— Non, on ne s'y est pas vraiment rencontrés. Je vous ai vu là-bas, c'est tout. Vous étiez assis près de la fenêtre, en train d'écrire quelque chose. Vous aviez l'air très sérieux. Vous ne m'auriez pas remarquée de toute façon, vous étiez très occupé.

— J'aurais dû vous remarquer, Paige.

Son sourire me laissa deviner exactement ce qu'il entendait par là.

Je ris de nouveau.

— Mais vous ne m'avez pas vue. Alors, si ce n'était pas au Mocha…

De nouveau, je perçus quelque chose de furtif et coupable dans son regard.

— Et ce n'était pas à la gym, continuai-je, feignant de n'avoir rien remarqué. Alors, où était-ce ?

Je vis une nouvelle lueur dans ses yeux.

— C'était devant *La Souris verte* !

Je restai sans voix. Il ajouta :

— C'est bien ça, n'est-ce pas ? Je savais que je vous avais déjà vue quelque part ! J'adore cet endroit.

— Moi aussi.

Le sourire d'Eric s'adoucit tandis qu'il me dévisageait. Il semblait m'observer plus intensément cette fois. Puis, après quelques instants, il hocha la tête.

— Oui, c'est bien là que je vous ai vue. C'était il y a quelques semaines, c'est ça ? Vous entriez et…

— Oui, vous sortiez de la boutique, dis-je, faisant semblant de m'en souvenir à l'instant. Je suppose que c'est pour cela que, quand je vous ai vu au Mocha, je vous ai remarqué. Votre visage ne m'était pas inconnu.

Présentée comme ça, l'histoire semblait bien plus crédible, et le sourire d'Eric s'éclaira.

— Le monde est petit, non ?

— Oui, très petit.

J'avais envie de l'embrasser. J'avais envie qu'il m'embrasse. Mais, au lieu de cela, je finis de vider le sèche-linge. Il me regardait toujours quand je me relevai, mon panier à la main.

— Que faites-vous après avoir terminé votre lessive ?

— Je ne sais pas… Je pensais lire un peu, dis-je en jetant un coup d'œil à la pendule qui se trouvait au-dessus de lui. Je travaille demain. Pourquoi ?

— J'allais regarder un film. *Sacré Graal*, des Monty Python. Vous l'avez vu ?

— Non, répondis-je lentement, pour m'empêcher de tirer des conclusions hâtives.

— Ça vous dirait de le voir ?

Je fis semblant de réfléchir pendant quelques secondes, tandis qu'intérieurement, je hurlais déjà un énorme oui, comme le oui orgasmique poussé par Sally dans le film *Quand Harry rencontre Sally*.

— Vous me proposez de le regarder avec vous ?

— Oui. Qu'en pensez-vous ?

— Bien sûr. Pourquoi pas ? Laissez-moi juste ranger ça et je vous rejoins.

— Super ! Dans une demi-heure ? Quarante minutes ? lança-t-il avec un sourire d'une étincelante blancheur.

Je ne pensai à rien d'autre qu'à la sensation de ses dents dans ma chair.

— Très bien, articulai-je avec difficulté.

— Je suis à l'appartement 114, dit-il alors.

Mon panier me tomba des mains.

Chapitre 18

— Est-ce que ça va ?

Eric s'était déjà agenouillé pour ramasser mes vêtements épars, et je restai muette.

En quelques secondes, toutes mes certitudes volèrent en éclats.

Je finis par reprendre mes esprits, suffisamment en tout cas pour qu'il ne soit pas obligé de me prendre le pouls ou de me réanimer. Je regardai ses grandes mains prendre mes vêtements pour les remettre dans le panier et je restai sans bouger. Puis, il se releva et il me tendit le panier.

— Oui, ça va, répondis-je, et je réussis même à esquisser un sourire en le regardant dans les yeux. Je vais juste ranger ça et je vous retrouve chez vous, O.K. ?

Nous prîmes l'ascenseur ensemble, mais pas en silence. Pourtant, en y repensant, je suis incapable de me rappeler de quoi nous avons parlé. Je me rappelais sa voix, basse et riche de nuances, et son petit rire. Je me souvenais du bruit de l'ascenseur quand il avait démarré et du léger courant d'air sur mon visage quand la porte s'était ouverte à son étage. Je me souvenais de la lueur dans ses yeux quand il s'était retourné vers moi en sortant, et du petit signe qu'il m'avait fait quand les portes s'étaient refermées. Mais je ne me souvenais pas de ce que nous avions dit.

Dans mon appartement, je posai mon panier sur le lit et j'ouvris le tiroir de ma table de nuit. A l'intérieur, je pris la feuille de papier pliée sur laquelle j'avais rédigé mon souvenir le plus érotique et la bouteille de *Cum-Ezee* que j'avais récupérée dans la poubelle et que j'avais ensuite vidée. Sans les mots et les instructions qu'ils comportaient, je n'aurais rien eu de tout ça. Je regardai autour de moi, les nouveaux vêtements dans mon armoire, les livres qui se trouvaient sur mon étagère, et je pensai à celle que j'étais devenue à cause de ces lettres.

Ces lettres qui ne m'étaient pas destinées.

Toutes ces lettres qui lui étaient destinées, à lui.

Mon rire résonna à mes oreilles. En voyant le linge en désordre dans mon panier, je repensai à Eric agenouillé, en train de le ramasser, et mon cœur se mit à battre plus vite.

Pendant tout ce temps, j'avais imaginé que le destinataire de ces lettres était une femme. Je savais que ce n'était pas moi, mais je pensais que c'était une femme. Et découvrir qu'elles étaient adressées à un homme était un véritable choc. Mais est-ce que cela voulait dire que celui qui avait écrit ces mots était… une femme ?

Soudain, je trouvai cela terriblement excitant.

Tout mon corps fut envahi par une vague de chaleur et, en me laissant tomber sur mon lit, j'eus aussitôt envie de sentir les mains d'un homme sur mes seins, entre mes cuisses et partout ailleurs.

Les minutes s'écoulèrent tandis que je passai en revue les différentes listes, imaginant Eric en train d'accomplir les tâches que j'avais trouvées si excitantes. Quel souvenir avait pu lui prendre tant de temps à coucher sur le papier pour qu'il l'ait renvoyé en retard ? Qu'avait-il acheté dans ce magasin qui l'avait embarrassé ? Puis, je repensai à son panier rempli de linge, et à la chemise bleue que j'y avais vue.

Je restai assise, mes cheveux décoiffés me tombaient sur le visage, j'étais en sueur. J'enlevai ma chemise et mon jean et courus sous la douche, assez froide pour me faire pousser un petit cri, et je me lavai et me rinçai en un temps record. Je mis une nouvelle culotte et un nouveau soutien-gorge, jolis mais pas trop sophistiqués pour ne pas avoir l'air d'avoir fait des efforts démesurés au cas où j'en viendrais à me déshabiller. Puis, je passai un T-shirt ajusté et doux, qui mettait mes formes en valeur. J'enfilai mon jean préféré, celui qui me faisait les fesses rebondies et le ventre plat. Ventre que je n'avais plus, devais-je admettre en observant mon reflet dans le miroir, car grâce à ces listes j'avais été plus assidue que jamais à la gym.

Je me passai un coup de brosse dans les cheveux et je mis un peu de gloss sur mes lèvres. Et un voile de poudre compléta le tableau sans que j'aie l'air de m'être pomponnée. Je pris deux paquets de pop-corn pour micro-ondes ainsi qu'un grand bol dans mon placard, j'enfilai une paire de tongs avant de glisser ma clé dans ma poche.

Mon téléphone se mit à vibrer tandis que j'étais en train de me demander si je le prenais ou non. Serait-ce Austin qui m'appelait ? Après un si long silence ? Je posai le téléphone sur la table, je l'éteignis et refermai la porte derrière moi.

Eric n'avait pas changé de vêtements, mais ses cheveux étaient humides, il avait donc dû au moins se passer le visage sous l'eau. Et son haleine mentholée me dit qu'il s'était aussi lavé les dents, et je réprimai un grand sourire tandis qu'il me laissait entrer. Je n'avais pas été la seule à supposer qu'il n'était peut-être pas uniquement question de regarder un film.

En entrant, je me préparai à toutes sortes de choses mais à première vue, il n'y avait rien de bizarre dans l'appartement d'Eric. Il me fit visiter rapidement : salon, cuisine. Son appartement comportait deux chambres, dont une qui faisait office de bureau, dans lequel je vis le tout dernier Mac qui me fit pâlir d'envie. Il ne me montra pas sa chambre, mais j'y jetai un coup d'œil par la porte entrouverte. Sa fenêtre donnait sur le parking, tout comme la mienne, mais il était bien plus près.

Je m'étais à moitié attendue à voir une croix de Saint-André dans le salon, et je pense que je fus un peu déçue. Eric avait beaucoup de cuir, mais sous la forme d'un canapé et de fauteuils, face à un écran plat qui semblait à la pointe de la technologie.

— Vous avez une Wii ? C'est super !

— Vous avez déjà joué ?

Typiquement masculin, il était fier de montrer ses jouets. Il sourit et se dirigea vers la console de jeux.

— Oui, mais ça fait longtemps.

— Ça vous dirait d'essayer une partie de tennis ? Je sais que ce n'est pas ce qu'il y a de plus récent, mais c'est toujours très amusant.

Il prit une manette et m'en tendit une autre.

C'est ainsi que je me retrouvai à jouer à des jeux vidéo au lieu de batifoler sur le canapé sous une couverture en espérant que nos doigts finissent par s'effleurer dans le bol de pop-corn. Eric avait un revers mortel et, pourtant, il me laissa gagner. On rit beaucoup en jouant, échangeant des propos sans importance qui permettaient de commencer à connaître quelqu'un sans aborder des questions trop intimes pour un premier rendez-vous.

Si toutefois c'en était un. Ce dont je doutais sérieusement. Eric ne semblait pas avoir d'intentions à mon égard, s'il en avait jamais eu. Mais, même si en général je me trompais rarement, je n'avais pas forcément raison cette fois. Quand nous finîmes par nous écrouler sur le canapé en cuir, le sourire d'Eric ne me permit pas plus de savoir ce qu'il comptait faire avec moi.

J'étais sidérée, au bas mot, et ma confiance en moi était au plus bas. Je repensai à mon expédition chez Sensations, et à la façon dont le vendeur m'avait mise plus bas que terre. Je n'avais pas l'impression qu'Eric était gay, d'ailleurs, si c'était le cas, pourquoi m'aurait-il invitée en premier lieu ?

Je m'excusai et lui demandai si je pouvais utiliser ses toilettes. Bien sûr, je regardai à l'intérieur de son armoire à pharmacie. Quiconque prétend n'avoir jamais fait ça est un menteur. J'y trouvai de la mousse à raser et de l'ibuprofène. Il y avait aussi du dentifrice et une boîte géante de préservatifs. Dans le placard qui se trouvait sous le lavabo, je vis du papier toilette, des serviettes et quelques articles de toilette. Comme le reste de son appartement, la salle de bains d'Eric semblait dénuée d'objets à connotation perverse.

Je n'aurais pas dû être si surprise. Après tout, mon propre appartement n'était pas décoré dans le style donjon médiéval non plus. Et il n'y avait jamais rien eu dans les mots qui indiquait qu'il était versé dans le bondage hard, ni dans des jeux impliquant une quelconque douleur physique, à moins que, trop préoccupée par mon propre plaisir, je n'aie pas su lire entre les lignes. Comment savoir quelle signification ces mots avaient eue pour lui ?

Je devais le découvrir.

Il avait mis le film dans le lecteur de D.V.D. et préparait du pop-corn quand je revins de la salle de bains.

— Il n'est pas trop tard ? demanda-t-il en désignant la pendule. On n'a pas vu le temps passer en jouant, désolé.

La sincérité de son sourire me donna envie de le prendre dans mes bras. J'avais envie de m'asseoir tout près de lui et de lui murmurer des mots un peu crus pour le faire rougir. J'avais envie de le voir à genoux, encore une fois.

— Non, ça va. J'ai bien envie de regarder un film maintenant.

— Super ! Merci d'avoir apporté le pop-corn, dit Eric en disparaissant dans la cuisine. Que voulez-vous boire ? Soda ? Bière ?

— Un soda, c'est très bien.

— Un Coca, ça va ?

— Oui, bien sûr.

— Vous voulez un verre ? Des glaçons ? Une rondelle de citron ?

Je laissai échapper un éclat de rire

— Juste la canette, ça ira.

— Si ça vous fait plaisir, fit Eric avec un large sourire. Ça m'évitera de laver les verres.

Il revint avec les boissons et le pop-corn, et je pensai à Austin, qui aurait crié depuis le canapé, sans bouger d'un pouce, en demandant que je lui apporte une bière. C'était un agréable changement, sans aucun doute, même si j'étais un peu prise au dépourvu.

— Je reviens tout de suite, fit Eric avant de disparaître dans la salle de bains.

J'en profitai pour jeter un coup d'œil autour de moi. Il y avait des photos encadrées sur la table basse, ainsi que sur les étagères de sa bibliothèque.

Il ne semblait pas avoir de petite amie. Ni de petit ami. Aucune des personnes sur les photos ne se tenait assez près de lui. Personne non plus ne lui lançait de regard énamouré. Eric était un mystère, aucun doute là-dessus. Mais, au moins, j'étais presque certaine qu'il était célibataire.

— Vous êtes prête ?

S'il fut agacé que je contemple ses photos, du moins il ne le montra pas.

Je me rassis sur le canapé et calai le bol de pop-corn sur mes genoux.

— Oui.

Il n'y a rien de potentiellement gênant dans *Sacré Graal*. Même les quelques références au sexe oral ne sont pas vraiment sexy. J'avais déjà vu le film une demi-douzaine de fois, mais jamais du début à la fin, et jamais totalement sobre. Et, malgré tout, j'avais un mal fou à me concentrer. Surtout une fois qu'Eric eut étiré ses longues jambes près des miennes. Il avait un rire à la fois sexy et contagieux, même si le film n'était pas forcément hilarant.

Le film ne dura pas assez longtemps — j'avais oublié qu'il se terminait brusquement. Quand Eric se pencha pour prendre la télécommande et éteindre la télé, je vis une fine bande de peau nue entre sa chemise et son jean et je fus tentée de le toucher. Je résistai… mais de peu.

Il me surprit à le regarder quand il se retourna.

— C'est un de mes films préférés. Parfois, après avoir passé une longue journée aux urgences, je n'ai qu'une envie, c'est de rentrer et de mater un truc idiot.

— Ça ne m'étonne pas. Parfois, après une longue journée de travail, je ne peux rien faire d'autre que des choses stupides, dis-je en lui adressant un sourire de connivence. Et je ne sauve même pas de vies !

Le beau visage d'Eric se figea pendant quelques instants.

— Le problème, ce n'est pas de sauver des vies, c'est quand on n'en sauve pas. Désolé, ce n'est pas très gai.

— Non, ce n'est pas grave. Cela doit être très stressant, dis-je en le voyant détourner les yeux.

Quand il se retourna, il souriait de nouveau, mais de façon moins convaincante que les fois précédentes.

— Oui… Il m'est arrivé de travailler dans des unités de soins palliatifs. J'ai fait des rotations en pédiatrie aussi. C'était pire, vous pouvez me croire. Bien pire. Au moins, maintenant, la plupart des cas que je vois peuvent être soignés. Quelques points de suture, un plâtre, une prescription de médicaments… Je préfère avoir affaire à une pièce remplie d'os cassés que de me retrouver en unité de soins palliatifs.

— J'ai déjà du mal à supporter d'être malade, alors je me verrais mal prendre soin de quelqu'un d'autre, dis-je, soudain parcourue par un frisson involontaire.

Eric fouilla dans le bol de pop-corn et trouva quelques graines non éclatées et il se mit à les croquer.

— C'est drôle, quand j'étais gamin, j'étais malade tout le temps. Ou en tout cas j'avais l'impression de l'être. En y repensant, c'était sans doute des allergies, mais à l'époque, tout ce qu'on savait c'était que j'avais toujours le nez qui coulait. J'étais le gamin qui avait toujours l'air d'avoir pris des coups dans la figure.

— Contente de voir que ça vous a passé.

Il me décocha un sourire charmeur.

— Oui, donc j'ai grandi et j'ai décidé de devenir médecin. Et ma mère… On pourrait penser qu'elle aurait été contente que son fils devienne médecin… Mais tout ce qu'elle a trouvé à me dire, c'était : « Mais, Eric, tu as pensé à tous les microbes ! »

— Ça partait d'un bon sentiment.

— Mais cela fait des années que je n'ai pas été malade, juste un rhume ou deux, c'est tout. J'ai dû m'immuniser quand j'étais gosse. En fac de médecine, on m'avait surnommé l'homme de fer parce que quels que soient les virus qui traînaient, ils l'attrapaient tous et moi je n'avais jamais rien.

— Vous avez fini par avoir de la chance.

Il fit tourner ses longs doigts dans le bol, encore une fois, et ils sortirent couverts de sel. Il les lécha un par un pendant que je le regardais. Si j'avais pensé qu'il l'avait fait de façon délibérée, pour me faire succomber à la tentation, cela m'aurait agacée. Mais il ne semblait pas avoir conscience du spectacle qu'il m'offrait, ni de la nature des pensées qui traversaient mon esprit.

— Oui, c'est dingue, non ? fit-il en me tendant le bol. Vous en voulez un peu plus ?

Je fis non de la tête.

— C'est intéressant, cela dit… La raison pour laquelle vous avez décidé de devenir médecin. Est-ce que ce métier est comme vous l'imaginiez ?

— Cela ne correspond pas vraiment à la vision rêvée que j'en avais, dit-il d'une voix monocorde.

J'attendis qu'il dise autre chose, je pensais qu'il y avait autre chose à dire, mais non. Plongeant les doigts dans le bol de pop-corn qu'il tenait sur ses genoux, il les lécha de nouveau. Puis il leva les yeux vers moi.

— C'est une énorme responsabilité. C'est très lourd à gérer, vous savez.

Non, je ne savais pas. Je ne pouvais pas le savoir. Je pensai à mon propre travail, aux listes de Paul et à la totale absence de responsabilités qu'elles impliquaient. Je pensai que dans ma vie je n'étais responsable de rien, et que je ne l'avais jamais été. Et même lorsque j'étais mariée, qu'avais-je fait d'autre que m'occuper de moi-même ?

— Mais les Monty Python aident tout de même ?

Eric se mit à rire et baissa de nouveau la tête, pendant quelques instants, avant de relever les yeux et de me fixer.

— Je suis content que ça vous ait plu.

— C'est un classique. Comment cela aurait-il pu ne pas me plaire ?

Eric haussa les épaules et s'adossa au canapé, un bras tendu sur le dossier. Ses doigts étaient à seulement quelques centimètres de mon épaule. On ne bougea ni l'un ni l'autre.

— Certaines des femmes que j'ai connues… la plupart à vrai dire, ne comprennent pas les Monty Python. Ça ne leur plaît pas, dit-il en secouant la tête. Alors, quand vous m'avez dit que vous adoriez, je n'étais pas sûr que vous étiez sincère.

Je le regardai attentivement. Il y avait beaucoup de choses qui nous avaient amenés là où nous en étions. Elles étaient trop nombreuses pour être qualifiées de coïncidences ou de simple hasard. J'étais là pour une raison, j'en étais intimement persuadée.

— Vous pensiez que, peut-être, je vous avais menti ? Pourquoi ferais-je une chose pareille ?

Je ne me rapprochai pas de lui, mais je me tournai vers lui. Il se mit à rire, un peu gêné, en se grattant la tête d'une main.

— Je ne dis pas que vous mentiez, juste que peut-être vous…

— Mentez, dis-je en riant. Ou peut-être pensiez-vous que je voulais vous impressionner ?

Eric me lança un coup d'œil furtif.

— Quelque chose comme ça, je ne sais pas.

Aujourd'hui, vous aurez conscience de votre force et de votre beauté.

Ce conseil lui était destiné, mais j'en avais profité, moi aussi. Mais la différence entre nous était que je savais certaines choses qu'il avait faites et vécues au cours des dernières semaines, alors que lui ne savait rien de moi.

Et cela me donna une incroyable sensation de puissance.

— Vous avez une très haute opinion de vous-même, Eric.

Ma voix fut différente, cette fois. Plus basse et sensuelle. C'était la voix d'une femme qui n'avait jamais pensé être autre chose que belle et forte, et je vis l'effet qu'elle eut sur lui.

Il se redressa légèrement. Ce fut imperceptible, mais je le remarquai.

— Vous avez raison, je n'aurais pas dû faire une telle supposition.

Je n'étais pas sûre de comprendre l'expression d'Eric à cet instant-là, je savais juste que je n'étais pas prête pour ça.

— Ça n'a pas d'importance, je plaisantais, lui dis-je en riant.

— O.K.

Il rit à son tour, mais une once de déception passa sur son visage, si fugitive que je me demandai si elle n'était pas le fruit de mon imagination.

Scrutant la pendule avec ostentation, je me levai.

— C'était très sympa, mais il se fait tard.

Il se leva deux secondes après moi.

— Oui.

Il m'accompagna jusqu'à la porte, tout en restant très correct, et là je me retournai pour lui faire face.

— Merci de m'avoir invitée.

Le moment aurait été bien choisi pour m'embrasser, mais il ne le fit pas. Moi non plus je ne me penchai pas vers lui pour l'embrasser, alors que j'aurais pu le faire. J'en avais envie. Je ne pensai pas une seule seconde qu'il me repousserait. Et je ne reculai pas non plus de peur de ce qu'il pourrait penser de moi.

Je ne l'embrassai pas parce que j'avais le pouvoir de décider du cours des choses. Quelques heures plus tôt, je m'étais couchée sur mon lit et je m'étais caressée en imaginant que c'étaient ses mains. Et, alors que j'allais rentrer chez moi, j'avais bien l'intention de recommencer et de me faire jouir en pensant que c'étaient ses doigts et sa bouche sur mes seins et entre mes cuisses. Ou peut-être penserai-je à Austin.

Et peut-être même que je penserai à Brad Pitt !

Je n'embrassai pas Eric parce qu'il attendait que je le fasse. Je l'avais vu dans ses yeux. Il avait envie que je l'embrasse, mais je savais sur lui des choses qu'il ne savait pas sur moi.

Je savais qu'il avait envie qu'on lui dise ce qu'il devait faire.

— Bonne nuit, Eric.

Et je ne lui accordai pas ce plaisir.

Chapitre 19

En rentrant chez moi, un message m'attendait sur mon téléphone portable.

— Paige, c'est moi. Je m'ennuie. Pourquoi ne viendrais-tu pas me rejoindre ? Appelle-moi.

J'avais reçu l'appel à peine dix minutes plus tôt, et je n'étais pas sûre de savoir si j'avais envie de rire ou de maudire Austin. Il était plus de 10 heures du soir et je travaillais le lendemain.

— Tu ferais mieux de faire des progrès la prochaine fois que tu laisseras un message pour un plan cul, dis-je avant qu'il ait eu le temps de dire quoi que ce soit.

— Je savais que tu me rappellerais.

— Tu sais que dalle, Austin.

— Que faisais-tu ? demanda-t-il d'une voix endormie.

Tant mieux si je l'avais réveillé.

— J'avais un rendez-vous galant.

Ce n'était qu'un demi-mensonge. Ce n'était pas un rendez-vous officiel, mais j'étais avec un autre homme. Je savais que cela le ferait enrager. Il n'avait pas besoin de savoir qu'on ne s'était même pas embrassés.

— Le rendez-vous n'a pas dû être génial si tu es déjà rentrée.

Il n'avait pas tort.

— Comment sais-tu que je suis rentrée ? Peut-être que je réponds juste au téléphone.

— Le rendez-vous n'est sûrement pas génial si tu me rappelles.

Là encore, il n'avait pas tort, mais je n'allais certainement pas le reconnaître.

— Pourquoi veux-tu que je vienne chez toi ? Il est tard.

— Ah oui ? fit-il en bâillant. Je n'avais pas remarqué. Mais bon, tu es encore éveillée, et moi aussi. Viens me voir.

— Non, je ne vais pas venir te voir.

— Tu ne raccroches pas non plus.

Je laissai passer un silence assez long pour le faire changer d'avis, mais Austin me connaissait trop bien. Il semblait avoir appris à être patient, alors que moi, j'avais oublié.

— Si tu voulais vraiment que je vienne, tu aurais dû m'appeler avant.

— Je voulais te laisser respirer.

Le téléphone coincé contre mon oreille, je me dirigeais vers ma chambre quand ses paroles m'atteignirent. Il semblait sincère, mais sans voir son visage j'étais incapable de dire s'il se moquait de moi ou non.

— C'est vraiment très gentil de ta part.

— Que portes-tu ?

— Tu te crois sur une messagerie rose ? demandai-je, le souffle court.

Le temps d'arriver jusqu'à mon lit, j'avais déjà déboutonné mon jean. Je coinçai le téléphone contre mon épaule et j'enlevai mon jean, puis ma culotte. En m'allongeant sur mon lit, j'eus un léger frisson, mais je me réchauffai rapidement. Je tendis la main vers ma table de nuit et j'ouvris le tiroir.

— Tu es nue ? Dis-moi que tu es nue.

Je trouvai mon vibromasseur.

— Je ne suis pas nue.

— Menteuse.

La voix douce et sensuelle d'Austin agit sur moi comme une décharge électrique et j'écartai les cuisses.

— Je porte une chemise.

— Je bande, Paige. Et je suis nu.

Je fermai les yeux pour mieux l'imaginer.

— Qu'est-ce qui te fait penser que ça m'intéresse ?

Il sembla déconcerté, pendant quelques secondes. Par le passé, nous avions très souvent fait l'amour au téléphone, parfois même plus souvent qu'en réalité. Et avant qu'il ait le temps de répondre, j'ajoutai :

— Tu te branles, Austin ?

— … Oui.

— Je veux que tu arrêtes.

— Paige…

— Tu ne peux pas m'appeler et t'attendre à ce que j'accoure et que je baise avec toi, Austin. Et tu ne peux pas non plus t'attendre à ce qu'on baise au téléphone, dis-je, alors que j'en mourais d'envie. Nous ne sommes plus ensemble. Tu n'as pas oublié ?

— Ça n'a jamais eu d'importance avant, fit-il, manifestement vexé.

J'adorais ça.

— Ça en a maintenant.

Il ne pouvait pas ne pas remarquer que ma voix avait baissé d'un ton et qu'elle était légèrement plus rauque, il me connaissait assez pour savoir ce que cela signifiait.

— Très bien. Je suis assis, je suis sur le point de jouir et je ne me touche pas. C'est ce que tu as envie d'entendre ?

J'appuyai sur le bouton de mon vibromasseur et je le mis près du téléphone pour qu'il l'entende vibrer. Puis, je portai le combiné à mon oreille.

— C'est ton vibromasseur ?

— Oui.

— Laisse-moi venir chez toi, bébé. Je peux te donner plus de plaisir qu'un vibromasseur.

— Je vais raccrocher maintenant. Et ensuite je vais me servir de mon vibromasseur jusqu'à ce que je jouisse.

— Merde, fit-il d'une voix dépitée. Et qu'est-ce que je suis censé faire ?

Je pressai le vibromasseur entre mes cuisses, puis je le remplaçai par mes doigts, ce que je préférais.

— Tu vas prendre une douche froide, et tu iras te coucher.

— Et si je ne le fais pas ? Et si je me finissais maintenant ?

Je laissai échapper un imperceptible gémissement.

— Tu feras ce que je t'ai dit de faire, et peut-être, avec un peu de chance, la prochaine fois que tu m'appelleras je te laisserai me lécher jusqu'à ce que tu me fasses crier.

Ma proposition fut accueillie par un long silence. Etais-je allée trop loin ?

— Bon, sang, Paige !

Apparemment pas.

— Bonne nuit, Austin, dis-je d'une voix douce. Je vais continuer ce que j'ai commencé jusqu'à ce que je jouisse. Bonne douche.

— Paige, ne raccroche pas !

Mais je raccrochai, parce que je le pouvais. Parce que cela me donnait une sensation de puissance. Et je restai allongée, le vibromasseur entre mes doigts, et je pensai à Austin. Et à Eric. Et à un inconnu sans nom, sans visage, qui ferait tout ce que je voudrais.

Mes mains étaient ses mains, sous ma chemise et sur mes seins. Je continuai de me caresser, je me pinçai les tétons. J'ajustai les vibrations pour qu'elles soient plus douces et je le glissai entre mes cuisses.

J'avais utilisé ce vibromasseur parce que c'était un ordre qui figurait sur un des mots. Je l'avais pressé entre mes cuisses et sur la pointe de mes seins, jusqu'à ce que je sois proche de la jouissance, puis j'avais arrêté, puis j'avais recommencé. Puis, obéissant au mot j'avais arrêté juste avant de jouir.

Et Eric, qu'avait-il fait une fois seul ?

S'était-il penché dans sa douche, une main appuyée au mur, l'autre caressant lentement son sexe ? Avait-il incliné sa tête sous le jet, les yeux fermés, imaginant une femme sans nom et sans visage à genoux en train de le sucer ? Ou peut-être avait-elle un nom, et un visage. Peut-être y avait-il une femme qui le rendait aussi fou qu'Austin savait me rendre folle ?

Mais peut-être qu'il s'était allongé sur son lit, comme je l'avais fait et qu'il s'était branlé. Peut-être qu'il avait craché dans sa main avant. Peut-être s'était-il caressé les couilles en même temps, tout en poussant de petits gémissements.

Je gémis moi aussi en imaginant l'épaisseur de son sexe, et la sensation qu'elle aurait dans ma main et dans ma chatte. J'avais envie de le sentir en moi, alors j'y glissai un doigt. J'étais trempée. Je trouvai mon point G et je commençais à être parcourue de frissons.

Austin avait toujours adoré me regarder me faire jouir. Parfois, nous faisions comme si je ne savais pas qu'il était là et je m'asseyais à mon bureau, ou je me prélassais dans notre vieille baignoire à pieds. Souvent, c'était son regard qui me faisait jouir, plus que mes caresses. Maintenant, j'imaginais ses yeux sur moi.

J'avais beaucoup d'imagination.

Deux hommes peuplaient mon esprit. L'un se branlait, mais en s'interdisant de jouir. L'autre m'observait, depuis un coin sombre de la pièce, tandis que je me léchais le bout des doigts, avant d'effleurer mon point sensible par de petits mouvements circulaires. L'un était brun, l'autre blond et ils avaient tous deux envie de moi.

Moi aussi j'avais envie de l'un et de l'autre et ce simple constat déclencha en moi un orgasme foudroyant. J'ouvris les yeux et frissonnai, en proie à un plaisir familier et si différent, chaque fois.

C'était une question de contrôle et, ce contrôle, je le possédais.

Le matin suivant, je ne vis pas Eric au moment de la bousculade pour le courrier. Mais, comme je l'avais rencontré partout à l'exception des boîtes aux lettres, je ne fus pas surprise. J'attendis l'accalmie cependant, et heureusement car j'entrevis la forme familière d'une carte blanche qui m'attendait. Je retins mon souffle en la prenant, plus consciente que jamais de faire quelque chose de mal en la lisant.

Mais cela ne m'arrêta pas. Je mis le reste du courrier dans mon sac et je sortis la carte de son enveloppe, le cœur battant, me demandant quels mots j'allais découvrir et à quel point ils me sembleraient différents maintenant que je savais à qui ils étaient destinés.

Et je restai interdite, les yeux rivés sur la carte.

Je la refermai, comme si cela pouvait changer ce que je venais de lire.

Ceci est votre dernière liste.

Ça ne pouvait pas être la dernière. Ça ne devait pas l'être. Ça n'était pas permis !

Vous avez fait de votre mieux, mais je pense que vous comprendrez que vous avez besoin de faire davantage d'efforts de discipline. Si vous éprouviez l'envie de recevoir de nouvelles instructions ou des encouragements, j'envisagerai peut-être de vous laisser me servir de nouveau. Mais seulement si je constate un engagement total de votre part. Vous savez comment me contacter. Ne vous estimez pas digne de mon temps. Je suis la seule personne à pouvoir le décider.

J'étais à la fois impressionnée et désespérée. Je remis la carte dans l'enveloppe et la pressai contre ma poitrine, regardant l'ensemble des boîtes aux lettres dans un état de consternation. J'avais envie de pleurer ou de vomir. J'avais envie de mettre la carte dans la boîte et de faire comme si je ne l'avais pas lue.

Mais au lieu de cela, je fis ce que jamais avant je n'avais fait de façon délibérée. Je la mis dans mon sac.

J'allais la garder.

Paul n'était pas dans son bureau quand j'arrivai au travail, mais c'était très bien ainsi. Je n'avais pas le temps de me soucier de lui ce matin-là, ni de ses listes qui n'auraient jamais pu remplacer celle qui se trouvait dans mon sac. Je ne l'avais pas relue, mais je me souvenais de chaque ligne, de chaque lettre.

Je fis du café et j'en servis un pour Paul, avec du lait et du sucre. Dans son bureau, j'allumai sa lampe, et non le néon au plafond, qui lui faisait mal aux yeux, et je sortis les dossiers sur lesquels il devait travailler. J'allumai même sa radio mais, au lieu de la station de rock qu'il écoutait habituellement, j'en choisis une autre, qui passait de la musique pop.

Je fis tout cela sans l'aide d'aucune liste, et je ne le fis pas parce que j'avais peur de ce qui se passerait s'il arrivait et découvrait que je n'avais rien fait de tout ça. Je le fis simplement parce que Paul avait besoin que ces choses soient faites pour être productif. Et, si mon patron était productif, alors il aurait moins de temps pour me tourner autour. Pour dire les choses franchement, ce jour-là, je n'aurais pas supporté qu'il me tourne autour.

J'avais déjà eu le temps de répondre à plusieurs appels téléphoniques et de régler quelques problèmes en cours lorsqu'il entra dans mon bureau, l'air inquiet.

— Paige, j'ai besoin d'un café, s'il vous plaît.

Je désignai son bureau d'un geste.

— Il est prêt, Paul.

— Merci, dit-il de façon désinvolte, avant de jeter un œil vers son bureau, et de se tourner de nouveau vers moi. Merci, Paige.

Je hochai la tête, sans lever les yeux de mes dossiers. J'avais beaucoup de travail à faire ce jour-là, et je n'avais pas beaucoup d'attention à lui accorder. Mon esprit était encore absorbé par ce que j'allais faire à propos des listes — pas celles de Paul, les autres listes. Paul disparut dans son bureau et il referma la porte derrière lui.

Je laissai échapper un long soupir. Eric s'était vraiment conduit comme un imbécile ! J'avais du mal à retenir ma colère tout en tapant sur mon clavier. Il avait demandé de la discipline et, depuis le début, il avait fait n'importe quoi ! Il avait rendu sa lettre en retard et il n'avait pas suivi les instructions. Pourquoi avait-il commencé ? Pourquoi avoir fait perdre son temps à sa maîtresse ? Parce que, cela ne faisait plus aucun doute dans mon esprit, la personne qui envoyait les cartes était une femme.

Les hommes n'étaient pas aussi éloquents. Les hommes n'étaient pas aussi parfaitement froids lorsqu'ils dispensaient leurs instructions, même lorsqu'ils essayaient de provoquer une réponse de nature émotionnelle. Seules les femmes pouvaient creuser aussi profondément et obtenir autant.

Je tapais de plus en plus vite sur mon clavier, faisant des erreurs et les corrigeant au fur et à mesure, car il était hors de question que je donne une raison à Paul de critiquer mon travail.

Merde !

Je poussai un long soupir. Rien de ce que je faisais ne me satisfaisait aujourd'hui, et je comprenais pourquoi. Ce n'était pas seulement parce que j'allais cesser de recevoir les mots, mais parce que j'avais résolu au moins la moitié du mystère. Je savais à qui les mots étaient destinés, même si je ne savais pas qui les envoyait. Et, le sachant, je ne pouvais cesser d'y penser.

Maintenant que j'avais découvert qu'ils étaient destinés à Eric — à un homme —, ma perception de la situation avait totalement changé.

— Paige ? fit Paul. Est-ce que je peux vous voir une minute ?

Bien entendu, il pouvait me voir mais, s'il s'attendait à voir la Paige calme et servile à laquelle il était habitué, il allait être déçu. Je me relevai, grandie par mes chaussures de marque. La liste m'avait demandé d'acheter ces chaussures, tout comme mon chemisier et ma jupe. C'était mon armure, celle que je portais quand je voulais que le monde me voie telle que je le désirais, et non comme ils pensaient que j'étais.

— Oui, Paul.

Pour la première fois, je ne m'assis pas pour lui parler, et il dut basculer un peu sur son fauteuil pour me regarder. Je remarquai la différence, et je pensai que lui aussi la remarqua, car il s'adressa à moi d'une voix incertaine.

— Merci d'avoir préparé mon bureau.

— Je vous en prie.

Je crus qu'il allait ajouter autre chose, mais il détourna son attention vers son ordinateur et me congédia par son silence. J'eus le temps de réfléchir à ce que cela signifiait une fois revenue dans mon bureau, mais cela ne me préoccupait pas assez pour que je me pose trop de questions.

Quand mon portable sonna, je faillis ne pas répondre. Je n'avais pas envie de parler à Austin. Sauf que ce n'était pas Austin, mais mon père, ce qui me surprit d'autant plus. Alors je répondis, bien qu'il ne soit pas dans mes habitudes de prendre mes appels personnels lorsque je travaillais.

— Salut, papa.

— Comment savais-tu que c'était moi ?

— Ton numéro est programmé dans mon téléphone, papa.

— Oui, je sais, je suis un dinosaure ! Que fais-tu pour le déjeuner ?

— Je comptais manger un sandwich.

— Et si je t'invitais à déjeuner ? J'ai un rendez-vous dans ton quartier aujourd'hui. Stella est partie faire les magasins, ce sera juste toi et moi.

Mon père avait pris sa retraite anticipée un an plus tôt, mais, même s'il l'avait suggéré à plusieurs reprises, c'était la première fois qu'il m'invitait à déjeuner. Nous décidâmes de nous retrouver dans un restaurant pas trop loin de mon bureau. Je frappai à la porte de Paul, qui était entrouverte, pour le prévenir que je devais sortir. Il semblait très concentré sur ce qu'il faisait et je dus frapper à deux reprises avant qu'il ne lève la tête.

— Paul, je vais déjeuner avec mon père. J'aimerais prendre une heure de plus aujourd'hui. Je peux rester plus tard, si vous avez besoin de moi.

Il secoua la tête.

— Non, Paige, ça ira. Profitez-en.

— Voulez-vous que je vous rapporte quelque chose ?

— Non, dit-il en soupirant, avant de désigner son écran. Je dois avoir terminé ça avant de partir pour le Kansas, la semaine prochaine.

— Vous avez mon numéro de portable, si vous avez besoin de moi, lui dis-je. Appelez-moi si vous voulez que je m'arrête quelque part sur le chemin du retour.

Paul avait un très beau sourire, mais il n'en profitait pas aussi souvent qu'il aurait dû. Cela ne le transformait pas en star de cinéma, mais il était facile de comprendre pourquoi sa femme avait accepté de devenir Mme Johnson.

Je ne me rappelais pas la dernière fois que j'étais allée déjeuner avec mon père. En général, il parvenait à se souvenir de mon anniversaire, sinon du bon jour, du moins du bon mois, et les grandes vacances semblaient me rappeler à son bon souvenir. Mais, cette fois, la date était anodine et c'était assez inhabituel pour mon père. Il m'embrassa et me prit dans ses bras, comme à son habitude, ce qui me semblait toujours étrange, même s'il ne paraissait pas ressentir la même chose.

Je commandai une soupe et une salade, et il m'imita.

— Stella me fait suivre une sorte de régime, expliqua-t-il. Elle dit que nous avons tous les deux besoin de perdre quelques kilos. Mais toi, tu as l'air d'avoir minci un peu.

— J'ai fait pas mal de sport.

— Nous venons juste d'acheter un vélo elliptique et un banc de musculation. Viens à la maison, si tu veux t'entraîner, dit mon père en beurrant généreusement sa tartine.

— Il y a une salle de gym dans mon immeuble, mais merci quand même.

Je ne mangeai pas de pain, pensant au mot discipline et à ce qu'il signifiait pour moi. Je ne lui fis pas remarquer que cela n'avait aucun sens que j'aille jusque chez lui en voiture pour faire de la gym.

— Tu pourrais passer dans la semaine, si tu as envie d'essayer.

Par le passé, j'aurais ri, un peu gênée, et j'aurais ignoré l'invitation, sachant que, même s'il était sincère au moment où il la faisait, que j'accepte ou non ne ferait aucune différence pour lui. Les véritables invitations, celles que j'étais censée accepter, venaient toujours de Stella. Mais, cette fois, quelque chose semblait différent.

— Oui, pourquoi pas.

— Ton frère nous a donné du fil à retordre, tu sais, dit-il alors.

Comme nous fûmes interrompus par la serveuse qui apportait notre soupe, je ne répondis pas tout de suite. Mon père, comme à son habitude, ignora la serveuse et vida son sac devant une complète étrangère alors que j'aurais préféré qu'il ait la décence d'attendre quelques minutes. Mais, après tout, ce n'était pas mon secret.

— C'est Jeremy, ajouta-t-il. Il s'est mal conduit à l'école, et à la maison ce n'est pas mieux. Il n'écoute rien.

Je n'allais pas lui faire remarquer que le fait de céder à tous les caprices du gamin était sans doute la cause de son attitude, alors je me contentai de hocher la tête en sympathie, tout en me demandant pourquoi il me racontait tout ça.

— Il me parle vraiment mal depuis quelque temps.

— Tous les gosses passent par ce genre de phase, non ?

Mon père me sourit tendrement.

— Toi, tu n'as jamais fait ça.

Qu'étais-je censée répondre ? Je finis par me lancer.

— Les enfants qui savent qu'ils peuvent compter sur l'affection de leurs parents peuvent prendre le risque de mal se comporter, dis-je calmement. J'en ai fait voir de toutes les couleurs à maman, en grandissant.

Mon père n'était pas stupide, même s'il était délibérément aveugle dès qu'il était question de certaines choses. Il poussa un long soupir.

— Paige, je sais que je n'ai pas toujours été là pour toi.

Sachant qu'il voulait que je réponde que cela n'avait pas d'importance, cela ne me facilita pas la tâche. Je gardai les yeux fixés sur ma soupe pendant une bonne minute et je sentis son regard peser sur moi. J'avais envie de lui dire que tout allait bien, car ainsi il aurait été plus facile de prétendre que tout allait bien pour moi. Mais, en fin de compte, je ne dis rien, le silence étant plus éloquent que tout ce que j'aurais pu dire.

— Tu pourrais passer ? dit-il après un moment. Jeremy t'a toujours bien aimée, Paige. Il te considère comme…

— Comme une sœur ? demandai-je en levant les yeux vers lui, prenant soudain pitié de l'homme qui était à moitié responsable de ma naissance.

— Mais tu *es* sa sœur. Nous n'avons jamais rien fait pour que tu ne te sentes pas comme telle.

Il n'allait pas s'excuser davantage, cela était évident. Et j'étais à peu près sûre que sa première excuse ne voulait pas dire grand-chose pour lui. En surface, si, peut-être, mais pas en profondeur. Pas à un niveau où cela avait de l'importance.

— Je peux passer, bien sûr. Mais je ne vois pas trop ce que je pourrais faire.

L'air de soulagement que je lus dans ses yeux sembla sincère, en tout cas.

— Je voudrais juste que tu lui parles. J'ai demandé à Steven de venir, mais il est occupé avec les enfants. Je savais que je pouvais compter sur toi.

Cela, au moins, était flatteur et crédible.

— Bien sûr. Merci.

— Super, fit-il, comme si tout était rentré dans l'ordre.

Il se mit alors à manger bruyamment sa soupe, puis il attaqua sa salade tout en parlant, pendant le reste du repas, des voyages que lui et Stella envisageaient de faire durant l'été. Ils allaient passer un moment à la maison qu'ils avaient achetée près de la mer quelques années plus tôt, et ils iraient aussi au Grand Canyon pour faire du rafting. Il m'invita à la maison près de la mer et je lui dis que j'essaierais d'y aller.

— Très bien, dit mon père comme si cela mettait naturellement un terme à toutes les tensions qui avaient pu exister entre nous.

Et, d'une certaine façon, ce fut le cas. J'avais été honnête avec lui, dans une certaine mesure, ce que je n'avais jamais fait avant. Quand on se quitta, il me prit de nouveau dans ses bras et, cette fois, cela ne sembla pas artificiel. Puis, il me prit dans ses bras une seconde fois.

— Tu ressembles tellement à ta mère, dit-il, même si cela n'était pas vrai. Comment va-t-elle, à propos ?

— Très bien.

Jamais il ne demandait de ses nouvelles, mais je n'allais pas faire comme si c'était un événement.

— Bien. Dis-lui… bonjour de ma part.

— Bien sûr, papa, je le ferai.

Il désigna ma voiture.

— Tu as une nouvelle voiture ?

Ma voiture, une Volvo gris métallisé, m'avait déjà permis de déménager trois fois et d'aller à la mer un certain nombre de fois. Elle avait été ma première voiture et, même si Austin avait cosigné le prêt, il n'avait jamais versé un centime.

— Non, c'est toujours la même voiture.

— Eh bien, elle est comme neuve ! Tu l'avais déjà quand tu étais avec… Comment s'appelait-il déjà ?

— Austin. Oui.

— Tu le vois encore ?

Je lui lançai un regard dur. La lumière crue du soleil ne l'avantageait pas, mettant en évidence les rides au coin de ses yeux et de sa bouche, sa mâchoire tombante et ses cheveux gris.

— Parfois. Pourquoi ?

— C'est juste que… Tu étais très jeune. J'aurais dû te dire de ne pas l'épouser.

Il était toujours mon père, malgré tout, et je l'aimais. Je le pris dans mes bras, et je crois que cela le surprit autant que moi.

— Papa, tu n'aurais pas pu m'en empêcher.

Il se mit à rire.

— Je suppose que non. Tu as toujours su ce que tu voulais et comment l'obtenir, et tu n'as jamais rien laissé se mettre en travers de ton chemin.

Sa remarque me laissa stupéfaite. Que pouvais-je répondre ?

— Merci.

— Appelle Stella, d'accord ? Viens quand tu peux, elle sait mieux que moi quand les gosses sont à la maison. Tu mangeras avec nous.

— Tu n'es pas obligé de me nourrir !

— Je suis ton père, dit-il en glissant un billet de vingt dollars dans ma poche avant même que je m'en rende compte. Appelle-la, ajouta-t-il. A plus tard, ma fille.

Je le suivis des yeux tandis qu'il s'éloignait, puis, apercevant mon reflet dans une vitrine, je m'observai un instant, songeuse. Je voyais une femme qui n'avait jamais rien laissé se mettre en travers de son chemin, qui savait ce qu'elle voulait et comment l'obtenir. Mon père me voyait ainsi et, tout à coup, c'était aussi comme ça que je me voyais.

Chapitre 20

C'est incroyable à quel point une chose insignifiante peut tout changer. Je retournai à mon bureau en fredonnant à voix basse. J'aurais dansé et lancé des paillettes si les gens faisaient cela dans la vraie vie, mais je me contentai de m'arrêter chez Starbucks pour prendre un café pour Paul. Il en aurait besoin.

Il semblait légèrement contrarié quand je le lui donnai, mais il prit le gobelet, reconnaissant.

— Merci, Paige.

Cinq minutes plus tard, tandis que je tapais sur mon clavier à un rythme effréné, j'entendis son téléphone sonner. Et, après cinq autres minutes, un bruit sourd et un juron, puis l'eau qui coulait dans sa salle de bains, suivie d'un nouveau juron. J'attendis qu'il m'appelle, mais, comme rien ne vint, je me levai et entrai dans son bureau sans frapper.

Il était au centre de la pièce, une poignée de serviettes en papier trempées à la main. Il les avait utilisées pour essuyer la tache de café sur sa chemise blanche, mais tout ce qu'il avait réussi à faire était de l'étaler. Des petits bouts de serviette en papier étaient collés sur le tissu, ce qui n'arrangeait pas les choses. Plus il frottait, pire c'était.

Les trois premiers jours où j'avais travaillé pour Kelly

Printing, Paul n'avait pas été au bureau. Il m'avait engagée, lui et deux autres cadres de l'entreprise qui m'avaient fait passer l'entretien, mais je n'avais pas su avant de commencer lequel allait être mon patron. J'avais supposé que la liasse d'instructions qui avait été laissée sur mon bureau était liée à son absence le jour de mon arrivée. Maintenant, je savais qu'il n'en était rien, mais avec le recul, on comprenait toujours des choses qui nous avaient échappé sur le moment.

La première fois que je l'avais vu dans son bureau, il avait exactement le même regard qu'à présent. A l'époque, c'était parce qu'il avait supposé que je n'avais pas fait tout ce qu'il m'avait demandé, mais quand je lui avais montré que tout avait été fait, il s'était aussitôt calmé et une certaine routine avait commencé à s'installer entre nous. Cela faisait donc longtemps que je n'avais pas vu cette expression de panique dans son regard.

— Arrêtez.

Je n'avais pas besoin de réfléchir pour savoir ce que je devais faire. Je lui pris les serviettes des mains et les jetai dans la poubelle. J'allai dans la salle de bains et pris une poignée de serviettes sèches, puis je tamponnai les endroits mouillés sur sa chemise.

— Que s'est-il passé ?

— J'ai renversé mon café, dit Paul inutilement.

— Je vois ça.

Je voyais aussi que c'était plus grave que ça. Je séchai la tache et enlevai la plupart des petits bouts de serviette en papier.

Sous mes doigts, je sentis la fermeté du torse de Paul. Je sentais une chaleur intense émaner de lui, pourtant, il était très pâle. Ses mains tremblaient légèrement et j'eus l'impression qu'il était sur le point de céder à une crise de panique.

— Ce n'est pas si grave, dis-je pour l'apaiser.

— J'ai une réunion dans cinq minutes et Melissa a encore oublié de passer au pressing. Alors je n'ai même pas de chemise de rechange, dit-il d'une voix entrecoupée. Merde ! Pourquoi est-ce qu'il a fallu que je me renverse du café dessus !

— Vous ne serez pas la première personne à cette réunion à avoir renversé du café sur une chemise, Paul, dis-je en faisant un pas en arrière pour examiner les dégâts. Avez-vous apporté votre veste de costume aujourd'hui ?

— Oui, bien sûr.

— Portez-la, et personne ne remarquera rien. Il fait un peu chaud, mais vous vous sentirez mieux.

Il secoua la tête lentement.

— Paige…

Il se tut et je ne dis rien non plus. Nous nous regardâmes. Sans la lumière crue du néon, Paul paraissait plus jeune. Je vis qu'il se détendait un peu et je posai la main sur son bras.

Ce n'était pas déplacé mais, si quelqu'un nous avait vus, le geste aurait pu être mal interprété. Au grand minimum, cela aurait pu donner naissance à des rumeurs très préjudiciables. Mais personne ne nous vit, et Paul s'apaisa à mon contact. Après avoir travaillé pour lui pendant de nombreux mois, je savais de quoi il avait besoin.

Toutes les pièces du puzzle s'imbriquaient enfin. Je repensai au jour où il m'avait appliqué le bandage sur la jambe, à la manière dont il avait pris soin de moi. Je repensai à ses listes, qu'il avait rédigées de façon si détaillée pour que je sache exactement ce qu'il lui fallait et ce qu'il désirait. Je pensai à la réputation qu'il avait d'être difficile, alors qu'en fin de compte il avait fait en sorte que ce soit facile pour moi de lui apporter tout ce qui lui était nécessaire.

Et, à cet instant précis, je crois que nous nous comprîmes l'un et l'autre.

Il avait dû comprendre depuis longtemps ce qu'il voulait vraiment, et ça avait dû être très dur pour lui de le comprendre. La veille, trop focalisée sur moi-même, je n'avais pas été capable de le voir.

— Mettez votre veste, Paul, et allez à votre réunion. Et demain, au lieu de boire du café, vous feriez mieux de boire de l'eau jusqu'à ce que vous soyez moins maladroit.

Je n'avais pas prononcé ces mots à la légère. Je ne plaisantais pas.

Je le testais.

Il ferma les yeux un bref instant, et quand il les ouvrit je vis une sorte de soulagement, et autre chose aussi. Un soupçon de honte. Un soupçon d'excitation. Je ressentis comme une brûlure, un étourdissement, mais je relevai la tête et essayai de ne pas le montrer.

— Maintenant, dis-je, allez à votre réunion.

Il mit sa veste et il sortit.

Il n'y avait rien d'ouvertement sexuel dans ce qui venait de se passer. Je ne voulais pas coucher avec mon patron. Et, jusqu'à ce jour, je n'aurais pas cru qu'il ait envie de coucher avec moi non plus, si on faisait abstraction du fait que la plupart des hommes avaient envie de coucher avec la plupart des femmes. Pourtant, il s'était passé quelque chose entre nous, une chose chargée de tension et d'excitation.

Restée seule, je me penchai en avant et posai les mains sur le bureau de Paul pour reprendre mon souffle. Je ne m'étais évanouie que deux fois dans ma vie, mais ce que je ressentais à présent était différent. Mon étourdissement ressemblait plutôt à ce que l'on ressentait juste avant l'orgasme, quand tous nos muscles étaient tendus. Quand le corps s'emballait et que l'esprit ne pouvait rien pour l'arrêter.

Encore une fois, c'était une question de synchronisme, ou peut-être de coïncidence objective. Comme lorsqu'on n'avait jamais entendu un mot auparavant et que, tout à coup, on le rencontrait dans chaque livre qu'on lisait. Il s'agissait de trois hommes différents, mais similaires d'une certaine façon. Je n'aurais sans doute pas remarqué ces points de convergence quelques mois plus tôt, mais maintenant je ne voyais que cela.

Les mots avaient eu cet effet sur moi. Ils m'avaient ouvert les yeux sur ce besoin. Le leur, mais aussi le mien.

La nuit précédente, ce que j'avais découvert sur Eric avait ébranlé toutes mes croyances. Ce matin, en apprenant que j'étais sur le point de perdre mes listes, j'avais ressenti exactement la même chose. Mais maintenant, à cet instant, avec Paul, j'avais appris quelque chose d'élémentaire et, pourtant, je savais que cela faisait partie de moi depuis toujours.

Je pensai aux listes et aux mots, et à ce qu'ils signifiaient pour moi. Et à ce que je désirais.

Et je sus ce que je devais faire.

— Paige ! fit Miriam en m'accueillant avec un beau sourire rouge carmin. Que puis-je faire pour vous aujourd'hui ? C'est pour un cadeau ?

— Non, aujourd'hui je suis venue pour moi.

Je regardai sur l'étagère où la fois précédente j'avais vu les boîtes d'encre, les stylos et les papiers, mais ils n'y étaient plus. Miriam sortit de derrière le comptoir et me tira doucement par la manche.

— Dans le fond. Venez avec moi.

Elle avait disposé les boîtes sur une étagère à mi-hauteur et chacune était ouverte pour laisser entrevoir le papier qui se trouvait à l'intérieur.

— Il n'y a pas beaucoup de gens qui verront ces boîtes au fond du magasin, mais, s'ils prennent le temps de regarder, je suis sûre qu'ils seront incapables de résister.

Je savais déjà laquelle je voulais. Une boîte laquée rouge avec des accents de bleu et de violet. Le papier qui se trouvait à l'intérieur avait, en filigrane, un motif de libellule, et il y avait assez de feuilles pour durer un certain nombre de semaines, même si j'écrivais tous les jours. Le pinceau et l'encre m'intéressaient moins. Je n'avais pas l'intention de faire de la calligraphie.

— Celle-ci.

Je refermai le couvercle et me tournai vers Miriam. Je m'arrêtai en voyant son expression.

— Qu'y a-t-il ?

— Je savais que vous trouveriez quelque chose à écrire sur ce papier, c'est tout.

Elle était déjà sortie de la petite salle et me faisait signe de la suivre.

La boîte était plus lourde qu'elle ne le paraissait à cause du tampon encreur en marbre qui, lui aussi, représentait une libellule. Elle était lourde, aussi, à cause de ce que j'avais l'intention d'en faire.

Miriam enregistra mon achat et elle l'emballa dans un joli papier, avant de le glisser dans un sac.

— Vous avez besoin d'autre chose.

J'avais déjà dépensé trop d'argent.

— Je ne pense pas.

Sans tenir compte de ma réponse, Miriam se tourna vers les étagères sous verre qui se trouvaient derrière le comptoir. A travers la vitre, elle attira mon attention sur tous les stylos que je convoitais depuis que j'avais découvert son magasin, tous présentés sur un socle en velours. Des Mont Blanc, des Cross. Un Starwalker noir, ou Meisterstuck Classique Platinum noir aux accents argentés. Elle possédait même l'édition limitée de stylos Marlène Dietrich que j'avais vus sur internet et qui coûtaient une petite fortune.

— Chez Mont Blanc, ils ne les appellent pas des stylos, vous savez, dit-elle d'une voix pleine de respect. Ils disent que ce sont des instruments d'écriture.

Elle en prit un dans sa main, un mince stylo noir avec une étoile blanche au sommet : une étoile à six branches. Elle me le montra sur le plat de sa main, le même geste que le bijoutier avait fait avec la bague en diamants qu'Austin m'avait offerte. Le stylo que tenait Miriam n'était pas tout à fait aussi cher que cette bague, que j'avais encore, enfermée dans ma boîte à bijoux… mais pas de beaucoup.

Je brûlais de le toucher mais, au lieu de cela, j'enfonçai mes mains dans mes poches.

— Oui, je sais, je suis allée sur leur site internet.

Elle leva vers moi un visage amusé.

— Je n'en doute pas. Vous contemplez ces stylos chaque fois que vous venez ici, Paige.

— Ce sont de très beaux stylos.

Miriam sortit un petit carré de tissu en velours et elle y déposa le stylo — l'instrument d'écriture. Puis elle joignit les mains et, la tête légèrement inclinée, elle me regarda par-dessus ses petites lunettes.

— Laissez-moi vous poser une question, ma chère. Est-ce qu'un chirurgien esthétique opérerait sur le visage de quelqu'un avec un couteau à beurre rouillé ?

— J'espère que non, répondis-je en grimaçant.

Miriam sourit avec indulgence.

— Un artiste peindrait-il un chef-d'œuvre avec une boîte de gouaches d'un magasin discount ?

— Si c'est tout ce dont l'artiste dispose, pourquoi pas ?

— Ce que je veux dire, ma chère, c'est que pour créer des choses d'une réelle beauté, on a besoin d'employer les outils adéquats.

— Je ne suis pas une artiste.

— Non ? fit-elle, visiblement peu convaincue. Ce papier semble attester du contraire. Dites-moi que vous comptez l'employer pour y écrire votre liste de courses, et je vous dirai que vous êtes une menteuse. De plus, je ne vous le vendrais pas. Ce serait un péché de ne pas employer ce papier pour quelque chose de spécial.

— J'ai l'intention de m'en servir pour quelque chose de spécial, dis-je sans pouvoir retenir un sourire.

— Bien. Mais que comptez-vous faire en ce qui concerne l'instrument ? Ne me dites pas que vous avez l'intention d'utiliser un bout de crayon usé sans gomme.

Je détachai les yeux du Mont Blanc pour la regarder.

— J'ai un beau stylo-plume que mon père m'a offert pour ma remise de diplôme.

Je ne lui dis pas qu'il avait tendance à me tacher les doigts et à faire des taches sur le papier. Miriam fit une moue tout en tapotant sur le comptoir avec ses ongles parfaitement manucurés.

— Ce n'est pas un Mont Blanc, ni même un Cross, si ?

— Non, mais c'est tout ce que j'ai.

Miriam soupira en secouant la tête.

— Paige, Paige, Paige… Prenez ce stylo et tenez-le un instant.

Je ne voulais pas car je savais que j'aurais beaucoup de mal à le reposer. Mais, quand Miriam tira une feuille de papier couleur crème de sous le comptoir et qu'elle la glissa vers moi, je fis ce qu'elle m'avait dit de faire. Si vous n'avez jamais tenu un très bon stylo, vous ne pouvez pas comprendre comment son poids se répartit de façon totalement homogène dans votre main. Ni la manière dont il s'adapte à vos doigts, rendant l'écriture, même de longs documents, beaucoup plus aisée.

J'écrivis mon nom.

— Oh…, murmurai-je avant de reposer le stylo à contrecœur. C'est si agréable.

Je l'avais reposé aussitôt pour ne pas être tentée de m'enfuir avec, mais Miriam le prit et me le tendit de nouveau.

— Achetez-le.

— Je n'en ai pas les moyens.

Je n'avais même pas regardé la minuscule étiquette, sur laquelle le prix était inscrit à la main, qui figurait sur la boîte. Je n'avais pas besoin de le faire pour savoir que je ne pouvais pas l'acheter.

— Vous en êtes sûre ? demanda Miriam d'une voix posée. Vous serez peut-être surprise.

— J'en doute, Miriam. Je connais le prix de ces stylos.

— Ma chère, dit-elle. N'en valez-vous pas la peine ?

Chapitre 21

Voici ce que j'écrivis sur ce papier très cher avec mon parfait instrument d'écriture.

Le moment est venu de réévaluer notre relation.
Vous m'enverrez votre planning complet, travail et plaisir, pour les dix jours à venir. Vous écrirez également dix choses qui vous excitent et vous me les enverrez par e-mail à l'adresse suivante : switch1971@gmail.com le jour où vous recevrez cette lettre, avant 18 heures. Vous indiquerez aussi votre numéro de téléphone portable pour que je puisse vous envoyer un message vous indiquant mon approbation, ou pas.
Les choses vont changer pour vous et moi.

J'avais corsé un peu les choses, mais, contrairement à ma dernière entrevue avec Austin, je ne m'étais pas demandé si je n'étais pas allée trop loin. Au contraire, je me demandai si cela était suffisant.

Je trouvai plusieurs messages dans ma boîte mail en rentrant de mon travail. L'un d'eux venait d'une copine de fac, un autre de ma mère. Et le dernier d'une adresse que je ne connaissais pas. C'était Eric.

Il envoyait un planning détaillé, comme je l'avais demandé. Il travaillait pendant douze heures d'affilée trois jours dans la semaine et il était libre les quatre autres jours. Je ne lui avais pas demandé dans quel hôpital il travaillait, mais il indiquait différents temps de trajet, et j'en déduisis qu'il faisait sans doute des remplacements dans plusieurs endroits différents. L'attention qu'il portait aux détails me plut. Il était évident qu'il avait déjà fait ce genre de chose, et je devinai qu'il y était plus habitué que moi. La liste de choses qui l'excitaient me plut encore plus.

1. Rester sous la pluie
2. Les montagnes russes
3. Savoir qu'on me regarde quand je me fais jouir
4. Servir une femme à genoux tandis qu'elle m'ignore
5. Les tacos !
6. La lingerie (sur les femmes, pas pour la porter)
7. Qu'on me dise exactement comment donner du plaisir à une femme, pour ne pas avoir à le deviner
8. Les draps propres
9. Regarder les Monty Python en D.V.D.
10. Les listes

Les listes m'excitaient, moi aussi. Cela me plut, qu'il fasse preuve d'humour sur tout cela et qu'il ait assez confiance en lui pour le montrer. J'avais aussi apprécié qu'il ait répondu à temps — 17 h 55 d'après ce qui était indiqué sur son message. Je ne savais pas si j'aurais eu en moi les ressources pour le punir s'il avait échoué.

Je n'avais jamais porté de cuir et je n'avais jamais fait claquer un fouet. J'aimais les talons hauts, mais l'idée de marcher sur quelqu'un avec me révulsait. Je n'avais jamais eu une haute idée des hommes qui prenaient leur pied en servant des femmes, mais, en ce qui concernait Eric, c'était différent.

Je ne savais pas quel genre de maîtresse j'allais être, ni

pendant combien de temps j'allais pouvoir me faire passer pour celle que je remplaçais. J'aurais pu prétendre que j'avais endossé ce rôle pour lui, mais je savais que c'était pour moi que je le faisais. Les listes m'avaient apporté quelque chose dont je ne savais pas avoir besoin.

Les écrire, découvris-je, me comblait plus encore.

Voici ce que je laissai dans sa boîte aux lettres.

Ce soir, quand vous rentrerez après votre journée de travail, vous dînerez. Puis, vous prendrez une douche. Ensuite, vous irez dans votre chambre et vous laisserez les rideaux ouverts.

Quand vous vous caresserez, sachez que je vous observerai.

Sous les vêtements que je portais pour aller travailler, j'avais mis un ensemble de lingerie en dentelle noire assez sexy pour me sentir belle toute la journée et pour me rappeler ce qui allait se passer plus tard. Comme si j'avais pu oublier, pensai-je avec un sourire qui ne me quitta pas de la journée.

Paul le remarqua. Le sourire, pas ma culotte, qui me caressait de façon exquise chaque fois que je croisais et décroisais les jambes. Il se tenait derrière mon bureau, une pile de dossiers à la main, mais il attendit que je lève les yeux sur lui pour me les donner, au lieu de les déposer simplement, comme il le faisait par le passé.

Tout avait tellement changé en si peu de temps !

— Vous êtes très en beauté aujourd'hui, Paige.

A une époque où les procès pour harcèlement sexuel étaient légion, un tel compliment n'était pas réellement approprié. Je m'adossai à ma chaise pour qu'il ait le temps de regarder mes jambes pendant que je les croisais. Et il regarda, sans faire croire que ce n'était pas le cas.

— De quoi avez-vous besoin, Paul ?

Il me tendit les dossiers.

— Ils doivent partir aujourd'hui.

Je ne les pris pas. Je fus parcourue par une exquise sensation de pouvoir quand il les posa sur mon bureau et resta planté devant moi. A quel point ce petit jeu pouvait-il être dangereux ? Pas tant que ça, à mon avis. Ce n'était même un véritable jeu de séduction. Je n'avais aucune intention de coucher avec mon patron.

Je ne voulais pas devenir comme ma mère.

— Très bien.

On se dévisagea fixement. Paul s'éclaircit la gorge, je pris les dossiers et les plaçai en pile devant moi pour lui montrer que j'avais bien l'intention de m'en occuper. Pas à cet instant précis, et je n'allais pas paniquer, mais je le ferais.

— Paige, il y a autre chose dont j'aimerais vous parler.

Je l'observai un instant, essayant de deviner ce dont il pouvait s'agir.

— Bien sûr. De quoi voulez-vous me parler ?

— Pouvez-vous venir dans mon bureau d'ici dix minutes ?

Il m'avait posé la question comme s'il avait eu peur que je lui dise non, même si dans les faits nous savions l'un et l'autre que je n'avais pas le choix.

— Entendu.

— Merci.

Il avait toujours été poli, mais il semblait désormais en proie à une inquiétude secrète.

Je savais beaucoup de choses sur mon patron. Certaines que j'avais sues dès le début, et d'autres que j'avais découvertes au fil du temps. Et dans l'ensemble, j'aimais beaucoup Paul. Et quel que soit le problème qui le préoccupait, il ne parviendrait pas à travailler tant qu'il ne serait pas résolu.

— Prenez-vous une tasse de café, lui dis-je. J'envoie ces rapports et je viens vous voir dans dix minutes.

Je ne lui avais pas donné la permission, et il aurait très bien pu prendre cette décision lui-même, mais en voyant l'expression de soulagement que je lus dans ses yeux, je ne regrettai pas de le lui avoir suggéré.

Quand j'entrai dans son bureau, il était un peu avachi derrière son bureau dans une position qui lui était familière, mais il leva aussitôt les yeux vers moi.

— Paige… Voulez-vous vous asseoir, s'il vous plaît ?

Je m'assis, et je vis qu'il s'attardait sur mes jambes au moment où je les croisai.

— Est-ce qu'il y a quelque chose qui ne va pas ?

— Non, pas du tout. Je voulais juste… vous parler.

J'attendis. Il prit une profonde inspiration en se laissant aller en arrière dans son fauteuil. Il s'éclaircit la voix et j'attendis une dizaine de secondes supplémentaires avant qu'il commence à parler.

— C'est à propos de vos compétences.

Je me redressai sur mon siège.

— Oui ?

— Il est grand temps de faire votre premier bilan de compétences.

Je pouvais le comprendre. Kelly Printing, comme la plupart des entreprises, procédait à des bilans annuels, mais ils effectuaient également des bilans avec les nouveaux employés après une période d'essai de six mois. J'en avais été informée lorsque j'avais été engagée. Après une période de six mois, on pouvait être remercié si on ne donnait pas satisfaction. J'avais du mal à croire que je travaillais dans l'entreprise depuis six mois, j'avais l'impression d'y être depuis toujours.

De nouveau, j'attendis qu'il parle. C'était toujours ainsi avec Paul. Il prenait son temps entre les phrases. Je pensais que c'était parce que pour lui chaque mot devait avoir un sens, et qu'il en pesait le poids avant de les prononcer à voix haute. Contrairement à l'écrit, on ne peut pas corriger ses paroles. Une fois qu'elles étaient dites, rien ne pouvait les effacer.

— Je voulais juste que vous sachiez que je vous ai donné la

mention favorable la plus élevée. Et je vous ai recommandée pour le programme de formation.

— Vraiment ? Très bien. Merci, Paul.

Il sembla un peu plus à l'aise après m'avoir appris la nouvelle, pourtant il jouait encore nerveusement avec son stylo.

— Je vous en prie, je suis très satisfait de votre travail.

— J'apprécie beaucoup de travailler avec vous.

Il hocha légèrement la tête, le regard toujours fixé sur son stylo.

— Il y a certaines opportunités dans l'entreprise et… une bonne recommandation pourrait… vous permettre de les saisir.

Je n'étais pas sûre de savoir comment interpréter cette nouvelle qui paraissait intéressante.

— Quel genre d'opportunités ?

— Des opportunités de promotion.

Je consultais les tableaux d'affichage qui se trouvaient près du service courrier tous les jours. J'avais vu les postes à pourvoir en interne et aucun n'avait retenu mon attention. Jamais je n'avais songé à poser ma candidature pour aucun d'entre eux. J'avais toujours l'intention d'obtenir un M.B.A. quand l'entreprise serait disposée à le financer.

— C'est-à-dire ?

— Ils cherchent quelqu'un pour un poste au service marketing dirigé par Viviane Darcy.

— Et si je n'ai pas envie de travailler pour Viviane ?

Pendant un instant, Paul parut content, puis il reprit une expression plus neutre.

— Vous devez y réfléchir, vous ne pouvez pas être une assistante éternellement, Paige.

Il avait sans doute raison, et je fus touchée qu'il se préoccupe ainsi de mon sort.

— Ce n'est pas mon intention.

— Cela pourrait être une opportunité intéressante pour vous.

Là encore, il avait raison. Alors pourquoi avions-nous l'air triste ?

Je savais, d'après le planning d'Eric, qu'il serait rentré vers 8 heures ce soir-là. Je lui laissai une demi-heure pour dîner et un quart d'heure pour prendre une douche. S'il était aussi impatient que je l'étais de suivre les instructions, cela serait amplement suffisant.

Le trench noir que je portais n'était pas destiné à me faire passer pour une perverse, mais c'est l'impression que je me fis en entrant dans le parking. Je l'avais mis pour pouvoir me cacher dans l'ombre, mais j'avais caressé l'idée d'être nue en dessous. J'avais fini par enfiler un legging et un T-shirt noir, n'étant pas assez intrépide pour sortir nue. Si j'avais reçu des instructions me demandant de le faire, j'aurais peut-être réagi différemment, songeai-je avec un sourire tout en gravissant les marches qui menaient au deuxième niveau du parking.

Le deuxième niveau était presque vide. A cette heure tardive, les emplacements qui étaient généralement occupés durant la journée étaient libres. Depuis ce niveau, j'avais une vue très nette sur l'appartement d'Eric, qui se trouvait au premier étage.

A 9 heures du soir, il faisait déjà nuit et les spots du parking qui diffusaient une lumière orange étaient déjà allumés, mais il n'y en avait aucun au-dessus de l'endroit où je me trouvais. Je pouvais donc m'adonner au voyeurisme en toute impunité.

Je n'avais pas pris de jumelles mais, de là où j'étais, je n'en avais vraiment pas besoin. A l'intérieur de son appartement, je vis les lumières s'allumer. Je retins mon souffle. Il était là. Cela allait réellement se produire.

Tout le monde aimait regarder. On le fait tout le temps quand on passe en voiture devant une maison illuminée ou dans la cour d'un hôtel qui donne sur les chambres du rez-de-chaussée. On le fait aussi quand, dans des bureaux, on passe devant une porte entrouverte. Mais jamais encore je n'avais épié quelqu'un dans l'espoir de le voir faire quelque chose de sexuel, d'excitant.

Quand je vis les rideaux de la chambre d'Eric s'ouvrir, j'eus l'étrange sensation de faire quelque chose de pervers. Le voyeurisme ne m'avait jamais fait fantasmer avant, mais le fait de savoir que cela allait l'exciter me mit dans un état second. Je sus avec certitude que j'allais devoir me caresser avant la fin de la nuit pour apaiser la tension que je sentais monter en moi.

Il se mit à la fenêtre pendant une minute ou deux et il regarda par la fenêtre pendant si longtemps que je finis par me sentir repérée. Pouvait-il me voir ? Avec la lumière dans sa chambre et la nuit noire à l'extérieur, je ne pensais pas que ce soit possible. Pourtant je n'osais pas bouger. A l'abri de la pénombre, je respirais très lentement tout en l'observant, scrutant la nuit. Il ne semblait pas me voir, ni qui que ce soit d'autre, mais son regard allait de part et d'autre.

Il finit par se retourner et s'approcher du lit. Il portait une serviette autour des hanches et il avait les cheveux mouillés lissés en arrière. L'eau coulait en fines gouttelettes sur son dos bronzé. Je n'étais pas assez près pour les voir glisser sur sa peau le long de sa colonne vertébrale et au creux de ses reins, mais je pouvais l'imaginer. Et je ne m'en privai pas.

Il hésita, jetant un coup d'œil par-dessus son épaule, une main au niveau de sa taille. S'était-il déjà demandé aussi intensément si quelqu'un le regardait depuis l'extérieur ? Même si mes voilages étaient tirés la plupart du temps, cela n'aurait pas empêché un voyeur de se rincer l'œil, mais je n'avais jamais eu la sensation d'être observée. A présent j'étais sûre que j'y penserais tout le temps, me demandant si on ne m'épiait pas quand je croyais être seule.

Mais là, c'était différent. Eric savait qu'il n'était pas seul.

Peut-être allait-il être plus difficile pour lui de se déshabiller dans ces conditions, même s'il avait dit que cela lui plaisait... qu'il en avait envie. Il resta sans bouger pendant quelques instants et, l'instant suivant, la serviette avait disparu.

Humm... De dos, il était magnifique. Il avait les épaules larges, une taille mince et une peau lisse. Ses fesses semblaient fermes et rebondies. Il se tourna à demi, et je pus voir son torse, poilu par endroits, imberbe à d'autres, et je ressentis l'envie de lui lécher les tétons jusqu'à ce qu'il demande grâce.

Assaillie par un flot de pensées lubriques, je faillis perdre l'équilibre. Austin, qui était blond à la peau claire, avait le torse presque imberbe et il avait pris le pli de se raser les poils pubiens, j'avais donc pris l'habitude de voir un homme peu poilu. Et contempler Eric ouvrit pour moi de nouvelles perspectives... Son corps suscita en moi un désir presque animal.

Il s'allongea sur le lit, le sexe à la main. Il commença à se masturber lentement. Dans les films porno que j'avais vus, les hommes se branlaient toujours de façon si frénétique que cela semblait presque douloureux. Eric, lui, se caressait très lentement.

J'étais fascinée par le spectacle qui se déroulait devant mes yeux.

Cela faisait-il une différence pour lui de se savoir regardé ? Forcément, pensai-je. Pourquoi, sinon, s'exhiberait-il pendant aussi longtemps ? Je me mordis la lèvre en admirant les mouvements de ses biceps.

Je me penchai en avant, risquant d'être vue, quand il releva une jambe, masquant à ma vue son sexe qui avait sur moi un effet presque hypnotique. Mais, semblant savoir exactement ce qu'il faisait, Eric allongea de nouveau sa jambe pour incliner son autre jambe, dégageant ainsi mon point de vue. Soudain, il se cambra un peu, enfonçant sa tête dans l'oreiller. J'avais envie de voir les expressions de son visage, mais, à la distance où je me trouvais, ses traits m'apparaissaient un peu brouillés.

Sans cesser de se caresser, Eric glissa son autre main sous un de ses oreillers, et il en sortit une bouteille. Il s'agissait vraisemblablement d'un lubrifiant, avec lequel il se vaporisa généreusement la main et le sexe.

Je ne pus réprimer un sourire, non parce que je trouvais cela drôle, mais parce que cette intrusion secrète dans sa vie privée avait quelque chose de très touchant. En outre, elle m'apprenait beaucoup de choses sur lui. Il se caressait souvent et il ne ramenait pas souvent de femmes chez lui pour passer la nuit — les gens qui partageaient leur lit ne laissaient en général pas leurs accessoires sexuels sous leur oreiller, ce qui venait confirmer ce que je pensais.

Des gens et des voitures passaient dans la rue, en contrebas, mais je ne me laissai pas distraire du spectacle qui s'offrait à moi. J'entendis des pneus crisser, des bruits de moteur de temps à autre, et le bruit de l'ascenseur du parking, mais personne ne vint à l'étage où je me trouvais. Appuyée contre un poteau en béton, le vent nocturne soufflant sur mon visage l'odeur du fleuve, j'étais suspendue à chacun de ses gestes et je regrettai de ne pas être avec lui.

Je serrai mes cuisses l'une contre l'autre pour calmer mon excitation tandis qu'il se masturbait lentement, puis plus vite. J'avais envie de savoir à quelles caresses il était plus sensible et ce qui lui faisait perdre le contrôle. Je le regardais, et je me demandais comment trouver le moyen de lui montrer ce que j'avais appris.

Je ne pouvais pas l'entendre, mais je vis sa bouche s'entrouvrir et son visage se crisper sous l'effet du plaisir. Je serrai un peu plus les cuisses, mais je ne me caressai pas. Je m'agrippai au poteau en béton pour garder l'équilibre. Je ne pouvais pas prendre le risque de glisser une main dans ma culotte et de me caresser — c'était déjà assez imprudent de rester là, à l'épier. Mon corps réclamait le même genre de satisfaction qu'Eric venait de s'accorder, mais mon esprit ne me laissa pas céder à la tentation.

Plus tard, me promis-je, frissonnant tandis qu'une goutte de sueur coulait le long de mon dos, comme si une langue avait mis tous mes sens en éveil. Soudain, je me figeai sur place en entendant la porte du parking s'ouvrir au niveau où je me trouvais. Un couple en sortit en riant, et se dirigea vers une voiture.

Je ne pouvais pas me dérober et je n'avais nulle part où me cacher, alors je fis semblant de parler, mon téléphone portable à la main, négligemment appuyée sur le capot d'une voiture qui ne m'appartenait pas. J'étais encore excitée par ce que je venais de voir, mais je fus soulagée de ne pas m'être laissée aller à me caresser en public.

Ils ne regardèrent pas en direction de mon immeuble, mais moi si. Eric s'était laissé retomber sur ses oreillers, encore essoufflé à en juger par les mouvements de son torse. J'avais déjà enregistré son numéro dans mon portable et j'écrivis un bref message.

Très beau spectacle.

Quelques secondes plus tard, je le vis se tourner vers sa table de nuit pour prendre son téléphone. Il lut le message et se tourna vers la fenêtre, puis il se leva et regarda par la fenêtre pendant quelques instants, la main sur le rideau.

J'eus l'impression que ses lèvres articulèrent un « merci », mais il ferma le rideau avant que je puisse en être sûre.

Chapitre 22

Quelque chose de nouveau avait commencé.

Je pensais savoir ce que c'était que désirer ardemment recevoir les directives d'un maître anonyme qui comprenait exactement ce dont j'avais besoin. Avec une simple lettre et un court message envoyé sur un téléphone portable, j'avais basculé de l'autre côté. Je m'étais lancée dans l'inconnu.

Mais était-ce réellement le cas ?

Toute ma vie, qu'avais-je désiré par-dessus tout ? Le contrôle. De ma vie, de mes émotions et de toutes les situations dans lesquelles j'avais pu me trouver. Cela faisait longtemps que j'en éprouvais le besoin sans jamais l'avoir admis. C'était d'ailleurs une des principales raisons pour lesquelles mon mariage avait pris fin.

Après avoir épié Eric, je rentrai aussitôt à mon appartement. Je m'assis à mon bureau, encore en proie à un désir intense. J'ouvris le couvercle de ma boîte en satin et j'en sortis une feuille de papier. Je la caressai du bout des doigts et la portai à mon visage pour respirer cette exquise odeur de papier neuf.

Miriam avait eu raison, non seulement j'avais besoin de ce papier, mais j'avais également trouvé quelque chose d'important à écrire dessus. Elle avait aussi eu raison en ce qui concernait le stylo. L'instrument d'écriture, me rappelai-je le sourire aux lèvres. Je n'étais ni un chirurgien ni une artiste, mais ce stylo était parfait pour ce que j'avais à faire. Son poids se répartissait agréablement dans ma main et l'encre glissait sur le papier sans faire de taches. Maintenant, il ne me restait plus qu'à trouver les mots parfaits à écrire.

Je réfléchis intensément, trop sans doute, incapable d'écrire le moindre mot. Il y avait une chose que je savais et qui semblait avoir échappé à sa précédente maîtresse. Il avait le sens de l'humour sur tout cela. Tout cela le comblait sexuellement, c'était certain, et il éprouvait sans doute le même plaisir que celui que j'avais éprouvé à obéir, mais, en définitive, il n'était pas un esclave soumis portant un masque de cuir, prêt à faire n'importe quoi pour lécher les bottes de sa maîtresse. Et il n'avait rien de stéréotypé, jamais il ne l'avait été à mes yeux.

La première lettre avait été facile, je l'avais écrite sur un coup de tête. La seconde n'avait pas été beaucoup plus difficile. Mais, à présent, je voulais tellement que tout soit parfait que j'étais paralysée. Finalement, ce furent son sens de l'humour et la liste qu'il avait écrite qui me donnèrent l'inspiration. Je pris mon stylo et je me mis à écrire.

Mangez des tacos pour le dîner.

— Paige !

Je ne suis pas le genre de fille à rougir, mais je sentis le rouge me monter aux joues quand je me retournai et que je vis Eric me faire signe depuis l'ascenseur. Je m'arrêtai pour tenir la grande porte vitrée et il me suivit à l'extérieur. C'était une fraîche matinée de printemps.

— Salut, Eric.

— Tu vas faire ton jogging ?

Je ne me rappelais pas qu'on se soit tutoyés la dernière fois, mais je n'allais pas faire ma rabat-joie. Surtout pas après ce qui s'était passé… même s'il ignorait que j'étais au courant. Il portait un pantalon de survêtement noir et un T-shirt moulant qui mettait ses biceps en valeur. Je jetai un coup d'œil sur mes baskets et mon survêtement et je lui répondis avec un sourire :

— Oui, j'imagine qu'on pourrait croire que j'ai l'air d'aller faire mon jogging.

— Je me suis trompé ? demanda-t-il en reculant d'un pas pour observer ma tenue de plus près. Tu ne vas quand même pas au bal de l'Ambassade ?

— Non, mais je ne fais pas de jogging. Mais je peux faire une marche rapide, si ça te tente ?

— Allons-y pour une marche rapide, dit-il gentiment.

— Je ne voudrais pas t'empêcher de courir, dis-je en attendant sa réaction.

Il haussa simplement les épaules et il me sourit, les yeux pétillants.

— Non, je courais beaucoup avant, mais ça n'est pas très bon pour les genoux. Une marche rapide est bien meilleure pour les articulations et on a beaucoup moins de chances de se blesser.

Nous traversâmes Front Street et, une fois arrivés à City Island, Eric me demanda :

— A gauche ou à droite ?

— A droite.

Comme ça, on pourrait longer le Susquehanna, dont le niveau avait bien monté après la fonte des neiges et quelques jours de pluie.

Eric était beaucoup plus grand que moi, ce qui m'obligeait à marcher beaucoup plus vite que j'en avais l'habitude, mais j'avais trop d'orgueil pour lui demander de ralentir le pas, et je n'avais pas assez de souffle pour bavarder. Nous arrivâmes dans Green Street, qui délimitait le centre-ville de la périphérie d'Harrisburg. Nous croisâmes des gens à vélo et d'autres joggeurs qui allaient, pour la plupart, dans la direction opposée. J'étais soulagée que la vitesse à laquelle nous marchions rende la conversation impossible. Eric ne semblait pas du genre à bavarder de toute façon. Balançant les bras, il avançait à grandes enjambées.

Curieusement, je me moquais qu'il me voie en train de transpirer. Je ne m'étais pas beaucoup maquillée non plus, et aucune femme n'était à son avantage lorsqu'elle portait un survêtement. Avec un autre homme, j'aurais passé mes défauts en revue et j'aurais regretté de n'avoir pas au moins mis un peu de gloss sur mes lèvres, mais, avec Eric, cela n'avait tout simplement pas d'importance.

Parce que je savais qu'il s'était fait jouir sur mes ordres, ce à quoi je ressemblais importait peu. J'avais un ascendant sur lui. Il ne le savait pas, mais moi si.

De ce fait, j'avais nettement moins la pression. Je n'avais pas à me demander s'il m'appréciait, ni ce qu'il pensait de moi. Je pouvais le savoir dès que je le voulais, juste en lui écrivant un mot. Et, si je décidais qu'il ne me plaisait pas, les choses n'étaient pas forcées d'aller plus loin qu'une promenade le long du fleuve.

— Tu veux aller plus loin ?

Sa question fit écho à mes pensées, ce qui me déstabilisa un peu.

Je regardai ma montre, calculant la distance que nous venions de parcourir et le temps qu'il nous faudrait pour rentrer. Je devais aller chez mon père en fin d'après-midi, officiellement pour garder les garçons pendant que Stella allait à une collecte pour une œuvre de bienfaisance, alors que je savais que mon véritable rôle consisterait à découvrir quelle mouche avait piqué Jeremy. Mais il était encore tôt et le ciel, couvert lorsque nous avions commencé à marcher, se dégageait pour laisser place au soleil. C'étaient les premiers rayons de soleil du printemps, et je ne voulais pas manquer ça.

— On peut faire un kilomètre de plus, dis-je en m'essuyant

le visage avec le revers de la main. Et il faudra que je m'arrête quelque part pour boire un verre, ajoutai-je.

— D'accord.

Nous continuâmes à marcher, ralentissant le pas. Au bout d'une dizaine de minutes, j'aperçus la devanture de quelques restaurants sur le trottoir opposé.

— Arrêtons-nous à Taco Bell, dis-je, incapable de résister.

Eric me jeta un bref coup d'œil, mais alors que je l'épiais, m'attendant à voir un sourire ou un signe qui aurait indiqué qu'il pensait au mot que je lui avais laissé, il ne laissa rien paraître. Il hocha simplement la tête et nous traversâmes avant de nous diriger vers le restaurant.

Le soleil s'était de nouveau caché derrière les nuages et je commençais à avoir moins chaud. J'aimais sentir l'air frais sur mon visage en sueur. Eric me tint la porte et ce geste, fait par n'importe qui d'autre, ne m'aurait pas interpellée, mais je me demandai s'il l'avait fait par politesse ou si cela répondait à un besoin plus profond, plus secret.

Mieux valait éviter de penser à tout ça avant de devenir folle, je décidai donc de me concentrer sur le menu. Cela faisait très longtemps que je n'étais pas allée chez Taco Bell, et les menus avaient totalement changé. J'avais mangé dans des fast-foods pendant des années parce que ça n'était pas cher, mais rien ne me parut très appétissant.

Je commandai un grand Coca light et il y eut un instant de gêne quand il insista pour payer. J'essayai de l'en empêcher et je finis par céder en riant.

— Un soda ne va pas me ruiner, Paige, dit Eric en payant.

— Merci.

Je pris l'énorme verre. Je ne m'étais pas attendue à ce qu'il contienne assez de Coca pour remplir un aquarium. Je poussai un soupir d'aise en sentant le liquide pétillant couler dans ma gorge.

Me suivant tandis que je me dirigeais vers une table

dans le fond de la salle, Eric rit en entendant mon soupir de satisfaction.

— C'est le signe d'une véritable accro.

— Est-ce évident à ce point ?

Il attendit que je m'assoie pour faire de même. J'étais comblée, même si ce n'était pas exactement sexuel. J'aurais sans aucun doute pu m'habituer à être traitée ainsi. Il posa son plateau sur la table et s'assit en face de moi. Nos genoux se heurtèrent.

— Seulement pour un ancien accro à la caféine, dit-il en sortant son taco du papier qui l'enveloppait. Tu es sûre que tu ne veux rien manger ?

— Oui, merci.

La viande grasse enrobée de fromage semblait appétissante, mais je savais que je l'aurais payée plus tard. Mon estomac ne supportait plus ce genre de cochonnerie.

Eric contempla son taco.

— J'adore les tacos. Il n'y a pas de nourriture plus parfaite.

Je ris en buvant une gorgée de Coca.

— Si tu le dis.

— Tu n'aimes pas les tacos ? demanda-t-il, alors qu'il n'avait toujours pas commencé à manger.

— Oh, j'adore la nourriture mexicaine, mais pas celle de Taco Bell.

— Alors, pourquoi as-tu voulu t'arrêter ici ?

J'étais piégée, même s'il ne le savait pas.

— J'aime leurs énormes boissons.

Il hocha la tête, comme si ce que je venais de dire avait le moindre sens. Je m'excusai et partis aux lavabos. J'avais envie de me laver les mains et le visage après la très longue marche que nous venions de faire. Comme je poussais la porte, je sentis mon téléphone vibrer dans ma poche. Machinalement, je le sortis, et restai bouche bée.

On venait de m'envoyer une photo inattendue.

Un taco.

Il n'y avait aucun message, juste une photo, mais je reconnus aussitôt le taco qui se trouvait face à Eric. Soudain, j'eus envie de danser, j'eus envie de rire. Je me lavai les mains rapidement et j'essuyai mon visage délicatement avec une serviette. Je n'hésitai qu'une minute avant d'envoyer une réponse.

> Les fast-foods vont vous pourrir la santé. La prochaine fois que je vous accorderai une récompense, j'attendrai de vous que vous vous fassiez plaisir avec quelque chose qui en vaille vraiment la peine.

Debout au milieu de toilettes qui empestaient le désinfectant, j'avais du mal à m'imaginer en maîtresse dominatrice. Mais je ne pouvais pas nier l'excitation qui me parcourut quand j'appuyai sur le bouton au moment d'envoyer le message.

Eric avait terminé son taco quand je retournai à la table. S'il avait trouvé que j'avais été longue, il n'en dit rien. Il débarrassa la table et je pris mon verre pour le jeter.

— On se remet en route ? demandai-je, tandis que son téléphone émettait un bruit strident.

— Excuse-moi, dit-il en consultant le message qu'il venait de recevoir.

Il sourit, puis il remit le téléphone dans sa poche.

— Prête ? demanda-t-il.

— Oui. Pourrait-on aller un peu plus lentement pour le retour ?

— Bien sûr, dit-il avec un large sourire.

Le ciel s'assombrit et un vent frais se leva, nous ne traînâmes donc pas, mais notre conversation fit passer le temps aussi vite que si nous avions couru. J'en oubliai même pour un temps que je le trompais et que je connaissais ses secrets.

Eric avait un grand sens de l'humour et il était intelligent. Il était très ouvert, il parlait de toutes sortes de sujets, et il me laissait toujours commenter ce qu'il venait de dire. Il écoutait mes réponses. Il les écoutait réellement. Lorsque nous arrivâmes, les premières gouttes de pluie commençaient à tomber et j'étais à moitié amoureuse de lui.

— Je dois rentrer, dis-je devant la porte d'entrée. Merci pour le soda.

— Je vais aller dans l'autre direction pour faire quelques mètres de plus, c'est mon jour de congé, expliqua Eric, et ça m'aide à me déstresser.

J'aurais pu l'aider à se déstresser, mais il m'était difficile de le lui dire.

— Oui, je comprends. A plus tard.

Il me fit un petit signe de la main et il me laissa devant la porte. Une fois rentrée dans mon appartement, j'enlevai mes vêtements et je courus sous la douche.

Là, pendant que l'eau coulait sur ma peau, je pensai à Eric. J'avais un avantage déloyal sur lui, cela ne faisait aucun doute. Je penchai la tête sous le jet d'eau, pensant à son sourire et à son rire. Et je pensai aux mouvements de sa main sur son sexe. Je savais des choses que je n'avais aucun droit de savoir.

Je n'arrivais pas à décider s'il me plaisait davantage à cause de ce que je savais, mais je n'avais aucun moyen de le savoir. Peut-être était-ce simplement le destin. Ou une coïncidence. Ou tout bêtement de la chance. Si je n'avais pas mis tous les indices bout à bout, je l'aurais peut-être déjà oublié. Ou du moins j'aurais couché avec lui.

Mais je n'avais fait ni l'un ni l'autre, alors voici ce que je fis à la place.

> Votre temps ne vous appartient plus. Chaque minute m'appartient. Quoi que vous fassiez, j'attends de vous que vous vous demandiez si vos actes vont me satisfaire ou non. A cette fin, je veux que vous me

fassiez le compte rendu de votre soirée, de 6 heures du soir à minuit. Toutes les heures, vous m'enverrez un message m'indiquant où vous serez et en me décrivant vos activités au cours de l'heure écoulée.

Chapitre 23

— Tu as nos numéros de portable ?

Stella était en retard, comme à son habitude.

J'étais arrivée à l'heure avec quelques magazines people pour m'aider à rester zen pendant toute une soirée de dessins animés ou à écouter les commentaires de Tyler sur les derniers jeux vidéo. Mon père m'avait promis un dîner, mais cela voulait dire qu'il y avait deux pizzas surgelées dans le four sur le point de brûler.

Elle sauta à cloche-pied pendant qu'elle remontait la bride de sa chaussure avec un pied, tout en mettant ses boucles d'oreilles. Puis, elle me regarda.

— Tu as perdu du poids ?

— Oui, je crois. Un peu.

Stella tourna autour de moi, me regardant sous toutes les coutures.

— Tu as belle allure. Jolie, jupe… Ann Taylor ?

Stella ne prenait jamais de gants pour regarder les fesses de quelqu'un à la recherche d'une marque quelconque. Elle n'avait pas besoin de savoir que je l'avais achetée à l'Armée du Salut.

— Oui.

— Très jolie. J'ai un supersac qui irait très bien avec tes chaussures. Je vais aller le chercher.

— Stella, interrompit mon père, on va être en retard.

Stella, d'un regard, le remit à sa place

— Vince, ce n'est qu'à dix minutes d'ici. Je me dépêche d'aller chercher ce sac pour Paige.

Mon père la suivit amoureusement des yeux tandis qu'elle montait l'escalier. Il l'avait toujours regardée ainsi, comme s'il était simplement heureux d'accéder au moindre de ses désirs. C'était sans doute le cas. Je me demandais parfois s'il avait jamais regardé ma mère ainsi.

— Où sont les garçons ? lui demandai-je.

Il fit un geste vague.

— Dans la salle de jeux.

— Passez une bonne soirée, dis-je lorsque Stella réapparut, un sac véritablement monstrueux à la main.

Elle me le tendit avec un sourire presque extatique.

— Voilà. Il ira parfaitement avec tes chaussures, non ?

Je regardai mes bottes pointues, puis le sac. Les deux étaient noirs mais, au-delà de cela, je ne voyais pas en quoi ils étaient assortis. Le sac arborait d'énormes boucles dorées et la bandoulière était tressée en lamé doré. Impossible de faire plus bling bling que ce sac.

Je la remerciai malgré tout, mais quand je tendis la main elle le garda contre elle. Stella secoua lentement la tête en me regardant. Puis, elle posa le sac sur la table de la cuisine.

— Non, tu sais, ça n'est pas vraiment pour toi, après tout. Ce n'est pas tout à fait ton style, n'est-ce pas, Paige ?

J'étais trop surprise qu'elle puisse penser que j'aie un style pour pouvoir la contredire, même par politesse.

— Non, pas vraiment.

— Stella, il est l'heure, fit mon père en tapotant sur sa montre.

Elle soupira.

— Dommage, j'avais pensé que ce serait très joli avec ces bottes, mais sincèrement, Paige, tu as un look beaucoup plus… net. Maintenant.

Ce n'était pas le compliment le plus net qui soit, mais je souris néanmoins.

— Vous feriez mieux d'y aller.

Entre un nuage de parfum et le cliquetis de ses bijoux, elle laissa mon père l'entraîner vers la sortie. Je les accompagnai jusqu'à la porte, que je fermai derrière eux, mais ce ne fut qu'une fois dans la cuisine que je compris quelque chose. Même quelques mois plus tôt, le compliment de Stella m'aurait laissée pleine de gratitude et de ressentiment à la fois. Maintenant… ce n'était pas que je m'en fichais, mais cela n'avait plus d'importance.

Je sentis mon téléphone vibrer contre ma cuisse et je le pris, un sourire aux lèvres.

> Je viens de prendre une douche. Je mange un sandwich au poulet. J'ai un film à regarder. Je suis seul un samedi soir.

Il attendait peut-être une réponse, mais cela ne faisait pas partie de mon plan, alors je remis le téléphone dans ma poche et je me concentrai sur mon propre dîner.

— Paige ! fit Tyler en bondissant dans la pièce au moment où je sortais une pizza un peu trop gratinée du four. Devine quoi ?

Je posai la pizza sur une plaque en marbre que Stella avait commandée en Italie lorsqu'ils avaient refait leur cuisine.

— Quoi ?

— Je suis arrivé au dix-septième niveau de Windago Diamond ! Viens voir ! fit Tyler en me tirant par la manche, alors que j'avais encore un gant brûlant à la main.

— Donne-moi une minute, Ty.

Ensemble, nous observâmes la pizza. Il fit une grimace.

— On est obligés de manger ça ?

— Je croyais que tu adorais la pizza.

Il se pencha un peu plus près.

— Mais ça a l'air dégueulasse.

— Oui, désolé gamin, c'est tout ce que ta mère a laissé.

Il poussa un soupir et s'accouda au bar.

— Est-ce que je peux avoir du beurre de cacahuète et de la confiture ?

S'il était prêt à céder sa pizza contre du beurre de cacahuète et de la confiture, la situation était critique.

— Et si je vous emmenais manger dehors ? Ça te dirait d'aller chez Jungle Java ou ailleurs ?

Ils avaient de la pizza, trop chère pour ce que c'était et pas tellement mieux que celle que Stella avait laissée, mais au moins elle ne serait pas brûlée. Et, je pouvais l'avouer, c'était un peu égoïste de ma part. Tandis que les garçons pourraient courir sur le terrain de jeux, j'aurais l'occasion de m'asseoir et de lire mes magazines en paix, enfin, autant que le bruit ambiant me le permettrait.

— Ouiii ! fit Tyler en levant les mains au ciel. Jeremy ! On y va ! Paige nous emmène à Jungle Java !

Un petit garçon n'aurait pas dû faire autant de bruit, mais il était parti pour être aussi grand que notre père et ses pieds étaient déjà plus grands que les miens. Tyler entra dans la salle de jeux dans un vacarme assourdissant, avec moi sur ses talons. Nous trouvâmes Jeremy en train de jouer au jeu vidéo, les yeux rivés au grand écran qui était dans un coin de la pièce. Il n'accorda même pas un regard à son frère lorsque celui-ci se jeta sur le canapé pour le faire rebondir.

— Descends, débile ! lança Jeremy en poussant son frère assez fort pour le faire tomber par terre.

— Hé, criai-je avant qu'ils aient le temps de se bagarrer. Fermez-la, tous les deux. Arrêtez, sinon vous pouvez rester là et manger la pizza cramée de votre mère.

Deux paires d'yeux tout ronds me dévisagèrent. Au moins, j'avais réussi à attirer leur attention.

— Eteins ça et mets tes chaussures, dis-je en montrant l'écran de télévision. On y va.

— Jungle Java me gonfle, marmonna-t-il en passant devant moi en me bousculant.

Je l'attrapai par le coude et il s'arrêta, refusant de croiser mon regard. Il était presque aussi grand que moi, mais il ne bougea pas.

— Ils ont une nouvelle salle de jeux.

Normalement, son attitude m'aurait poussée à lui dire d'arrêter de faire l'imbécile. Je ne savais pas ce qui tracassait Jeremy, mais son attitude envers ses parents semblait déborder sur moi, et je pensai à la façon dont j'étais à douze ans. Alors je le laissai tranquille.

Il haussa les épaules sans me regarder, tandis que son frère passait en trombe devant nous en gazouillant, racontant à quels jeux il allait jouer et que ses amis avaient dépensé tous ses tickets, et ainsi de suite…

— Ferme-la, le nain, et monte dans la voiture.

Je les suivis des yeux tandis qu'ils se dirigeaient vers la porte d'entrée, Tyler piaillant toujours, et Jeremy gardant le silence, ce qui n'était pas dans ses habitudes.

Une fois arrivés à Jungle Java, je dus empêcher Tyler de se précipiter sur le parking.

— Calme-toi, gamin. Il y a des voitures ici.

Il était intenable tant il avait envie de se défouler.

— Dépêche-toi, Paige !

Une fois à l'intérieur, j'achetai pour vingt dollars de jetons pour chacun d'eux et je commandai une grande pizza et des sodas.

— Paige, tu es la meilleure ! cria Tyler en contemplant avec des yeux ronds le sac en plastique contenant les jetons que je fixai à sa ceinture.

Jeremy prit son sac sans faire de commentaire, mais, quand son frère fut parti sur le terrain de jeux, il me remercia.

Quarante dollars, ce n'était pas rien pour moi, mais leur gratitude me surprit.

— De rien. Amuse-toi, je serai juste là.

Jeremy se dirigea vers le terrain de jeux d'un air digne. Jungle Java s'était incroyablement développé depuis la dernière fois que j'étais venue. J'y avais emmené les garçons une fois ou deux quand ils étaient plus jeunes. J'avais du mal à croire que Jeremy allait entrer au collège à l'automne. Beaucoup de choses avaient changé avec le temps.

Mon téléphone sonna, ce qui me fit sursauter, mais ce n'était pas un message d'Eric. J'avais mis mon téléphone sur vibreur pour les S.M.S., et ce n'était pas encore l'heure. Je pris l'appel.

— Austin.

— Comment savais-tu que c'était moi ?

— Mon téléphone identifie les appels, abruti.

Il se mit à rire.

— Alors, cela veut dire que je suis dans ton répertoire ?

Je ne voulais pas avoir à l'admettre.

— Paige ? Est-ce que tu as enregistré mon numéro dans ton téléphone ?

— Oui, mais seulement parce que tu n'arrêtes pas de m'appeler.

Autour de moi, des mères excédées criaient après leurs enfants et je mis la main sur le micro.

— Où es-tu ?

Je soupirai.

— A Jungle Java.

— Tu es avec Arty ?

— Non, je suis avec Jeremy et Tyler.

Austin resta silencieux pendant quelques instants.

— Est-ce que je peux venir ?

Un enfant passa devant moi en hurlant, poursuivi par sa mère. Le serveur apporta la pizza à ma table et je fis signe aux enfants de venir manger avant que leur repas refroidisse. Ils firent tous les deux comme s'ils ne m'avaient pas vue.

— Petits salauds !

— Pardon ?

— Austin, je dois y aller.

— Tu n'as répondu à aucun de mes messages.

Austin ne semblait pas agacé mais, néanmoins, je répondis, aussitôt sur la défensive.

— Désolée, je ne savais pas que j'avais l'obligation de te répondre.

— Non, Paige, tu n'es obligée de rien. Je voulais juste dire… que je pensais qu'on avait dépassé tout ça. Merde. Pourquoi est-ce que tu m'en veux toujours ?

— C'est toi qui m'as appelée, lui fis-je remarquer. Qu'est-ce que tu veux ?

— Qu'est-ce que je veux chaque fois que je t'appelle, d'après toi ?

— Je suis occupée, répondis-je d'une voix sèche.

Il ne se vexa pas cette fois non plus.

— Je peux être là-bas dans… dix minutes.

— Dans dix minutes il n'y aura plus de pizza et les garçons auront utilisé tous leurs jetons.

— Sept minutes.

— Austin…, dis-je en soupirant, tout en faisant signe à Jeremy et Tyler de venir pour de bon. Pourquoi ?

— Pour te voir.

Il raccrocha avant que j'aie le temps de répondre. Quelques minutes plus tard, mon téléphone vibra dans ma poche. Je lus le message suivant :

> J'ai regardé la moitié de *La Vie de Brian*. J'ai envie d'une glace.

Cette fois encore, je ne répondis pas. Le seul fait qu'il m'obéisse faisait naître dans mon esprit un tourbillon de possibilités.

J'étais trop distraite et trop occupée à distribuer des parts de pizza ramollie et des boissons pour penser à Austin. Et cela n'aurait pas été la première fois qu'il m'aurait promis de me retrouver quelque part et qu'il ne serait pas venu. Alors, quand je vis son visage familier avancer vers moi à travers la foule, je restai un peu interdite, une part de pizza à la main.

— Austin !

Le visage de Jeremy s'éclaira, avant qu'il se rappelle qu'il en voulait à la terre entière.

— Salut, ajouta-t-il d'une voix qui se voulait neutre.

— Salut, fit Austin en s'asseyant près de Tyler. Laisse-moi une place, gamin, et donne-moi une part de pizza.

Tyler était au milieu d'une longue description des jeux qu'il avait déjà faits et des jetons qu'il avait gagnés. Ravi d'avoir de nouvelles oreilles à bombarder, il se tourna vers Austin comme s'il l'avait vu la veille et non plus de trois ans auparavant.

J'avais rarement ressenti de regrets après avoir divorcé, mais, en voyant Austin avec les garçons, j'éprouvai une certaine culpabilité. D'autres femmes pouvaient me remplacer, mais sa relation avec mes demi-frères, elle lui avait été enlevée et rien ne la remplacerait. Il me surprit à le regarder, mais je ne détournai pas les yeux.

Quand les garçons retournèrent sur le terrain de jeux, Austin me dévisagea pendant quelques instants, puis il dit :

— Qu'y a-t-il, Paige ?

A cet instant, mon téléphone vibra et je le sortis pour lire le message.

J'ai fini de regarder le film. J'ai mangé une glace. J'ai envie de lire, mais je ne sais pas trop quoi. Je vais peut-être me coucher. Pour l'instant, c'est une soirée sans intérêt. Désolé.

Je remis mon téléphone dans ma poche.

— Il commence à être tard, je dois ramener les garçons.

Austin posa sa main sur mon bras.

— Paige, murmura-t-il.

L'endroit était très bruyant, mais je l'entendis très clairement. Je baissai les yeux sur sa main et il l'enleva.

— Est-ce qu'on peut parler ? demanda-t-il.

Je cherchai les garçons des yeux au milieu de la foule.

— Il est tard, Austin, et je dois ramener les garçons avant le retour de mon père et de Stella. Je ne leur ai pas laissé de mot et ils seraient inquiets.

— Je pourrais venir avec vous.

— Dans la maison de mon père ? Tu es fou ?

Pour un homme qui n'avait jamais été très impliqué dans ma vie, mon père avait été furieux envers Austin quand il avait appris que nous nous séparions. Et c'était en grande partie de ma faute. Je n'avais pas raconté à mon père toute l'histoire. En fait, je n'avais rien raconté à personne, et je les avais laissés tirer leurs propres conclusions. Ma mère avait été la seule à percer à jour mon silence et à deviner la vérité. Je ne m'étais pas sentie jugée, jamais elle n'en avait parlé. Mais je savais qu'elle avait compris.

— Ton père m'en veut toujours ?

— Ce n'est pas un de tes fans. Jeremy ! Tyler ! On y va !

Tyler courut vers moi, ses tickets à la main. Jeremy le suivit.

— Allez chercher vos prix et dépêchez-vous. Je dois vous ramener avant le retour de vos parents.

— Je ne peux pas venir avec toi ? demanda Austin.

— Chez mon père, non. Et après non plus, lui dis-je.

Son regard descendit vers ma poche.

— Tu as un petit ami ?

Il y avait toujours autant de bruit autour de nous, mais j'eus l'impression qu'une chape de silence venait de s'abattre sur moi. J'ouvris la bouche pour répondre, mais aucun son ne sortit. J'essayai de trouver quelque chose à dire, mais rien ne me vint à l'esprit.

— Tu peux me le dire si c'est le cas.

Ses yeux disaient tout le contraire.

— Je n'ai pas de petit ami, Austin. Et en quoi est-ce que ça te regarde ?

J'avais toujours réussi à échapper à ses accusations, mais pas cette fois. Ses yeux bleus me clouèrent sur place aussi facilement que ses mains sur mes poignets l'avaient fait tant de fois.

— Alors c'est juste un de tes partenaires sexuels ?

— Non, dis-je froidement. Et modère tes propos. Il y a des enfants.

Austin me dévisagea pendant un long moment. J'étais incapable de dire ce qu'il pensait d'après son expression. Mais je n'eus pas à le deviner, parce qu'il me le dit.

— Tu as changé, Paige. Beaucoup.

— Les gens changent.

Il me dévisagea, l'air calme.

— Oui.

Puis, simplement, il fit demi-tour et il s'éloigna.

Chapitre 24

— Austin !

Plusieurs têtes se retournèrent sur mon passage. Il s'arrêta et il attendit que je l'aie rattrapé. Je n'en espérais pas tant de sa part. Peut-être n'en méritais-je pas tant.

— Qu'est-ce que ça peut te faire que j'aie changé ?

Ce n'était pas la question que j'avais eu l'intention de lui poser, mais en réalité, je ne savais pas vraiment ce que je voulais lui demander.

— Et toi, pourquoi ça ne te fait rien, Paige ?

— Non, ça ne me dit rien, dis-je à voix basse, consciente d'être entourée de centaines de témoins.

— Paige ! Est-ce que je peux aller jouer…

J'interrompis Tyler en enfonçant une main dans ma poche et en en sortant une poignée de pièces de monnaie.

— Allez-y ! Toi et Jeremy, et ne sortez pas de ce bâtiment.

— Ouah ! fit Tyler en prenant les pièces, avant de nous regarder Austin et moi tour à tour. Merci, Paige !

— Tu es chouette avec eux, dit Austin une fois qu'Austin fut parti.

— Ouais, je suis la sœur de l'année.

J'avançai en direction des portes d'entrée vitrées et en

sortant, je fus saisie par un vent glacé. Nous nous regardâmes, puis il détourna les yeux.

— Qu'est-ce que tu attends de moi ?

La question d'Austin n'avait rien de désagréable, mais en l'entendant mon estomac se noua.

— Je n'attends rien de toi, justement.

— Merde, Paige !

Les portes s'ouvrirent et une mère accompagnée de deux enfants sortit. Austin fit un pas de côté pour la laisser passer et il attendit qu'elle se soit éloignée pour parler de nouveau.

— Mais pourquoi, bon sang ?

— Je n'en sais rien !

Une fois encore, ce n'était pas ce que j'avais voulu dire, mais, une fois que les mots avaient été lâchés, je ne sus pas quoi ajouter.

Il avança plus près de moi. J'admirai sa grande taille, ses larges épaules, et je fus incapable de décider s'il était intimidé ou excité.

— Que dois-je faire pour arriver à te convaincre que j'ai changé ? dit-il

— Que dois-je faire pour te convaincre que je n'ai pas changé ?

On ne criait pas, mais j'avais aussi mal à la gorge que si j'avais hurlé. Austin s'approcha plus près encore.

— Que veux-tu ? Tu veux que je fasse tes quatre volontés, c'est ça ? demanda-t-il en scrutant mon visage. Quel genre d'homme ferait ça ?

Je ne pus m'empêcher de penser à Eric.

— Certains hommes le feraient.

Austin leva les mains au ciel en secouant la tête, semblant avoir du mal à croire ce qu'il venait d'entendre. Cette fois, quand il partit, je ne le rappelai pas.

*
* *

Le voyage en voiture fut plus calme au retour qu'à l'aller, Dieu merci. Tyler semblait s'être calmé. En rentrant, il y avait un message sur le répondeur nous informant que leurs parents rentreraient plus tard que prévu. J'envoyai Tyler à l'étage se brosser les dents avant d'aller se coucher, mais je retins Jeremy en bas. Et, preuve que Tyler était épuisé, il répliqua à peine.

— Assieds-toi, dis-je à Jeremy en désignant un des tabourets de la cuisine. Tu veux un soda ?

— Je n'ai pas la permission.

J'en avais déjà sorti un du réfrigérateur et je le poussai devant lui.

— Garde ton numéro d'enfant de chœur pour ta mère.

Nous ouvrîmes chacun notre canette. D'en haut, nous entendîmes l'eau couler, de lourds bruits de pas et une voix chantante. Je ris et Jeremy leva les yeux au ciel.

— Alors…, dis-je après avoir bu une longue gorgée. Qu'est-ce qui te tracasse ?

— Rien.

Son silence obstiné ne me surprit pas. Je le comprenais.

— Papa dit que tu leur donnes beaucoup de fil à retordre, à lui et à Stella. Et tu as même des ennuis à l'école. Que se passe-t-il, mec ?

— Est-ce que papa t'a demandé de m'interroger ?

— Oh… Je vois que tu as quand même appris un peu de vocabulaire !

Il prit un air renfrogné.

— Pourquoi ne me laisses-tu pas tranquille ?

— Parce que c'est ton père.

Jeremy avait les yeux de la même couleur que ceux de mon père, et que les miens aussi. Gris-bleu. A présent, ils étaient noirs de colère.

— C'est ton père à toi aussi !

De tout ce qu'il aurait pu dire, je ne m'étais pas attendue à quelque chose comme ça.

— Oui, et alors ?

Il haussa les épaules avec violence. Je m'accoudai de l'autre côté du bar, face à lui, et j'attendis.

— Est-ce que tu ne le… détestes jamais ?

Il avait posé sa question d'une voix si basse que je faillis ne pas l'entendre.

— Qui est-ce que je déteste ? Papa ?

Jeremy leva sur moi des yeux brouillés de larmes.

— Oui. Tu ne le détestes pas ?

Je n'avais absolument aucune idée de ce que tout ceci voulait dire, mais je m'adressai à lui avec douceur.

— Pourquoi, Jeremy ? Tu le détestes, toi ?

Il baissa la tête de nouveau. Douze ans était un âge difficile, l'âge où on n'était plus un enfant, mais pas encore un adolescent. J'avais donné à ma mère ses premiers cheveux blancs quand j'avais douze ans.

— Il nous dit toujours que la famille est si importante, dit-il en mettant l'accent sur ce dernier mot d'un air dédaigneux.

J'attrapai quelques mouchoirs en papier derrière le bar et je les lui tendis. Jeremy les prit et s'essuya le visage d'un geste brusque. Je bus une gorgée de soda pour me donner le temps de réfléchir à ce que j'allais lui dire.

— La famille est importante, tu sais.

Ce fut tout ce que je trouvai à lui dire.

Jeremy me regarda de nouveau, à travers ses larmes.

— Il était marié avant de rencontrer ma mère.

— Oui, je sais, il était marié avec la mère de Gretchen et Steven. Mais c'était avant ta naissance.

— Mais ça n'était pas avant que toi tu sois née, fit-il d'une voix pleine de dégoût.

Il venait juste de comprendre tout ça. J'avais moins de douze ans quand je l'avais appris, et cela n'avait pas rendu les choses plus faciles pour moi de savoir que mon père était marié avec une autre femme à ma naissance. J'avais trois ans quand mon père avait réellement commencé à faire des efforts pour me voir et son premier mariage était déjà terminé. Il sortait avec Stella à cette époque. Je ne l'avais jamais vraiment connu avec quelqu'un d'autre.

— Ma mère..., dit Jeremy en frissonnant, tout en essuyant ses larmes de colère. C'est à cause d'elle qu'il a divorcé de la mère de Gretchen et Steven ?

— Je ne sais pas, Jeremy. Je ne lui ai jamais demandé, ça ne me regarde pas. Et ça ne te regarde pas non plus.

Je ne voulais pas être dure avec lui. Je comprenais ce qu'il ressentait, mais je savais aussi que le fait d'être en colère ne changerait rien pour lui.

— Si la famille est si importante, alors pourquoi a-t-il fait ça ?

Je soupirai, à court d'arguments.

— Je ne sais pas.

Jeremy essuya son visage. Ses yeux brillants avaient la forme de ceux de Stella, et il lui ressemblait quand il fronçait les yeux.

— Il a trompé sa première femme et il a eu un autre bébé, et ensuite il a refait exactement la même chose ! Ça n'est pas faire passer la famille en premier. Ça n'est pas une façon de traiter les membres de sa famille comme s'ils étaient importants !

De tous les enfants de mon père, Gretchen et Steven étaient sans doute ceux qui avaient eu le plus de raisons de se plaindre. Après tout, leur vie avait été bouleversée par l'infidélité de leur père. La mienne n'avait pas toujours été rose, mais au moins c'était la seule que j'avais jamais connue. Et Jeremy et Tyler avaient vécu comme des princes depuis leur naissance.

— Qu'est-ce qui t'inquiète ? lui demandai-je calmement. Tu as peur qu'il recommence ?

Il n'avait pas besoin de répondre avec des mots. Je pris la main de mon demi-frère. Dans ma poche, mon téléphone vibra, mais je ne bougeai pas.

— Ton père t'aime. Et il aime ta mère. Il l'aime vraiment beaucoup.

Jeremy me laissa lui tenir la main, mais il ne serra pas mes doigts en retour.

— Est-ce qu'il aimait ta mère, Paige ?

Je lâchai sa main.

— Je ne sais pas. Ça les regarde.

— Et ça ne te met pas en colère ?

— Si, avant, je suppose. Mais qu'est-ce qu'on peut y faire ? Je suis adulte, maintenant, et je dois vivre ma propre vie. Au moins, je connais mon père. Certains enfants n'ont pas cette chance.

Il finit par hocher la tête et il essuya son visage avec le mouchoir en lambeaux.

— Ça me met tellement en colère, pourtant.

— Tu as le droit d'être en colère. Mais peut-être vaudrait-il mieux que tu lui parles de tout ça au lieu de faire des bêtises à l'école.

Jeremy sembla soudain accablé.

— Il dirait à ma mère que je sais tout !

Je ne lui fis pas remarquer que ce n'était pas uniquement notre père qui s'était mal comporté. Stella avait aussi su ce qu'elle faisait, ou en tout cas c'était ce que j'avais toujours supposé étant donné que Stella ne faisait jamais rien par hasard.

Le bruit de la porte du garage qui s'ouvrait nous fit sursauter. Jeremy se précipita à l'étage sans que j'aie besoin de lui dire quoi que ce soit et je vidai le reste de sa canette dans l'évier avant de la jeter. Le temps que mon père et Stella entrent dans la maison, le silence régnait à l'étage et je feuilletais un magazine.

— Comment ça s'est passé ? demanda Stella en entrant dans la cuisine d'un air affairé, avant de déposer un cygne en aluminium dans le réfrigérateur. Tu as eu notre message ? L'organisme caritatif avait prévu de minuscules hors-d'œuvre et on mourait de faim alors, comme tu étais là, on a décidé d'en profiter pour s'offrir un bon dîner.

— Aucun problème, je les ai emmenés à Jungle Java.

— Cet horrible endroit ? fit-elle en haussant les sourcils.

Mon père entra à son tour.

— Quel horrible endroit ?

— Paige a emmené les garçons à Jungle Java, dit-elle en levant les yeux au ciel.

— Ah oui ? fit-il en scrutant l'horloge en bâillant. Cet endroit existe encore ?

— Oui. Les garçons sont en haut, mais je ne suis pas sûre qu'ils dorment.

Stella poussa un soupir.

— Est-ce qu'ils ont ramené des restes ?

— Tout à fait, dis-je avec un sourire, n'ayant aucune intention de m'excuser.

Elle me regarda légèrement interloquée, puis elle me fit un petit sourire.

— Je monte leur dire bonsoir. Tu pars, Paige ?

— Oui, fis-je en me tournant vers mon père, qui venait d'ouvrir le réfrigérateur.

— Vince ! Tu viens de manger !

— J'ai soif, dit-il en sortant une bouteille d'eau.

— Très bien. Bonne nuit, Paige. Merci d'avoir gardé les garçons.

— Aucun problème.

Mon père et moi la suivîmes des yeux tandis qu'elle montait l'escalier. Je pensais qu'il me poserait des questions à propos de Jeremy étant donné que c'était la raison de ma présence, mais il ne le fit pas. Il but sa bouteille en soupirant, et il la jeta dans la poubelle. Puis il sortit son portefeuille et me tendit un billet de cinquante dollars.

— C'est pour avoir gardé les garçons, dit-il.

— Papa, je n'en ai pas besoin.

— Jungle Java n'est pas donné.

— Ça m'a fait plaisir de les emmener.

— Prends ça, Paige, dit-il de façon assez aimable. Je suis sûr que tu en auras besoin.

Je pliai le billet et le glissai dans ma poche.

— Tu n'as pas à me payer quand je garde les garçons. Je m'en sors très bien.

Mon père se mit à rire.

— J'en suis sûr. Je ne te paie pas pour quoi que ce soit. Je suis juste ton père, O.K. ?

— Bon, alors merci, dis-je avec un sourire forcé.

Mon père m'avait parfois donné un peu d'argent au fil des années. Jamais assez. Et jamais quand j'en avais besoin. Il aurait mieux valu qu'il fasse ce qui était juste envers ma mère en lui donnant une pension alimentaire pour moi, pour que je puisse avoir un beau jean ou un manteau qui ne soit pas trop chaud pour la saison. J'aurais préféré ça à un billet de vingt dollars, ou même cinquante, de temps en temps. J'aurais aussi préféré ne pas avoir une avalanche de cadeaux pour mon anniversaire, avec trois semaines de retard, le tout dans la mauvaise taille.

— Ça te dirait de déjeuner avec moi la semaine prochaine ? demanda-t-il en bâillant de nouveau.

Je commençai à me diriger vers la porte d'entrée.

— Bien sûr, papa. Appelle-moi.

— Je t'appellerai, me dit-il à la porte en me prenant dans ses bras et en m'embrassant sur la joue. Fais attention sur la route.

Il se comportait tellement en père, tout à coup, que cela me sembla étrange. Sur le chemin du retour, mon téléphone vibra encore contre ma cuisse, mais je ne le sortis pas de ma poche avant d'être arrivée dans mon parking. Deux messages m'attendaient.

Je suis dans mon lit. Je ne suis pas fatigué. Comment devrais-je vous appeler ?

Et le second :

Je ne dors toujours pas.

Je n'avais pas oublié la façon dont j'avais attendu chaque mot avec impatience. J'avais imaginé l'expéditeur, celui qui me donnait secrètement des ordres, écrivant chaque mot dans le seul but de me pousser chaque fois un peu plus loin. Jamais je n'avais pensé à la difficulté d'imaginer, chaque fois, de nouvelles listes, ni à ce qu'on ressentait à tenir quelqu'un si fermement sous son contrôle.

Il y avait des limites. Il devait y en avoir. J'étais sûre que j'aurais découvert mes propres limites si j'avais continué à recevoir les mots, me poussant toujours plus loin. Aurais-je fini par recevoir l'ordre de faire quelque chose de si bizarre que je n'aurais pu me résoudre à le faire ? Je ne pensais pas que j'aurais pu commettre un crime, ni faire quelque chose qui allait à l'encontre des règles que je me fixais, comme d'avoir des relations sexuelles non protégées avec un inconnu ou de consommer des drogues.

Je ne connaissais pas les limites d'Eric, je ne savais pas jusqu'où j'avais envie de le pousser, mais, à cette seule pensée, je fus envahie par une vague de chaleur. Je laissai mon esprit vagabonder pendant quelques minutes de plus, puis je sortis de ma voiture. Il n'était pas très tard, en tout cas pour un samedi soir, mais le parking était calme. De l'autre côté de la rue, quelques lumières étaient allumées dans les appartements de mon immeuble. Mais la plupart étaient dans la pénombre, car en général les gens ne rentraient que beaucoup plus tard.

Le temps d'arriver jusqu'à la porte d'entrée de l'immeuble, j'avais déjà tapé un message. Je ne pus réprimer un large sourire. Je remis le téléphone dans ma poche, en mode silencieux. Il était possible que les choses ne se déroulent pas comme je l'avais prévu, mais c'était un risque à prendre.

> Si vous ne dormez pas, vous devriez tirer parti de votre temps. Allez dans le hall. Saluez la première personne que vous verrez. Si c'est un homme, vous engagerez la conversation sur le sujet de votre choix. Mais, si c'est une femme, vous trouverez un moyen de la servir. Pas pour son plaisir, ni pour le vôtre. Pour le mien.

Cela faisait beaucoup de texte à taper, mais cela voulait dire qu'il devrait l'attendre plus longtemps. J'étais déjà dans le hall, qui était encore vide. Il ne me restait plus qu'à patienter.

J'aperçus mon reflet dans le miroir au-dessus de la cheminée que personne n'allumait jamais. Mes cheveux blonds étaient lissés en arrière par une queue-de-cheval et, autour de mes yeux bleus, mon eye-liner gris avait un peu coulé. Le soleil avait parsemé mon visage de quelques taches de rousseur et mes lèvres auraient supporté un peu de gloss, mais dans l'ensemble je fus satisfaite de ce que je voyais.

J'observai mon visage sous tous les angles, m'imaginant plus maquillée et habillée de cuir. Je me vis un fouet à la main, avec des bottes pointues à hauts talons. Mais rien de tout cela ne m'attirait, tout comme être à genoux, les mains attachées ne m'avait jamais excitée non plus. Je me passai une main dans les cheveux pour relever les mèches qui tombaient sur mon visage. Je ne ressemblais pas à une dominatrice. Etait-ce ce que j'étais ?

Il était trop tôt pour que je me sente insultée qu'Eric ne m'ait pas encore demandé mon numéro de téléphone. Nous avions eu deux pseudo-rendez-vous, mais je n'avais perçu aucun signe qu'il ressentait une quelconque attirance sexuelle pour moi. Pour l'instant, tout ce que je savais, c'était qu'il prenait plaisir à recevoir des ordres de quelqu'un qu'il ne connaissait pas, et qu'il me plaisait beaucoup.

Et que je pouvais faire ce qu'il fallait pour lui plaire aussi.

Chapitre 25

— Salut, Paige.

J'avais essayé de planifier mon « entrée » pour arriver juste au bon moment, heureuse que personne ne soit entré ou sorti de l'immeuble. On ne me vit donc pas observer l'ascenseur à travers la porte d'entrée. J'avais réussi à m'attarder assez longtemps pour être la seule personne dans le hall au moment où Eric sortit de l'ascenseur. Il jeta un coup d'œil alentour et son visage s'éclaira en me voyant. De soulagement, sans doute. Ou de gratitude.

Je voulais que ce soit de désir.

— Salut, Eric. Que se passe-t-il ?

Je n'étais pas une très bonne actrice, alors je ne cachai pas que j'étais contente de le voir.

— Oh, juste…

Il ne bégaya pas vraiment, mais il se tut, haussant les épaules avec un sourire.

— Je ne travaille pas ce soir, et je n'arrivais pas à dormir, finit-il par dire.

Je regardai la grande horloge qui se trouvait sur le mur opposé à la cheminée.

— Il n'est que 11 heures et demie, il est encore tôt.

— Oui… Mais je dois me lever tôt demain pour aller travailler, alors j'essayais d'être sage.

Je n'avais jamais eu peur de tout faire pour obtenir ce que je voulais, et j'avais décidé que c'était lui que je voulais.

— Vraiment ?

Je n'eus besoin que de ce petit mot pour le troubler — je le vis bien à la manière dont il me regardait, comme si sa bouche était soudain devenue très sèche —, et je me noyai dans son regard devenu brillant. Je savais ce qu'on lui avait demandé de faire, mais, maintenant que je le voyais en train de le faire, tout mon corps réagit, tant j'étais excitée.

— J'essayais, dit-il.

La séduction ressemble à une danse, même quand on reste immobile.

— Mais tu n'as pas réussi ?

Son petit sourire attira mon attention sur ses lèvres parfaitement dessinées.

— Je suppose que non.

— Vilain garçon.

Je n'avais même pas pris la peine de chuchoter. Ce n'était pas nécessaire. Je vis une lueur soudaine dans le regard d'Eric.

— Oui, je suppose.

La différence dans sa façon de me regarder fut imperceptible, mais elle ne m'échappa pas. Je l'avais guettée, après tout. Je savais ce qu'il était supposé faire et je me demandai comment il comptait s'y prendre. Sauf qu'à cet instant, j'aurais bien voulu qu'il le fasse sans y avoir été obligé…

— Bon, il est tard, dis-je pour le taquiner. Je ferais mieux de rentrer, je meurs de faim.

Eric me suivit jusqu'à l'ascenseur.

— De quoi as-tu envie ?

Sa question eut sur moi l'effet d'une décharge électrique.

— J'ai envie de glace, un sundae peut-être.

— J'ai de la glace. Et du caramel chaud. Et j'ai même des cerises.

— Ah, oui ? dis-je en souriant, pensant qu'il était plutôt chanceux.

— Oui, fit-il tandis que les portes de l'ascenseur s'ouvraient. Tu veux venir chez moi ? Je te préparerai un sundae.

J'avançai vers l'ascenseur, et il me suivit comme si je l'avais tiré au bout d'une ficelle. Ou d'une laisse.

— Pourquoi irais-je chez toi ?

— Parce que c'est plus amusant de manger de la glace à deux, non ?

Sa réponse me fit rire.

— D'accord. De toute façon, je n'ai que de la glace allégée, j'aime autant un vrai sundae.

Et il me suivit dans l'ascenseur. La cabine pouvait contenir dix personnes, nous avions donc assez de place, mais il choisit de se tenir juste derrière moi, de sorte que je sentais la chaleur de son corps et de son souffle sur ma nuque. Je fus soulagée qu'il ne se force pas à faire la conversation. Quelques minutes plus tard, il ouvrait la porte de son appartement et il me fit entrer en s'effaçant pour me laisser passer la première.

— Quel gentleman.

Il resta silencieux pendant quelques secondes, puis il ferma la porte.

— J'essaie.

De nouveau, on se dévisagea. J'avais l'habitude des hommes qui faisaient le premier pas. Eric ne bougea pas, alors nous restâmes immobiles, à nous regarder.

— Et cette glace ? demandai-je pour éviter de céder à mon envie de l'embrasser.

— Dans la cuisine.

Il tira une chaise pour moi et il m'installa comme une petite reine avant de s'affairer et de sortir quelques boîtes de glace du congélateur. Il les posa sur le bar, puis il sortit un pot de caramel de son placard et il le mit dans le micro-ondes. D'un autre placard, il sortit de véritables coupes à glace et deux cuillères à manche long.

— Je n'aurais jamais imaginé un tel luxe, dis-je quand il se retourna.

— J'aime les glaces, dit-il en souriant. Qu'est-ce qui te ferait plaisir ? Chocolat, vanille ou menthe ?

— Une boule de chaque ? Avec le caramel bien chaud.

— Tout ce que tu voudras.

Ces mots simples, dans la bouche d'Eric, me semblèrent tout sauf simples.

Il apporta deux sundaes fumants sous le caramel chaud. Fidèle à ce que j'attendais désormais de lui, il me servit en premier, puis il s'assit en face de moi. Il attendit que j'aie goûté ma glace pour prendre sa cuillère.

— C'est bon ?

Je fus incapable de prononcer autre chose que des murmures de satisfaction tant j'appréciai ce plaisir que je m'étais refusé pendant si longtemps. Quand j'avalai une cuillère de caramel chaud, je laissai échapper un petit gémissement, plus fort que je ne l'aurais voulu. Eric s'immobilisa, sa cuillère à mi-chemin entre sa coupe et sa bouche.

J'avalai le liquide au goût sucré.

Ses lèvres se refermèrent sur sa cuillère, et je vis sa langue lécher les gouttes de glace qui avaient coulé sur sa main. Egarée dans les méandres de mes fantasmes, je laissai tomber ma cuillère.

Eric regarda la cuillère sur le sol, puis il me regarda. Puis, lentement, avec précaution, il glissa de sa chaise et s'agenouilla devant moi. La cuillère fit un petit bruit sec sur le carrelage quand il la prit, et je vis sa main trembler, à peine.

Il leva les yeux vers moi.

— Laisse-moi la ramasser.

C'était la deuxième fois depuis que nous nous étions

rencontrés qu'il était à mes genoux. Cette fois, c'était moi qui l'avais mis dans cette position, mais il ne le savait pas. Je sentis mon cœur battre à tout rompre dans ma poitrine. J'avais du mal à respirer et, même si des milliers de mots se bousculaient dans mon esprit, je fus incapable d'en prononcer aucun.

Quand je sentis sa main chaude se refermer sur ma cheville, j'en eus le souffle coupé. Je m'étais changée et je portais une jupe d'été sur mes jambes nues. Pendant quelques secondes, j'eus la sensation de sentir le souffle d'Eric soulever ma jupe, mais je doutai que ce soit possible.

Il ne me regarda pas lorsque ses longs doigts remontèrent le long de mes mollets. Ils atteignirent le point sensible derrière les genoux et je laissai échapper un autre petit soupir. Quand il atteignit le bas de ma jupe, je pensai qu'il allait arrêter, mais il remonta le tissu au-dessus de mes genoux. Puis il se pencha et pressa son visage au creux de mon genou, et je me figeai. Nos respirations me semblèrent soudain très bruyantes au milieu du silence qui régnait dans la pièce.

Comme je ne bougeai pas et que je ne protestai pas non plus, Eric continua et je sentis son souffle chaud sur ma peau. Je me raidis, serrant le siège de la chaise, mais mes genoux s'ouvrirent pour lui.

Il embrassa l'intérieur de mon genou et je frissonnai en sentant sa langue, brièvement, sur ma peau. J'avais envie de plonger les doigts dans son épaisse chevelure. Au lieu de cela, je serrai plus fort le siège de la chaise tandis qu'Eric remontait plus haut sur mes cuisses.

Il allait sentir mon excitation…

Sa bouche remonta encore un peu plus haut, mais ses mains restèrent sur mes genoux. Mon souffle s'accéléra.

Je voyais ses yeux fermés, ses longs cils, et chacun de ses baisers, aussi doux qu'une plume, suivait le précédent, véritable supplice de Tantale.

Les seuls sons avaient été ceux de nos respirations et des petits grincements de la chaise tandis que ses mouvements me balançaient doucement. Mais, à présent, je l'entendis pousser un petit gémissement, alors qu'il m'embrassait encore plus haut, mais pas encore assez haut.

Je regardai ses larges épaules et ses grandes mains remontant ma jupe. Je regardai ses cheveux bruns qui me chatouillaient les cuisses. Je regardai ses cils et son front, c'était tout ce que je voyais de son visage.

Mais qu'étais-je en train de faire ?

Une de mes mains s'égara dans ses cheveux, savourant le plaisir de les glisser entre les boucles, pour un instant seulement, car je resserrai mon étreinte et je le fis se relever. Il ouvrit les yeux, troubles de désir.

Je ne pouvais pas faire ça. Pas comme ça. Pas parce que je ne l'aimais pas ou qu'il n'était pas mon petit ami, pas même parce que nous n'avions pas de rendez-vous officiel. J'avais fait bien plus que cela avec des hommes que je n'avais jamais revus ensuite. Et ce n'était pas non plus parce que je n'avais pas envie de son visage entre mes cuisses, me faisant jouir avec sa langue, car j'en avais tellement envie que le désir me faisait tourner la tête.

— Non, dis-je d'une voix grinçante.

Simplement parce que ça n'était pas juste.

Ni pour lui ni pour moi.

Eric s'écarta de moi aussitôt et je le lâchai. Il semblait affligé.

— Je suis désolé, Paige. Je ne sais pas ce qui m'a laissé croire que je pouvais faire ça. Je suis désolé.

Les mains tremblantes, je descendis ma jupe sur mes genoux. Je repris mon souffle, essayant de ne pas faire quoi que ce soit de trop stupide, comme de m'évanouir, par exemple. J'étais incapable de le regarder dans les yeux.

Se serait-il agenouillé devant moi s'il n'avait pas fait ce que je lui avais ordonné ?

— Paige, je suis vraiment désolé.

La voix d'Eric se brisa lorsqu'il prononça mon nom. La chaise crissa sur le sol lorsque je me relevai. Aucun de mes muscles ne voulait coopérer. Ils voulaient que je me rassoie sur cette chaise, les jambes largement écartées autour du visage d'Eric. Je secouai la tête pour reprendre mes esprits, mais Eric se méprit sur le sens de ce mouvement.

— Je t'en prie, je ne suis vraiment pas un salaud, dit-il sans oser me toucher. Je n'aurais pas dû faire ça… mais j'étais…

Je retrouvai l'usage de ma voix.

— Tu étais quoi ?

— J'étais sous ton charme… Je t'aime beaucoup et j'ai pensé… C'était stupide de ma part. Je suis désolé.

Sa façon un peu démodée de parler lui allait bien. J'aurais pu lui dire que ce n'était pas grave, mais ce n'était pas le cas, et pas pour les raisons qu'il aurait supposées.

— Je dois y aller maintenant.

Il se dirigea vers la porte d'entrée, mais il ne l'ouvrit pas. Le temps de le rejoindre, j'avais recouvré ma voix, mais j'avais encore les jambes tremblantes. Eric se mit sur le côté, pour que j'aie largement la place de passer. On ne se regarda pas.

— Merci pour la glace, dis-je poliment, avec froideur.

— Je t'en prie.

Il me tint la porte, et je sortis sans un regard pour lui.

Je ne laissai aucun mot, aucune liste, le lendemain matin. Grâce au planning qu'il m'avait envoyé, je savais qu'Eric serait parti travailler avant même que je sois levée, mais ce n'était qu'une excuse. J'étais réveillée et j'aurais pu courir jusqu'aux boîtes aux lettres pour m'assurer qu'il aurait quelque chose qui lui donne envie de sourire toute la journée.

Je n'avais pas beaucoup dormi, je m'étais tournée et

retournée dans mon lit, alors, quand le téléphone sonna, je décrochai à la première sonnerie.

— Hum ?

— Paige ?

— Arthur, dis-je en soupirant. Qu'est-ce que je t'ai dit la dernière fois que tu m'as appelée le matin de bonne heure ?

— Mais j'ai faim, murmura-t-il. Et maman ne se réveille pas.

Je bâillai.

— Tu sais ce que tu peux manger, tu n'as pas besoin de la réveiller.

— Quand est-ce que tu viens ?

— Je ne sais pas, bonhomme. Comment ça va à l'école ?

— Mon professeur dit que je ne devrais pas autant parler en classe.

— Ton professeur a probablement raison.

J'entendis des bruits étouffés à l'autre bout du fil, puis une voix me parla.

— Qui est-ce ?

— Maman, c'est moi.

— Ah, Paige. Bonjour, ma chérie. Qu'est-ce qui ne va pas ?

Son soulagement, ainsi que son inquiétude me semblèrent disproportionnés.

— Rien du tout. C'est Arty qui m'a appelée.

— Pourquoi ? Quelque chose ne va pas ?

— Pas que je sache. Il aime bien m'appeler le dimanche matin ces derniers temps.

— C'est vrai ? demanda-t-elle avant de pousser un soupir. Je suis désolée, je lui rappellerai de ne pas utiliser le téléphone sans autorisation. Il… Il appelle souvent Leo.

Je bâillai de nouveau, ayant du mal à garder les yeux ouverts.

— Et alors ?

— Leo ne vit plus ici, répondit-elle sèchement.

— Mais il était comme un père pour Arthur.

Le silence qui suivit m'indiqua que j'avais dit ce qu'il ne fallait pas.

— Je suis désolée, maman, mais c'est vrai.

— Arthur n'est pas le fils de Leo, dit-elle après quelques instants. Je n'ai pas dit que Leo ne pouvait pas le voir, mais il ne peut pas l'appeler à tout bout de champ. Il n'est pas mon petit ami, et il n'est pas non plus le père d'Arty.

Ma mère avait eu beaucoup de petits amis. Elle n'avait pas pris la peine de m'expliquer toutes les raisons pour lesquelles elle s'était séparée de chacun d'eux, même si je l'avais parfois entendue pester lorsque l'un d'entre eux l'avait vraiment agacée. Quand j'avais été un peu plus vieille, elle avait partagé plus de choses avec moi, même si je ne le lui avais pas demandé. Et maintenant que j'attendais une sorte de révélation à propos de Leo, une raison pour laquelle elle semblait avoir une dent contre lui, elle ne m'en donna aucune.

— Arty ! Repose ce Twix ! Mange tes céréales !

Elle semblait fatiguée et de mauvaise humeur. Je comprenais très bien ce qu'elle ressentait.

— Je vais retourner me coucher, O.K. ?

— Quand viens-tu nous voir ?

Je lui répondis la même chose qu'à Arty, et j'ajoutai :

— J'ai pas mal de trucs à faire.

— On aimerait te voir, Arty et moi. Tu pourrais venir passer le week-end, Paige, on pourrait faire des caramels.

— Maman…

— Ne dis pas non. Penses-y, d'accord ? Tu nous manques. Tu me manques.

Il n'y avait rien que je puisse dire sans la blesser, alors je poussai un soupir.

— O.K., je consulterai mon agenda.

— Je dois y aller, Arty vient juste de renverser le lait, dit-elle d'une voix dure que je ne lui connaissais pas.

Puis elle raccrocha.

Chapitre 26

Les fleurs arrivèrent le lendemain, un bouquet de treize roses rouges liées par un ruban de satin rouge. Elles furent livrées de bonne heure, annoncées par une carte dans ma boîte aux lettres, perdue au milieu de mes factures comme, quelque temps plus tôt, les mots qui me faisaient vibrer. Mon cœur s'emballa en apercevant la carte, mais, en voyant qu'il s'agissait de fleurs, cela me déprima.

— Vous avez de la chance, dit la fille de l'accueil, en me tendant le bouquet avec un sourire entendu.

Puis, se penchant vers moi, elle ajouta :

— Je savais que cela ne vous prendrait pas longtemps, fit-elle avec un clin d'œil.

Je m'arrêtai, les fleurs à la main, sans oser les tenir trop près de moi de peur de me piquer avec les épines.

— Pour quoi ?

— Pour en trouver un, dit Alice. Un homme !

Etre incapable de parler est différent de ne pas trouver les mots. Je détestais ne pas savoir quoi dire. Je la fixai avec des yeux ronds, comme une idiote, et je ramenai les fleurs vers moi. Mon expression sembla la décontenancer un peu et son sourire de commande s'évanouit.

— Jolies fleurs, dit la femme qui prenait toujours son courrier en même temps que moi. Elles viennent de votre petit ami ?

— Je n'ai pas de petit ami, dis-je brièvement à son intention, ainsi qu'à celle de la fille de l'accueil. Je ne sais pas qui les a envoyées.

Si elles échangèrent un regard, ce fut derrière mon dos, parce que je me retournai pour prendre la carte qui accompagnait le bouquet. C'était une carte imprimée, et non écrite à la main. Trois mots.

Je suis désolé. Eric.

Austin m'avait offert des fleurs une fois ou deux, des bouquets tristes et un peu fanés achetés à l'épicerie. Il avait aussi ramassé des fleurs pour moi dans le jardin de sa mère, et il les avait mises dans une pinte de bière pour que je les trouve sur la table de la cuisine en rentrant le soir. C'étaient mes premières roses.

Je n'avais pas le temps de remonter chez moi pour les déposer, alors je les pris avec moi au bureau. Je n'eus pas à trouver de vase parce que chaque tige baignait dans un petit tube en plastique rempli d'eau, et je les posai là où je pouvais les voir depuis la chaise de mon bureau.

Une minute, je souriais en les admirant, la suivante, j'étais ennuyée. Eric n'avait pas à s'excuser, mais c'était bien qu'il l'ait fait. Et qu'il l'ait fait sans qu'on le lui ait suggéré.

— Paige, je…, dit Paul, avant de s'arrêter sur le pas de la porte. Jolies fleurs, ajouta-t-il.

— Merci.

Il avait un papier à la main. Une liste. Je tendis la main, mais il ne me la donna pas. Il tenait la feuille à deux mains, et il faisait aller et venir le papier entre ses doigts. Il regarda mes fleurs de nouveau.

— Avez-vous besoin de quelque chose, Paul ?

Paul s'éclaircit la voix, puis il plia la liste en deux, puis en quatre.

— Vivian a demandé un entretien avec nous aujourd'hui pour parler de votre éventuelle promotion. Nous nous faisons livrer à déjeuner. A 11 heures.

Il avait dit cela comme si j'avais eu le choix, comme s'il n'avait pas été mon patron. Il plia le papier une nouvelle fois, puis il le glissa dans la poche de son pantalon gris. Ce jour-là, il portait une chemise rose pâle et une cravate marron, il semblait avoir fait un effort vestimentaire particulier.

— Je ne suis pas sûre d'avoir vraiment envie de parler de promotion avec Vivian.

Paul m'adressa un petit sourire.

— Vous n'avez rien à perdre à écouter ce qu'elle a à dire, Paige.

Il avait raison, je hochai la tête et je me tournai vers mon ordinateur. Paul attendit quelques secondes, puis il me laissa. Je contemplai fixement mon écran mais j'étais incapable de me concentrer sur les mots que j'avais devant les yeux.

A 10 h 50, Vivian arriva dans le bureau, perchée sur ses hauts talons de marque. Elle tenait un grand gobelet à la main, qui semblait un peu déplacé au milieu de son tailleur de haut vol et de tous ses bijoux, mais elle le serrait comme si elle était prête à tuer quiconque essaierait de s'en emparer.

— Bonjour, Paige, dit-elle en me saluant d'un signe de tête.

Quelques secondes plus tard, elle pensa aussi à m'adresser un petit sourire.

— Bonjour, Vivian.

Je ne me levai pas de mon bureau, mais je lâchai malgré tout mon clavier des mains et lui dis :

— Paul est dans son bureau. Il m'avait dit que nous avions rendez-vous à 11 heures. Je vous rejoindrai quand j'en aurai terminé avec ce dossier.

Je lui souris, mais je sentis que mon regard resta froid.

Vivian but une longue gorgée, puis elle entra dans le bureau de Paul après avoir frappé très brièvement à la porte. Ma victoire était minime, mais très appréciable.

Je ne suis pas fanatique des films d'horreur, surtout ceux où la fille sait qu'il y a quelque chose d'horrible au sous-sol ou dans le grenier et qu'elle y va malgré tout, armée d'une cuillère de bois ou de quelque chose du même genre. Et à cet instant, en fixant la porte du bureau de Paul, je me sentais tout aussi stupide. Je savais ce dont ils voulaient parler et je savais que je n'avais aucune envie d'en discuter.

J'aimais travailler pour Paul, même si j'étais « seulement » une assistante de direction. Pour être franche, je n'avais pas envie de faire ça toute ma vie. Mais, pour l'instant, accepter un autre poste et travailler pour quelqu'un d'autre ne me tentait pas, même si je savais que j'aurais dû le faire. Je n'avais aucune envie de travailler pour Vivian Darcy. Je ne l'aimais pas, et elle ne semblait pas m'apprécier non plus, ce qui rendait son soudain intérêt pour moi d'autant plus inquiétant.

Malgré tout, à 11 heures précises, je me levai et j'allai frapper à la porte du bureau de Paul. Ils riaient, penchés l'un vers l'autre et ils levèrent tous les deux la tête vers moi. Paul mit aussitôt une distance entre eux, se redressant sur sa chaise à roulettes. Vivian ne bougea pas.

Je pris la chaise qui se trouvait face au bureau de Paul, mais je m'assis assez loin pour que mes genoux ne butent pas sur le bois. Je croisai les jambes en la regardant elle, et non lui, et elle soutint mon regard.

— Alors, Paige…

Le sourire de Vivian n'était pas plus chaleureux que d'habitude, mais j'eus néanmoins l'impression qu'elle faisait un certain effort. Elle passa une mèche blonde derrière son oreille, et elle ne dit rien d'autre.

Je lui souris à mon tour.

Paul s'éclaircit la voix après quelques secondes, puis il appuya ses coudes sur le bureau.

— Paige, Vivian a travaillé avec le service Marketing pour créer des postes juniors. Ils cherchent à recruter en interne des gens qui pourraient être un atout pour leur service.

— Et vous pensez que je pourrais être un atout pour votre service ?

J'observai attentivement le visage de Vivian.

Elle jeta à Paul un regard si bref que je n'étais pas censée l'avoir vu. Peut-être même n'avait-elle pas eu conscience de le regarder, cela avait été rapide à ce point. Mais cela ne m'échappa pas.

— Oh oui, dit Vivian, absolument. Paul a parlé de vous de façon si accorte.

Sérieusement, à quoi tout cela rimait-il ? En dehors du fait que j'étais presque sûre qu'elle ne l'avait pas employé à bon escient, qui disait encore « accorte » ? A part, bien sûr, une femme qui essayait de trouver quelque chose de flatteur à dire à une femme qu'elle n'appréciait pas vraiment.

Et ce fut à cet instant que je compris.

Paul et Vivian couchaient ensemble. Ils étaient vraiment très discrets, bien plus que beaucoup de couples que j'avais croisés dans des bureaux. La vérité était là, étalée au grand jour. Ils étaient amants et le fait qu'elle ne m'aimait pas n'avait rien à voir avec mon éducation, ni même ma façon de m'habiller. Ce qui ne lui plaisait pas, c'étaient mes cheveux blonds, mes yeux bleus, la taille de mes seins et de mes fesses. Elle voyait en moi une rivale potentielle.

— Je n'ai pas vu de nouveaux postes sur le panneau d'affichage, dis-je en me retenant d'éclater de rire.

Vivian baissa les yeux vers son énorme gobelet, et je vis bien qu'elle faisait un effort sur elle-même pour se contenir.

— Ils ne seront pas affichés tant que nous n'aurons pas fait passer un entretien à toutes les personnes que nous avons déjà présélectionnées. Nous aimerions vraiment que vous acceptiez d'assister à un entretien.

Je ne connaissais pas grand-chose aux ressources humaines, mais cela ne me sembla pas très normal. Quoi qu'il en soit, je hochai la tête comme si je comprenais très bien. Paul sourit et il nous observa tour à tour.

Je ne pouvais pas le regarder. Non pas parce que j'avais compris que Vivian pensait que nous avions peut-être une aventure, mais parce que j'étais convaincue que c'était le cas pour eux. Et cela n'avait rien à voir avec la morale, mais avec le fait que je n'arrivais pas à croire qu'il puisse avoir si mauvais goût.

— Puis-je vous demander pourquoi vous m'avez présélectionnée ? Je veux dire, en dehors de la recommandation de Paul, dis-je en sachant que le sourire que j'adressais à Paul était comme un coup de poignard pour elle, mais je m'en fichais. Je n'ai aucune expérience en marketing, ajoutai-je, et j'ai un diplôme commercial de l'université d'Harrisburg.

— Nous avons l'intention de former les gens nous-mêmes.

J'avais passé assez de temps entourée de gens qui ne supportaient pas le silence pour comprendre combien il pouvait être puissant. Je hochai la tête au lieu de parler, sans même prononcer un murmure qui aurait pu être pris pour un consentement. Vivian regarda Paul, mais lui et moi avions déjà établi que nous n'avions pas besoin de parler pour communiquer.

Elle se racla la gorge pour attirer son attention, puis elle finit par boire une gorgée de café.

— Paul a été si élogieux à votre égard, Paige, et votre parcours peut vous aider. C'est une excellente opportunité.

— Pouvez-vous m'expliquer pourquoi ?

Elle resta bouche bée, et elle but de nouveau au lieu de me répondre. A l'évidence, que je ne saute pas de joie à l'idée d'abandonner ma vie de secrétaire pour un brillant avenir de junior je-ne-sais-trop-quoi la laissait perplexe.

— Vous seriez salariée, et non payée à l'heure, dit-elle. Et, bien sûr, vous auriez davantage de responsabilités.

Je ne quittai pas Paul des yeux.

— J'ai largement assez de responsabilités.

Nous nous mîmes tous à rire, même si elle n'avait pas l'air de trouver cela si drôle. Elle reposa son gobelet sur le bureau d'un geste brusque.

— Ce serait très différent, dit-elle sèchement.

Les hommes que je connaissais étaient le plus souvent insensibles, plutôt que volontairement cruels, obtus plutôt qu'inattentifs. Paul était plus intuitif que la plupart. Son sourire s'estompa et il se tourna vers elle. Peut-être qu'il venait juste de comprendre les véritables raisons pour lesquelles elle voulait que je cesse de travailler avec lui.

Le silence dura assez longtemps pour devenir pesant. Et Vivian finit par se lever.

— Excusez-moi un instant.

J'étais surprise qu'elle ait tenu aussi longtemps. Aucun de nous ne prononça la moindre parole tandis qu'elle se dirigeait vers la salle de bains de Paul, avant de refermer la porte derrière elle avec fermeté.

— Paige.

— Laissez-moi juste éclaircir les choses, Paul. Ceci n'est même pas un entretien pour le nouveau poste. Je passe un entretien pour l'entretien pour un poste pour lequel j'ai été présélectionnée, c'est bien ça ?

Je ne l'avais toujours pas quitté des yeux.

Il hésita, puis il hocha la tête.

— Oui.

Je m'adossai de nouveau à ma chaise, la tête haute et croisai une nouvelle fois les jambes. De la salle de bains, j'entendis l'eau couler et je m'efforçai de garder une expression neutre et une voix régulière et monocorde, même si je ne doutais pas qu'il savait exactement dans quelle humeur je me trouvais.

— Alors j'ai le droit de savoir exactement pourquoi j'ai été sélectionnée et pourquoi je devrais prendre cette offre en considération, lui dis-je. Vous ne pouvez pas vous attendre à ce que je saute de joie parce que quelqu'un m'offre de quitter mon poste.

Paul s'apprêtait à me répondre, mais, avant qu'il ait eu le temps de dire quoi que ce soit, j'ajoutai :

— Il se trouve que j'aime le poste que j'occupe. Beaucoup.

— J'en suis très heureux, dit-il calmement et, avant qu'il ait le temps d'en dire plus, Vivian sortit de la salle de bains.

Je pris un réel plaisir à voir qu'elle avait éclaboussé son chemisier et sa jupe de soie. Elle s'était aussi passé une main mouillée dans les cheveux et son maquillage avait un peu coulé. Elle ne savait pas que je ne voulais pas l'homme qui n'était même pas le sien, mais le fait qu'elle ait peur qu'il puisse me préférer à elle m'avait permis de prendre le pouvoir. Et nous le savions l'une et l'autre.

— Si vous pouviez me décrire le poste, cela pourrait m'être utile, lui dis-je. Et nous pourrions fixer une heure pour un entretien.

La conversation avait pris un nouveau tour, et cela ne plaisait pas à Vivian, mais il lui aurait été difficile de réagir sans passer pour une garce ou, pire, une idiote. Nous nous adressâmes le même sourire forcé, et je me levai.

— Je retourne travailler, Paul.

Il hocha la tête, et je sortis. Derrière moi, j'entendis le murmure de leur conversation, mais je ne pouvais pas dire si elle me fustigeait, ni s'il me défendait. Et, quoi qu'il en soit, je m'en fichais.

Vivian Darcy ne m'intimidait plus.

Chapitre 27

Mon cœur s'emballa quand je vis le mot dans ma boîte aux lettres, mais je n'eus pas besoin de lire la signature pour savoir que ce n'était pas celle de la maîtresse anonyme d'Eric. Je n'avais pas besoin de la connaître pour être sûre que jamais elle n'écrirait sur autre chose que du papier de grande qualité, et ceci était une feuille de papier avec des lignes bleues, qui avait été arrachée à un carnet comme ceux qu'on achetait en solde au moment de la rentrée des classes. Je la respirai furtivement malgré tout, et je perçus un effluve de parfum, par-delà l'odeur de l'encre bon marché.

Eric avait l'écriture caractéristique des médecins — un gribouillis informe. « J'espère que tu aimes les fleurs. » Sa signature était méconnaissable, si ce n'était pour la lettre E au début. Je pliai le mot et le mis dans mon sac, puis je me dirigeai vers mon appartement, où je le déposai sur la table de la cuisine pour pouvoir le contempler pendant que je préparerais mon dîner.

Plusieurs choix s'offraient à moi. Je pouvais ignorer le mot et les fleurs, que j'avais rapportées chez moi et que j'avais fini par mettre dans l'eau. Je pouvais lui envoyer un message sur son téléphone ou un mot lui demandant de me poursuivre… ou de m'ignorer.

Tout en préparant mon repas — des pâtes toutes simples avec un peu d'huile d'olive et une salade —, je ne cessai d'observer le mot et les fleurs, et, quand j'eus mangé et fait la vaisselle, j'avais fait mon choix.

En réalité, il n'y en avait pas d'autres possibles.

Je frappai à sa porte dix minutes plus tard. Je m'étais coiffée et j'avais mis du gloss sur mes lèvres, je m'étais changée et j'avais enfilé un jean et un T-shirt moulant. Je m'étais aussi brossé les dents, au cas où.

— Paige !

Il semblait content de me voir, et aussi légèrement inquiet.

— Je suis venue te remercier pour les fleurs, dis-je sans esquisser le moindre geste qui pourrait lui faire croire que je voulais entrer.

Je n'avais pas encore décidé de ce dont j'avais envie, mais j'étais sûre de savoir comment je voulais que cela se passe. Je ne voulais pas qu'une présence invisible lui force la main. Et je ne voulais pas me demander si j'étais en compétition avec moi-même.

— Je t'en prie. J'espère qu'elles t'ont plu.

— Elles sont magnifiques. Personne ne m'avait encore offert de roses avant.

Il sembla surpris.

— Tu me fais marcher.

— Non.

— Eh bien, ça n'est pas normal.

Il rit un peu et il s'écarta légèrement de la porte, de façon imperceptible, sans m'inviter ouvertement toutefois.

J'avais appris les bénéfices du silence, mais je savais aussi quand il était temps de parler.

— Je peux entrer ?

Je perçus son hésitation, aussi imperceptible que sa non-invitation, mais il s'écarta un peu plus en me souriant.

— Bien sûr.

Il m'apporta un verre de thé glacé et on s'assit sur son canapé, face à face. J'aurais pu tendre le bras sans parvenir à le toucher tant nous étions éloignés l'un de l'autre. Il avait apporté un verre de thé pour lui, mais il l'avait posé sur la table basse et il ne but pas tandis que j'avalais de petites gorgées sans vraiment sentir le goût.

— A propos de l'autre nuit, dis-je, je voulais juste te dire, Eric… tu n'as pas à t'excuser.

— Non, c'était déplacé.

— Non, l'interrompis-je, ça ne l'était pas. J'étais surprise, c'est tout.

Je bus une gorgée et reposai mon verre un peu brusquement sur la table basse.

— Paige, dit Eric doucement, moi aussi j'étais surpris.

Je le crus, même si cela voulait dire que je n'étais plus en terrain connu. J'observai mes mains, serrées sur mes genoux, puis je le regardai, lui. La tension entre nous était palpable et j'avais envie de me pencher vers lui, mais je restai immobile pour ne pas révéler ce que je ressentais.

— Me laisserais-tu t'inviter à dîner ? demanda-t-il en se penchant très légèrement vers moi.

J'étais sortie avec un certain nombre de types, j'avais eu pas mal d'aventures d'un soir, je m'étais mariée et j'avais divorcé, mais, tout comme les roses, c'était la première fois qu'on m'invitait pour un rendez-vous « officiel ».

A cet instant précis, mon téléphone se mit à vibrer dans ma poche. Le regard d'Eric s'éclaira, cela ne m'échappa pas, et il prit aussitôt son iPhone sur la table, avant de le reposer, l'air déçu, quand il comprit que ce n'était pas lui qui venait de recevoir un message.

Je ne voulais pas lire le mien, mais Eric semblait attendre

quelque chose, alors je sortis le téléphone de ma poche et je lus le message.

Où es-tu ?

Je ne pus réprimer un long soupir. J'effaçai le message. Eric ne posa pas de questions, mais malgré tout je décidai de lui donner une explication :

— C'est mon ex. Il aime rester en contact.

— Et toi, ça te plaît qu'il reste en contact ?

J'aurais sans doute posé la même question si cela avait été lui qui avait reçu le message, mais je ne suis pas sûre que j'aurais réussi aussi bien que lui à gommer de ma voix toute trace de jalousie.

— Je le connais depuis le lycée, alors c'est devenu un peu comme une habitude.

— Ah..., fit Eric, semblant se décontracter un peu.

Quand mon téléphone sonna, quelques instants plus tard, je l'ignorai et, au lieu de répondre, je regardai Eric.

— Cela me ferait très plaisir d'aller dîner avec toi, Eric.

Cela aurait dû être suffisant, la promesse d'un rendez-vous, mais ça ne l'était pas. En plus des nombreuses listes lui ordonnant de me raconter tout ce qui se passait dans sa vie, je lui laissai une de mes culottes, déjà portée, dans une enveloppe, accompagnée d'un mot expliquant ce qu'il devait en faire exactement. Et je lui demandai aussi de prendre des photos. Elles m'attendaient dans ma messagerie quand je rentrai ce soir-là. Une série de photos en gros plan montrant sa main et ma culotte serrées fermement autour de son sexe.

J'étais sur le point de tomber amoureuse.

J'aurais pu trouver des milliers de photos semblables sur n'importe quel site porno, mais en les ouvrant j'en eus le souffle coupé. Il avait fait ça pour moi. A cause de moi.

C'était très intense.

Le dîner, par comparaison, me sembla moins intense. Il m'emmena dans un nouveau restaurant mexicain où nous bûmes des Margarita en écoutant un très bon groupe de mariachis, tout en échangeant des histoires comme on le fait lors d'un premier rendez-vous. Exactement comme s'il ne s'était jamais mis à genoux devant moi.

Il m'embrassa dans l'ascenseur quand il arriva à son étage. Un petit baiser doux, lèvres closes. Une main sur ma taille, la serrant à peine. Quand la porte commença à se refermer, il se mit à rire et il sortit, et la porte se referma sur son sourire.

Quand je rentrai chez moi, mon téléphone sonna. Ce n'était pas le message d'Eric que j'attendais, me donnant les détails de son rendez-vous, même si je lui avais laissé une liste de sujets sur lesquels je voulais qu'il m'écrive. C'était l'autre homme de ma vie, celui dont je ne parvenais pas à me débarrasser et que je ne voulais pas garder non plus.

— Je suis en bas. Je voulais juste te dire que je monte.

— Non, tu ne montes pas.

Je venais juste de commencer à me déshabiller quand le téléphone avait sonné.

— Je te retrouve au café Mocha dans un quart d'heure, ajoutai-je

— Non !

— Si, dis-je fermement.

Il y eut un long silence, durant lequel aucun de nous ne céda. J'attendais qu'il refuse pour pouvoir raccrocher, mais il finit par pousser un long soupir.

— Entendu, dit-il, je te retrouve là-bas.

Je ne me changeai pas. Je voulais qu'il me voie habillée pour sortir et qu'il se demande pourquoi. C'était méchant, et c'était inutile. Mais je n'allais pas non plus enfiler un survêtement crasseux pour l'accueillir, même si Austin m'avait déjà vue dans des tenues peu flatteuses.

On pourrait penser que l'intérêt pour la caféine baisse après 21 heures, mais pas au café Mocha. Le lieu était bondé, chaque table entourée de buveurs de café qui discutaient et jouaient à des jeux de société devant leurs grands gobelets. Une musique indienne douce aux accents tristes émanait des haut-parleurs.

Je repérai tout de suite Austin. Son jean délavé se démarquait des autres jeans skinny ou extra-large. Il n'avait pas non plus les cheveux qui lui tombaient sur le visage, n'importe comment de préférence. Cependant, ses cheveux étaient maintenant assez longs pour qu'il puisse les attacher. Il tenait deux grandes tasses à la main.

Quand il me vit, son visage s'éclaira, et cela me rappela tellement la façon dont il avait l'habitude de me regarder, avant, que j'eus un pincement au cœur. Il me tendit une tasse et il fit un geste vers un canapé un peu à l'écart, au fond du café.

— Tu veux t'asseoir ?

— Oui.

Cette soirée était une suite de rendez-vous ponctués de malaises, pensai-je tandis qu'il me suivait. Pendant mon dîner avec Eric, la tension avait été palpable, mais, avec Austin dans mon dos, tout ce à quoi j'arrivais à penser était que je ne savais pas du tout quoi lui dire. La situation était vraiment inconfortable. Je m'assis et me réchauffai les mains sur ma tasse.

— Tu es belle.

— Merci.

Un silence pesant s'ensuivit.

Quand il finit par parler, ce fut la voix d'un homme que j'entendis, et non la voix du garçon dont j'étais tombée amoureuse. Cela m'aida un peu. Cela le rendit un peu plus étranger qu'il ne l'était, mettant entre nous une distance suffisante pour que je ne me jette pas dans ses bras.

— Paige, dit Austin, je voulais juste te dire que je suis vraiment désolé.

Et là, sans réfléchir, avant qu'il soit trop tard pour retirer ma main, je lui caressai les cheveux. Ils étaient tout doux et, sans que je comprenne bien pourquoi, ça me détendit. Finalement, ce n'était pas si gênant de me retrouver auprès de lui.

— On était jeunes, Austin…

— Oui, jeunes et cons, dit-il, et nous ne pûmes nous empêcher de rire comme des adolescents, pour rien.

Cela me fit du bien de rire avec lui. Cela faisait vraiment longtemps que nous n'avions pas été si à l'aise l'un avec l'autre. Contre moi, je sentais sa cuisse chaude. Le canapé se creusait sous son poids, m'entraînant contre lui, que je le veuille ou non. Et, d'une certaine manière, c'était peut-être ça que je souhaitais.

— Je voulais juste te dire ça, dit-il en se tournant vers moi.

— Tu n'as pas à t'excuser, cela fait des années que nous sommes divorcés.

Quand il prit ma main, je n'aurais pas dû être surprise. C'était un moment parfait, après tout. Il y avait une belle musique douce, des boissons brûlantes devant nous et des effluves de parfum qui commençaient à m'enivrer. C'était le moment parfait pour que mon ex-mari m'embrasse la main…

Au lieu de ça, il me regarda dans les yeux en me disant, avec le plus grand sérieux :

— Tu sais, l'autre soir, j'ai arrêté de me branler. Exactement comme tu me l'as demandé.

J'enlevai ma main de la sienne d'un geste brusque.

— Austin !

— Quoi ? demanda-t-il, l'air réellement confus. Tu m'avais dit de ne pas le faire.

— Je sais, dis-je, hors de moi.

Il se redressa, manifestement vexé, les bras croisés sur sa

poitrine, et je ne pus m'empêcher de remarquer ses muscles sous son T-shirt.

— C'est quoi le problème, Paige ?

Il avait l'air vexé, c'était la meilleure. S'il y avait bien une personne qui devait l'être, c'était moi !

— Et dire que je croyais que tu essayais d'être gentil, Austin !

— Mais je suis gentil ! Je t'ai offert un café !

— Tu m'as demandé de venir ici pour coucher avec moi ! criai-je, folle de rage en lui lançant un regard glacial. C'était la seule raison ?

Il eut un air coupable. Puis il me décocha un sourire qui, avant, me faisait toujours fondre, mais je n'allais pas le laisser s'en tirer si facilement.

— Va te faire foutre !

— J'espère bien.

Je n'avais pas envie de sourire, ni de rire, alors je me mordis la langue. Très fort.

— Il est tard, et je dois aller travailler demain. Bonne nuit, Austin.

J'étais partie avant qu'il ait eu le temps de comprendre que je ne plaisantais pas. Ce qu'Austin ne savait pas, c'était que le problème n'était pas que je n'avais pas envie de le mettre dans mon lit et de le baiser à mort. J'en avais vraiment très envie. Mais je savais aussi que cela ne pouvait être bon pour aucun de nous deux.

Nous avions une histoire commune, et un passé, et cela voulait dire qu'il savait très bien sur quels boutons appuyer pour arriver à ses fins. Ce qui ne voulait pas non plus dire qu'on devait arrêter de le faire, mais peut-être était-il simplement temps de faire la paix.

J'étais déjà dans la rue quand il me rejoignit. Il me prit par le bras et je me retournai pour lui faire face, m'apprêtant déjà à lui assener une remarque cinglante. Il m'arrêta avec sa langue. Il m'entraîna contre le mur de brique et il m'immobilisa avec son corps.

Je le repoussai.

— Je ne suis pas si facile.

Il m'attira contre lui, et m'embrassa plus doucement.

— Tu pourrais l'être. Je le sais.

— Austin, soupirai-je, ce n'est pas une bonne idée. Est-ce qu'on ne peut pas être amis ?

— Est-ce que tu me prends pour un con ?

Il mit ses mains autour de ma taille, mais il ne me tenait plus contre le mur.

Je me laissai aller contre lui, glissant ma tête au creux de son épaule.

— Non, je ne te prends pas pour un con.

Il resserra son étreinte, puis il me lâcha. Il recula, et j'avais encore envie de sentir son corps contre le mien, même si je savais que c'était mieux ainsi. Baiser comme des bêtes, c'était vraiment bien, mais je n'étais pas sûre de pouvoir toujours me remettre des cicatrices.

Austin me regarda dans les yeux, puis il me caressa le visage.

— Très bien, dit-il, si c'est ce que tu veux. Si c'est tout ce que tu veux.

— Je crois que c'est mieux comme ça, Austin. Je crois qu'il vaut mieux… passer à autre chose.

— Si c'est ce que tu veux, répéta-t-il. Je suis prêt à tout.

Je restai interdite.

— Qu'est-ce que c'est censé vouloir dire ?

Il haussa les épaules et il détourna les yeux avant de me regarder de nouveau.

— Cela veut dire que je suis prêt à faire tout ce qu'il faudra. Tout ce dont tu as besoin. Tout ce que tu veux. Je suis l'homme de ta vie.

— Austin…

Il ne me laissa pas finir.

— C'est idiot qu'on ne soit pas ensemble, Paige. On se connaît depuis trop longtemps et trop bien pour tout envoyer balader. C'est ce que je t'ai dit quand tu m'as quitté.

— C'était il y a longtemps.

— Ça n'a pas changé, dit-il en secouant la tête et en me souriant. Tu veux qu'on soit amis ? Très bien.

— Tu es prêt à faire tout ce qu'il faudra ? dis-je avec méfiance. Tout un programme !

Il se pencha vers moi pour m'embrasser encore. Mais, cette fois, je le laissai faire. Il déposa un baiser sur ma joue, chaste et sage. Il ne me prit même pas par les fesses.

— Je vais rentrer, lui dis-je.

— Je t'accompagne.

— Tu n'as pas besoin, je vois la porte de mon immeuble d'ici.

— Je t'accompagne quand même.

Il s'exécuta. Nous restâmes silencieux. Il n'essaya pas de m'embrasser une nouvelle fois, ni de monter.

— Je t'appellerai, dit Austin.

Je n'avais aucun doute à ce sujet.

Chapitre 28

Rien n'est censé durer toujours, même si on en a très envie. Je m'étais mariée jeune. Trop jeune. Et j'étais heureuse que nous ayons l'un et l'autre compris notre erreur avant d'avoir des enfants et d'être liés pour la vie, et qu'il soit trop tard pour pouvoir commencer une nouvelle vie.

Je m'étais mariée avec lui pour les bonnes raisons. J'avais divorcé pour les bonnes raisons aussi. Du moins je le croyais.

Je l'observe, et il ne le sait pas. J'aurais voulu qu'il sente mon regard brûlant sur lui, de l'autre côté du bar, que mon seul regard puisse le faire se retourner, mais Austin est trop occupé avec le match, ses amis, et même cette pétasse aux cheveux bruns qui agite ses seins sous son nez dès qu'il tourne la tête vers elle. Je ne peux pas lui en vouloir de regarder. On dirait deux ballons coincés dans un minuscule débardeur. Mais je n'aime pas le voir faire ça.

Une fois de plus, il se couche tard alors qu'il aurait dû se rappeler qu'il doit se lever tôt le lendemain, et une fois de plus j'ai passé la soirée à réviser jusqu'à tard, pour des examens que je vais réussir, ça je le sais, même si je ne sais pas si, en fin de compte, cela fera la moindre différence dans ma vie. Cela fait un moment que j'étudie, plus longtemps que j'aurais voulu. Nous n'avons pas beaucoup d'argent, et même l'université publique coûte cher quand on doit payer un loyer, se nourrir et payer une voiture aussi.

Je me suis arrêtée dans ce bar uniquement parce que je savais que, si je rentrais et que je ne le trouvais pas à m'attendre à la maison, je serais furieuse. Je sais bien comment ça se passerait — on se disputerait, puis on baiserait après — et je commence à me lasser de tout ça. J'en ai assez qu'il me dise ce que je dois faire et je commence à me dire que ce mariage était une mauvaise idée, mais, après seulement deux ans, je n'ai pas envie d'abandonner. Je n'ai pas envie d'être la risée de tout le monde. Mais, surtout, je ne veux pas laisser tomber, juste pour que mademoiselle gros seins lui mette le grappin dessus.

Une fois rentrée, je prends une douche, je lance mes vêtements dans le panier à linge, et je suis en train de me faire un sandwich quand Austin rentre. Il ne semble pas soûl, mais quand il m'embrasse je sens le goût de la bière. Je détourne la tête.

— Quoi ? Tu ne veux pas m'embrasser ? Très bien.

Je déteste quand il fait la tête.

Il prend la moitié de mon sandwich et il essaie de me raconter sa journée, mais tout ce que je veux, c'est aller me coucher pour pouvoir me lever tôt et aller au magasin faire les premières livraisons de la journée. On a besoin de l'argent que je vais gagner. J'ai encore un trimestre à payer à l'université.

Je ne l'écoute pas, mais je regarde les mouvements de ses lèvres. Ses lèvres brillent tandis qu'il mange son sandwich. Il passe sa langue sur ses lèvres. Il est tard, je suis fatiguée et agacée, mais plus tard, quand il vient se coucher, je pense à sa langue sur ses lèvres et je me tourne vers lui.

C'est plus facile de coucher dans le noir, quand je peux imaginer que c'est quelqu'un d'autre. Je peux oublier que je suis censée l'aimer, et je couche avec lui comme s'il était un parfait inconnu dont je n'aurai pas à voir le visage le matin suivant, ni aucun autre.

Austin m'appela, comme il avait dit qu'il le ferait, et à l'évidence, il était sincère quand il avait accepté de n'être que mon ami. Je n'avais pas oublié les longues heures passées avec lui au téléphone, dans le noir, à détailler chaque seconde de notre journée, juste pour avoir une raison de continuer à parler. A présent, nos conversations duraient moins longtemps, mais elles me rappelaient ce temps-là.

Avec Eric, les choses étaient plus compliquées. Je l'avais vu quelques fois depuis notre dîner. Il y avait eu un deuxième dîner, quelques séances de cinéma et quelques balades le long du fleuve. Ce genre de choses. A cause de nos emplois du temps qui ne correspondaient pas toujours, je n'avais pas pu le voir tout le temps. En plus, je n'étais pas ce genre de fille. Je n'étais pas de celles qui acceptaient une invitation à dîner et la transformaient en proposition de mariage.

Nous avancions très très lentement. Et cela me convenait très bien. J'avais vu la lueur d'intérêt dans son regard, je l'avais vu observer ma bouche quand je parlais. J'avais senti ses doigts serrer les miens pendant que nous marchions.

Je savais qu'il attendait que je fasse le premier pas, ou que je lui dise de le faire. Et je n'étais prête ni pour l'un ni pour l'autre. En tant que Paige, j'appréciais de prendre mon temps.

En tant que sa maîtresse anonyme en revanche, j'avais un contrôle absolu sur sa vie.

Chaque jour, je m'asseyais à ma table, ma boîte chinoise ouverte devant moi, mon stylo caressant l'épais papier couleur crème, comme la main d'un amant. Chaque mot m'amenait à prendre une conscience plus aiguë de chaque partie de mon corps. Mes doigts, se refermant sur le stylo. La paume de ma main, caressant le papier. L'intérieur de mon poignet, mon avant-bras, mon coude, frottant contre la table à mesure que j'écrivais. Mes cuisses se touchant sous ma jupe.

Je pris énormément de plaisir à écrire chaque mot.

Je lui dis ce qu'il devait porter. Ce qu'il devait manger pour son déjeuner. Je lui ordonnai d'acheter de la lingerie, lui donnai la taille à acheter, mais je le laissai choisir. Je le lui fis envoyer à la boîte postale que je louais au bureau de poste qui se trouvait près de mon travail. Je m'attendis à quelque chose de noir. A une culotte fendue peut-être, ou à des bas résilles. L'ensemble en satin et dentelle bleu ciel me fit plaisir.

Je le laissai se caresser jusqu'à l'orgasme pour ce présent.

Le moment était venu d'aller plus loin. Je ne savais pas comment je le savais, mais je le savais, un peu comme chaque jour, en allant travailler, je savais jauger l'humeur de Paul et faire en sorte qu'il reste concentré sur son travail pour qu'il ne me parle pas du poste avec Vivian.

Qu'est-ce qui vous fait peur ?

Je tapotai le stylo sur le papier, puis sur mes lèvres.

Je veux savoir ce qui vous donne des sueurs froides et qui vous fait bander en même temps. Qu'est-ce qui vous fait peur parce que vous en avez tellement envie ?

Ce n'était pas une question à laquelle j'aurais pu répondre sans réfléchir longuement, mais c'était le but. Je voulais le faire réfléchir. Je glissai le mot dans une enveloppe cachetée et je courus la mettre dans sa boîte aux lettres. Eric travaillait encore douze heures d'affilée et je savais qu'il ne rentrerait pas avant que je sois couchée, mais je ne voulais pas me lever aux aurores pour la déposer.

Je me mis à regarder une série de films, j'étais donc encore éveillée quand j'entendis mon téléphone vibrer, m'annonçant un nouveau message.

J'ai peur d'appartenir à quelqu'un.

J'oubliai instantanément le film, mon cœur battait à tout rompre et j'avais comme un goût de miel à la bouche. C'était la douceur du plaisir anticipé.

Il avait peur d'appartenir à quelqu'un.

C'était exactement ce que j'allais lui donner.

Je le trouvai sur un des stands qui étaient au milieu du centre commercial. On y vendait des barrettes à cheveux en cuir, des ceintures, ainsi que des colliers. Et là, posé discrètement sur une étagère, se trouvait le bracelet, au milieu d'autres qui n'attirèrent pas mon attention.

C'était un bracelet plat en cuir d'environ deux centimètres de large avec une fermeture métallique. C'était le genre de bracelet que portaient certains jeunes hommes et sur lesquels on pouvait faire graver un chiffre, une phrase ou un dessin.

— Je peux vous aider ?

Un garçon en jean se pencha derrière le comptoir pour attirer mon attention.

Je désignai le bracelet.

— Je voudrais ça, s'il vous plaît.

Il me détailla à travers la mèche de cheveux qui lui tombait sur les yeux.

— Vous voulez faire graver quelque chose dessus ? Un nom ou autre chose ?

Il ouvrit le catalogue qui présentait les différents modèles. J'examinai les motifs de cœurs, de fleurs et les polices de caractères. Je lui montrai un caractère simple et élégant.

— Je pensais… au mot *esclave.*

Cela sembla éveiller son intérêt.

— Pour vous ?

— Oh, non…, dis-je en riant.

— Sympa…, dit-il avec un regard insistant.

— Vous trouvez ?

Je caressai le cuir un peu raide. Il encerclerait son poignet comme des menottes.

Je l'essayai sur mon propre poignet et je remarquai que les rebords s'enfonçaient un peu dans ma peau quand je bougeais. Pas assez pour me faire mal, mais je savais que c'était là. Je le tendis au garçon, qui l'emporta près de la machine avec laquelle il gravait les caractères, à l'intérieur de laquelle il inséra le bracelet.

C'est alors que je le vis.

— Attendez.

Il leva les yeux, un doigt sur le bouton qui allait faire démarrer la machine.

— Je voudrais ça à la place.

Il sourit.

— Pas de problème.

Quand il eut terminé, il me tendit le bracelet en cuir, où était gravé le motif que j'avais choisi. Une rose au bout d'une tige et des épines en fil de fer barbelé.

Simple. Elégant. Et bien plus subtil que le mot *esclave*, qui ne convenait pas.

— Voilà, dit-il en me tendant un sac contenant le bracelet.

Nos mains se touchèrent et il sourit. Il ne savait rien de moi, mais il pensait le contraire. Et je découvris que je m'en fichais.

N'importe quelle femme sait bien que porter les vêtements adéquats peut totalement changer une situation. Sous ma jupe d'été et mon simple T-shirt, je portais le soutien-gorge et la culotte achetés par Eric et envoyés à sa maîtresse. La dentelle et le satin contre ma peau me donnaient à chaque pas la sensation d'être désirable.

Mais, bien sûr, en apparence rien de cela ne se voyait. Je le retrouvai dans le hall d'entrée, comme à notre habitude pour ces rendez-vous semi-amoureux et il m'accueillit avec un sourire. Il portait une chemise à manches longues et, sous une des manches, je vis le bracelet en cuir qui dépassait un peu. Celui que je lui avais envoyé et grâce auquel il m'appartenait.

— Tu es prête ? demanda Eric en me tenant la porte.

Nous sortîmes dans la chaleur d'une belle soirée de printemps.

— Je meurs de faim, j'avais laissé ma fenêtre ouverte, et il y avait une odeur de beignet jusque dans mon appartement !

— On s'arrêtera au stand des beignets en premier.

Le long du fleuve, se tenait le premier marché aux puces de l'été. Il y avait toutes sortes d'artisans, ainsi que des stands de jeux où on pouvait gagner toutes sortes de lots. Ce n'était pas un des plus beaux marchés qui soient, mais on était juste là pour trouver à manger.

Nous passâmes devant des stands de hot dogs qui sentaient délicieusement bon, d'autres de frites, ou encore de glaces, et mon ventre se mit à gargouiller de façon monstrueuse. A l'entrée du marché, la musique d'une radio locale se déversait de grands haut-parleurs disposés sur une caravane. Des animateurs vedettes distribuaient des T-shirts, des tasses et des porte-clés à l'effigie de leur radio.

— Tu veux quelque chose ? demanda Eric. Un T-shirt ?

— Non, merci. Mais vas-y, toi, si tu veux.

Je regardai la foule autour de la caravane, estimant le temps qu'il lui faudrait pour obtenir son T-shirt, puis je jetai un coup d'œil à la file d'attente pour les beignets qui se trouvaient un peu plus loin.

— Je vais commencer à faire la queue pour les beignets.

On se sépara et je me frayai un chemin à travers la foule. Les lots étaient bon marché et la nourriture était trop chère pour ce que c'était, mais personne ne semblait y trouver à redire. Les enfants tenaient des ballons au bout d'une ficelle d'une main, et une glace dans l'autre, et les couples marchaient main dans la main. Je m'installai dans la file, juste derrière un couple qui se tenait la main. Tous deux portaient le même tatouage au poignet, figurant deux cœurs joints. Tandis qu'ils murmuraient et riaient les yeux dans les yeux, les doigts joints, je ressentis une pointe de jalousie.

Contre ma peau, la dentelle et le satin me rappelèrent ce que l'on ressentait lorsqu'on était désirée. Avec ferveur. Quand on était obéie. Mais cela ne m'apportait pas grand-chose au milieu de cette file d'attente, un billet de dix dollars à la main.

Je cherchai Eric au milieu de la foule, mais je ne vis que ses cheveux bruns et bouclés. La cohue s'intensifiait autour de lui à mesure que le D.J., un micro à la main, annonçait un jeu quelconque. La file d'attente avança plus vite que prévu, je passai ma commande et je ne tardai pas à m'éloigner avec une assiette de beignets couverts de sucre. Avant de me figer.

Au premier regard, ils n'étaient qu'un couple parmi d'autres. Elle avançait en chancelant sur des chaussures à talons qui auraient mieux convenu à un calendrier de pin-up qu'à une balade le long du fleuve. Lui portait un jean délavé et un T-shirt qui mettait ses bras musclés en valeur. La lueur du soleil couchant donnait des reflets roux à ses cheveux blonds, c'était pour cette raison, pensai-je d'abord, que je ne l'avais pas reconnu tout de suite. Mais la véritable raison était qu'il avait une autre femme à son bras. Austin était devenu un étranger.

Elle, en revanche, me reconnut tout de suite et elle poussa un cri qui aurait pu briser un miroir.

— Paige !

C'était Kira. Avec Austin. Mon Austin ? Raide comme la justice, je fus incapable d'esquisser le moindre sourire. Je devais faire une tête de six pieds de long, et j'en eus la confirmation quand je croisai les yeux d'Austin, qui me contemplait d'un air consterné. Et, cette fois, je retrouvai l'Austin que je connaissais.

— Salut.

J'avais parlé d'une voix égale, même quand j'avais regardé Kira.

Elle glissa sa main sur le bras nu d'Austin, elle caressa l'intérieur de son poignet puis posa la main sur la sienne en un geste possessif. Austin ne s'écarta pas, mais il ne serra pas ses doigts. Je le remarquai, et elle aussi, mais Kira obtenait en général ce qu'elle désirait et elle glissa ses doigts entre les siens.

— Tu es venue seule ?

Elle avait toujours une voix aussi aiguë et elle semblait réellement curieuse de connaître ma réponse.

Mais peut-être l'était-elle, après tout. J'avais couché avec Jack quelques fois, maintenant elle couchait avec Austin. C'était un prêté pour un rendu. J'aurais dû en rester là.

— Non, je suis avec un ami.

J'avais prononcé le mot ami en sous-entendant qu'il en était autrement.

Je reconnus le tic d'Austin, un tressautement familier de la mâchoire. Kira couchait peut-être avec lui, mais elle ne le connaissait pas. Pas aussi bien que moi.

Elle se rapprocha de lui, et je ne comprenais pas bien si c'était un signe d'affection ou si elle essayait juste de me taper sur les nerfs. Mais je penchai plutôt pour la deuxième explication.

— Un petit ami ? demanda-t-elle.

Là, elle poussait un peu trop loin.

Austin enleva sa main de celle de Kira pour prendre un beignet dans mon assiette, et le manger. Il avait du sucre sur les lèvres et il lécha chacun de ses doigts, ses yeux rivés aux miens.

— Sers-toi, je t'en prie, lui dis-je.

Puis, tendant l'assiette vers Kira, je demandai :

— Tu en veux ?

Elle n'avait peut-être pas inventé la poudre, mais le regard d'Austin n'avait pas pu lui échapper. Elle secoua la tête.

— Non, je ne peux pas manger ce genre de trucs. Il faudrait que je fasse de la gym pendant une semaine pour éliminer ça !

— Austin mit ses mains dans ses poches tout en s'écartant un peu de Kira, et il me demanda :

— Paige, tu as fait de la gym pendant une semaine ?

— Non, je prends le risque.

Je mordis dans un beignet à pleines dents, puis je me léchai les doigts, moi aussi.

Ce n'était pas sympa, ce qu'on faisait à Kira, mais ça n'était pas ma faute si elle n'était pas très douée à ce petit jeu. Ce n'était pas ma faute si Austin avait toujours envie de moi après tout ce temps. Je cherchai Eric dans la foule et vis qu'on était en train de lui remettre le fameux T-shirt. Il n'allait pas tarder à venir dans ma direction et je ne voulais pas présenter Eric à Austin.

— Austin et moi, on allait au concert sur la péniche. Tu… veux venir avec nous ?

Je me tournai vers celle qui avait été mon amie autrefois. C'était avec elle qu'on avait fait nos premiers essais de maquillage, dans la salle de bains de sa mère. C'était elle aussi qui m'avait appris à utiliser un tampon quand ma mère, pour une raison inexplicable, avait été trop gênée pour le faire.

Elle voulait Austin, et je savais que je devrais la laisser faire étant donné que je ne voulais plus de lui.

Alors c'est ce que je fis.

Chapitre 29

— Une autre fois, dis-je, voyant qu'Eric approchait. Je vous retrouve plus tard.

Je m'éloignai sans me retourner et je me pressai au milieu de la foule pour rejoindre Eric avant qu'il n'arrive jusqu'à moi.

— Salut, dit-il en regardant mon beignet entamé. C'est bon ?

— Oui, prends-en un si tu veux.

J'avais perdu mon appétit. Eric en prit un morceau et il le goûta.

— Ils sentent toujours meilleur qu'ils ne sont en réalité.

Je jetai un regard par-dessus son épaule, m'attendant à voir une foule d'inconnus. Je vis Austin, le visage tendu et Kira, qui le fixait, lui.

— Oui. Dis, ça ne t'ennuie pas si je rentre ? J'ai un horrible mal de tête tout à coup.

Eric sembla contrarié et il posa sa main sur mon cou. Son geste était destiné à me faire me sentir mieux, mais j'eus aussitôt envie de me dégager de son étreinte. Il me caressa doucement, et il enleva sa main.

— Bien sûr que non. Je peux te raccompagner si tu veux.

— Non, je ne veux pas te gâcher la soirée.

Et je pris la direction de mon appartement, en jetant les beignets dans la première poubelle que je croisai.

— Je ne pense pas que le reste de la soirée sera mieux que ce beignet, dit-il en me rattrapant. Je t'accompagne.

— Tu es sûr ?

— Paige, ce n'est vraiment pas un problème. Fais attention ! fit-il soudain en m'arrêtant juste avant que je ne mette le pied dans une grande flaque d'eau.

Ses doigts serrèrent mon bras juste assez fort pour m'empêcher de tomber, et je sentis mon cœur commencer à s'emballer. Il laissa sa main un peu plus longtemps que nécessaire, puis il relâcha son étreinte, plus tôt que je ne l'aurais voulu.

Dans le hall d'entrée, il jeta un coup d'œil dans sa boîte aux lettres alors qu'il l'avait déjà fait en sortant. Je savais ce qu'il ressentit en voyant qu'il n'avait rien reçu d'autre que la lettre de l'association des locataires de l'immeuble, mais il se tourna vers moi le sourire aux lèvres malgré tout.

— On dirait qu'ils prévoient un autre barbecue. Si c'est comme l'année dernière, la bière sera chaude et le repas sera froid.

— Je n'étais pas là l'année dernière, lui rappelai-je tandis qu'il froissait le papier avant de le jeter à la poubelle.

— Mais tu y seras cette année, non ? demanda-t-il tandis que nous nous dirigions vers l'ascenseur. En attendant, comment tu te sens ? Tu as toujours mal à la tête ?

— Oh… ça ira. Je suis juste fatiguée.

Je n'eus pas de mal à lui mentir mais, même si Eric me lança un regard curieux, il ne me posa pas de questions.

Quand les portes s'ouvrirent à son étage, il hésita avant de sortir et je me demandai s'il avait l'intention de m'embrasser ou de me serrer la main.

— Je t'appelle, O.K. ?

Je hochai la tête et je lui souris jusqu'à ce que les portes se soient refermées derrière lui. Une fois dans mon appartement, je pris une douche froide et je laissai les gouttes glacées cingler ma peau jusqu'à ce que toute trace de désir ait disparu.

Je mis mes larmes sur le compte des trop violents coups de peigne qui m'irritèrent le cuir chevelu, mais, quand je redressai la tête, je ne pus éviter de voir mon expression dans le miroir. Détournant les yeux, j'enfilai une légère chemise de nuit d'été sur ma peau humide et glacée.

La jalousie et le beignet m'étaient restés sur l'estomac, alors je fis bouillir de l'eau pour me faire un thé. Le mal de tête que j'avais inventé était devenu réel, et j'allai chercher deux comprimés d'ibuprofène dans ma pharmacie. Enfin, j'attrapai le roman que j'étais en train de lire, et je venais juste de m'installer dans mon canapé quand j'entendis frapper à la porte.

M'attendant à ce que ce soit Eric, je ne pris pas la peine de regarder dans le judas. Alors, quand je vis Austin dans l'encadrement de la porte, je restai interdite pendant quelques secondes. Puis, je le laissai entrer.

Ses lèvres se posèrent sur les miennes avant que nous ayons le temps de dire un mot. Mon livre tomba par terre et je le poussai d'un coup de pied tandis qu'Austin m'entraînait vers le canapé. Je le repoussai avant qu'il n'ait le temps d'arriver à ses fins.

— Qu'est-ce que tu fous là ?

Austin parcourut la pièce du regard.

— Il est là ?

— Tu as de la chance qu'il ne soit pas là. Tu ne peux pas entrer et m'attaquer comme ça. Tu ferais mieux de partir.

Il fit non de la tête.

— Austin, murmurai-je, tu dois partir.

Il secoua la tête de nouveau. Nous n'étions qu'à quelques centimètres l'un de l'autre, et j'étais très consciente de la sensation du tissu en coton sur ma peau. La lingerie qu'Eric m'avait envoyée m'avait rappelé ce que l'on ressentait lorsqu'on se sentait désirable, mais, sous le regard d'Austin, je n'avais besoin de rien d'autre que moi-même pour sentir qu'il me désirait.

— Paige, s'il te plaît, dit-il d'une voix rauque. Arrêtons de faire semblant…

— Je ne fais semblant de rien, dis-je en croisant les bras.

Je sentis soudain comme des crampes dans le ventre. Quand nous étions mariés, Austin me mettait au lit et il m'apportait une bouillotte quand mes crampes étaient vraiment douloureuses, et parfois il allait me chercher de la crème glacée la nuit, même quand il était tard.

— Ce type n'est pas ton petit ami ? Si ?

— Est-ce que Kira est ta petite amie ? répliquai-je.

— Non ! Tu es folle ?

— Est-ce que tu couches avec elle ?

— Non !

Je posai ma main à plat sur son cœur qui battait de façon régulière et, en le fixant, je lui demandai :

— Est-ce que tu as déjà couché avec elle ?

Il secoua la tête. Juste une fois. Je pinçai son téton, beaucoup moins fort que j'en avais envie. Il resta impassible.

— Tu as couché avec elle ? répétai-je doucement.

— Je n'ai pas couché avec elle, Paige. Je te le promets.

Il poussa un gémissement quand je pinçai son téton de nouveau. Quand je glissai ma main sous sa chemise pour toucher sa peau nue, Austin ne fit rien pour m'en empêcher. Je ne pensais pas qu'il le ferait.

Je reculai d'un pas.

— Ce n'est pas mon petit ami. Mais ça ne veut pas dire que tu peux continuer à venir ici en t'attendant à ce que je te laisse venir dans mon lit.

Il fit passer sa chemise par-dessus sa tête et il la laissa tomber par terre. J'avais parcouru chacune de ses côtes avec mes dents, mes lèvres et ma langue. Je connaissais le creux de son ventre et le goût de sa peau.

Il défit sa ceinture et, quand il descendit sa fermeture avec une lenteur calculée, je me mordis la lèvre. Quand il baissa son jean sur ses cuisses que j'avais autrefois mordillées pendant des heures, mon mal de tête s'évanouit. Il enleva le reste de ses vêtements et resta ainsi, nu devant moi. Austin était fier de son corps, et à juste titre. Il ne bandait pas complètement et je me rappelai les fois où je l'avais pris dans ma bouche jusqu'à ce qu'il devienne dur.

— Coucher ensemble ne va rien changer, l'avertis-je.

Austin haussa les épaules et il avança vers moi, mais je levai la main pour l'arrêter.

— Non.

Il semblait contrarié et, sur le point de parler, mais je l'interrompis de nouveau. Ma voix me surprit, rauque, basse et contrôlant totalement la situation.

— Va dans ma chambre, Austin.

Il fit un pas hésitant, puis un autre, tandis que je le fixais, sans bouger. Il me regarda pendant que j'attrapais son jean à terre pour en ôter la ceinture, et il ouvrit de grands yeux quand il me vit l'enrouler autour de ma main.

— Paige, qu'est-ce que tu fous ?

— Va dans ma chambre, lui répétai-je, tout en étirant la ceinture en cuir entre mes deux mains. Va sur mon lit et mets-toi à genoux, face à la tête de lit. Pose tes mains dessus et attends-moi.

Je connaissais cet homme depuis toujours. Je l'avais vu prendre des coups sur un terrain de football et me défendre dans un bar au cours d'une bagarre. Je l'avais vu jurer sur un chantier contre des hommes qui n'avaient pas fait leur travail et je l'avais entendu échanger des blagues salaces avec ses amis. Il rechignait à l'idée de cuisiner ou de faire la moindre tâche ménagère, parce que ce sont des « boulots de fille », et nous avions eu de mémorables disputes quand nous étions mariés à propos des comptes séparés, parce que « les femmes qui ont un mari pour s'occuper d'elles n'ont pas besoin d'avoir leur propre argent ». Je savais que jamais il ne me laisserait lui dire ce qu'il devait faire.

Je ne le connaissais pas aussi bien que je le pensais.

Chapitre 30

Austin, sans ajouter le moindre mot, alla dans ma chambre. J'entendis la tête de lit craquer quand il l'empoigna. Puis, il n'y eut plus que le silence, troublé par les battements affolés de mon cœur.

Il tourna la tête quand j'entrai, puis il se retourna aussitôt vers le mur. Il avait la tête courbée, les épaules rentrées et j'admirai son dos et ses cuisses musclés.

Cette vision me fit presque défaillir. Je m'agrippai au bois de l'encadrement de la porte et le métal froid de la boucle de sa ceinture s'enfonça dans la paume de ma main, assez fort pour me faire mal. La violente sensation fit couler mon sang plus vite dans mes veines. La lanière en cuir se balançait, frôlant mon mollet.

Quand je la fis claquer doucement contre la paume de ma main, Austin se tendit, mais il laissa ses mains là où elles étaient. Il ne me regarda pas. Je vis les muscles de son dos se contracter, avant de se relâcher de nouveau, puis lentement il reprit son souffle de façon silencieuse.

Austin resta là où je lui avais dit de se mettre. Cet homme pouvait me coincer contre le mur d'une main. Il pouvait me briser, mais il ne faisait pas ce que je lui avais dit de faire parce qu'il était incapable de dire non. Il n'avait pas peur de moi.

Il me faisait confiance.

Cette confiance me secoua plus encore que ses mains ne l'avaient jamais fait. Il m'avait retournée dans tous les sens, il m'avait donné ce que je voulais, encore et encore, jusqu'à épuisement.

Je restai sur le pas de la porte, le regardant se donner à moi, prêt à me laisser lui faire ce que je voulais, et le cuir glissa entre mes doigts soudain moites, résonnant comme un soupir.

J'avançai vers le lit, portée par une force inconnue. Quand je montai à genoux sur le lit, le matelas bougea. Austin s'agrippa à la tête de lit et tourna la tête vers moi.

— Paige…

— Chuuut…

Je m'approchai plus près, pour m'agenouiller derrière lui, entre ses chevilles.

Le tissu de ma chemise de nuit effleura sa peau et j'observai, fascinée, son dos parcouru de frissons. De nouveau, il courba la tête. Je regardai ses mains, ses doigts crispés. Je ne pouvais pas voir son sexe, aussi je basculai un peu sur le côté, et je me mordis les lèvres pour qu'il n'entende pas combien la vue de son sexe en érection m'excitait.

Cela avait toujours été moi qui l'avais incité à m'immobiliser les poignets. Je l'avais entraîné sur un chemin qu'il avait suivi avec empressement, mais seulement parce que je l'y avais poussé. A présent, je repliais sa ceinture dans ma main, puis je la fis glisser le long de son dos et de ses fesses. Puis, ma main suivit le même parcours, avant de s'insinuer entre ses cuisses, effleurant ses parties intimes du bout des doigts. Austin frémit, mais il ne bougea pas. Il ne dit rien.

Regardant le cuir contre sa peau, je repris lentement mon souffle, m'agrippant à ses épaules. Mes ongles s'enfoncèrent sous sa peau et Austin laissa échapper un petit gémissement.

Je ne voulais pas lui faire mal. Pas réellement. Je n'avais pas envie de le frapper, ni de lui laisser de marques. Je voulais l'avoir à ma merci, le tenir en laisse. Je voulais qu'il m'appartienne.

Je lui donnai un coup de ceinture sur les fesses, pas assez fort pour la faire claquer.

— Ecarte les jambes.

Ses genoux glissèrent sur les draps et j'entendis le lit craquer. Il se pencha en avant, le front appuyé contre le mur, les épaules rentrées, les mains fermement agrippées à la tête de lit.

Ma main trouva son sexe familier, je le caressai doucement, puis j'arrêtai. Une nouvelle fois, je glissai une main entre ses cuisses, puis je le caressai pour sentir la tension qui l'animait. Un genou de chaque côté de ses mollets, je pressai mes seins, toujours recouverts de ma chemise de nuit, contre son dos.

Je l'embrassai dans le cou et le mordillai doucement, puis je me collai contre ses fesses nues. Je l'entendis gémir quand je relevai les pans de ma chemise de nuit pour que mon sexe nu effleure sa peau. Puis, quand j'ondulai contre ses fesses, je sentis Austin frémir.

Moi aussi, je frémis. Ma bouche dans son cou, mon sexe contre ses fesses, je glissai une main devant lui pour le caresser.

— Ça te plaît ?

— A ton avis, Paige ? fit-il d'une voix basse et rauque qui me fit frissonner de nouveau.

— Je veux t'entendre me le dire.

Mon cœur battant de plus en plus vite, je ne réussis qu'à murmurer, mais Austin m'avait entendue.

— J'aime que tu me touches, Paige.

— Comme ça ?

Je fis glisser ma main sur le bout de son sexe, comme il aimait.

— Oui…, comme ça, gémit-il.

Je lâchai la ceinture. C'était un accessoire dont je n'avais plus besoin. Je n'allais pas m'en servir. Si je ne pouvais pas l'avoir à ma merci et l'enchaîner avec mes mots, alors je ne méritais pas qu'il m'appartienne. Elle heurta le sol avec un bruit métallique. Austin ne la regarda même pas.

Je me collai contre son dos et je fermai les yeux. Sa peau avait une odeur unique, la sienne. Aucun parfum n'aurait pu la remplacer. Je respirai son odeur et, dans le noir, je me laissai aller à me rappeler comment cela avait toujours été entre nous.

C'était un peu différent à présent. Il tressaillit quand j'avançai mon autre main pour lui caresser les bourses, glissant un doigt entre ses fesses. Son corps se raidit et il marmonna quelque chose, mais je n'eus pas l'impression qu'il protestait, alors je continuai de faire ce que je faisais.

— Tu as envie de jouir ? lui demandai-je, certaine de sa réponse, et je fus surprise.

— Non, pas tout de suite. S'il te plaît…, souffla-t-il dans un soupir, posant une main sur la mienne pour interrompre mes mouvements. Je veux te b… je veux te faire l'amour.

Je l'embrassai et lui mordillai la nuque pendant quelques secondes avant de m'écarter pour m'allonger sur le lit.

— Sers-toi de ta bouche d'abord.

Il me regarda par-dessus son épaule, un sourire au coin de ses lèvres.

— Oui, madame.

Il me taquinait un peu, mais cela me plut.

— Sers-toi de ta langue pour autre chose que pour parler.

Austin se retourna, toujours à genoux, une main sur son sexe. Il le lâcha pour venir entre mes jambes, mais il ne se précipita pas sur mon sexe, comme je m'y étais attendue. Il déposa de petits baisers sur mes genoux, puis il remonta lentement vers l'intérieur de mes cuisses. Il frotta son nez contre mon sexe avant d'y poser la bouche, mais, quand sa langue commença à titiller mon point sensible, je fus surprise par l'intensité de ce que je ressentis.

— Oh…

Je m'arquai en m'agrippant aux draps. Murmurant un mot que je ne compris pas, il se mit à lécher doucement mon bouton, puis, d'un geste délicat, il insinua ses doigts en moi.

Tout ce qu'il faisait était parfait. Je n'avais pas à lui dire ce que je voulais ou ce que j'aimais. Il le savait déjà.

En quelques instants, je sentis mon orgasme monter, mais je ne lui dis pas d'attendre. Je me tendis vers sa bouche, l'encourageant à accélérer ses mouvements. Soudain, plus rien ne comptait que le plaisir procuré par sa bouche et ses mains sur moi, son souffle quand il murmura mon nom.

Je fus emportée par un orgasme d'une intensité fulgurante, et Austin fut avec moi, du début à la fin. Et quand ce fut fini, il s'écarta délicatement de moi et me prit dans ses bras.

Mais si je connaissais Austin, lui aussi me connaissait. Il vint m'embrasser, me laissant une minute pour reprendre mes esprits puis, glissant une main entre mes cuisses, il me caressa encore. En quelques secondes, je fus de nouveau au bord de l'orgasme. Puis, je sentis son sexe contre le mien.

— Un préservatif, murmurai-je.

Il tendit le bras pour ouvrir le tiroir de ma table de nuit, même si je ne lui avais pas dit que c'était là que je les rangeais. Il en sortit une grande boîte — que j'avais achetée un an plus tôt quand j'avais l'intention d'avoir de nombreuses aventures avec des inconnus. Je n'avais jamais eu l'occasion de le faire. Je ne les avais utilisés qu'avec lui.

Ce n'était pas évident pour lui d'enfiler le préservatif tout en continuant à me caresser, alors je l'aidai en substituant ma main à la sienne.

Il enfila le préservatif et il vint entre mes jambes. Le souffle court, je l'empêchai de venir en moi.

— Non, dis-je.

Mes doigts étaient humides quand je les retirai d'entre mes cuisses et je les léchai un à un en le fixant. C'était ce qu'il m'avait fait. Ce qu'il avait fait pour moi. Et il me regardait d'un air qui ne laissait aucun doute sur l'état d'excitation que mon geste faisait naître en lui.

Avec un petit sourire de triomphe, je basculai sur lui, et, d'un geste sûr, je descendis sur son sexe dressé, savourant chaque centimètre qui entrait en moi, jusqu'au bout. Puis je passai les bras autour de son cou, et nous nous embrassâmes, lentement, mais avec intensité. Il essaya de bouger, mais comme mes jambes étaient enroulées autour de sa taille, il ne réussit pas à grand-chose.

Il poussa un soupir.

— Paige…

Je l'immobilisai avec mes jambes. J'adorais cette sensation de puissance. Il était en moi, il me pénétrait, pourtant c'était moi qui menais le jeu.

— Merde, dit-il… Tu ne peux pas…

— J'aime bien quand tu dis s'il te plaît…

Il me dévisagea, déconcerté. Il avala sa salive avec difficulté. Je glissai une main dans son cou, resserrant mon étreinte sur sa nuque. Et je le regardai me céder.

— S'il te plaît, dit Austin.

Je jouis, simplement en l'entendant me supplier.

Il me prit dans ses bras tandis que je tressaillais. Sa bouche s'empara de la mienne et cette fois, quand il commença à bouger, je bougeai avec lui et non contre lui.

Ses mains glissèrent sous mes fesses pour me soulever sur son sexe et j'accompagnai ses mouvements de quelques roulements de hanches. J'enfonçai mes ongles dans son dos, transportée par le plaisir qu'il me donnait et je l'entendis gémir dans ma bouche.

Je ne pouvais plus jouir, mais lui, si. Il poussa un cri et ses doigts se crispèrent sur mes fesses, ce qui fut un peu douloureux. J'allais sans doute avoir un bleu, mais je m'en fichais. Nos corps se heurtèrent et mon lit trembla. Je mordis son épaule et il cria, venant en moi si fort que cela me fit mal. Mais je m'en fichais aussi.

Je léchai sa peau en sueur et il frémit un peu, mais je savais que ce n'était pas de froid. Je voulus me dégager, mais il me retint.

— Ne pars pas tout de suite.

Nous avions fini de baiser. Nous avions l'habitude de rester dans les bras l'un de l'autre parfois, après avoir fait l'amour. Dans le noir. C'était à ce moment-là qu'on parlait le plus, après avoir baisé.

Je n'avais pas envie de parler à Austin maintenant. Le corps rassasié, mon esprit voulait refouler les sentiments qu'il m'inspirait toujours. Je le repoussai et il me laissa partir.

J'allai à la salle de bains avant qu'il ait le temps d'ajouter quoi que ce soit. Je me précipitai sous la douche et, le temps qu'Austin vienne à son tour dans la salle de bains, elle était emplie de buée. Je m'attendais à ce qu'il ouvre le rideau de la douche et qu'il vienne me rejoindre, mais après avoir fait couler l'eau au lavabo il ressortit de la salle de bains.

Il était assis à mon bureau lorsque je sortis, une serviette autour de moi. Il leva les yeux, et je vis qu'il tenait mon téléphone portable à la main, le clapet ouvert. Je ne l'avais pas entendu sonner.

— Que fais-tu ?

Austin referma lentement le clapet de mon téléphone et le reposa sur le bureau. Puis il se leva.

Si seulement j'avais été habillée à cet instant, je me serais sentie un peu moins vulnérable qu'enroulée dans une pauvre serviette, vu la façon dont il me regardait. J'attrapai ma chemise de nuit, mais je l'avais jetée en boule par terre et j'eus du mal à l'enfiler.

— Tu as reçu un message, dit Austin. Pendant que tu étais sous la douche.

— Depuis quand es-tu autorisé à écouter mes messages ?

— C’est un message écrit, dit-il.

— Et depuis quand es-tu autorisé à lire mes messages ? demandai-je en lui lançant un regard furieux.

J’allai jusqu’au bureau pour prendre mon téléphone, mais je ne regardai pas qui m’avait envoyé un message. Austin ne bougea pas.

— Eh bien ? Tu te prends pour qui, Austin ?

— Apparemment, je ne suis personne, dit-il.

Je me préparai à un accès de colère de sa part. Un message de Kira ou de ma mère ne l’aurait pas mis dans cet état. Cela devait forcément être un message d’Eric, même si je ne lui avais pas demandé de m’envoyer quoi que ce soit.

— Il faut que je te pose cette question, Paige. Est-ce ça que tu veux ? demanda-t-il en faisant un geste en direction du téléphone, mais, comme je ne connaissais pas la teneur du message, je ne pouvais pas lui répondre.

Je ne voulais pas regarder maintenant.

— Tu ferais mieux de partir.

Austin secoua la tête.

— Réponds-moi d’abord ? Je pense que j’ai droit à une réponse.

— Je ne te dois rien.

Ma voix se voila à la fin de ma phrase, et je décidai de me taire avant qu’elle ne se brise tout à fait.

— Est-ce ça que tu veux ? demanda-t-il de nouveau, plus doucement cette fois.

Je constatai avec horreur qu’il n’était pas en colère. Austin était au bord des larmes. Je ne l’avais jamais vu pleurer, pas même quand son chien qu’il avait depuis qu’il était enfant était mort. Je l’avais vu enterrer ce chien sans une larme. Mais maintenant… il était sur le point de pleurer.

Et c’était moi qui lui avais fait ça.

Je n’avais pas besoin de lui donner des coups de ceinture sur les fesses pour lui faire mal.

Je me sentis comme la pire des salopes.

— Est-ce que c'est ce que tu aimes ? C'est ce dont tu as besoin ? demanda-t-il en contemplant la tête de lit d'un air désemparé.

— Je... Je ne veux pas parler de ça, balbutiai-je, moi aussi sur le point de pleurer.

Austin m'avait vue pleurer très souvent. Et, s'il était ému par mes larmes, il ne l'avait jamais montré.

— Parle-moi. Je veux savoir.

Il s'approcha de moi, posa sa main sur mon épaule, mais je reculai.

— S'il te plaît, dit-il.

Je secouai la tête et je couvris mon visage avec mes mains, pour ne pas le voir se mettre à genoux devant moi. J'entendis juste un bruit sourd lorsqu'il tomba sur le sol, et je sentis la chaleur de ses mains quand il me prit par les hanches. Je fus incapable de le regarder, pas même lorsqu'il pressa son visage contre mon sexe et qu'il murmura mon nom, tandis que je sentais son souffle chaud sur moi. Je ne voulais pas sentir ses larmes chaudes contre ma peau. Je ne voulais pas le regarder, pas même lorsqu'il embrassa mon ventre.

— Dis-moi, dit Austin. Est-ce que c'est là que tu me veux ?

Un bruit étranglé s'échappa de ma gorge. J'essayai de reculer, mais ses mains me maintenaient là où j'étais. Il m'embrassa encore, lentement. Je sentais son visage chaud et humide entre mes cuisses.

— Parce que je le ferai, si c'est ce qui te rend heureuse, Paige. Je me mettrai à genoux devant toi chaque fois que tu le voudras. Je te laisserai faire ce que tu veux. Si tu me dis ce que tu veux que je fasse, je le ferai. Je suis prêt à tout, tu te souviens ? Je veux juste que... tu me le dises. S'il te plaît.

— Je veux que tu te taises et que tu partes, dis-je comme je pus, sans respirer. Va-t'en, Austin !

— Si c'est ce que tu veux.

Il se releva et ses mains montèrent plus haut sur mon corps, puis il m'attira contre lui.

Je portais toujours ma chemise de nuit, mais ça n'était pas une protection suffisante contre Austin. Je sentis la boucle de sa ceinture contre mon ventre. Je sentis la toile de son jean contre mes jambes nues. Je m'apprêtais à le repousser, je ne voulais pas en entendre davantage. Trop tard.

— Je t'aime, dit Austin. Tu ne le sais pas ?

J'ouvris la bouche et il m'embrassa, jusqu'à ce que je tourne la tête.

— Tu ne veux pas l'entendre, dit-il.

— On a déjà traversé tout ça, murmurai-je. Ça ne marche pas entre nous.

— Moi, je veux que ça marche, dit-il en m'attirant plus près contre lui. Tu es différente. Tu sais qui tu es maintenant.

Mais je ne voulais pas que lui le sache.

— On n'était pas si mal ensemble, Paige.

Je le regardai encore.

— On n'était pas si bien non plus.

— Je veux être avec toi. Et pas seulement pour te baiser une fois de temps en temps. Sérieusement. Toi et moi ? J'ai envie d'essayer.

Je faillis dire oui. Mais je finis par dire non.

— Pars.

— Je suis prêt à tout, dit Austin, et il m'embrassa jusqu'à ce que je sois à bout de souffle.

Puis il partit.

J'attendis d'entendre la porte se refermer derrière lui pour regarder le message que j'avais reçu. Il venait bien d'Eric, comme je l'avais pensé.

> Si j'étais avec vous maintenant, je me mettrais à genoux pour vous. Je serais votre esclave. Je vous vénérerais. Je voudrais être avec vous en ce moment.

C'est facile d'analyser une situation avec du recul, et d'en vouloir aux circonstances, et j'aurais pu mettre ma réponse à Eric sur le compte de ce qu'il venait de se passer avec Austin. Mais je savais que j'étais responsable de ce que je faisais. Et je lui répondis :

Je pense qu'il est temps qu'on se rencontre.

Puis, j'essuyai mon visage. Les larmes, c'était fini.

Chapitre 31

— Paige, j'ai besoin que tu viennes garder Arty la semaine prochaine, je dois partir quelques jours.

Ma mère, pour une fois, ne s'embarrassa d'aucune sorte de préambule.

Je ne me posai même pas la question de savoir pourquoi elle me demandait ça.

— Tu veux que je reste à la maison ?

— Oui, répondit-elle.

A sa voix, elle me sembla fatiguée et de mauvaise humeur. Elle ajouta :

— J'ai besoin que tu sois là pour l'emmener au bus le matin. Il peut rester à l'étude après l'école jusqu'à ce que tu rentres du travail.

— A quelle heure prend-il le bus ?

J'étais déjà en train de chercher une excuse, pensant à la torture que cela serait de rester dans la maison de ma mère pour une durée si brève soit-elle.

— 8 heures. Ça te laissera largement le temps de te rendre à ton travail. Ça n'est que pour cinq jours, Paige. De dimanche à jeudi. Je devrais… Je serai à la maison vendredi.

Le fait qu'elle supposait que j'allais mettre ma vie entre

parenthèses pendant cinq jours me resta en travers de la gorge. J'étais déjà de mauvaise humeur après ma dispute — si on pouvait appeler ça ainsi — avec Austin.

J'avais autre chose en tête, comme par exemple aller voir Eric et lui dire la vérité sur moi et sa maîtresse inconnue et ce qu'il adviendrait après.

— Où vas-tu ? demandai-je. Je ne peux pas tout laisser en plan comme ça, maman.

— Je pars quelques jours. Dans un spa, dit-elle sur la défensive. Prendre du temps pour moi.

Je fulminai intérieurement et j'éteignis le gaz sous mes spaghettis réchauffés. Je n'avais plus faim de toute façon.

— Tu n'aurais pas pu me le dire plus tôt ?

— C'est une disponibilité de dernière minute. Ne discute pas là-dessus, Paige.

Son ton, celui qu'elle employait avec moi quand j'étais enfant, eut le don de m'énerver davantage encore.

— Et si je ne peux pas ?

La voix de ma mère se brisa.

— Il le faut. Je n'ai personne d'autre pour l'emmener, et il t'aime. Tu es sa sœur. J'ai besoin que tu fasses ça pour moi.

En entendant le tremblement dans sa voix, ma colère s'évanouit.

— C'est à propos de Leo ?

— Pourquoi dis-tu ça ?

— Parce que tu as vécu avec lui pendant cinq ans, maman, et que vous venez de vous séparer. C'est normal que tu sois contrariée.

— Oui, je suis contrariée. Très contrariée, dit-elle avant de marquer une pause. Oui, c'est à propos de Leo. Il… On part quelques jours. Pour essayer de résoudre nos problèmes. Je n'ai pas pu te prévenir plus tôt parce qu'il vient juste de poser ses congés et que c'est un plan de dernière minute. Je sais que c'est un peu tard pour te prévenir Paige, mais je n'ai personne d'autre à qui le demander.

Je n'étais toujours pas très contente, mais j'étais la dernière personne qui empêcherait qui que ce soit d'essayer de revenir avec son conjoint. Et aider ma mère allait peut-être, dans une moindre mesure, compenser le peu d'efforts que j'avais faits avec Austin. Ou pas. Quoi qu'il en soit, je soupirai et sortis mon agenda de mon sac.

— Quels jours dis-tu ?

— Tu pourrais venir passer le week-end à la maison, tu sais. On pourrait passer quelques jours ensemble avant mon départ.

— Ne pousse pas, lui dis-je. J'ai plein de choses à faire, maman. Je ne peux pas juste passer, rester un moment et rentrer chez moi en dix minutes.

— Tu crois que je ne le sais pas ?

Merde, maintenant elle pleurait. Qu'est-ce qui n'allait pas chez moi pour que je fasse de la peine à tout le monde ?

— Maman, allez…

— Tu me manques, Paige ! Je suis désolée ! Je suis désolée de ne pas avoir une grande maison comme celle de ton père, dit-elle sur un ton que je ne lui connaissais pas. Je suis désolée si nous ne sommes pas assez bien pour toi, mais malgré tout tu n'as pas trop mal tourné, que je sache ?

En temps normal, j'aurais crié à mon tour, mais j'étais fatiguée de me battre, contre Austin, contre elle. Contre moi-même. Alors je ne dis rien et, après quelques instants de silence tendu, ma mère s'éclaircit la gorge.

— Je dois partir de la maison à 8 heures du matin dimanche. Sois là avant, s'il te plaît.

Je me retins de soupirer. Au fond, il valait peut-être mieux en effet que je passe la soirée là-bas. Qu'est-ce qui serait pire : un samedi soir chez ma mère à Lebanon ou être obligée de me lever aux aurores ?

— Très bien, j'y serai.

— Merci, dit-elle avec une froideur inhabituelle, Arty sera ravi.

Au moins, mon petit frère serait content de me voir, c'était déjà ça. Vivre à Lebanon ne me manquait pas et vivre avec ma mère non plus, mais j'aurais voulu être plus près pour pouvoir les voir plus souvent. J'avais passé beaucoup de temps à m'occuper d'Arty quand il était bébé et j'étais plus proche de lui que d'un simple frère.

— A dimanche alors.

Je ne réussis pas à sembler contente, malgré tout.

— Je t'aime, ma chérie, dit ma mère.

Comme la fille indigne que j'étais, je raccrochai sans répondre.

Austin ne m'appela pas et, bien sûr, moi non plus. Eric ne passa pas non plus, ce qui me réjouit moins. Je savais pourquoi — je m'étais moi-même évincée du premier rang dans l'ordre de ses pensées. Cela aurait été drôle si ce n'était pas un peu triste.

Ce qui prouvait au moins une chose : ce que nous partagions ne correspondait pas exactement à ce qu'il cherchait. Il y avait cependant une question que je ne cessais de me poser. Etais-je capable de lui donner ce qu'il voulait à plein-temps ? Et l'accepterait-il venant de moi lorsqu'il découvrirait le rôle que je jouais ?

Et, surtout, avais-je envie de devenir dans la vie réelle la femme que j'avais créée dans ces lettres ?

Je pris mon stylo et le papier souple, odorant et spécial. Il ne me restait plus que deux feuilles. Peut-être n'aurais-je pas besoin de plus.

Ma mère m'avait dit qu'elle serait rentrée le jeudi, soit exactement dans une semaine. J'avais le planning d'Eric pour le mois. Il travaillait cette nuit-là, ainsi que le vendredi et le samedi qui suivaient. Ce serait donc le dimanche. Dans un peu plus d'une semaine. Cela me laisserait largement le temps de me préparer.

> *Vous réserverez une chambre au Hilton de Harrisburg pour dimanche. En arrivant, vous laisserez une clé pour moi à la réception au nom de Rose Thorn. Vous serez dans la chambre et prêt pour moi, avant 3 heures et demie. Vous emporterez avec vous une bouteille de votre lubrifiant préféré et une boîte de préservatifs. Une fois dans la chambre, vous prendrez une douche et vous vous raserez, puis vous adoucirez votre peau avec une lotion. Je veux que vous soyez propre et que vous sentiez la lavande et la menthe. Vous m'attendrez en portant seulement le bracelet que je vous ai offert. Agenouillez-vous près du lit. Quand j'entrerai, vous me montrerez que vous appréciez ma présence en vous mettant à mes pieds.*

Cela ne me sembla pas parfait. Mes mots manquaient de rythme et de raffinement, mais c'étaient mes mots. Je n'étais pas très sûre de savoir ce que j'allais ressentir en faisant comme s'il s'agissait d'un parfait inconnu et en me faisant appeler Maîtresse. Mais il était temps d'essayer de découvrir si j'étais capable de jouer ce rôle dans la réalité.

— Tu vas présenter ta candidature pour le nouveau poste ?

Je n'avais pas entendu Brenda s'approcher de moi, ce qui n'était pas étonnant étant donné que j'étais plongée dans mes pensées érotiques.

— Je ne pense pas.

Dans le doute, mieux valait gagner du temps. Il me fallut une minute pour comprendre ce qu'elle voulait dire, mais, quand elle désigna le panneau d'affichage qui se trouvait derrière moi, je me retournai. Je lus rapidement les annonces qui s'y trouvaient.

— Oh, le poste au service marketing ? Non, je leur ai déjà dit que je n'étais pas intéressée.

— Ils viennent juste de l'afficher il y a dix minutes, Paige.

Brenda ne faisait donc pas partie des candidates qu'ils avaient présélectionnées. Je fis semblant de regarder l'annonce de plus près.

— Oh, ce poste-là. Non, je ne pense pas. Mon poste actuel me plaît.

Elle fit un de ces bruits que faisaient les gens quand ils ne vous croyaient pas, mais qu'ils ne voulaient pas le dire ouvertement.

— Je pense que je vais tenter ma chance. Le salaire est bien plus élevé, et je parie que les avantages ne sont pas mal non plus.

— C'est beaucoup de responsabilités, Brenda.

Nous nous dirigeâmes ensemble vers nos bureaux respectifs et j'espérai que Brenda n'allait pas poursuivre cette délicate conversation.

— Je pense que je pourrais faire face, pas toi ? Ils cherchent plusieurs personnes d'après ce que j'ai entendu. Pas juste une.

Je ris pour détendre l'atmosphère et pour ne pas éveiller les soupçons de Brenda.

— Cela ne m'intéresse vraiment pas.

— Je vais me présenter. Mon chéri dit que je devrais le faire et qu'il aimerait bien pouvoir prendre sa retraite quelques années plus tôt.

Cela me sembla être la plus mauvaise raison qui soit pour postuler, mais je le gardai pour moi.

— Bonne chance.

— Merci, dit-elle en s'éloignant, avant de me demander : On déjeune ensemble aujourd'hui ?

— Je ne peux pas, je dois travailler à l'heure du déjeuner pour pouvoir partir plus tôt.

Je ne pouvais pas lui donner davantage d'explications, mais je voyais bien que j'avais éveillé sa curiosité.

Paul était déjà arrivé quand j'entrai dans le bureau. Je posai ma veste et mon sac et j'allumai mon ordinateur, puis je commençai à préparer le café. L'odeur de café le faisait généralement sortir de son bureau, mais, comme je devais lui parler, je lui servis une tasse et frappai à sa porte.

— Paul ? J'ai besoin de…

Je m'arrêtai sur le pas de la porte, d'abord convaincue qu'il n'était pas là en fin de compte.

Il avait baissé les stores jusqu'en bas et non à la moitié, comme à son habitude. Les néons étaient éteints, ce qui était normal, mais sa lampe de bureau n'était pas allumée non plus. La seule lumière venait de l'écran de son ordinateur. Je plissai les yeux, pour m'habituer à la pénombre, et la lueur du regard de Paul me fit prendre conscience qu'il était bien assis à son bureau. Il portait son manteau, sa cravate et sa chemise blanche qui scintillait dans l'obscurité. Il alluma la lampe qui était sur son bureau, mais, en dépit de son sourire, je vis que quelque chose n'allait pas.

Je ne renversai pas le café, mais je le posai si fort sur la table qu'il déborda un peu de la tasse. Sans réfléchir, je fis le tour du bureau et m'agenouillai devant lui, puis je pris ses mains dans les miennes et sentis la chaleur de ses doigts dans les miens.

— Qu'est-ce qui ne va pas, Paul ?

— Je n'arrive pas à m'en sortir avec ces chiffres, dit-il calmement.

Il serra mes doigts, brièvement, et je répondis à son geste.

— Voulez-vous que j'y jette un coup d'œil ?

— Non, dit-il. J'ai juste besoin de rester assis quelques minutes, le temps que ça passe.

Quoi qu'il se passait, ce n'était pas normal, mais cela ne me sembla pas trop grave. Une espèce de crise de panique. Il trembla un peu, et je vis dans ses yeux les efforts qu'il faisait pour faire cesser ses tremblements.

Dès la première semaine où j'avais travaillé avec lui, j'avais su que Paul avait besoin de davantage d'attention que n'importe quel autre patron que j'avais eu. On m'avait mise en garde, mais pour les mauvaises raisons, et nous nous entendions très bien. Nous avions trouvé un terrain d'entente. Je ne savais pas ce qui n'allait pas, mais cela n'avait pas vraiment d'importance. Je devais prendre soin de lui.

— Voulez-vous que j'appelle votre femme ?

Il poussa un grand soupir, l'air abattu.

— Paige, je suis juste… bouleversé.

Je regardai l'écran de son ordinateur, où plusieurs fenêtres étaient ouvertes. Je me relevai et passai devant lui pour les fermer, une à une, jusqu'à ce qu'il n'y ait plus rien sur son écran. Pendant tout ce temps, il ne fit pas un geste. Puis je reculai et m'appuyai sur le bureau. Il éloigna un peu son fauteuil de moi.

De profil, il paraissait plus vieux. C'était un homme dont l'âge était inscrit sur les traits de son visage.

— J'ai juste besoin de quelques minutes, dit-il calmement.

— Depuis combien de temps est-ce que ça dure ?

Il me regarda, puis il réussit à sourire.

— Longtemps. Toute ma vie.

— Vous suivez un traitement pour ça ? demandai-je d'une voix douce.

Si ma question indiscrète l'avait offensé, il n'en avait rien montré.

— Oui.

— Et il n'est pas efficace ?

Paul soupira, mais il sourit de nouveau.

— Pas aujourd'hui, je suppose.

— Est-ce que je peux vous aider ?

Je lui avais posé cette question sans le toucher, même si j'avais envie de lui caresser les cheveux et de prendre son visage entre mes mains pour le réconforter, comme le faisait ma mère quand j'étais enfant et que j'avais de la peine.

— Vous m'avez déjà tellement aidé, vous n'avez pas idée, dit Paul avant de prendre une lente inspiration. Le simple fait que vous soyez là est un tel… plaisir, Paige.

Je souris en entendant son hésitation.

Il ébouriffa ses cheveux et ce simple geste sembla le calmer. Il reprit son souffle de nouveau et il me regarda droit dans les yeux.

— Parfois, j'ai l'impression que le seul fait de savoir que vous êtes là, avec mon café, suffit à m'aider à garder le cap. Vous n'avez jamais rechigné à faire quoi que ce soit que je vous demandais, Paige. Vous ne m'avez jamais donné l'impression que j'étais un tyran parce que j'avais besoin de certaines choses.

— Bien sûr que non.

— D'autres l'ont fait.

— Je sais.

Nous gardâmes le silence pendant quelques instants.

— Vous me connaissez vraiment bien, Paige, finit-il par dire. Vous allez me manquer quand vous partirez.

Cette fois, je le touchai, juste pour resserrer doucement sa cravate.

— Je ne vais nulle part.

Nous fûmes interrompus par quelqu'un qui toussait et nous regardâmes en direction de la porte. Je ne lâchai pas sa cravate, pas tout de suite. Pas quand je vis qu'il s'agissait de Vivian, tout droit sortie de chez le coiffeur. Elle affichait un air stupéfait.

— Je t'ai apporté ces dossiers, Paul.

Elle n'entra pas dans la pièce.

— Je croyais que tu devais m'appeler avant, dit-il.

Nous nous tournâmes vers lui, au même instant, elle et moi. Je n'avais pas vu le visage de Vivian, mais je savais que j'étais restée interdite. Paul, en règle générale, n'était pas méchant. Vraiment pas. Et il venait juste de lui administrer une magistrale gifle, au sens figuré. J'eus envie de rire, mais je me contentai de lui adresser un sourire, qu'il me rendit.

— Je peux revenir dans un quart d'heure, dit-elle froidement. Est-ce que cela conviendrait ?

— Que dirais-tu de vingt minutes ? Paige et moi étions en pleine réunion.

Elle sortit sans rien dire, et je sentis que Paul se contractait de nouveau, mais il prit une longue inspiration. Quand elle fut sortie, il se passa de nouveau une main dans les cheveux, puis il recouvrit ses yeux quelques instants. Quand il me regarda, il me sourit et son regard absent avait disparu.

— Elle va penser qu'on couche ensemble, dis-je à voix basse.

Ce n'était peut-être pas la chose à dire, mais à ce stade nous avions dépassé le cap des formalités et des faux-semblants.

— C'est possible.

— Est-ce que cela peut vous poser un problème ?

Paul ne regarda même pas les photos de sa femme et de ses enfants, et je me demandai si je ne m'étais pas trompée à propos de lui et Vivian.

— Cela peut être un problème pour elle. Mais pas pour moi, dit-il avant de marquer une pause. Cela pourrait avoir de l'importance quand vous travaillerez pour elle, toutefois.

— Je vous ai déjà dit que je ne voulais pas poser ma candidature pour ce poste.

J'allai dans la salle de bains prendre une serviette en papier pour essuyer le café que j'avais fait couler sur son bureau. Quand je fus de retour, Paul avait déjà bu la moitié de son café. Il avait sorti un bloc de papier et il avait un stylo à la main, mais il n'écrivait rien. J'essuyai le bureau et je jetai les serviettes en papier à la poubelle, puis je me penchai au-dessus de son épaule pour voir la liste qu'il n'avait pas encore écrite.

— Commencez par vos e-mails, dis-je.

Il écrivit.

— Puis, ajoutai-je, regardez votre courrier et faites ce qu'il y a à faire en fonction de ce que vous avez reçu.

Il écrivit cela aussi, ainsi que le reste des instructions que je lui donnai.

— Et renvoyez-moi chez moi de bonne heure.

Et, comme il levait les yeux vers moi sans comprendre, j'ajoutai :

— Je dois aller chercher mon petit frère après l'étude tous les soirs cette semaine. J'aurai besoin de partir vers 3 heures, d'accord ? Je ne prendrai pas de pause déjeuner et je viendrai plus tôt si vous voulez.

Paul écrivit lentement, *Paige part plus tôt*, et il me regarda de nouveau.

— Non, vous n'avez pas besoin d'arriver plus tôt. Assurez-vous juste que vous avez fait votre travail, dit-il, marquant une nouvelle pause. Comme si j'avais besoin de vous le dire, ajouta-t-il.

Je me penchai un peu plus près, pour lui dire à voix basse :

— Ecrivez-le sur la liste pour moi. Vous vous sentirez mieux.

Je sortis du bureau en entendant son petit rire dans mon dos.

Chapitre 32

— Est-ce qu'on peut manger des macaronis au fromage pour dîner ? S'il te plaît ?

Arty était cramponné à moi, pas étonnant que je l'aie toujours traité de singe.

— Arrête, dis-je en me dégageant un peu pour poser mon sac sur le sol.

Dans le salon, planait l'odeur du parfum de ma mère et de quelque chose d'autre. De la nourriture chinoise peut-être. J'allais devoir faire des recherches. Ma mère était connue pour laisser une assiette près du canapé pendant qu'elle regardait la télé et pour l'oublier ensuite. Arty jeta son manteau, ses chaussures et son sac par terre près de la porte d'entrée et, en un rien de temps, il courait déjà en direction de la cuisine.

— Ramasse tout ça ! criai-je.

— J'ai besoin de manger quelque chose !

Pas de chance pour lui, je savais qu'on leur donnait à manger pendant l'étude — ma mère m'avait un jour expliqué que c'était vraiment bien de ne pas s'inquiéter qu'il ait faim à la sortie de l'école.

— Mange un fruit.

Arty s'arrêta net, si vite qu'il dérapa sur le tapis usé qui était sur le pas de la porte de la cuisine.

— Un fruit ? demanda-t-il en faisant une grimace, comme si je lui avais demandé de manger des excréments.

— Mais je veux un Doodle.

Je n'avais absolument aucune idée de ce qu'était un Doodle, mais ça ne semblait pas très appétissant.

— Mange un fruit, ou des biscuits. Je préparerai le dîner d'ici vingt minutes, laisse-moi juste m'installer.

Arty ronchonna, soupira et fit de grands bruits dans la cuisine, mais il revint une minute plus tard avec une boîte de biscuits au fromage. Il fonça dans le fauteuil en poire qui était tout près de la télévision et il mit les dessins animés, assez fort pour me faire sursauter. Il ne fut pas content de devoir baisser le son, mais il le fit. J'essayai de ne pas prêter attention aux miettes qu'il laissait partout autour de lui.

Je montai mon sac à l'étage et je longeai l'étroit couloir qui menait à la chambre qui était à l'arrière de la maison. Ma mère avait pris la chambre qui donnait sur la rue, celle avec quatre grandes fenêtres. La chambre d'Arty, plus petite, était entre sa chambre et la salle de bains. La pièce du fond aurait dû être une belle salle de jeux, ou une salle de couture, mais pour une raison que j'ignorais personne ne s'en servait.

Au moins, il y avait un lit. Un lit qui grinçait, et qui était assorti à la coiffeuse que j'avais héritée de ma grand-mère. Les draps étaient propres et ma mère m'avait aussi sorti des serviettes propres. Je posai mon sac sur la chaise bancale et je m'écroulai sur le lit. Le plafond était fissuré, et on voyait les traces d'une fuite d'eau. Il y avait une fenêtre haute et étroite avec un store, mais pas de rideaux. Cela allait être agréable le lendemain matin.

— Paiiiige ! J'ai faim !

Je me relevai avec peine, et je criai :

— Je descends !

Une fois dans la cuisine, je remarquai qu'elle semblait avoir été nettoyée en prévision de mon arrivée.

Ce qui voulait dire que ma mère avait essuyé les plans de travail et qu'elle avait vidé l'évier, mais le sol était un peu collant devant le réfrigérateur et il y avait des miettes sous la table. Quand j'étais plus jeune, je n'aurais jamais imaginé que les autres gens gardaient leurs restes de nourriture dans le réfrigérateur ou dans le congélateur. Quand on mangeait de la pizza, elle traînait souvent sur le bar jusqu'à ce qu'il n'y en ait plus. Parfois, ma mère la mettait dans le four, dans sa boîte en carton, jusqu'à ce qu'on l'oublie et qu'on la jette. Ma mère cuisinait, mais un peu n'importe comment, alors il y avait toujours de la sauce tomate un peu partout sur la cuisinière et des pâtes collées au mur.

Quand j'étais à l'école élémentaire, j'avais eu une intoxication alimentaire. Pour être honnête, ce n'était pas la faute de ma mère. J'avais passé la journée avec mon père à la piscine de son club de loisirs où j'avais été nourrie de façon extravagante avec des frites et des hot dogs au lieu de manger le sandwich au beurre de cacahuète que ma mère m'avait préparé. Je l'avais rapporté à la maison et je l'avais mangé plus tard, ce soir-là. Une heure après, j'avais été malade comme jamais.

Depuis, j'avais une peur panique des aliments qui avaient tourné. Je ne mangeais jamais rien s'il y avait la moindre chance que cela ne soit plus frais. Alors, quand j'ouvris le réfrigérateur et que je vis les boîtes en plastique et les bocaux, tous potentiellement infestés de bactéries, j'eus un haut-le-cœur.

— Allons manger dehors, O.K. ?

Je n'eus pas besoin de le répéter. Arty se jeta dans mes bras en criant et en m'étouffant presque. Je refusai d'aller chez McDonald's, mais je consentis à aller chez Wendy's.

A l'intérieur du restaurant, Arty courut à travers la salle.

— Leo ! hurla Arty.

Leo laissa Arty sauter autour de lui en criant sans s'impatienter, puis il me regarda.

— Ça me fait plaisir de te voir, Leo.

— Moi aussi. Quoi de neuf ?

De tous les petits amis que ma mère avait eu au fil des années, Leo était celui que je préférais. Il n'avait jamais essayé de remplacer mon père et il ne m'avait jamais forcée à l'aimer non plus. Peut-être était-ce parce que j'étais déjà adulte et que je ne vivais plus avec ma mère à l'époque.

— Je croyais que toi et maman étiez partis quelque part ensemble.

Leo ne me quitta pas des yeux et sa bouche prit une expression un peu dure.

— Apparemment, ce n'est pas le cas.

— Mais alors, où est-elle allée ?

Il haussa les épaules et détourna les yeux.

— C'est entre toi et ta mère, Paige.

Un autre homme ? Forcément, sinon pourquoi Leo aurait-il semblé si… perdu.

— Je dois y aller, dit Leo en ébouriffant les cheveux d'Arty. Occupe-toi bien du petit.

— Bien sûr, dis-je en le regardant s'éloigner, puis, me tournant vers Arty, je lui demandai :

— Où maman a-t-elle dit qu'elle allait ?

— Dans un spar, dit-il.

— Un spa ?

— Oui, c'est ce que j'ai dit. Un spa. Elle y va pour un message.

Je soupirai.

— Un massage ?

— Oui, fit-il en souriant, révélant l'espace entre ses dents où il en avait perdu une.

— Toute seule ?

— Oui, je crois, dit Arty en haussant les épaules.

Je ne pouvais pas vraiment m'attendre à ce qu'il en sache davantage, mais pourquoi m'avait-elle menti ?

Je me réveillai, un peu désorientée, et je sentis une petite main qui me tirait doucement le bras. M'attendant à ce que ce soit Arty, je m'assis dans mon lit et je cherchai la lampe, mais il n'y en avait pas. J'essayai d'ajuster mes yeux à l'obscurité, mais mon frère n'était pas là. C'était comme si ce que j'avais senti sur mon bras venait de nulle part.

Je me redressai dans le lit, me débattant avec les couvertures. Au pied de mon lit, je vis deux petits enfants, à peu près du même âge qu'Arty, qui se tenaient la main. Des petits enfants pâles, et je n'avais pas besoin d'allumer la lumière pour voir des trous noirs là où auraient dû se trouver leurs yeux, et je vis du sang couler de leurs mains. Derrière eux, la porte du grenier était grande ouverte.

Je m'attendis à voir une marée de sang s'échapper de la porte, comme dans *Shining*, mais il ne se passa rien et ils continuèrent à me dévisager fixement, encore et encore. Mon cœur battait à tout rompre et je fis la seule chose que j'avais le courage de faire, je fermai les yeux.

Il ne se passa rien, jusqu'à ce que j'entende une petite voix murmurer :

— Prends soin de nous.

Puis je criai… jusqu'à ce que je m'assoie dans mon lit en entendant mon téléphone sonner. La porte du grenier était fermée. Et il n'y avait pas d'enfants fantômes qui me suppliaient de les adopter. Il ne faisait même pas si sombre dans la pièce, qui était éclairée par un lampadaire extérieur.

Je me levai en trébuchant et sortis mon téléphone de mon sac. Mon cœur s'était remis à battre la chamade, mais pour une raison différente. Je recevais toutes sortes d'appels et de messages à des heures indues, mais cette fois j'eus un mauvais pressentiment, et je ne reconnaissais pas le numéro.

— Mademoiselle DeMarco ?

— Oui, qui est-ce ?

— C'est le Dr Phillips du Centre médical de Hershey. Je suis désolé de vous appeler si tard, mais il y a eu des complications pour l'opération de votre mère…

Je dus cligner des yeux plusieurs fois pour m'assurer que je n'étais pas encore en train de rêver, mais même après ça je n'en étais toujours pas sûre.

— Je suis désolée, attendez une seconde. Son opération ?

— Il y a eu des complications avec l'opération pour sa reconstruction mammaire, expliqua-t-il en se montrant patient, sans doute habitué à réveiller les gens au milieu de la nuit pour leur annoncer des mauvaises nouvelles.

— Elle a de la fièvre et elle a eu une hémorragie.

Ma mère était allée se faire refaire les seins, pensai-je, sentant la colère monter en moi.

— Vous êtes son chirurgien plasticien ?

— Oui, j'ai travaillé en étroite collaboration avec son oncologue, le Dr Frank, depuis que votre mère a été diagnostiquée.

Je ne comprenais toujours rien.

— Attendez une minute. Son oncologue ? Je pensais qu'elle se faisait refaire les seins.

— Votre mère a eu une double mastectomie, dit le médecin. Et une reconstruction mammaire était prévue mais, comme je vous l'ai dit, il y a eu des complications.

Je me laissai tomber contre la tête de lit.

— Quel genre de complications ?

— Pouvez-vous venir à l'hôpital ? dit-il. Je pense que vous devriez.

Chapitre 33

Leo n'était sans doute pas encore allé se coucher quand je l'appelai pour lui demander de venir garder Arty et de l'emmener à l'arrêt de bus le lendemain matin. Il arriva un quart d'heure plus tard. J'aurais dû être soulagée de le voir, mais j'étais aussi en colère.

— Tu savais ?

Il hocha la tête.

— Elle me l'a dit il y a deux mois. Et elle m'a dit de partir.

— Deux mois ? Elle le savait depuis deux mois et… elle ne m'a rien dit ?

Leo haussa les épaules.

— Elle ne voulait pas que tu t'inquiètes, Paige. Hé, ne me regarde pas comme ça, tu connais ta mère. Et c'est à cause de ça qu'elle m'a quitté.

— Je suis désolée qu'elle ait fait ça. Mais pourquoi ?

Il haussa les épaules une nouvelle fois.

— Elle a dit qu'elle ne voulait pas être un fardeau.

— As-tu essayé de la persuader du contraire ?

La question était un peu dure, mais Leo ne sembla pas s'en offusquer.

— Je l'aime vraiment, et j'aime son petit garçon aussi.

Merde, toi aussi je t'aime beaucoup. J'espérais qu'elle changerait d'avis après l'opération, quand elle verrait que je me fichais de la taille de ses seins.

Il n'était pas vraiment utile d'insister, ni de prolonger cette discussion, alors je le laissai et je partis. C'était moins long d'aller à Hershey qu'à Harrisburg, mais il fallait prendre une autoroute à deux voies et j'eus eu la malchance de me retrouver derrière une voiture dont le conducteur avait décidé de se plier scrupuleusement aux limitations de vitesse.

Le temps d'arriver au centre médical, j'avais l'estomac totalement noué et j'avais des sueurs froides. Rongée par l'angoisse, je parvins à déchiffrer les panneaux dans le grand hall qui indiquaient le service dans lequel ma mère se trouvait et je m'y précipitai.

Il était à peine 11 heures du soir, mais l'étage était déjà sombre et calme. Je n'étais jamais venue là avant et je n'étais pas ravie d'y être.

— Alicia DeMarco, s'il vous plaît ? fis-je en posant mes mains à plat sur le comptoir pour éviter de me ronger les ongles. Son médecin m'a appelée pour me dire qu'elle venait d'être transférée ici.

L'infirmière consulta un tableau. Je pensai que cela poserait sans doute un problème vu que nous étions en dehors des horaires des visites, mais elle sourit et me donna le numéro de chambre en m'indiquant très aimablement la direction. Mon ventre se noua davantage encore. Si ma mère allait vraiment bien, ils m'auraient demandé d'attendre le lendemain matin, ce qui m'aurait ennuyée vu que je venais de faire le trajet, mais au moins cela aurait voulu dire qu'elle allait s'en sortir.

Maintenant, je n'en étais plus très sûre.

Elle paraissait frêle dans le lit. Et pâle, sans l'épaisse couche de maquillage avec laquelle j'avais l'habitude de la voir. Elle n'était pas non plus peignée, ses cheveux étaient juste attachés.

Elle dormait, et on n'entendait que le bip régulier émis par les machines auxquelles elle était reliée.

Quelqu'un passa bruyamment dans le couloir, et sa respiration devint plus saccadée. Je m'approchai du lit, impressionnée par le bruit qu'elle faisait désormais en respirant. L'avais-je réveillée ? Je ne savais pas non plus si on pouvait la réveiller. Je finis par m'asseoir sur la chaise qui se trouvait près du lit, et elle ouvrit les yeux après plusieurs battements de cils.

— Paige.

— Salut, maman.

Je me penchai vers elle. Sous les couvertures, sa poitrine me sembla douloureusement enflée. Je ne pus m'empêcher de regarder.

— Tu vérifies mes nouveaux flotteurs ?

La voix de ma mère se cassa et elle fit une grimace.

— Pourquoi ne me l'as-tu pas dit ?

J'attendis de longues minutes qu'elle me réponde. Elle avait les yeux fermés. Je pensais qu'elle s'était endormie de nouveau, mais elle se mit alors à tousser.

— Ça fait un mal de chien.

Je ne lui reposai pas la question. Il y aurait un temps pour ça. Ma mère ouvrit les yeux, et elle me sourit.

— Paige.

Je vins plus près d'elle encore, et lui pris la main.

— Maman, qu'est-ce qui se passe, bon sang ?

— Peux-tu me donner un peu d'eau, s'il te plaît ? demanda-t-elle en regardant le verre qui se trouvait sur la table de nuit, avant d'ajouter : Je meurs.

Effrayée, je m'arrêtai en cours de route.

— Maman !

— Chut…, dit-elle.

— Maman. Tu n'es pas en train de mourir.

— Je meurs de soif. Donne-moi à boire, nom de Dieu. Est-ce que je vais devoir appeler une infirmière ?

— Non.

Je lui servis à boire et je portai le verre à ses lèvres pour qu'elle prenne quelques gorgées, mais elle me fit signe de m'écarter avec un soupir irrité.

— Je peux le faire.

Je la regardai boire doucement, et un filet d'eau coula le long de son menton et mouilla le col de sa chemise. Quand je lui pris le verre, je lui tendis un mouchoir et elle se sécha la bouche.

— Je sais que tu penses que j'aurais dû te dire ce qui se passait.

— Non, sans blague.

— Paige, dit-elle en me lançant un de ses fameux regards, avant d'ajouter en soupirant : je ne voulais pas t'inquiéter.

— Depuis combien de temps tu le sais ?

Je n'avais pas soif, mais je me servis un verre d'eau pour m'occuper les mains. Puis, je me rappelai que nous étions dans un hôpital, et qu'il flottait dans l'air toutes sortes de microbes nocifs et je reposai le verre.

Ma mère me fixait de ses yeux cernés. Sans maquillage, elle paraissait beaucoup plus jeune. Et même plus jolie. Elle ne serait jamais sortie comme ça, mais je préférais la voir sans trop de maquillage.

— Cela fait deux mois. J'ai senti une grosseur un jour, et je suis allée me faire examiner. Ils ont fait une biopsie, et c'était un cancer, alors…

D'un geste, elle désigna la chambre dans laquelle nous nous trouvions.

— Mais pourquoi ne me l'as-tu pas dit ?

Je n'avais pas eu l'intention de murmurer, et la façon dont je lui serrai la main me surprit. Je me penchai vers elle, et je pressai mon front contre le sien, ce qui me surprit aussi.

— Je t'aurais aidée, ajoutai-je.

— Je ne voulais pas t'inquiéter, répéta-t-elle. Et puis, tu m'aides. Tu t'occupes d'Arty. Où est-il ?

Je me sentis chaude, comme si j'avais de la fièvre, la main fraîche de ma mère sur ma peau, comme quand j'étais malade, enfant. Seulement, cette fois, c'était elle qui était malade, pas moi.

— Il est à la maison avec Leo.

— Oh.

En entendant la petite voix de ma mère, je la regardai.

— Tu lui as dit.

Après quelques instants, elle hocha la tête.

— J'y ai bien été obligée. Il voulait savoir pourquoi je voulais le quitter. Et il ne m'a pas crue quand je lui ai dit qu'il y avait quelqu'un d'autre.

— Tu ne lui as pas dit ça ? Oh, maman, dis-je en secouant la tête. Comment as-tu pu lui faire ça ?

Elle dégagea sa main de la mienne avec une force inattendue.

— Ne me juge pas, mademoiselle je-sais-tout. Tu n'es pas particulièrement bien placée pour juger les relations des autres.

Je restai stupéfaite pendant un instant.

— Je ne vois pas le rapport. Leo t'aime, et tu l'aimes.

Elle haussa les épaules.

— Je n'allais pas attendre de voir s'il m'aimerait toujours une fois que j'aurais été malade et que j'aurais perdu mes cheveux. Quand j'étais…

Elle referma aussitôt la bouche, scellant ses lèvres sur ce qu'elle refusait de dire.

— Mais tu aurais pu me le dire, dis-je en m'asseyant de nouveau, loin d'elle cette fois. A moins que tu aies pensé que j'aurais pu arrêter de t'aimer, moi aussi.

Des larmes perlèrent à ses yeux.

— Je ne voulais pas t'inquiéter, ma chérie. C'est tout. Je

pensais pouvoir me débrouiller toute seule, dit-elle en fermant les yeux. Paige, je suis fatiguée maintenant. Laisse-moi dormir.

Je n'en avais pas terminé, mais je ne pouvais pas lui en demander plus pour l'instant. Je me levai et j'arrangeai ses draps.

— Je vais voir si je peux parler à un médecin. Je reviendrai demain, d'accord ?

Mais, quand elle parla, je m'immobilisai sur le seuil de la porte, des sueurs froides dans le dos.

— Prends soin de lui.

Je frémis à la pensée des enfants sans yeux aux mains ensanglantées. Je me retournai, mais bien sûr il n'y avait que ma mère dans le lit, les yeux fermés, mais ses lèvres toujours en mouvement.

— S'il m'arrivait quoi que ce soit, Paige, tu dois t'occuper d'Arty. Promets-le-moi.

— Je te le promets.

C'était la seule réponse que je pouvais lui donner, que je pense être capable de l'honorer ou non.

Elle sourit. Puis je l'entendis ronfler doucement et je sus qu'elle s'était endormie. Je sortis et retournai au bureau des infirmières, où une femme en uniforme me dit qu'elle allait appeler le Dr Frank et qu'il viendrait me voir dès qu'il serait disponible. Je suivis ses indications et me rendis dans la salle d'attente, meublée de canapés beiges usés et de tableaux abstraits dans les mêmes tons. J'avais l'impression d'être entrée dans une boîte de chocolats géante, ce qui avait peut-être été l'objectif du décorateur. Nous étions à Hershey, après tout.

Je m'assis au bord du canapé et je sursautai quand le médecin entra dans la pièce. Le Dr Frank était grand, avec des cheveux noirs en bataille et une poignée de main très ferme.

— Paige DeMarco ?

Je hochai la tête et il me lâcha la main.

— Votre mère va s'en sortir. Sa tension s'est stabilisée et

nous avons réussi à arrêter l'hémorragie. Je ne vous cacherai pas que la situation était critique. Et elle va devoir rester à l'hôpital un peu plus longtemps.

Je sentis le sol se dérober sous mes pieds et le Dr Frank me fit asseoir sur le canapé, puis il mit une main sur ma nuque, avant de pousser ma tête contre mes genoux, en homme habitué à s'occuper des gens qui s'évanouissent.

— Inspirez par le nez, expirez par la bouche, dit-il.

J'essayai, mais mes mains tremblaient et j'avais du mal à respirer, mais quelques minutes plus tard je me sentais déjà mieux. Je me relevai.

— Je suis désolée.

— Cela arrive. Votre mère va vraiment aller mieux.

— Elle ne m'avait même pas dit qu'elle venait ici, lui dis-je. Je n'en avais aucune idée. Je suis juste un peu… Pouvez-vous me dire ce qui va se passer maintenant ? Avec son traitement je veux dire.

S'asseyant près de moi, il m'expliqua tout. La durée probable du traitement, ce qu'elle devrait faire et ce que je pouvais faire pour l'aider. Il m'expliqua pourquoi elle avait choisi une reconstruction immédiate. Il m'expliqua plus de choses sur le cancer du sein que j'aurais voulu savoir, mais je ne comprenais toujours pas tout.

C'était pire que ce que j'avais imaginé, parce que, quelques heures plus tôt, je ne savais rien. Le choc devait être visible sur mon visage, parce qu'il me tapota sur l'épaule.

— Il n'y a rien que vous puissiez faire pour l'instant. Pourquoi ne rentrez-vous pas chez vous pour dormir un peu ? Est-ce que quelqu'un pourrait venir vous chercher ? Vous ne semblez pas en état de conduire.

Sortant mon téléphone de mon sac, je hochai la tête sans savoir qui j'allais appeler, et il me tapota de nouveau l'épaule. Il partit sans dire grand-chose de plus, mais qu'aurait-il pu dire ? Que ma mère avait un cancer du sein, qu'elle avait failli mourir, qu'elle s'en sortirait sans doute, mais qu'elle allait encore devoir subir des traitements. C'était beaucoup de choses à encaisser d'un coup, et d'une certaine manière j'étais soulagée qu'il ne soit pas resté plus longtemps.

J'ouvris le clapet de mon téléphone et affichai la liste de mes contacts. Je ne voulais pas appeler mon père, je n'étais pas encore vraiment réconciliée avec Kira et Leo était avec Arty. Si je rentrais à Lebanon, j'aurais besoin qu'on m'accompagne à ma voiture le lendemain matin. Et si je rentrais chez moi, je pourrais aller travailler en bus et récupérer ma voiture plus tard. Je vis deux noms à la suite, l'un après l'autre. Deux noms, mais un seul choix possible.

Il arriva aussitôt. Et je n'avais même pas honte de ne pas avoir douté qu'il viendrait. Je savais simplement que c'était quelque chose que je pouvais lui demander.

Les portes du hall s'ouvrirent et il entra. Je sentis l'air se raréfier autour de moi. J'ouvris la bouche pour parler, pour respirer, mais je fus incapable de l'un comme de l'autre.

Je l'aimais.

Jusque-là, je ne le savais pas, ou je n'avais pas voulu l'admettre, mais à présent je le sentais. C'était comme une évidence. Le monde vacilla de nouveau, le sol trembla sous mes pieds. Je ne tombai pas, parce qu'il était là pour me rattraper. Son odeur évinça celle du mauvais café, de l'épuisement et des mauvaises nouvelles. Je respirai, et je me sentis pleine de lui.

C'était Austin.

Chapitre 34

Bien sûr, comme une idiote, je ne lui dis pas que je l'aimais. Je le laissai me raccompagner chez moi et je le fis monter sur mon palier, où il se montra hésitant. Je le poussai à l'intérieur avant de refermer la porte derrière nous. Quand ma bouche trouva la sienne, il poussa un soupir et il me serra fort, comme j'aimais.

Nous n'avions jamais hésité à faire l'amour par terre, sur une table, un canapé, contre un mur… Mais, cette fois, je le pris par la main et l'entraînai dans ma chambre, où je le poussai doucement sur le lit, avant de venir sur lui pour l'embrasser sur la bouche et sur le visage. Le chevauchant, je me frottai contre lui jusqu'à ce que je sente son sexe durcir, puis je descendis pour l'embrasser là.

Mes lèvres laissèrent une marque sur l'épaisseur de son jean, au travers duquel je sentais son érection. Glissant mes mains sous ses fesses pour qu'il soit plus près de ma bouche, je frottai mon visage contre ses cuisses. Puis, je déboutonnai son jean et je le lui enlevai, ainsi que son boxer. Je le pris dans ma bouche et il émit un gémissement familier.

Je m'abandonnai à son odeur et à son goût, comme je l'avais toujours fait, et j'arrêtai de faire comme s'il n'y avait rien de plus entre nous que cela. J'effleurai ses bourses du bout des doigts, son sexe. Je le suçai en le caressant et, avec mes doigts, mes lèvres et ma langue, je fis ce qu'il aimait le plus.

Il ne lui fallut que quelques minutes pour commencer à gémir. Je pris son sexe dans ma bouche, aussi loin que je pus, et je le sentis jouir sur ma langue. Il se laissa retomber sur les oreillers, haletant, et je remontai pour l'embrasser sur la bouche. Puis, j'enfouis ma tête au creux de son épaule, à ma place, depuis toujours.

Il resta sans rien dire pendant un moment et je n'avais pas envie de parler. Nous respirions au même rythme, et je posai la main sur son torse pour sentir les battements de son cœur. Posant sa main sur la mienne, Austin mêla ses doigts aux miens.

Je m'endormis ainsi et lorsque je me réveillai, il faisait jour et je sentis une douce caresse entre mes cuisses. Je n'ouvris pas les yeux. Si c'était un rêve — et cela en était peut-être un, vu de quelle façon la nuit entière s'était déroulée —, je ne voulais pas me réveiller. Austin trouva mon point sensible à travers mes vêtements, et je bougeai juste assez pour qu'il puisse me déshabiller.

Le lit bougea lorsqu'il revint entre mes jambes et, dès que je sentis son souffle sur moi, je laissai échapper un petit gémissement. Quand sa bouche commença à effleurer mon bouton, je dus me mordre les lèvres pour ne pas crier.

Il me dévora avec intensité, et je m'abandonnai à ses caresses. En dehors de quelques oui que je murmurai, je ne lui donnai aucune instruction. Je n'avais pas besoin de le faire. Il n'avait pas besoin que je le guide, parce qu'il savait déjà tout ce que j'aimais.

Je jouis en douceur, lentement, mais avec intensité. C'était bon ainsi.

Il remonta sur moi et, sans me quitter des yeux, il vint en moi. J'étais trempée et je ne lui opposai aucune résistance, et je ne pus réprimer un cri de plaisir quand je le sentis en moi. A chaque mouvement, je le sentais contre mon clitoris, et je resserrai mes jambes autour de lui pour qu'il continue. On jouit à quelques secondes l'un de l'autre, et il cria mon nom d'une voix étranglée par la passion.

Il roula sur le côté, mais je ne me précipitai pas hors du lit pour aller prendre ma douche, ni même pour me rhabiller. Comblée, je ne voulais pas bouger. Je me sentais fragile aussi, je n'osais regarder son visage, de peur de ce que je risquais d'y voir.

Il était sans doute trop tard pour nous, et l'amour n'était pas plus fort que tout. Nous avions déjà essayé d'être ensemble et ça n'avait pas marché. Je n'en souffrais plus depuis des années, mais ça ne voulait pas dire que j'avais oublié combien j'avais eu mal.

— Je vais te conduire à ton travail si tu veux. Et je viendrai te chercher ce soir. On peut passer chercher Arty et aller voir ta mère. Et récupérer ta voiture.

Je regardai le plafond, sentant la chaleur du corps d'Austin contre le mien.

— Tu n'es pas obligé de faire ça, tu sais.

— Je sais.

Je me tournai vers lui.

— Et toi, comment vas-tu faire pour ton travail ?

Il bâilla en s'étirant.

— C'est un des avantages à être le patron.

— Et depuis quand es-tu le patron ?

— Depuis que j'ai acheté l'entreprise, répondit-il avec un drôle d'air. En quoi est-ce si important ?

— Tu ne me l'avais jamais dit, c'est tout.

— Paige, dit-il, tu ne me l'avais jamais demandé.

Cela changeait les choses, et je ne savais pas pourquoi. Je me levai pour aller prendre ma douche.

Hier, Austin avait dix-huit ans, il était capitaine de l'équipe de football et il était la prunelle des yeux de sa mère. Et il était mon petit ami. Le lendemain, il était mon mari, et pendant un moment, mon ennemi. Et maintenant… c'était un homme qui avait sa propre entreprise et qui était là quand j'avais besoin de lui.

Hier, j'étais une fille punk qui se maquillait trop et qui était fauchée. Hier, j'étais jeune et stupide et je pensais que l'amour se suffisait à lui-même. Alors, qui étais-je aujourd'hui ?

Austin me rejoignit sous la douche et je lui savonnai le dos. Il fit de même. Il se servit de mon rasoir pour se raser et se couper ici et là. Je ne lui préparai pas de petit déjeuner, mais je lui fis un café. Cela faisait très longtemps que nous n'avions pas passé une matinée aussi agréable ensemble.

Je m'attendais à ce qu'Austin me parle de « nous » en m'accompagnant à mon travail, mais il ne dit rien. Il m'embrassa avant de dégager une mèche de cheveux de mon visage. Puis il me fit un petit signe de la main en partant, et je restai là à le regarder jusqu'à ce qu'il disparaisse de ma vue.

Paul ne me demanda pas pourquoi j'avais changé d'avis pour le poste proposé par Vivian. S'il l'avait fait, je lui aurais dit la vérité. Que, même si j'espérais ne jamais être forcée d'assumer la garde de mon frère, je devais me préparer pour le cas où cela arriverait. Et aussi que j'étais peut-être destinée à être autre chose qu'une secrétaire, même si être secrétaire n'était pas pire qu'autre chose.

— Voulez-vous que je l'appelle ?

Il avait déjà pris son téléphone, mais il le reposa quand je lui fis signe que non de la tête.

— Je vais juste aller lui parler moi-même.

Je lui souris, même si j'avais l'estomac noué.

Nous ne dîmes rien dans un premier temps, nous nous regardâmes, mais nous n'avions pas besoin de mots pour partager nos pensées. D'une certaine façon, il serait toujours pour moi plus qu'un patron, ce qui était en soi une raison suffisante pour aller de l'avant.

— Paige, je voulais juste que vous sachiez...

Il hésita, et je lui laissai le temps de dire ce qu'il avait à dire :

— J'ai vraiment apprécié de travailler avec vous.

— Moi aussi, Paul.

— Et je voulais que vous sachiez aussi... que, si vous n'aviez pas été là, je ne m'en serais pas sorti ces deux derniers mois.

Je secouai la tête.

— Vous m'accordez trop de crédit.

— Peut-être, dit-il sur un ton qui indiquait qu'il n'était pas d'accord, mais qu'il n'allait pas me contredire, et il ajouta : Je voulais juste que vous sachiez que, chaque jour, je savais que je pouvais venir ici et trouver chaque chose exactement comme je désirais qu'elle soit... comme j'avais besoin qu'elle soit. Chaque jour, je savais que je n'avais à m'inquiéter de rien parce que tout serait fait... J'ai vraiment apprécié cela.

Il aurait pu m'offrir une augmentation, un ordinateur plus performant, plus de vacances. Il aurait facilement pu me garder, à ce moment-là, seulement en me le demandant. Mais il ne le fit pas.

Il me laissa partir.

— Je ne suis pas sûre qu'il reste des places dans le programme.

Vivian, en dépit de sa bravoure, ne pouvait me regarder dans les yeux en parlant. Elle tripotait ses dossiers, son stylo, son carnet sur lequel elle prenait ostensiblement des notes pendant mon entretien, mais il ne s'agissait que de gribouillages.

— J'ai bien peur que vous n'ayez dû poser votre candidature plus tôt, Paige.

— Vivian, dis-je calmement, je sais pourquoi vous vouliez que je prenne part à ce programme.

Elle leva les yeux vers moi, visiblement contrariée.

— Oh ?

Je laissai cette idée faire son chemin dans son esprit pendant quelques minutes.

— Vos compétences sont moyennes, finit-elle par reprendre froidement, mais vous avez été fortement recommandée.

Il se trouvait que j'étais persuadée que mes compétences n'étaient pas seulement moyennes, mais je n'insistai pas là-dessus.

— Je suis également la meilleure candidate que vous ayez pour ce programme.

— Ça, vous ne pouvez pas le savoir.

Ce n'était qu'une supposition, mais sa réponse m'indiqua que j'avais raison. Même si elle était prête à tout pour m'éloigner de Paul, elle devait aussi recruter des candidates capables de faire le boulot. Je savais également que le recrutement ne se faisait qu'en interne, et je connaissais les autres personnes susceptibles de poser leur candidature. Je me moquais de paraître arrogante en disant que j'étais la meilleure candidate. C'était vrai.

Elle s'éclaircit la gorge et posa son stylo.

— Qu'est-ce que Paul… dit de tout ça ?

— Il me soutient.

— Et vous seriez prête à le quitter ?

— Je ne serais pas là si je n'avais pas l'intention d'accepter le poste.

Elle s'éclaircit la gorge de nouveau. J'aurais voulu la plaindre, mais personne ne l'avait forcée à avoir une aventure avec un homme marié. Et, connaissant Paul comme je le connaissais, je doutais qu'il ait été à l'origine de tout ça.

— Je vous tiendrai au courant, finit-elle par dire.

Elle s'apprêta à ajouter quelque chose, mais elle se ravisa.

Sans un autre mot, elle continua de faire son travail et je la laissai. Je croisai Brenda dans le couloir et elle me lança un regard plein de curiosité.

— Tu viens de parler à Vivian ?

— Oui, tu y vas aussi ?

Elle hocha la tête.

— J'espère qu'elle va m'engager, Paige. C'est mon deuxième entretien pour le programme, dit-elle, marquant une pause. Je croyais que tu n'étais pas intéressée.

— Les choses changent.

Elle fit une petite moue.

— Oui, sûrement.

— Bonne chance, dis-je avec sincérité.

— Toi aussi, dit-elle, ce qui n'était sans doute pas sincère, avant d'ajouter : Même si je serais…

Elle s'arrêta. J'attendis.

— Brenda ?

Elle secoua la tête, puis elle me fit signe de m'approcher.

— C'est juste que… tu sais. Je ne pensais pas que Vivian voudrait travailler avec toi à cause de tu sais quoi.

Je gardai une expression neutre.

— Non, quoi ?

— Paul, murmura-t-elle.

— Qu'y a-t-il avec Paul ?

— Elle… et lui… tu sais.

— Non, je ne sais pas, dis-je calmement.

Je n'allais pas lui donner ce plaisir.

— Tu ne sais pas ? Parce que tout le monde sait qu'ils sont… Ou étaient…

— Je ne vois pas du tout de quoi tu veux parler, Brenda.

Elle sembla contrariée.

— Oh, d'accord, si tu n'en as pas entendu parler… Mais tout le monde en parle, alors je pensais que tu le savais.

— Mais qu'est-ce que cela a à voir avec moi de toute façon ?

Elle parut mal à l'aise.

— Eh bien, tu as tenu plus longtemps que toutes ses autres assistantes.

Je lui lançai un regard incrédule.

— Je ne veux pas dire que je pense que toi et Paul… tu sais, dit-elle.

— Je dois filer. Bonne chance pour ton entretien, dis-je en me dirigeant vers les toilettes.

Une fois aux toilettes, je me passai de l'eau froide sur le visage. Je n'étais pas comme ma mère, mais personne ici ne le savait. Quelques mois plus tôt, cela m'aurait rendue malade de penser que quelqu'un puisse croire que je couchais avec mon patron, mais à présent cela n'avait simplement aucune importance. Je connaissais la vérité. Et Paul aussi. Et je le quittais.

Je pris une lente inspiration pour me calmer, mais je fus submergée par une horrible odeur d'ammoniaque et de détergent, alors je me plaquai la main sur le nez. J'essayai de retrouver l'odeur d'Austin sur mes doigts, mais je sentis à peine l'odeur de son parfum.

Pourtant, je pouvais me souvenir de son odeur. Du contact de ma main sur sa peau et de son goût, et pas seulement à cause de la nuit précédente.

C'était un souvenir plus ancien.

Austin est derrière moi, et sa respiration est rapide, comme s'il venait de monter l'escalier en courant. Il a les mains emmêlées dans mes cheveux, tirant ma tête en arrière, rendant ma respiration difficile. Il est en train de me prendre par-derrière, mais il ne bouge pas. Il est sur le point de jouir.

Moi aussi.

— Baise-moi, lui dis-je. Plus fort.

Ses doigts agrippent mes cheveux, mais il ne bouge pas.

— Je ne veux pas te faire mal, Paige.

Je veux qu'il me fasse mal. Il est plus grand que moi. Plus fort. Il tient mon cœur entre ses mains, chaque jour, et il ne le brise pas, ou du moins pas trop. Mais je veux qu'il me fasse mal maintenant, alors qu'il a son sexe en moi et que je suis sur le point d'avoir un orgasme dévastateur. Je ne sais pas pourquoi. C'est ce que je veux, et je veux que ce soit Austin qui le fasse.

— Tire-moi les cheveux ! je crie en gémissant.

Il resserre son étreinte autour de mes cheveux en allant et venant en moi, mais il me tire à peine les cheveux. Ce garçon a plaqué d'autres garçons au sol sur le terrain de football assez fort pour leur briser les os. Je sais qu'il pourrait me tirer les cheveux plus fort que ça.

Il me baise en douceur, ses doigts trouvent mon clitoris et son autre main me lâche les cheveux. Je laisse aller ma tête en avant. Je suis à quatre pattes et, si je penche la tête, je peux voir son sexe aller et venir en moi. Mais, au lieu de le faire, j'enfonce ma tête dans l'oreiller et je me cambre, et je relève les fesses en lui donnant des petits coups, pour le forcer à venir plus fort en moi.

Cela me fait mal, mais c'est bon. Comme dans les livres que j'ai lus. La douleur et le plaisir se mélangent. J'ai déjà lu cela sans jamais le comprendre, même si, chaque fois, j'ai glissé une main dans ma culotte et je me suis caressée en lisant. Mais ça ne me suffit pas, ce n'est pas ce que je veux vraiment. Ou ça n'est pas assez.

Je m'écarte de lui, je l'entends qui marmonne une plainte, et je me mets sur le dos, le tenant à distance en posant un pied sur son torse. Son sexe est énorme et humide après avoir été en moi et j'ai envie de le prendre dans ma bouche. Maintenant. Il aura mon goût, et je frémis à cette pensée, tout en glissant ma main entre mes cuisses. Je commence à me caresser, et très vite, je suis agitée par les soubresauts du plaisir.

Je me lève du lit, et il me suit quand je lui fais signe d'un geste. On a déjà baisé dans le salon. Je me mets devant la fenêtre ouverte, et je sens l'air frais sur ma peau, me montrant à quiconque aurait envie de regarder. Nous vivons au troisième étage, ce qui limite le nombre de voyeurs potentiels, mais je suis toujours excitée à l'idée que nous pourrions nous donner en spectacle.

Austin sourit et avance vers moi, lentement, et mon dos se heurte au vieux mur en plâtre que nous n'avons jamais repeint. Il pose ses mains sur mes hanches, son genou écarte mes jambes et il presse son corps contre le mien. Il m'embrasse.

— Que fais-tu ? dit-il en riant.

— Baise-moi, dis-je d'une voix tremblante.

Quelques secondes plus tard, il glisse ses mains sous mes fesses et j'enroule mes jambes autour de sa taille, le dos contre le mur. Il prend ma bouche avant que j'aie le temps de respirer. D'un baiser, il avale mon souffle.

Mon cœur bat la chamade, et plus rien n'existe que sa bouche qui baise ma bouche, de la même façon que son sexe baise le mien. Je me noie en lui, en nous.

Je respire à travers son baiser et, maintenant, je comprends mieux l'attrait de la douleur.

— Mets une main sur ma gorge.

— Quoi ? Non.

Je vois la sueur perler sur son front.

— Je veux que tu le fasses, Austin.

On peut à peine parler, toute notre énergie étant dépensée à baiser, laissant peu de place à la conversation. J'enfonce mes ongles dans son épaule et je me déhanche sur lui, proche du plaisir. Je ferme les yeux. Je veux qu'il le fasse, qu'il me donne ce que je veux. Ce que je crois vouloir en tout cas, ce que je veux essayer.

— Mets ta main sur ma gorge !

— Merde, Paige…

Il n'est pas loin non plus, et bientôt ce sera trop tard, il jouira et moi pas.

J'ouvre les yeux et je bouge sur lui, mes jambes enroulées autour de sa taille.

— Je veux que tu le fasses !

— Je ne veux pas te faire mal…

— C'est sexy, je lance à tout hasard.

Je sais qu'il ne va plus tenir très longtemps. Il me tient appuyée contre le mur, mais même Austin n'est pas si fort. J'attire son visage contre le mien et je l'embrasse. Et, après, je l'oblige à me donner ce que je veux.

— Si tu ne le fais pas, je peux trouver quelqu'un qui le fera.

— Quoi ? fait-il en ouvrant les yeux en grand.

Il a le regard sombre, et il est si près de moi qu'il ne peut s'empêcher de bouger, même s'il voulait arrêter. Je le vois sur son visage.

— Qu'est-ce que tu veux dire, tu trouveras quelqu'un…

— Peut-être que je l'ai déjà trouvé ? Tu n'avais pas pensé à ça ?

Le mensonge, cruel, m'échappe.

Je le vois réfléchir, difficilement, l'orgasme approchant brouillant son jugement. Il ne sait pas comme les choses ont changé ces derniers temps. Comme je veux des choses différentes… et où j'ai appris que je les voulais. Et de qui.

Il ne sait rien des livres que j'ai trouvés, commandés à l'étranger, ni des salons sur internet sur lesquels les gens s'appellent Maître, Maîtresse ou Esclave. Austin ne connaît pas cette part de moi que j'ai envie d'explorer.

— Peut-être que… je t'ai trompé, dis-je d'une voix étranglée par le plaisir.

— C'est vrai ?

Il se met en colère en un instant.

Oh, je le connais si bien.

Je ne lui réponds pas, mais je penche la tête en arrière, les yeux clos. Je vais jouir. Je sens mon dos frotter contre le plâtre à mesure qu'Austin bouge.

— Paige ! Bon sang !

— Mets ta main sur ma gorge.

Et il le fait.

Il n'arrive pas à refermer complètement sa main autour de mon cou, mais il n'en est pas loin. Nous bougeons au même rythme, glissants de sueur, et il perd son équilibre en me baisant. Et un clou resté au mur s'enfonce dans mon dos. Je ne peux pas crier, je ne peux pas respirer, il a fait ce que je lui ai demandé et, une fois de plus, il me laisse à bout de souffle.

Austin resserre son étreinte et j'enfonce mes ongles sous sa peau. Nous jouissons en même temps. Ce n'est qu'après qu'il me repose sur le sol, les mains tremblantes, et que nous nous effondrons sur un vieux tapis qui se trouve à nos pieds.

Je ressens comme une brûlure dans le dos et je sens du sang chaud couler, jusque sur mes fesses et le long de mes jambes. Je reprends mon souffle et j'attends que mon cœur cesse de battre à tout rompre. J'ai l'impression que cela dure longtemps.

Il ne me regarde pas.

Il m'a donné ce que je voulais, mais c'est la dernière fois avant longtemps que je demanderai ce genre de chose à Austin.

Je déménage le jour suivant, laissant les bleus sur mon cou et les points de suture dans mon dos parler à ma place, je ne dirai rien. Il m'a donné ce que j'ai voulu, ce dont j'ai eu besoin, mais le prix à payer a été élevé.

Trop élevé.

Quelqu'un était entré dans les toilettes. Je ne pouvais pas rester là, à retenir mes sanglots. Je me lavai les mains et le visage une nouvelle fois, et je m'observai dans le miroir pour m'assurer que j'étais présentable. Je retournai à mon bureau et je me remis au travail, espérant que Paul m'apporterait une liste qui m'occuperait l'esprit pour ne pas avoir à penser au passé.

J'allais réellement quitter Paul. Aller de l'avant, vers quelque chose de mieux.

Mais qu'en serait-il du reste de ma vie ? Irais-je vers quelque chose de mieux ?

Chapitre 35

— Merci de m'avoir accompagnée, dis-je en prenant mon sac et ma veste tandis que mon père se garait à côté de ma voiture. C'est gentil.

— De rien, dit-il en tapotant son volant, le regard tourné vers l'hôpital. Alors ta mère est là ?

Je m'enfonçai dans le siège en cuir de sa B.M.W.

— Oui. Elle a un cancer du sein, et il y a eu des complications lors de son opération.

Il tressaillit, les joues pâles. Il serra le volant entre ses mains, mais il ne se tourna pas vers moi.

— De quoi a-t-elle l'air ?

Ce n'était pas exactement la question que je pensais qu'il allait poser, et cela m'agaça.

— Elle a l'air de quelqu'un qui est malade et qui a failli mourir. De quoi crois-tu qu'elle puisse avoir l'air ?

— Je veux dire, comment va-t-elle, dit-il, mais j'eus du mal à le croire.

— Tu pourrais aller la voir toi-même.

Je savais qu'il n'irait pas. Mes parents n'étaient pas ennemis, mais ils n'avaient jamais été amis non plus.

— Oui, je pourrais. Je ne crois pas qu'elle voudrait me voir, qu'en penses-tu ?

— Je ne sais pas, dis-je en haussant les épaules. Peut-être que tu pourrais juste lui envoyer des fleurs.

C'était la solution de facilité. Il observa de nouveau le bâtiment, comme s'il essayait de deviner où se trouvait sa chambre. Sa chambre se trouvait de l'autre côté, mais je ne le mentionnai pas.

— Merci encore de m'avoir accompagnée.

— Tu sais, je l'ai aimée, Paige. Ta mère. Je suis sûr qu'elle t'a dit le contraire…

— Elle n'a jamais rien dit, ni dans un sens ni dans l'autre, dis-je en posant la main sur la poignée de la portière.

J'aurais voulu éviter cette conversation, mais c'était trop tard.

— Elle ne t'a rien dit ? demanda mon père, visiblement surpris.

— Elle n'a jamais vraiment beaucoup parlé de toi, papa.

Cela ne sembla pas lui faire plaisir. Il s'appuya contre son siège, puis il se tourna vers moi.

— Elle a forcément dit quelque chose. Je veux dire… Je suis ton père.

— Elle ne m'a jamais donné de détails, lui dis-je avec autant de douceur que possible. Ça n'était pas vraiment mes affaires, si ?

Je n'avais d'ailleurs aucune envie de connaître les détails de la liaison à l'origine de ma naissance. J'avais toujours su qui était mon père, même si je ne le voyais que de temps en temps. Je savais qu'il avait deux autres familles qui étaient plus importantes que la mienne, et qu'il avait toujours plus d'argent, mais que ma mère n'en voyait jamais la couleur. Mais je n'avais jamais posé de questions. J'avais supposé qu'elle l'avait aimé. Jamais il ne m'était venu à l'idée qu'il ait pu l'aimer.

— Je l'ai aimée, dit mon père en s'éclaircissant la voix. Tu lui ressembles tellement maintenant, Paige.

Cela faisait des années qu'il ne l'avait pas vue, mais je souris.

— Merci.

— Elle était tellement belle, tu n'as pas idée. Et elle faisait un excellent café aussi. Mon Dieu, cette femme était une véritable magicienne.

Il était perdu dans ses souvenirs, et je n'étais pas impressionnée. Elle était belle et elle faisait du bon café. Sympa. Et pourquoi n'avait-il pas dit qu'elle était intelligente, gentille, généreuse, drôle ?

— Ma première femme ne me comprenait pas.

— Oh, papa, je t'en prie !

Je sortis de la voiture en claquant la portière. Je n'avais pas envie d'entendre ses explications à la con sur les raisons pour lesquelles il avait couché avec sa secrétaire, qu'il avait mise enceinte, avant de la laisser élever leur enfant seule. Je ne voulais pas entendre les raisons pour lesquelles il avait été infidèle. Peut-être que s'il avait épousé ma mère, si l'histoire s'était transformée en conte de fées, qu'ils avaient vécu heureux avec moi, leur jolie princesse, peut-être que cela m'aurait intéressée. Je l'aurais peut-être écouté. Mais, étant donné la situation, je lui tournai le dos et j'essayai de le planter là.

Mais il sortit de la voiture

— Paige !

Mon père avait très rarement élevé la voix. J'avais toujours eu si peur qu'il cesse de m'aimer que je ne m'étais jamais mal comportée en sa présence. Je m'immobilisai sur place, de façon automatique, mais je ne me retournai pas.

Il me rattrapa, mais il n'osa pas me prendre par le bras quand je lui lançai un regard furieux.

— Paige, attends une minute.

— Papa, je dois vraiment y aller. J'ai promis à maman

d'aller la voir, et ensuite je dois rentrer à la maison pour m'occuper d'Arty.

Il me regarda, semblant ne pas comprendre.

— Arty, mon frère. Il est à l'étude, mais je dois rentrer à temps pour aller le chercher.

De nouveau, il regarda en direction de l'hôpital.

— Je pense qu'il vaut mieux que je n'entre pas, mais tu lui diras que j'ai demandé de ses nouvelles ?

— Bien sûr, dis-je, puis je décidai de lui dire le fond de ma pensée. Tu sais, papa, ça fait deux mois qu'elle a été licenciée de l'usine. Je ne sais pas de quel genre d'assurance médicale elle dispose, mais je suis sûre qu'un peu d'argent lui serait utile.

— Est-ce qu'elle t'a dit de me demander ça ?

Il m'avait agacée, mais sa suspicion me mit hors de moi.

— Non, jamais elle ne me demanderait ça. Mais tu as de l'argent, et elle en a besoin.

Mon père enfonça ses mains dans ses poches et il baissa les yeux au sol.

— De combien a-t-elle besoin ?

— Combien peux-tu dépenser pour quelqu'un que tu dis avoir aimé ? répliquai-je, me fichant de le blesser ou non.

Il me regarda dans les yeux.

— Tu ne sais vraiment pas ce qui s'est passé, Paige.

— Je n'ai pas besoin de le savoir, papa.

Nous nous dévisageâmes, mais aucun de nous ne bougea. Puis il soupira et leva les mains au ciel.

— Si je te donne un chèque, tu lui donneras ?

— Oui, bien sûr.

Il retourna dans sa voiture et il fouilla jusqu'à ce qu'il trouve son carnet de chèques. Il griffonna à la hâte, et me le mit dans la main, comme s'il avait peur de changer d'avis et de le reprendre. Je ne regardai pas la somme qu'il avait inscrite, et me contentai de plier le chèque en deux. Mon père pouvait être généreux, mais je n'avais pas envie de savoir, à cet instant, s'il allait me rendre fière de lui ou s'il allait me décevoir.

— Et dis-lui… Dis-lui que j'ai demandé de ses nouvelles. O.K. ?

— Oui, papa.

— Et toi ? Tu as besoin de quelque chose ?

— Non, ça va. Je vais avoir un nouveau poste.

Il sembla impressionné.

— Ah, oui ?

— Oui, je vais faire partie d'un nouveau programme marketing.

— Et tu vas avoir une augmentation ? demanda-t-il, mais sans attendre de réponse. Il est temps qu'ils reconnaissent tes capacités dans ton entreprise, et qu'ils te donnent une augmentation.

— Personne ne va me donner une augmentation. J'ai passé un entretien, et je suis qualifiée pour le poste. Ce n'est pas une faveur qu'ils me font, papa.

— Bien sûr que non, dit-il en rangeant son chéquier.

— Je ferais mieux d'y aller.

Mon père ouvrit les bras, s'attendant à ce que je réponde à son geste. Je le fis, froidement, et il m'embrassa sur la joue.

— Je suis fier de toi, Paige. Tu devrais le savoir.

Je haussai les épaules et je souris, puis je partis avant qu'il ne devienne sentimental.

Quand je donnai le chèque à ma mère, elle le regarda un long moment avant de le déplier. Elle écarquilla les yeux en lisant ce qu'il avait écrit, puis elle le replia et elle me le tendit.

— Tu veux bien mettre ça dans mon sac qui est dans le tiroir, s'il te plaît, ma chérie ? Il faudra que tu ailles à la banque pour moi, plus tard.

Elle était encore un peu enrouée, mais elle avait plus de

couleurs, et elle était assise dans son lit. Elle s'était coiffée et elle avait mis un joli bandeau.

— Tu n'es pas surprise ? demandai-je en rangeant le chèque dans son sac, avant de refermer le tiroir.

— De quoi ? Que tu aies réussi à faire assez honte à ton père pour qu'il m'aide ? Ou par le montant du chèque ?

— Les deux ?

Je ne lui demandai pas comment elle savait que je lui avais forcé la main.

Elle sourit et me fit signe de la rejoindre, ce que je fis.

— Je ne t'ai jamais dit pourquoi entre ton père et moi ça n'a jamais marché.

Je soupirai.

— Maman, franchement, je m'en fiche. Même si je sais que les experts diraient que ça m'a traumatisée à vie.

Elle me fit signe de me taire.

— Ton père et moi, quand on s'est rencontrés, c'était vraiment bien. Tout de suite. Je savais qu'il n'était pas heureux chez lui, et pas parce qu'il me l'avait dit. Ce n'est pas ton père qui a fait le premier pas, Paige. C'est moi.

— Maman, je ne veux vraiment pas le savoir.

— Eh bien, moi je veux te le dire. Alors, tais-toi et laisse-moi continuer, ou je te promets que tu le regretteras si je meurs.

— Arrête, tu ne vas pas mourir. Pas avant un bon moment du moins, lui dis-je en prenant sa main.

— Alors, je suis tombée amoureuse de cet homme. Je trouvais qu'il était le plus beau, le plus intelligent, le plus spécial, le plus sexy…

Je fis une grimace.

— O.K., je vois, tu avais papa dans la peau.

— Oh non, ce n'était pas ton père, dit ma mère. C'était Denny. Ton père et moi avions l'habitude d'aller prendre un verre ensemble après le travail, de temps en temps. Il avait besoin de prendre l'air, je suppose que c'était parce que sa femme était une vraie garce, mais peu importe. Moi, lui et Denny allions prendre des verres ensemble après le travail.

— Denny ? fis-je, incrédule, pensant à l'ami de longue date de mon père.

— Oui, Denny, dit-elle en soupirant. Il était si beau, j'étais folle de lui.

— Mais que s'est-il passé ?

— Eh bien, dit ma mère, il se trouve que lui n'était pas fou de moi. Je l'ai surpris avec quelqu'un d'autre. Et, une chose en menant à une autre, ton père n'étant pas heureux chez lui et moi ayant le cœur brisé à cause de Denny, nous nous sommes tournés l'un vers l'autre.

Je me relevai et commençai à faire les cent pas. J'avais eu mon lot de surprises au cours des deux derniers jours, mais celle-là dépassait tout. Je m'assis dans le fauteuil.

Ma mère me regardait patiemment.

— Est-ce que ça va ?

— Oui.

Son rire se transforma en toux, et je lui apportai à boire.

— Paige, je suis désolée. Je sais que tu avais une certaine idée de ma relation avec ton père, mais il était temps que tu saches la vérité.

— Il a dit qu'il t'aimait ! laissai-je échapper.

— Eh bien, j'étais plutôt douée, dit ma mère. Tu sais comment sont les hommes. Toujours à s'imaginer amoureux de celles avec lesquelles ils trouvent du plaisir.

— Oh, maman, dis-je en secouant la tête. C'est tout ce que c'était ? Une erreur ?

— Non, Paige, c'est la meilleure erreur que j'aie jamais faite. Parce que je t'ai eue.

Chapitre 36

C'était idiot d'être timide avec Austin, mais je l'étais. Il me connaissait par cœur, il avait vu le pire et le meilleur me concernant, j'aurais donc dû me sentir plus à l'aise avec lui qu'avec quiconque. C'était d'ailleurs ainsi quand nous étions ensemble, mais maintenant… les choses avaient changé et je n'étais encore pas sûre de ce que cela signifiait pour chacun de nous.

Pour une fois, il ne se montrait pas insistant. Il m'appela pour me demander des nouvelles de ma mère et pour savoir si je voulais dîner avec lui. Il ne me dit pas que c'était un rendez-vous amoureux, mais cela y ressemblait, vu qu'on était samedi soir. Je lui dis que j'étais occupée, que j'étais fatiguée, je lui donnai un tas d'excuses, qu'il écouta, une à une, en acquiesçant, sans protester.

— Demain, alors, proposa-t-il.

— J'ai quelque chose de prévu pour demain soir, lui dis-je, et il resta silencieux. Mais, je t'appellerai, Austin.

— O.K., Paige.

Il raccrocha, et je me demandai si je l'avais perdu. Je le rappelai cinq minutes plus tard et, quand il décrocha, je lui dis :

— Je t'avais dit que je t'appellerais.

Il rit.

— Tu as changé d'avis ?

Je pensai à une chambre d'hôtel et à un homme à genoux.

— J'ai quelque chose de prévu demain, mais je t'appellerai, O.K. ?

— Avec ce type ?

J'aurais dû savoir que le rappeler allait entraîner des complications.

— Oui. Eric.

— Est-ce qu'il est gentil avec toi ?

Je ris.

— Oh, Austin.

— Je veux savoir.

— Il… Ce n'est pas vraiment… comme ça.

— Et, c'est comment ?

— Je ne peux pas t'expliquer, dis-je en soupirant. Ecoute, je suis vraiment lessivée. Je vais prendre un bain chaud et aller me coucher.

— Pas de dîner ?

Il pouvait être persévérant, et charmant, et je l'aimais. Soudain, j'aimai Austin de tout mon cœur. Plus que jamais. Plus qu'avant, quand j'étais jeune et que je ne savais pas ce que cela voulait dire d'aimer quelqu'un.

Je le savais à présent, parce que j'avais connu l'amour et que je l'avais perdu. Et je me mis à pleurer, et je plaquai une main sur ma bouche pour qu'Austin ne m'entende pas. Mais il m'entendit.

— Paige ? Qu'est-ce qui ne va pas ? C'est ta mère ?

Je ne pouvais pas le lui dire. Pas avant d'avoir fait ce que j'avais à faire. Je ne pouvais pas dire à Austin que je l'aimais avant d'être sûre que je pouvais le laisser m'aimer.

— Je dois y aller, dis-je, mais je ne raccrochai pas.

J'aimais même entendre le bruit familier de sa respiration. Et j'avais envie de l'entendre, une minute de plus.

— Paige, dit Austin à voix basse. Rappelle-toi ce que je t'ai dit.

Je suis prêt à tout.

Je m'en souvenais.

— Je dois y aller, Austin. Je t'appellerai. Plus tard.

Je raccrochai cette fois. J'avais envie de pleurer. Et c'est ce que je fis.

— Paige, je suis ravie de vous voir. Que puis-je faire pour vous aujourd'hui ? Quelque chose de joli pour une amie ? Quelque chose de bien pour vous ?

Même le sourire chaleureux de Miriam eut du mal à m'arracher un sourire en retour.

Ce n'était pas sa faute. Je me sentais aussi pâle et blanche qu'une feuille de papier qu'on aurait tenue devant une lumière vive. Je me sentais prête à me déchirer.

— Quelque chose pour moi.

Je savais déjà ce dont j'avais besoin, mais, avant que j'aie le temps d'aller dans la salle du fond où elle rangeait ses beaux papiers, Miriam fit le tour du comptoir.

— Ma chère, vous avez une mine affreuse, dit-elle sans faux-semblant. Asseyez-vous et prenez une tasse de thé. Et puis, non, venez avec moi.

Elle me fit signe et je la suivis. Elle me conduisit dans une salle annonçant « privé » sur la porte et elle me fit asseoir sur une chaise haute mais confortable, face à une table de bois poli. Je m'assis, reconnaissante, car mes jambes étaient un peu chancelantes. Elle me servit une tasse de thé.

Elle ne me demanda pas de lui révéler mes secrets. Je ne l'aurais pas fait, si elle me l'avait demandé. Je ne connaissais pas assez Miriam et, même si elle avait l'âge d'être ma grand-mère, elle ne s'était jamais comportée comme telle. J'appréciai le thé, et elle me donna un cookie.

— Le sucre, ça aide toujours.

Je mordis dedans.

— Ça aide pour quoi ?

— Pour tout !

Miriam rit d'un rire tellement sexy que je n'eus pas de mal à imaginer le genre de pin-up qu'elle avait dû être dans les années 1940.

— Vous reprenez des couleurs.

Apparemment, je ne m'étais pas seulement sentie comme du papier, j'avais aussi une mine de papier mâché.

— Merci, Miriam. Mais je dois y aller. J'ai un… rendez-vous.

— Ah, fit-elle avec un sourire. Et vous avez besoin de quelque chose de spécial pour écrire, c'est ça ?

— Oui.

— J'ai exactement ce qu'il vous faut.

Miriam se leva et prit un grand album sur une des étagères.

L'album recouvert de cuir s'ouvrit pour révéler des feuilles de papier de toutes sortes, tenues par des bandes de métal. Plusieurs pages volantes s'échappèrent tandis qu'elle tournait les pages. Je m'approchai pour voir de plus près ce qu'elle me présentait. J'avais vu beaucoup de beaux papiers, mais ceux-ci étaient vraiment magnifiques.

— Papyrus fait à la main. Ceci est un parchemin en lin qui provient d'un livre ancien du XVIIIe siècle. Je sais que j'ai quelque chose ici qui sera parfait pour vous, quelque chose que je garde pour les grandes occasions.

— Vous ne savez même pas pour quoi j'en ai besoin.

Ma phrase avait ressemblé à une protestation, mais ça n'était pas mon intention. Mes doigts brûlaient de caresser ces papiers. Pour trouver exactement celui qui convenait.

— Mamie ? fit Ari en passant la tête dans l'embrasure de la porte. J'ai livré cette lettre pour toi… Oh, désolé. Je ne savais pas que tu n'étais pas seule.

Miriam se leva.

— Ça n'est pas grave. Paige, vous voulez bien m'excuser une minute ? Je dois aller m'occuper de quelque chose.

— Oui, bien sûr.

— Mais continuez, dit-elle en posant une main sur mon épaule, comme pour m'apporter son soutien.

Impatiente, je tirai déjà l'album vers moi, mais elle posa sa main sur moi et je la regardai. Elle n'était vraiment pas grande car, alors qu'elle était debout et moi assise, nos yeux étaient presque au même niveau. Elle pencha la tête pour me regarder.

— Vous trouverez exactement ce qu'il vous faut. Vous trouvez toujours. Je vous l'ai dit, Paige, vous avez le don de savoir exactement ce dont quelqu'un a besoin, dit-elle avant de sortir de la pièce.

Elle avait raison, pensai-je tout en refermant l'album pour reprendre depuis le début. J'étais douée pour savoir ce dont les gens avaient besoin et pour le leur donner, ou pour les aider à l'obtenir par eux-mêmes. Dommage que je ne sache pas comment faire la même chose pour moi.

Et c'est à cet instant que je le vis.

Je le trouvai au milieu de l'album, sous la forme d'une carte couleur crème dont le papier en lin était de grande qualité. Avec un bord légèrement plus rugueux, coupé à la main, à partir d'une feuille plus grande.

Et si nous commencions ?

Il était entré dans la boutique à l'instant où j'en sortais. Quelques jours plus tard, le premier mot arrivait.

Bonjour, Ari, je ne savais pas que tu habitais ici.

Je viens juste de livrer quelque chose pour ma grand-mère.

Tremblante, je pris le papier du bout des doigts.

Je ne m'attendais pas à vous rencontrer ici.

Bien sûr que non, ma chère. Comment auriez-vous pu vous y attendre ?

Je n'avais plus à me demander qui avait envoyé cette première liste. Celle qui avait changé ma vie. Miriam, semblait-il, savait ce dont j'avais eu besoin.

Maintenant, je savais ce qu'il me restait à faire.

Les vêtements adéquats font toute la différence.

Je portais une jupe droite noire avec des bas noirs à couture extra-fins et un porte-jarretelles. Et un chemisier blanc cintré à manches longues. En dessous, j'avais mis de la lingerie en dentelle blanche. Et des chaussures noires à talons aiguilles. Avec des talons aussi hauts, il était impossible de ne pas marcher comme si on écrasait le monde entier à chaque pas.

Je ressemblais à une maîtresse, en fin de compte, même sans combinaison en vinyle assortie d'un fouet. J'avais enfilé cette tenue comme une armure, mais il ne faisait aucun doute qu'on se retournait sur mon passage.

J'adorais ça. Quelle femme au monde n'apprécierait pas la sensation de savoir que chaque homme qu'elle croisait était prêt à se mettre à genoux pour pouvoir juste la goûter ? Même s'il s'agissait avant tout d'un fantasme, c'était un fantasme que j'étais capable d'incarner, et j'étais sûre que, de tous les hommes que je croisais, certains auraient été heureux de me donner ce que je voulais, juste parce que je le leur aurais demandé.

J'avais quelques minutes d'avance, mais pas plus. Le hall d'entrée du Hilton était dans des tons mats, rouges et or. Les ascenseurs se trouvaient sur la gauche, la réception au centre, entourée de canapés et de chaises qui s'étendaient jusqu'aux salles de conférences. Je m'assis sur une chaise assez loin de l'entrée, et à moitié cachée par une immense plante.

Je le vis. Il ne me vit pas, mais Eric ne me cherchait pas de la même façon que je l'avais attendu. De plus, c'était ainsi que j'avais planifié les choses.

Il se dirigea vers la réception. Je vis son sourire de là où je me trouvais, pourtant, à la façon dont il ne cessait de repousser ses cheveux trop longs de devant ses yeux, je savais qu'il était nerveux. Il portait un petit sac de voyage sur son épaule.

Il était tellement beau. Tout était beau chez lui, ses cheveux, ses yeux, ses longues jambes et ses larges épaules. Je pensai à lui avec sa main sur son sexe, jouissant selon mes ordres. Je pensai à lui à genoux, sa bouche sur mon genou, ma cuisse.

Je pensai au bracelet qu'il portait, qui montrait qu'il m'appartenait.

Je pensai à beaucoup de choses tandis qu'il se dirigeait vers l'ascenseur et appuyait sur le bouton. Je pensai à plus encore pendant qu'il attendait l'ascenseur, qui poursuivait sa lente descente depuis l'étage le plus élevé.

Je me levai, protégée par mon armure. La plante me masquait légèrement, mais il aurait pu me voir, s'il avait tourné la tête.

Eric ne se retourna pas. L'ascenseur émit un bip caractéristique, mais il ne s'ouvrit pas, il resta bloqué au troisième étage. Je l'entendis marmonner quelque chose. Je m'éloignai de la plante. L'ascenseur s'ouvrit.

Parfois, on revient sur ses pas.

Et, parfois, on s'enfuit.

Il entra dans l'ascenseur, les portes se refermèrent derrière lui, puis, étage après étage, les chiffres lumineux sur le panneau surplombant les portes m'indiquèrent sa progression. Alors, me dirigeant vers la réception sur mes hauts talons, je tirai une lettre de mon sac.

C'était une explication, brève, mais ferme. Il y avait aussi une liste d'instructions à suivre destinée à Eric. Il serait sans doute déçu, mais quelque chose me disait qu'il serait sans doute soulagé aussi. Il était préférable que certaines choses restent à l'état de fantasme.

Je la tendis à l'employé.

— Pouvez-vous vous assurer que cette lettre soit remise

à l'homme qui vient de prendre la chambre réservée au nom de Rose Thorn, s'il vous plaît ? C'est important.

Le personnel du Hilton était bien formé et ce jeune homme ne faisait pas exception. Ou peut-être était-ce à cause de ma tenue, ou de la façon dont j'avais prononcé ces mots, mais je ne doutai pas qu'il exécuterait mon ordre sans que j'aie besoin de claquer les doigts. Il prit la lettre simplement pliée.

— Absolument, madame.

— Tout de suite, dis-je.

— Je le ferai moi-même.

Il jeta un coup d'œil à la fille qui se trouvait près de lui, qui haussa les épaules.

Il n'essaya pas de la lire tandis qu'il s'éloignait, et peu importait ce qu'il fit une fois que les portes de l'ascenseur se furent refermées. Je ne le saurais jamais.

C'était fait.

Austin ouvrit la porte au troisième coup frappé. Il me détailla des pieds à la tête, et un sourire se dessina lentement sur ses lèvres. Il ouvrit la porte en grand et il recula pour me laisser entrer. La façon dont il se pencha et dont il respira mon odeur quand j'entrai ne m'échappèrent pas.

Je m'arrêtai au milieu de son salon et me tournai vers lui.

— Austin.

— Paige, dit-il patiemment.

J'inspirai si intensément que mon petit sac glissa sur mon épaule et atterrit sur le sol, mais on n'y fit attention ni l'un ni l'autre. J'ouvris les bras et il vint se réfugier à l'intérieur. Et, quand je l'embrassai, il répondit à mon baiser.

— Je te veux, Austin.

Je lui montrai combien je l'aimais avec mes mains et ma bouche.

— Je suis désolée, lui dis-je.

Il m'embrassa plus intensément.

— Je t'aime.

Ce n'était pas la première fois que je le lui disais, mais je ne voulais pas que ce soit la dernière.

Il m'attira contre lui et enfouit son visage dans mes cheveux, et je sentais ses grandes mains brûlantes dans mon dos.

— Moi aussi, je t'aime.

Parfois, on revient sur ses pas.

Parfois, on s'enfuit.

Et parfois, on trouve la place qui nous est destinée, et on y reste. On se donne les moyens de faire en sorte que ça marche.

Tous les moyens.

Également ce mois-ci

Spicy

romans érotiques

Blonde Geisha,

de Jina Bacarr

Selon les préceptes japonais les plus anciens sur les rafinements de la beauté et de la grâce, la sexualité et les fantasmes érotiques doivent rester des secrets bien gardés, des secrets interdits aux *gaijin* – aux étrangers. Pourtant, à quinze ans à peine, la jeune Américaine Kathlene Mallory va entrer dans le monde sensuel des geishas quand son père, afin de la protéger de la terrible menace qui pèse sur elle, décide de la mettre à l'abri derrière les hauts murs de la maison de thé du *Look-Back Tree*.

Commence pour la jeune fille une savante initiation à l'art de donner du plaisir aux hommes, qui la conduira à l'ultime rituel des apprenties geishas : la vente de sa virginité. Mais celui qui réclame le droit de payer pour un tel honneur, le cruel baron Tonda, n'est pas l'homme pour lequel la jeune fille brûle d'un désir secret depuis longtemps. Pire, il est celui qui ruinera la maison de thé, et mettra la vie de Kathlene en danger, s'il n'obtient pas ce qu'il désire…

Dès le 1er mars

8,10 €

Composé et édité par les
éditions Harlequin
Achevé d'imprimer en France (Malesherbes)
par Maury-Imprimeur
en février 2011

Dépôt légal en mars 2011
N° d'imprimeur : 161413